水属性の魔法使い

第一部
中央諸国編
Ⅵ

久宝忠 著

TOブックス

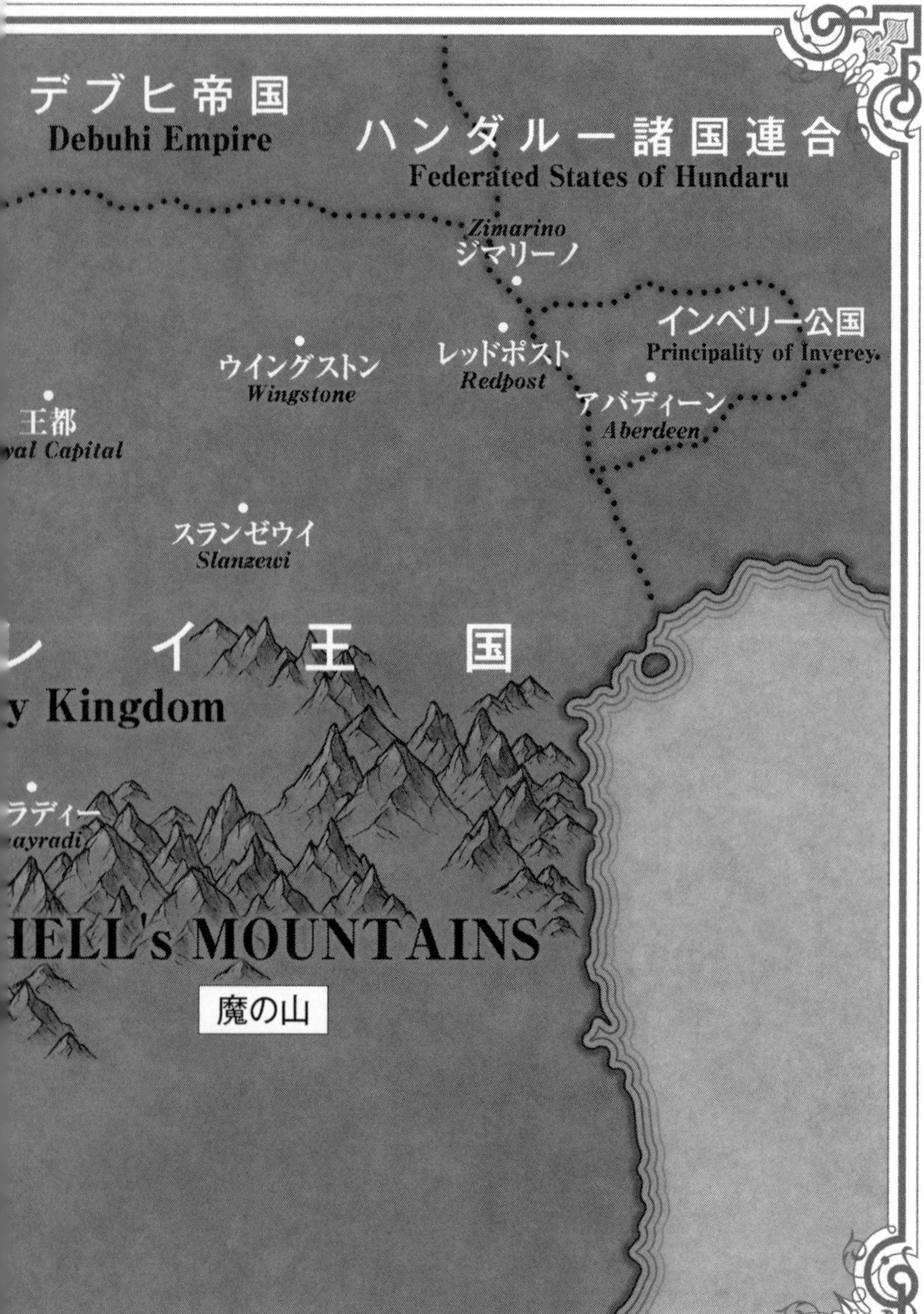

デブヒ帝国
Debuhi Empire
ハンダルー諸国連合
Federated States of Hundaru
Zimarino
ジマリーノ
インベリー公国
Principality of Inverey.
レッドポスト
Redpost
ウイングストン
Wingstone
アバディーン
Aberdeen
王都
yal Capital
スランゼウイ
Slanzewi
ン　イ王　国
y Kingdom
ラディー
ayradi
IELL's MOUNTAINS
魔の山

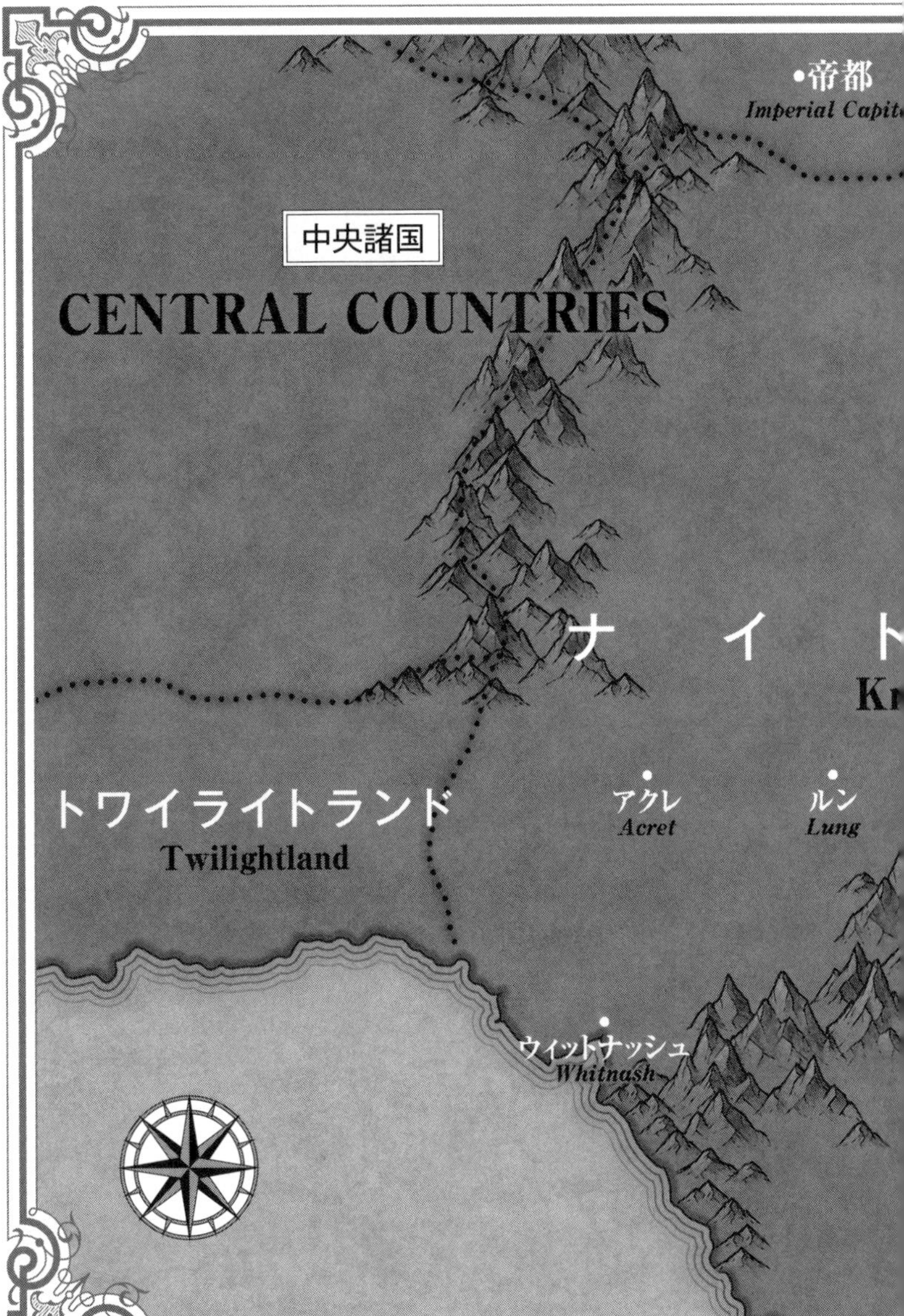
帝都
Imperial Capit
中央諸国
CENTRAL COUNTRIES
ナ イ ト
Kn
トワイライトランド
Twilightland
アクレ
Acret
ルン
Lung
ウィットナッシュ
Whitnash

Characters/登場人物紹介

赤き剣

【アベル】

A級冒険者。剣士。
パーティー『赤き剣』のリーダー。26歳。
何か秘密があるようだが……？

【リン】

B級冒険者。風属性の魔法使い。
『赤き剣』メンバー。ちびっ子。

【リーヒャ】

B級冒険者。神官。『赤き剣』メンバー。
鈴を転がすような美声の持ち主。

【ウォーレン】

B級冒険者。盾使い。『赤き剣』メンバー。
無口で、2mを超える巨漢。

スイッチバック

【ラー】

C級冒険者。剣士。
パーティ『スイッチバック』リーダー。

ナイトレイ王国

【三原涼(みはらりょう)】

主人公。D級冒険者。水属性の魔法使い。
転生時に水属性魔法の才能と
不老の能力を与えられる。永遠の19歳。
好きなものはお笑いとコーヒー。

十号室

【ニルス】

E級冒険者。剣士。
ギルド宿舎の十号室メンバー。20歳。
やんちゃだが仲間思い。

【エト】

E級冒険者。神官。十号室メンバー。19歳。体力のなさが弱点。

【アモン】

F級冒険者。剣士。十号室メンバー。16歳。十号室の常識人枠。

デブヒ帝国

【オスカー】

火属性の魔法使い。
「爆炎の魔法使い」の二つ名で有名。
ミカエル曰く
涼の前に立ちはだかることに
なるらしいが……？
外伝「火属性の魔法使い」の主人公。

【フィオナ・ルビーン・ボルネミッサ】

デブヒ帝国第十一皇女。
皇帝魔法師団団長。
末子として現皇帝に溺愛されている。
オスカーとは
並々ならぬ絆があるようで……？

ハンダルー諸国連合

【オーブリー卿】

ハンダルー諸国連合執政。
王国東部やその周辺国を巡って
暗躍している。

所属不明

【レオノール】

悪魔。とてつもなく強い。
戦闘狂で、涼との戦闘がお気に召した様子。

【デュラハン】

水の妖精王。涼の剣の師匠。
涼がお気に入りで、剣とローブを贈っている。

【ミカエル】

地球における天使に近い存在。
涼の転生時の説明役。

冒険者ギルド

【ヒュー・マクグラス】

ルンの冒険者ギルドのマスター。
身長195cmで強面。

【ニーナ】

ルンの冒険者ギルドの受付嬢。
ルンの冒険者にとってのアイドル的存在。

風

【セーラ】

エルフのB級冒険者。
パーティ『風』唯一のメンバーで、
風の魔法使いかつ超絶技巧の剣士。
年齢は秘密。

西方諸国

【ローマン】

一つの時代に一人だけ現れるとされる勇者。
19歳。
素直で真面目で笑顔が素敵な超善人。

第一部　中央諸国編Ⅵ

イラスト――めばる
デザイン――伊波光司+ベイブリッジ・スタジオ

第一部　中央諸国編Ⅵ

プロローグ

その日、盾の前で剣と杖が交差する冒険者ギルドの紋章をつけた馬車が、ルン冒険者ギルドの前に停まった。

　降りてきたのは、身長百八十センチほどの、がっちりとした体格の男。髪と髭(ひげ)は白く、そして長く伸び、自身の身長よりも大きな杖を手にしている。おそらく魔法使いだろう。

　だが、最も特徴的だったのは外見ではない。

　それは威圧感。

　男が扉を開けて、ギルドに入った瞬間、ギルド内の空気が変わったのだ。

　そこにいた冒険者や職員のほとんどは、男が誰なのか知らない。それでも、男が放つ異常なまでの威圧感を、否が応にも感じさせられた。

　男は、冒険者たちの視線など一顧だにせず、正面カウンターに向かう。

　カウンターの奥には受付嬢ニーナがいた。ニーナは、男がギルドに入ってくると、すぐに立ち上がっていた。男が誰なのか、知っていたからだ。

　男が前に立つと、ニーナは深々とお辞儀して言った。

「グランドマスター」

　決して大きくはないその声は、ギルド内にいる全員の耳に届いた。

　だが、声が耳に届き、その意味を理解したとしても静かなまま。無音のまま、だが、ザワリとした空気は広がっていく。

　驚きの声をあげたい。あげたいのだが……誰も、口を開かない。

　開いたのはただ一人。グランドマスターと呼ばれた、その男だけである。

「マスター・マクグラスの元に案内してくれ」

「かしこまりました」

　ニーナはそう答えると、グランドマスター、フィンレー・フォーサイスを奥へと案内した。

　ギルド内に音が戻ったのは、二人が奥へと消えて、しばらくしてからであった。

◆

「グランドマスター……」

「マスター・マクグラス、突然すまぬな」

「いえ。どうぞ、こちらへ」

ヒューは、多少ぎくしゃくしながらも応接セットの上座を示し、自分は下座に座った。役職上、グランドマスターの方が上だからだ。

座って早々、フィンレーが切り出した。

「エルシーがトワイライトランドから戻ってきてな。いろいろと収穫があったらしく、また研究室に籠(こも)っておる」

エルシーとは、グランドマスター、フィンレー・フォーサイスの娘であり、かつてヒューとの結婚話が持ち上がっていた女性だ。

「エルシーは、宮廷魔法団の所属でしたか。確か、籍はそのままに魔法大学に出向しているとか。さすが優秀ですな」

努めて感情が入らないように、ヒューは会話のキャッチボールを行う。

背中には、冷や汗を滴(したた)らせながら。

「未だに……失恋の痛手を、仕事に没頭することで誤魔化しておるわ」

「うっ」

エルシーとの結婚話を断ったのは、ヒューの方からであった。

何を間違ったのか、王都でも有名な美少女であったエルシーはヒューにぞっこんで、父であるフィンレーも大乗り気の結婚話だったのだ。

だが、ヒューはその話を断り……エルシーは失恋した。それが三年前の話。

「よい、そのことを責めているわけではない。エルシーが結婚したい相手が今後現れたら、その時、結婚は考えればよい。女は家のために結婚せねばならぬなど……もはやそんな時代ではないからな。フォーサイスの家名も、なんとしても後代に残さねばならぬほどのものではない」

グランドマスター、フィンレー・フォーサイスは、伯爵位を持つれっきとした貴族だ。

一人娘であるエルシーが女伯爵として家を継ぐことはもちろん可能であるが、それは、エルシー自身が望んでいない。理由は分からない。そしてフィンレーも、特に知りたいとも思わなかった。

早くに奥方を亡くしたフィンレーは、男手一つでエルシーを育ててきたといっても過言ではない。そのため、家を含めた将来については、エルシーの好きなようにさせたいと考えている。

「さて、わしが来たのは、ルンのギルドにしか頼ることができぬゆえだ」

「それも、『通信』では話せぬ内容だと？」

ルン冒険者ギルドマスターの執務室には、王都王城と、王都冒険者ギルドに繋げることができる通話用の錬金道具が置かれている。だが、セキュリティにおいて完璧ではない。

「うむ。実は、王都所属のA級パーティー『五竜』が消息を絶った」

「なんですって……」

◆

先日、アベルがA級に昇格し、『赤き剣』はA級パーティーとなった。

所属する最上位者のランクが、そのままパーティーランクとなるため、ウォーレン、リーヒャ、リンはまだB級冒険者のままであるが、ただ一人アベルがA級に上がっただけで、『赤き剣』はA級パーティーとなるのだ。

だが、王国のもう一つのA級パーティー『五竜』は、所属する五人全員がA級冒険者だ。

これは、五人共、非常に高い能力を有しているのはもちろん、長く実績を積み重ねてきたその証左でもある。

五人のうち四人が三十代前半。ただ一人神官は、四十歳を目前にしていたはず。冒険者として、円熟の極みに達したパーティーと言えよう。

そんな彼らが、消息を絶ったというのだ。

「その情報は確かですか？　五竜のリーダーは……失

礼ながらいろいろと無頓着だという評判があったかと思いますが……」

　ヒューが指摘すると、フィンレーは顔をしかめながら頷いて答えた。

「そうだ。剣士のサン……あれは確かに、時間その他に無頓着なところがある。だが、神官のヘニングがしっかりしておるため、パーティーとしては特に問題ない。これまでも無かった。だが、今回は連絡も無いのだ」

　フィンレーは、一度、深いため息をついてから続けた。

「これは、先ほどのエルシーの話にも繋がってくる。エルシーは、トワイライトランドに研究に行った際に、有力者とのコネができたらしい。それで、上の方での交渉の結果、王国魔法大学から留学生を受け入れるという話になったそうだ。ついでに、この際だから使節団を送って、最終的には大使館を置けないか検討しようということになっておるらしい」

「トワイライトランドというと、王国の南西にある若い国ですな」

　ヒューは、王国の形と、接する国々を思い浮かべながら言う。

「うむ。国境を接しておるが非常に閉鎖的で、これまで大使館設置の話は生まれては消えを繰り返してきたらしい。まあ、閉鎖的とは言っても、商人の行き来は多いし、ランドの冒険者もけっこうな頻度で王国に来ておる。ただ、政府同士のやり取りがほとんどなかったということだな」

「ん？　『五竜』は、その使節団に入るはずだったのですか」

「ああ、そういうことだ。神官ヘニングがいる以上、国が関わる期限に遅れるということはあり得ない……それなのに、今回現れないのはおかしいと」

　フィンレーは渋い表情のまま、出されたまま手を付けていなかった冷めた紅茶を啜った。

「彼らが向かった依頼先が、ゴーター伯爵領というのが厄介でな」

「ゴーター伯爵領と言えば、王国北部国境……帝国国境に接した領地ですな」

　そこまで言って、ヒューもフィンレーと同じほど、顔をしかめて言った。

「つまり、『五竜』の失踪に、帝国が関与している可能性があると」

「その可能性を排除できぬ」

A級冒険者と言えば、その戦闘力は尋常ではない。ほとんどの魔物に後れを取ることはないであろう……。そして、対人であれば、まず人類最高峰と言ってもいい。

だが……。

「そう、例えば、爆炎の魔法使い……オスカー・ルスカなどが絡んできたら……」

「確かに、厄介ですな」

曰く、一撃で王国軍一千人を焼き殺した。

曰く、一撃でワイバーンを爆散させた。

曰く、一撃で反乱軍が立てこもる街を消滅させた。

そんな噂のある、規格外の魔法使い。

尋常ならざる者たちであるA級パーティーであっても、確実に勝利できる……とは言えない相手だ。

「グランドマスター、もしや今回いらっしゃったのは……」

「うむ。連絡の途絶えた『五竜』を、ルンに新たに誕生したA級パーティー『赤き剣』に、捜索してほしいのだ」

グランドマスター、フィンレー・フォーサイスの依頼を聞いた時、ヒューの顔は歪んでいた。その表情に表題をつけるなら、『苦悩』が最もふさわしかったであろう。

「その顔は、頷けない事情がありそうだな」

ヒューの表情から、フィンレーは尋ねる。

「はい……」

だが、ヒューは返事だけをし、その後の説明を続けない。

しばらく、様々なことを考えた結果、ようやく口を開いた。

「グランドマスターには、お伝えしてもいいのかもしれません。アベルの正体を」

「アベルの……正体だと？」

普通、冒険者のことを説明したり事情を説明したりする際に、正体などという言葉を使うことはない。

「はい。アベルの本名は、アルバート・ベスフォード・ナイトレイ。国王陛下のご次男です」

「むぅ」

さすがにそれは、フィンレーにとっても想定外の内容であった。

確かに、ここ数年、第二王子アルバートの話は流れてこなかった。そのため、どこかの有力領主の騎士団で鍛えられているのだろうと言われていた。

それが、実は冒険者になっており、あまつさえＡ級にまで上がっていたとは……。

冒険者ギルドにおいて、冒険者がＣ級以上に上がれるかどうかは、身分、出自には一切左右されない。もちろん、人格や識見で審査されることはあるが、一定以上の水準が担保されていれば、後は全て依頼内容、ギルドへの貢献度、依頼遂行数と成功率で、ランク上昇は決定される。

そのため、グランドマスターと雖(いえど)も、Ａ級冒険者となったアベルの出自に関して、知らなかったのだ。

ある意味、冒険者ギルドの審査機構が、非常に公正であることの証明なのかもしれない。

なのかもしれないが……。

「そういうことは、グランドマスターである私にも、知らせておいてほしかったな……」

先ほど以上にしかめっ面となるフィンレー。

「はい。申し訳ありません」

頭をかいて謝るヒュー。

もちろん、ヒューには落ち度はない。決められた手続き通りのことをしている。だが、その手続きには『現役の王子が冒険者としてＡ級に上がる』ということは想定されていないわけで……。

とはいえ、突然聞かされたフィンレーの気持ちは、ヒューにも理解できるものであった。

「そうなると、いろいろと事情が変わってくる。アベルを、『五竜』の捜索に、帝国国境に派遣するわけにはいかんな」

フィンレーは、小さくため息をついた。

ナイトレイ王国には、現在王太子がいる。

王城内だけでなく、これまで成してきた政策のためか、民からの人気も高い。人格、識見共に全く問題ない。それどころか、歴代の国王たちと比べても、最上の部類に入るだろうと言われている。

何事も無ければ、いずれ名君となるであろう。

そう、何事も無ければ……。

「王太子殿下は、体調が思わしくない日が多くなっていると聞く」

フィンレーは悲しげに呟いた。

若い頃から、王太子は健康に難を抱えている。

王子二人の仲がすこぶる良かったということもあり、いずれは王太子が政治を担い、第二王子アルバートが軍を率いて、王国は運営されるであろうと言われていた。そのために、アルバートは各地の騎士団で経験を積んでいるのだろうと。

だが、ここにきて、王太子の体調の悪化はかなり進行している。もし、何か起きてしまえば……王位継承権第一位に来るのは、アルバートだ。

そんなアルバート、つまり冒険者アベルを、危地に送り出すのはさすがにまずい。

ヒューだけでなく、フィンレーもそう結論付けた。

「『五竜』の捜索は別の者にやらせよう。C級が中心になるが、B級冒険者を多目に出す。そうだな、赤がダメなら白という選択もあるか？」

「フェルプスたちですな。父親もそうですが、フェルプス自身も諜報網(ちょうほうもう)があるようですから、その手の探索にはうってつけかもしれません」

『白の旅団』を率いるフェルプス・A・ハインラインは、ルン所属のB級冒険者だ。

父親はアレクシス・ハインライン侯爵。王国はもちろん、中央諸国全土で見ても、最も強力で広範囲に渡る諜報網を持つ大貴族だと言われている。フェルプスもその血を継いでか、多くの情報が集まってくる組織を構築しているらしい。

「だが……使節団の方をどうにかせねばならぬ。すでに、ランドの方に使節団の人員を提出済みでな。『A級冒険者』というのは、今回の使節団の顔だそうだ。

外務省からかなり強く言われたわ、送れる冒険者がいないなど困るとな」

「ああ……。とはいえ、連絡がつかない以上、どうしようもないでしょう」

「それでだ、ランドにはもう一つのA級パーティー『赤き剣』に、代わりに行ってもらうわけにはいかんかと、今思ったのだがどうだ？」

「なるほど。帝国国境よりはましですな」

「うむ。アベルを帝国国境に出すのは問題だが、ランドに送るのは問題ないであろう？　政府的には繋がりは無いが、民、商人レベルでは交流のある国だ。『五竜』の代わりに、行ってもらえぬかな」

「そうですな。そちらなら、問題ないかと思います」

フィンレーの提案に、ヒューも頷いて答えた。

帝国国境付近で、不明のA級パーティーを捜すのに比べれば、はるかにましであろう。

「そうか、良かった。で、使節団に加わる人員は剣士と魔法使いの二人だ。『赤き剣』は、剣士のアベルと……魔法使いはリンであったな。十日後に、使節団は王都から出発するから、それまでに二人を王都に寄越してくれ」

だが、フィンレーのその提案を聞いて、ヒューは再び顔をしかめた。

「なんだ。そこにも問題があるのか？」

さすがに、フィンレーも呆れる。なったばかりのA級パーティーなのに、すでに多くの問題を抱えているのかと。

「はい……。ですが、アベルたちのせいではなくてですね……。実は、今、王都からイラリオン様が来て、先の魔人とヴァンパイアの魔法に関しての調査を行っております。で、リンはその助手にされて、一緒にコナ村の方に……」

「ああ……イラリオン殿が……」

そこで、フィンレーは左手で自分の顔を覆った。

イラリオン・バラハ。王国筆頭宮廷魔法使い。王国魔法使いの頂点に立つ男。

そして、こと、魔法に関する限り、イラリオンを翻意させることができる者はいない。国王ですら、それは不可能。王都のグランドマスターであり、元々魔法使いでもあるフィンレーは、そのことをよく知っていた。

つまり……。

「リンは、使節団には加われないいな」

フィンレーはそう言うと、盛大にため息をつく。

「誰ぞ、リンに比肩する魔法使いを……と言っても無理か。そんな人材が都合よくいれば、誰も苦労しないわな」

「はい……」

二人のため息が、執務室に響き渡った。

ため息が響き渡るというのも珍しい光景であるが、それほどに、二人の苦悩は深かった……。


沈黙が流れた二十秒後。

ヒューは意を決して、フィンレーに提案した。

「一人、C級になったばかりですが、アベルに見劣りしない魔法使いがいます」

「なに？　この際、C級でも問題ないだろう。その魔法使いは、アベルとの相性などはどうなのだ？　問題なくやれそうなのか？」

フィンレーは食いつく。

沈黙していた二十秒間、外務省の連中にどうやって説明しようかずっと考えて、しかもどう説明しても酷（ひど）い未来しか見えなかったのだから……。

「それは問題ないですね。アベルは友人であることを公言していますし、あいつの命の恩人でもあります。戦闘能力においても非常に高く、性格が破綻（はたん）しているなどということもありません」

「おぉ、いいではないか！　それなのに、その暗い表情はいったい……」

喜色満面となったフィンレーとは対照的に、ヒューは説明している間も、その表情は暗いままである。当然、フィンレーはそれを訝（いぶか）しむ。

「そいつに依頼を引き受けさせるのが難しいのです」

「ああ……たまにいるな、そういう冒険者」

フィンレーも、これまでの経験から、似たような冒険者が思い当たるのであろう。重々しく三回頷いた。

「金は唸（うな）るほど持っています。しかも冒険者ランクを上げることに、全く頓着していません」

「それは厄介だな。何かで釣れないか？」

「ずっとそれを考えているのですが……なかなか……」

ヒューは何度も首を横に振る。

普通の冒険者なら、報酬をつり上げたりすれば、たいていい乗ってくる。

だが……。

「ちなみに、その魔法使いの名前は？」

「リョウという名前です」

「その、リョウが欲しがる物で釣るのが一番であろうが……」

「そうなのですが、全く思い当たらないのです」

ヒューは小さく首を振った。

唸るほど持っているお金……そう、それこそヒューは、涼がいくら持っているのかを知っている。涼とアベルの魔石を売り、入金したからだ。あれだけの金があれば、たいていのものは手に入ってしまう……。

だから、涼が欲しがるもので、しかも金では手に入らないものを考えなければならないのだが……はたして、そんなものはあるのか？

「思いつかぬか。そうだな……そのリョウとは、最近は、いつ会ったのだ？」

「え？　ええ、そうですね……インベリー公国への遠征で会ったのが最後ですか。そういえば、その時、もの凄く欲しそうにしていたものがありました」

「なに⁉　なんだ？　何を欲しがっていた？」

フィンレーは再び食いつく。

だが、ヒューの表情は暗いままだ。どうせ、手に入らないものだと分かっているから。

「連合のゴーレムです。壊れたものでもいいからと……。凄く、持って帰りたそうにしていました……」

「あ、ああ……それは、ちと厳しいな……」

さすがに、グランドマスターと雖も、他国の新兵器を手に入れるのは無理だ。

「リョウは錬金術にはまっているらしいのです。王都に有名な錬金術師がいますよね……そう、ケネス・ヘイワード男爵。彼とも親しいらしく……」

「待て！」

ヒューが続けようとした説明を、フィンレーは片手を挙げて遮った。

「錬金術と言ったか？　ヘイワード男爵と」

「ええ、言いました」

ヒューに確認をとると、フィンレーは顎に手を持っていって、何事か考え始めた。

そしてたっぷり一分後、話を切り出した。

「いけるかもしれん」

◆

その日、涼は、朝から〈ウォータージェット〉と格闘していた。

攻撃魔法の〈ウォータージェット〉ではなく、移動補助用の、体から噴き出すタイプの方だ。涼が便宜上、〈ウォータージェットスラスタ〉と名付けている魔法である。

わざわざ命名した理由？　なんかその方が、カッコいいかららしい……。

練習場所は、家の庭。縦四百メートル、横四百メートル、サッカーコートが楽に三面入る広さの、あの庭。

そこは今、一面、水であった。

即席のプール。地面を掘って作られたプールではなく、地面の上に作られたプール。

庭の外から見ると、目の前に五メートルもの水の壁がそびえる、異様な光景だ。

もちろん、〈ウォータージェットスラスタ〉の飛行実験で失敗しても大丈夫なように、涼が準備したものである。

まさに、水属性魔法使いの面目躍如！

当然のように、涼はびしょ濡れであった。もちろん、濡れた水も涼の魔法制御下にあるものなので、一瞬で乾かすことは可能だ。そして、最初のうちはそうしていたのだが……面倒くさくなって、濡れるがままに任せていた。

「びゅ～ん」とか「ざば～ん」とか言いながら、むしろ自分からプールに飛び込んでいる。びしょ濡れなのは当然か。

そのうち、飛び上がりながら、頂点でポーズを決め始めた。

最後には、ポーズを決めながら〈アイシクルランス〉を放つようになった。

「せいっ」とか「とおっ」などと掛け声を発しながら、水の上に浮かべた氷の的に向かって〈アイシクルランス〉を放つ。

おそらく、気分は忍者なのだ。

飛び上がって手裏剣を放つ……のイメージで、氷の槍を放っているのだ。

……多分。

見ただけでは、その辺りは絶対に分からないだろう。だが、見ただけで分かることがある。

それは、涼が楽しそうにやっているということ。笑顔を浮かべ、本当に楽しそうに。

だが、それでいいのだ。それがいいのだ。

楽しいのが一番！

楽しみながらやるのが一番身に付く！

眉根を寄せて、しかめっ面でやったところで、なかなか身には付かないのだ、何事も。

そんな涼の元へ、冒険者ギルドの紋章のついた馬車がやって来て、中から、しかめっ面をした強面の男が降りてきた。

降りてきた時にはしかめっ面だったのだが、目の前にそびえる水の壁を見て、呆然とした表情に変わる。

「あ、ヒューさん！」

何百回目かの〈ウォータージェットスラスタ〉での飛び上がりで、涼は馬車が到着し、中からギルドマスター、ヒュー・マクグラスが降りてきたのを確認した。

瞬時に、巨大プールを消し去り、ヒューの前に降りる涼。

「珍しいですね、うちに来るなんて」

そう、用がある時は、涼がギルドに呼び出される。

「まあ、家の方へどうぞ。コーヒーでも準備しておきます」

「お、おう……」

言うだけ言って、ヒューの返事もそこそこに、涼は家の方へ向かった。

〈ウォータージェットスラスタ〉を使いながら。

まだセーラの風属性魔法ほどのコントロールはできないが、かなり使えるようにはなっている。遠くから見れば、涼がピョンピョン跳ねるようにして家に向かっているのが見えたかもしれない。

ヒューは我に返ると、一度馬車に乗り込み、涼の家に行くように御者に告げた。なにせ、まだここから四百メートルは先にあるのだ。歩けば五分以上かかる。

農家とは広い庭を持っているものなのだ。


馬車は家の前に待たせておき、ヒューは礼儀正しく、家正面の両開きの扉から中に入った。

普通はそうであろう。慣れてしまった『十号室』やアベル、あるいはセーラといった面々は勝手口から入っていくが。

家の中には、コーヒーのいい香りが漂っていた。

「ヒューさん、こっちです」

右手の奥から、ヒューを呼ぶ涼の声が聞こえ、ヒューはそちらへ向かう。

そこには、応接セットがあり、テーブルの隅には、挽(ひ)いたコーヒー豆とお湯が入れられたフレンチプレスと、砂時計が置かれている。コーヒーの香りは、そこから漂っていた。

ただ、不思議なことに、フレンチプレスは氷で作られているように見える。

「ああ、リョウは水属性の魔法使いだからな」

ヒューはそう呟き、だが、すぐに自分で言った言葉の矛盾(むじゅん)に気付く。

氷製の容器……そこにお湯が入っていて、湯気も出ている。

「おかしくないか?」

思わず触ってみたが、熱くない。

確かに湯気は出ているので、お湯は熱いのだろうが、フレンチプレスは熱くない。それはおかしい。お湯の入った容器は、普通、熱いものだ。

いやそれだけではなく……氷製なのに、冷たくもない。それもおかしい。氷であるならば、普通、冷たいものだ。

そこへ涼が、いつものローブを着て入ってきた。

その時、ようやくヒューは、先ほどのびしょ濡れの時、涼がローブを着ていなかったことに気付いた。さすがに、ローブを着たまま水の中に飛び込んだり飛び出たりは大変なために、脱いでおいたのだと。

「ああ、そこのソファーに座ってください」

涼はそう言うと、水属性魔法で氷のカップを二つ生成した。

そのタイミングで、砂時計がちょうど落ち切り、涼はプレスを押し込む。容器内の粉が底面に沈められ、上澄みには、澄んだコーヒーだけが残った。

それをカップに注ぐと、さらに、部屋にコーヒーの香りが広がる。

「ヒューさん、どうぞ」

「あ、ああ、すまんな」

ヒューはカップを受け取ると、少しだけ香りを嗅ぎ、そのまま口に含んだ。コーヒーの香りが、口の中から鼻腔（びくう）に広がる。

「美味（うま）いな」

氷製の容器でプレスしたコーヒー。

だが冷めている様子は無く、いつも通り美味（おい）しい。

いや、ギルドで出されるコーヒーよりも美味しく感じる。

「コナ村の代官、ゴローさんから届いたばかりのやつです。村一番の焙煎士（ばいせんし）の方が焙煎されているとかで……。焙煎士の腕でも、かなり味が変わるんですね」

涼もコナコーヒーを飲みながら、嬉しそうに説明をした。

ヒューは、カップのコーヒーを飲み干すと、話を切り出した。

「今日来たのは他でもない。リョウに引き受けてもらいたい依頼があるからだ」

「え～っと、ヒューさん、僕は今、非常に忙しいのでして……」

「さっきの、水遊びか？」

ヒューが言うと、涼の目が泳いだ。

「あ、あれは、水属性の魔法を使っての戦闘訓練ですよ。うん、そう、戦闘訓練です」

ヒューは何も言わない。何も言わずに、涼の顔を見続けている。

「遊んでいるように見えたかもしれませんが、れっきとした戦闘訓練ですよ」

涼はいたたまれなくなって、言葉を続ける。

まあ、途中から楽しくなって飛び跳ね……。周りから見れば、どうみても遊んでいるように見えたであろうことは、自覚している。本人も、遊んでいるつもりだったから。

もちろん、遊ぶのが悪いとは思わない。遊びと学びは、一体化するのが最強だ。

ただ、依頼を退けるための理由としては、かなり弱いものであることを自覚してもいる。

「まあ、あれはいい。人それぞれに訓練方法があるしな」

ヒューが折れ、涼はホッとした。

だが……。

「しかし、依頼は受けてほしい」

「えぇ……」

見るからに、嫌そうな顔になる涼。

先ほどの、嬉しそうにコーヒーを飲んでいた表情とは、天と地ほどの差がある。

「悪いが、この依頼はリョウにしか頼めんのだ」

「僕にしか頼めない？」

涼の知識では、そこまで引受人限定の依頼など、考えつかない。A級やB級なら分かるが、ようやくC級になったばかりの魔法使いに？

「十日後、王国からトワイライトランドに使節団が送られることになった。そこに、冒険者が二人加わることになっているのだが、当初予定していた冒険者が、未だに戻ってこないのだそうだ」

「期限に遅れるなんて冒険者の風上にも置けませんね」

なぜか上から目線で、指を振りながらチッチッチッとやる涼。何かの見すぎかもしれない。

「ああ。A級冒険者とも思えないよな」

「え、A級……」

ヒューの一言に、さすがに驚きを隠せない涼。

王国でA級と言うと……。

「ついに、アベルが戻ってこれなくなったのですか……」

「そんなわけないだろうが！　王都のＡ級パーティー『五竜』の連中だ」

ヒューはそう言うと、カップを口に運ぼうとして、すでに中身が空であることに思い至った。

「ああ、すいません、おかわりをどうぞ」

涼はそう言うと、フレンチプレスの中に残っているコーヒーをヒューのカップに注ぎ、残りを自分のカップにも注ぐ。

「おお、悪いな。それで、『五竜』の代わりにアベルが行くことになったんだが、ランドに届け出てある冒険者は、剣士と魔法使いだそうだ。なのでもう一人、魔法使いにも行ってもらわないといけない」

「そうなると、リン？」

涼は首を傾げて、当然の疑問を言う。

「通常ならな。だが、今、リンはイラリオン様の補助でコナ村の方に行っている……」

「ああ、イラリオン様……」

涼は、イラリオンとは直接の面識はない。だが、主にリンとアベルから、魔法に執着するイラリオンの噂は嫌というほど聞かされている。そして、魔法に関することとなったら、テコでも動かないということも。

そのイラリオンがコナ村に行ったということは、魔人とヴァンパイアに関することであり、当然、魔人の魔法に関して調査にのめり込むであろう。

ならば、リンは、しばらく戻ってこられない……。

「リンも、不憫な……」

「ああ……」

涼が言い、ヒューも同意した。

「まあ、そういうわけで、アベルに見合う魔法使いということで、リョウの名前が挙がったわけだ」

「そうですか……」

アベルに見合う……その評価はまんざらでもない涼。

（もうひと押しか）

ヒューは心の中で、一つ頷いた。

「もちろん、報酬はＡ級並みの報酬が出る。拘束期間が長いために、かなりの額のはずだ。それに、今回は国の使節団ということで、護衛は外務省が手配してぃるそうだから、リョウとアベルは護衛の仕事はしなくてもいい。客として、移動も馬車に乗っての移動だ」

「それは凄いですね」

冒険者が引き受ける依頼の場合、たいてい移動は歩きだ。涼も、ほとんどそうであった……例外は、ジュー王国王子ウィリー殿下の依頼くらいだっただろうか。

(最後にダメ押しだな)

ヒューは心の中で、もう一度頷いた。

「あと、リョウには特別に、王都のグランドマスターから報酬があるそうだ」

「グランドマスター？　ああ、ヒューさんの元婚約者のお父様」

「お、おう。その通りなんだが……。いや、まあいい。報酬というのは、鹵獲した連合のゴーレムを見る権利だ」

その一言が与えた影響は、激烈であった。

「どういうことですか！」

文字通り、涼は飛び上がり、ヒューが認識できないスピードで、顔が目の前に来ていた。

元A級剣士すら認識できないスピード……。

「ち、近い、顔が近いから。えっとな、この前のインベリー公国への遠征後に、王国の諜報部隊みたいなのが、壊れた連合のゴーレムを戦場から獲ってきたそうだ。で、現在、王立錬金工房で調査しているらしいんだが、それを見る権限をリョウのために取ってやろうということだ。ほら、お前、あのゴーレムに興味あったろ？」

「素晴らしいですね！　では、今すぐ王都に行きましょう。さあ！」

涼はそう言うと、取るものもとりあえず家を出ようとする。

「待て！　王都までの移動は、ギルドから馬車を出すから。アベルと一緒に、それに乗っていけ。明日の朝八時、ギルド前に来い」

「明日……遅すぎる」

涼は落ち込み、両手両膝を地面につき、絶望のポーズとなった。

「いや、お前だって、長く街を空けるんだから、それを伝えておくべき相手とかいるだろ？」

ヒューが常識的なことを言うと、涼は顔を上げる。

「確かに。セーラに伝えておくのと、業者さんに家の清掃をお願いしておくのとがありました」

「そ、それだけでいいのか……。なんというか、ある意味、冒険者の鑑（かがみ）だな」

基本、依頼を受けないで家に引きこもっている涼であるが……いや、それだけに面倒な繋がりは少ないのだ。

その時、十号室の面々への連絡というのも少しだけ頭には浮かんだが……。

（ギルドが言ってくれるでしょう）

基本、適当な涼であった。

王都へ

翌日、朝八時に、涼とアベルを乗せたギルド馬車は、ルンの街を発（た）った。

涼はそれほど大きくない旅行鞄（かばん）が一個、アベルも似たような鞄一個と、たいした荷物も無い二人。そもそも、準備の時間もほとんど必要なかった。

「リョウ……落ち着いているな」

「ん？　どういう意味ですか？」

アベルは、いつも通り普通に座っている涼を見て感想を言い、意味の分からない涼は聞き返す。

「いや、ギルマスから、リョウは馬で言う、かかった状態だから落ち着かせろ、と言われていたからな」

「よく意味が分かりませんが……。僕の故郷には、こういう言葉があります。『急（せ）いては事をし損じる』あるいは、『急がば回れ』と。焦ってもいいことはありません」

涼はしたり顔で頷きながら言う。

「なるほど。まさにその通りだな」

アベルは安心し、ゆっくりと頷いた。

◆

涼は、ふと思いついたことをアベルに訊いてみることにした。

「アベル、先ほどのギルド前でのお見送りなのですが……」

「うん？」

「『赤き剣』の三人、誰も来てませんでしたよね？」

「ああ……まあな」

「もしかして、アベル、三人から虐められているんじゃないですか？」

「なんでだよ！」

　涼は、もの凄く可哀想なものを見るような目で、憐れみを含んだ視線をアベルに向けながら、はれ物に触るように問いかける。当然、アベルは反発する。

「だって、パーティーリーダーが、たった一人で長いお仕事に出かけるのに、誰も見送りに来ないなんて……」

「いや、それを言ったら、リョウだって、『十号室』の人間、誰も来なかったろ？」

「伝えてませんしね。そもそも、僕、『十号室』は非正規メンバーですから」

「お、おう……。いや、それなら、セーラも来てなかったろ！」

「セーラはそれこそ、ソロパーティー『風』ですし……。それに、今朝、家の方に来ましたよ」

　まさに「フフン」という表現がぴったりの表情をする涼。アベルはもの凄くムカついた。

　だが、そこで怒鳴ったりはしない。さすが大人である。

「実は……」

「分かりました！　ついに、アベルは『赤き剣』から追放されたのですね！　どんまいです」

「なんでだよ！」

　結局、怒鳴りつけるアベルであった。

「実は、今、イラリオンがコナ村に来ていて……」

「ああ、そう、リンを連れて行ってるんですよね。それで僕は駆り出されたので……」

「そうだったな。で、ウォーレンもリーヒャも、それに付いていってるんだ」

「え……」

「だからほら、この前のA級昇級式にも、三人ともいなかっただろ？」

「そういえば……」

涼の目には、アベルは寂しそうに見えた。

いや、もしかしたら……絶望感に苛まれているかのようにすら見えた。A級への昇級式に、苦楽を共にしたパーティーメンバーが誰も来ない……それは、涼からすれば、想像するだに恐ろしい状況だ。

「世の中の関節は外れてしまった」

涼は小さな声で言った。

「え？」

「これまで信じていた世界が壊れ、絶望的な状況に陥った時に、ある国の王子が言い放った言葉です。王子を僭称しているアベルには、お似合いの言葉でしょう」

「いや、僭称って……まだ、信じてくれてないのかよ」

「当然です！『世の中の関節は外れてしまった　ああ、何と呪われた因果か　それをなおすために生まれついたとは！』こう叫んだのです！」

「お、おう……」

馬車の中で、ハムレットの一シーンを再現する涼。

「さあ、続けて言ってください。世の中の関節は外れてしまった」

「え？」

「世の中の関節は外れてしまった」

「よ、世の中の関節は外れてしまった」

涼の迫力に押されて、涼の後について言うアベル。

「そうです。絶望的な状況に陥った時に吐くがいいです。アベルに使用権を貸してあげましょう」

「あ、はい、ありがとうございます……？」

ここに一人、異世界ではあるが、シェークスピアの弟子が生まれたのであった……。

◆

「アベル……この馬車、おかしいです」

「ん？　今度はなんだ？」

「いや、今度はって……それじゃあ、僕がいつも変なことを言っているように聞こえるじゃないですか」

涼は、肩をすくめてやれやれ、あるいは、何を言っているんだといった表情を見せる。

「自覚がないんだな」

アベルはため息をつきながら、首を横に振る。

「まあ、今回は、アベルの妄言はいいです。気にしません」

「妄言ってなんだ……」

「とにかく、この馬車はおかしいです」

「そうか？　ちゃんと王都への道を走っているぞ」

「ええ、道は合っているのかもしれませんが……ほぼ常に、全力疾走しているみたいです」

馬車というのは、長距離を移動するために、普通は、かなりゆっくり走るものである。だが、涼たちが乗っているギルド馬車は、かなり速い。

確かに、先日、王国東部国境まで弟子たちを救いに行った際の六頭立て馬車は、かなりの速度で走った。一流の御者と言っていいウォーレン、馬たちの疲労回復を担ったリーヒャ、風の抵抗を低減したリン……三人の協力あればこそであったろう。

今回の馬車は四頭立てであるが、同じくらいの速度で走っている気がする。つまりそれは、限界ギリギリであり、馬たちは絶対に途中で体力が尽きる。

「まあ、全力かは分からんが、かなりの速度だな。それもこれも、全てリョウのせいだぞ」

「僕？」

涼は首を傾げて問い返した。

「リョウ、急いで錬金工房に行きたいんだろ？」

「ええ、もちろんです。王都出発の日時が決まっている以上、錬金工房に籠れる時間は短いですからね！　一秒も無駄にできません」

「だからだよ。ギルマスが、王都のグランドマスターの許可を得て、途中の冒険者ギルドで元気な馬と交換して、できる限り速く、王都に着けるように手配してくれたらしいぞ」

「おぉ……。ヒューさん、善い人です！」

涼は、馬車の中で、ヒューに感謝した。

「本来なら、一週間近くかかる行程が、二日で着くらしい……。ほんと、どれほどの無茶をするんだか」

アベルは呆れたように言い、涼は、感謝し続けた。

だが、ふとした疑問が湧く。

たいていの異世界ものにしろ、ファンタジーな物語にしろ、スピードを出した馬車の乗り心地は最悪だ。

サスペンションの類が無く、タイヤもゴムではなく木や鉄製だから、当然なのだが。

しかし、今乗っている馬車は、それら物語に描写されるほどには酷くない。そういえば、この前の六頭立ての馬車も……まあ、あれはルンの街でも最上級の高級馬車だったらしいが。

「アベル、この馬車って、乗り心地、あんまり悪くないですよね？」

「ああ。ギルド馬車は、こういう高速移動をする可能性があるから、魔法で、というか錬金術で衝撃を吸収する機構が入っているらしいぞ。俺も詳しくは知らんが」

「錬金術！　そして魔法……そうですね、その手がありました」

そう、地球なら十七世紀に取り付けられる馬車のサスペンションなど、この世界には必要ない。

なぜなら、魔法があるから！

なぜなら、錬金術があるから！

これぞ、ファンタジー！

「そういえば最近、錬金術を使わないでも、乗り心地のいい馬車が出てきて話題になっている、って聞いたな」

「ほぉ。技術の進歩はめざましいですね」

「なんとかいう鍛冶師が作った……誰だったかな……元々有名な武器鍛冶師だったはずだが……。ああ、そうだ、カラシニコフだな」

「カラシニコフ……」

涼の頭に浮かんだのは、もちろん現代地球で、世界で最も多く使われた軍用銃であるＡＫ－47の設計者カラシニコフだ。

ＡＫ－47は、旧ソ連で作られ、世界中に売りまくられ、世界中でコピーされた自動小銃だ。多くの映画やドラマで、中東の紛争地域やゲリラなどがバンバン撃っている、あの小銃。

だが、このナイトレイ王国においては、カラシニコフといえば、比較的安価でありながら乗り心地抜群の馬車工房として有名になっているらしい。

そのため、最近、下級貴族や商人の間では、以下のような会話がよく交わされるという。

「最近、どんな馬車に乗っている？」

「カラシニコフさ」

◆

その後、予定通り、二日で王都に着いた一行。

「リョウ、俺たちの宿はルン辺境伯邸だからな。ずっとここに籠っているなら、集合前夜に俺が迎えに来るから！」

王都に入った馬車は、そのまま王立錬金工房に直行。涼は、そこで飛び降り、錬金工房に入っていこうとしていた。アベルは、その時に声をかけたのだが……はたして涼の耳に届いていたのかどうか。

「はぁ……。あの情熱は、いったい何なんだろうな」

アベルはため息をつきながら、馬車をルン辺境伯邸にまわしてもらうのであった。

◆

「ケネス！　ケネスはいますか～！」

王立錬金工房の玄関で、何事か叫ぶローブを纏(まと)った魔法使い風の男。

何度目かの叫びの後、ようやく奥から反応があった。

「ああ、はいはい、ちょっと待ってください」

そして、出てきたのは……ケネスではなかった。

ローブを纏った魔法使い風の男、すなわち涼は落胆したが、見覚えのある顔でもあった。それは、ケネス・ヘイワード男爵の部下ラデン。

「あれ？　リョウさんですよね？　お久しぶりです」

王都騒乱時、涼は、ちょうどこの錬金工房におり、ケネスと部下たちを連れ出し、ルン辺境伯邸に避難させた。その時に、目の前の男ラデンも一緒に避難させた覚えがある。

「いや、その前に……どうして玄関前にいるんですか？　この敷地に入る時に、門のところに衛兵がいたでしょう？」

ラデンは、いきなり涼が玄関の前にいたことに疑問を抱いた。衛兵からの連絡はなかったはずだし……。

「大丈夫。彼らはなぜか気付きませんでしたから！」

気もそぞろな様子の涼が、頷きながらそう答える。

「えっと……」

ラデンはどう答えればいいか迷う。

迷っている間に、涼が言葉を続けた。

「ラデン、ケネスに会いに来たんです。ゴーレ……いえ、ある物の調査をしているはずなのですが」

「え……」

そこで、びくりとしたラデン。

ほとんど漏れていないはずの情報を、なぜ目の前の魔法使いが知っているのか……あからさまに警戒している。

王都騒乱では救ってもらったし、その恩義は忘れていないが、それはそれ、これはこれだ。

錬金工房は、情報漏洩にかなり神経質な組織と言っていいだろう。これは、王家直轄の組織であった過去があり、王家から依頼された錬金道具の製造も、かなりの数でこなしてきたからだ。

特に、主任であるケネスは、情報漏洩に関しては口を酸っぱくして注意を促してきた。

それなのに、所管の内務省からヴェイドラの情報が流出したのは、悲しい話であるが。

「ああ、そんなに警戒しないでください。王都冒険者ギルドのグランドマスター経由で、僕がそれを見学する許可が下りているはずなのですよ。確認してもらえば分かると思うのですが……」

「分かりました。えっと、とりあえず、応接室に……」

「いえ、それの近くまで行きます。ケネスに直接確認してもらうのが一番だと思いますよ？」

それは、もちろん正規の手続きには程遠いのだが、涼の圧力に、ラデンは抗することができない。

「そ、それでしたら、私の後を……決して、くれぐれも他に行かないでくださいね。私の後を付いて……」

「うん、分かったから、早く行こう」

涼は笑顔のまま。

ラデンはこの日、笑顔ほど怖いものはない……そのことを思い知った。

笑顔のまま後を付いてくる涼。もちろん、後を付いてこいと言ったのだから、全く正しい行動なのであるが……ラデンが、半分涙目になっていたのは内緒である。

◆

王立錬金工房は広い。敷地も広いし、建物も広い。

とはいえ、働いている人間の数は決して多くない。

錬金術師の数だけで言えば、十人ほどだ。だがそれだけに、『王立錬金工房の錬金術師』といえば、王国でもトップクラスの錬金術師であることの証明でもある。

現在、その錬金術師たちをまとめているのが、弱冠二十二歳にして、天才錬金術師の名をほしいままにする、ケネス・ヘイワード男爵。

彼は、様々な機材が置かれ、分析室と呼ばれる錬金工房の中でも最も広い部屋の一つにいた。部屋面積も広いが、天井までの高さも二十メートル以上という、広大な空間である。

その中央に、件のゴーレムが一体置かれ、そこから様々な線が延びていた。

一心不乱に作業をしていたケネスは、ずっと左手に嵌めたままにしていた籠手を外し、ようやく一息ついた。

その時、扉がノックされる。

「どうぞ」

ケネスは、外した籠手を、傍らの作業台に置きながら、ノックされた扉を見た。

入ってきたのは部下のラデンと、久しぶりに会う水属性の魔法使い。

「リョウさん、お久しぶりです」

「ケネス、こんにちは。あ、話は通っているはずなのですが……」

涼は笑顔を浮かべたままではあるが、気もそぞろに、部屋中央に鎮座したゴーレムの方ばかりを見ている。

それを見て、ケネスが笑いながら言う。

「ええ、内務省経由で、リョウさんの見学許可は下りていますよ。でも凄いですね、これの見学許可が下りるコネクションなんて」

「一週間後から、トワイライトランドに行く依頼を引き受ける代わりに、これを見せてもらうことになったのです。いや、そんなことより……」

そう言いながら、涼はずっとゴーレムを見たまま、少しずつ近付いて行き……。

ついに、触れた。

もちろん、触れたからといって、何も起きない。

だが、インベリー公国の戦場で見て以来、ずっと恋い焦がれていたゴーレムに触れることができたのだ。

涼は感動に打ち震えた。

涼が、ひとしきり、ぺたぺたと触りまくっている間に、一度退いたラデンが、ケネスと涼の分のコーヒーを持ってくる。

「リョウさん、コーヒーでもどうですか？　ゴーレムは逃げませんよ」

「う、うん、逃げないのだけど……僕の時間が有限なので……」

「一週間でしたっけ？　実は、先ほど、とりあえずの分析が終わったんですよ。いくつかのデータの突き合せをしなければならないのですが、その間、つまり一週間は、リョウさんが好きなように見ても大丈夫ですよ。もちろん、壊したりしたらダメですけどね」

ケネスは笑顔を浮かべながら、そんなことを言った。

その言葉が涼に届いた瞬間、涼の首が、ぐりんとケネスの方を向く。

「ほんとに？」

ケネスは笑顔から、少し苦笑いになりながら答えた。

「ええ、ほんとです」

その後、涼はまるでテニス選手のように、何度も小さくガッツポーズを繰り返しながら、コーヒーの元に移動したのだった。

◆

コーヒーを片手に持ちながら、やはり涼の視線はゴーレムに固定したままだ。

「リョウさん、どうします？　自分でいろいろ見た後で、私の所見を聞きますか？　それとも最初に聞いたうえで、いじくりまわします？」

「ああ……本当は、自分で見た後の方がいいのですが、今回時間が限られているので……できれば、先にケネスの所見を聞きたいです」

涼は二秒ほど考えた後に、そう答える。

「なるほど。確かにその方がいいかもですね」

ケネスは頷いて、説明を始めた。

「まず、このゴーレムは、体内に、魔石を六個持っています」

「六個……。二個の連携ですら……」

「そう、二個を連携させるのですら、非常に困難ですね」

涼が思わず呟き、ケネスはそれを肯定する。

『錬金道具に魔石は一個』というのは、錬金術における常識なのだ。二個以上の魔石があると、それぞれが反発し合ったり、あるいは熱暴走のような想定外の動きをしてしまい、錬金道具として役に立たなくなることが多い。

もちろん、最上級クラスの錬金術師ともなれば、二個の魔石を連携させることも可能であるが……それでも、可能になるだけであって、決して簡単ではない。

「六個とは言っても、六個同時に励起させるわけではありません」

それを聞いて、涼はちょっとだけ安心した。

さすがに、六個の並列励起技術のゴーレムなど、一週間では全く分析できる気はしなかったからである。

錬金術において、魔石が活動している状態のことを『励起状態』と言う。ちなみに非活動の状態を、『基底状態』と言うらしい。いつ、誰が名付けたのかは分からないが、昔からそうらしい。

ただ魔石が置いてあるだけなら、二個でも三個でも問題ない。しかし、この励起状態になった魔石二個以上が近くにあると、反発しあったり熱暴走したりする……。

つまりケネスの説明から推測するに、六個の魔石がゴーレムの中には埋められているが、励起状態と基底状態を細かく切り替えながら、ゴーレムは動いているようだ。

ケネスは、ゴーレムの胸部を指さして言葉を続けた。

「胸部にある一回り大きめの風の魔石が、主動力源と言えます。そしてこの魔石は、常に励起しています。それ以外に、左右の腕に一個ずつ、脚に二個、そして頭部に一個。これらが、必要に応じて励起します」

「胸部が常時励起ということは、必ず二個は……」

「そうですね。魔法式を読み解いた限りでは、最大三

個の並列励起があり得ます」

「三個……」

二個の連携でも難しいというのに、三個とか……。

はっきり言って、現在の涼には理解できないレベルの錬金術と言える。

「凄いですね、それを作った人……」

涼は、製作者を素直に称賛した。

「ええ」

ケネスは大きく頷いて、続けた。

「これほどの錬金術、中央諸国でも扱える人物は少ないでしょう。そして、内部の魔法式を見て確信しました。これを製作したのは、フランク・デ・ヴェルデです」

「フランク・デ・ヴェルデ……」

「ええ。ナイトレイ王国魔法大学が誇った天才錬金術師。私が師と仰いだ方です」

ケネスは顔をしかめながら説明している。

「ケネスの師……。それは、もの凄そうです」

涼の語彙は、極端に少なくなっている。いろいろと圧倒されているから……。

「ええ、凄いです。私など足元にも及ばない天才です。彼と協力して、いくつもの錬金道具を製作しました。ですが二年前、フランクは突然失踪したのです。現在まで、ようとして行方は知れなかったのですが……これを見る限り、連合にいるのでしょうね」

ケネスの表情は、悲しさと、寂しさと、若干の安堵とが入り混じったものになっている。

だが、ここで涼は思い出した。

インベリー公国への連合の侵攻に介入した際、ヒュー・マクグラス率いる南部軍は、敵の最高司令官オーブリー卿に奇襲をかけた。そのオーブリー卿らと、ヒュー、アベル、そして涼が対峙した際、ゴーレム五体を率いて介入してきた『博士』っぽい人物がいた。

オーブリー卿は彼のことを、ドクター・フランクと呼んでいた……。

「おそらくなんですが、僕らはそのフランクさんにお会いしました」

「なんですって！」

涼の言葉に驚くケネス。

涼は、インベリー公国での邂逅を説明した。

「ああ……それは、とてもフランクっぽいです」

ケネスは笑いながら頷く。

「ケネスが僕の師匠ですと言ったら、良い師についたなと、喜んでいました」

「あはは……」

涼の言葉に、さすがのケネスも照れた後、言葉を続けた。

「今回の見学は、リョウさんの目標、ゴーレム作成の役に立つでしょう」

「はい！　遠大な目標への一歩を、また踏み出すのです！」

涼は、もう一度、はっきりと鎮座するゴーレムを見た。

そこで、疑問が湧く。

（脚、四本なのに、脚の分の魔石が二個なのはなんでだろう）

涼はそんな疑問がふと湧いたのだが、ケネスに問う前に、先に質問されてしまった。

「リョウさんは、このゴーレムが戦っているところを見たのですよね」

「ええ。動きのスピードは、正直、人間ほどではなかったけど、防御力と突破力が凄かったですよ」

「……を弾いたんですよね」

「え？」

ケネスが言った言葉を、一部涼は聞き取れなかった。

「ヴェイドラを弾いたんですよね……」

「あ、ああ……」

「あ、リョウさんは、ヴェイドラは知らないんでしたっけ？　見学許可書類の中には、ヴェイドラまで見せてかまわないと……」

ケネスが、少し焦りながら言う。

「ああ、ヴェイドラ知ってます。あの、緑色の光の……魔法のやつですよね？」

文字としての『ヴェイドラ』は、ルン辺境伯からの報告書に書いてあったし、現象としての『ヴェイドラ』は戦場で見たのであるが、その二つが同一のものであることは、頭の中では、若干結び付いていなかった。

「それです。種類で言うと、魔導兵器という分類になるらしいです。でも、まさかインベリー公国で実用化されていたとは……」

ケネスの表情には、悔しさが滲(にじ)んでいた。

さもありなん。自分が設計し、許可さえ下りれば製造すらできる物が、なぜか他国ですでに作られていたのだから。

「ケネスは、その情報がどこから漏れたかは……」

「ええ、聞きました。内務省からだったんですよね」

憤(いきどお)りよりも、すでに呆れという感じで、ケネスは小さく首を振りながら答えた。

この錬金工房が、情報漏洩にかなり厳しく取り組んでいるにもかかわらず、所管官庁から漏れるのであれば、防ぎようがない。

もちろん、情報を取っていく側も、どこからなら漏れやすいかを理解している。そこを集中的に狙うことによって、少ない支出で情報を得ることができる。

その手段は、どんな世界においても、今も昔も、ほとんど変わらない。

篭絡(ろうらく)か脅迫。

つまり、お金・異性をあてがうか、家族への攻撃を臭わせての隷属(れいぞく)である。

今回の内務省からの流出は前者で、関わったものは平民だったこともあって、即刻死刑となったらしい。

身分格差、恐るべし……。

「ヴェイドラの集束型すら弾くというのが……。ただ、いくら調べても、その原理が分からない。腕からは火属性の魔法か土属性の魔法しか出ないはずなんです。あるいは、主動力の風属性か……どちらにしろ、無属性の魔法障壁系統は使えません。その中で、ヴェイドラを弾くとしたら……確かに土壁ならあり得るのかもしれないけど、そんなものは発生していなかったらしいですし……」

「ああ……。あのプラズマは、火属性か風属性魔法ですかね」

涼が、その場面を頭に浮かべながら、なんとなく言う。

涼のラノベ的知識からは、雷と言えば風属性と勝手に思い込んでいたのだが、雷がプラズマであることを考えれば、必ずしも風とはいえないのだ。

火属性魔法でプラズマを発生させることは可能な気がするし。

いやそもそも、水属性魔法でもプラズマを発生させることが可能な気すらしている。地球にいた頃、水プラズマによってアルミ缶を切断する動画を見たことがある……。

ケネスは涼の呟きを聞くと、それに食いついた。

「リョウさん！　分かるんですか!?」

「いや、あの……詳しく説明する自信はないですけど……。なんというか、火属性の魔法か風属性の魔法で、超高温の……そう、小さな雷を発生させて、それによって空気の密度に変化が生じて……衝撃が伝わりにくくなるのです」

「えっと……？」

ケネスに、説明は通じなかった。

ケネスにも通じないのであれば、アベル辺りに通じないのは当然であろうか。全ては涼の責任であったらしい。

「そう、ヴェイドラって、風属性の魔法で、空気の振動が伝播(でんぱ)していく兵器でしょう？」

「ええ、そうです！　よく分かりましたね。最大の利点は振動の伝播なので、本体への反動が全くないことなんです」

「で、ゴーレムの防御機構は、その空気の振動を邪魔することができるのです」

「ああ……そういうことでしたか……。相性が最悪だ」

ケネスは理解し、そして苦笑しながら首を横に振る。

「本来の、このゴーレムの腕の使い方は、その雷で城壁とか城門を融かしたりして、破りやすくする機構なのかもしれませんけど、それを防御に応用したんですね。もしかしたら、設計者は最初からヴェイドラの迎撃を想定していたのかなぁと、あれを見た時に思いました」

涼は、戦場でゴーレムが、ヴェイドラの緑色の光を弾いた場面を思い浮かべながら答えた。

「なるほど。ゴーレムの設計者がフランクなら、それはあり得る話です。フランクとは失踪直前まで、この工房で一緒に錬金術の開発をしていましたから」

ケネスは、少しだけ寂しそうな表情になってそう言った。

◆

究極的に言うと、錬金術とは、錬金道具を生み出すのが目的だ。錬金道具とは、魔法を生成したり、魔法現象を起こしたりする道具である。

魔法によらずして、あるいは魔法使いでなくとも、魔法現象を引き起こすことができる道具、それが錬金道具。

例えばポーションは、ポーションを生成する魔法陣の描かれた紙の上などで、魔力や材料を使って生成される。そのため正確に言うと、『魔法陣の描かれた紙』が、この場合の錬金道具になり、ポーション作成は錬金道具を使っての未錬金術みたいなものなのだ。あるいは、錬金術一歩手前みたいな。

だが一般的には、ポーション作成も錬金術の中に入れられ、むしろ、錬金術の初歩の初歩となっている。魔法陣に慣れ親しんだり、魔力の操作を経験するという面から見ると、確かに錬金術の初歩の初歩というのは間違いではないのかもしれない。

錬金道具には、必ず、魔法陣か魔法式が描かれている。そして動力源として、魔石がついている場合がある。魔石がついていない場合は、魔法使いが外部から魔力を流し込む形だ。

先ほどの、ポーションの作成に使う『魔法陣の描かれた紙』などの場合は、魔石はついておらず魔法使いが外部から魔力を流し込むタイプだ。

魔法陣の場合は、どの属性の魔力を流しても起動できる。

魔法式の場合は、発現させたい魔法現象に属する魔力でなければならない。例えば風を吹かせる魔法式であれば、風属性魔法使いが魔力を流すか、風の魔石から魔力を供給するかだ。

そう考えると、魔法陣は魔法式よりも使い勝手が良いというのが分かるだろう。だが、たとえば同じ「風を吹かせる」魔法陣と魔法式があった場合、魔法陣の方が数倍の魔力が必要になってしまう。流された全ての魔力をダイレクトに使える魔法式に比べ、一度、一般化で標準的な魔力に変換している魔法陣の違いだ。

魔法陣も魔法式も、それぞれに特徴があり、生活の中では使い分けられている。

涼自身、錬金術の入口として、ポーションの作成などを行ってきたが、その際に使っていたのは魔法陣で、魔法式を使うことはなかった。

だが、錬金道具を作成する段階になると、魔法陣だけでは足りなくなる。魔法式も必要になってくる。それぞれ特徴があるために、使い分ける必要があり、両方必要となる。

購入した錬金術関連の本や、図書館にある錬金術関連の本に、多くの魔法式の例文が載っており、それを理解し、利用することはできるようになったが……最終的にゴーレムを動かすことを目指す涼としては、それでは全く足りない。

そこで、様々な錬金道具に記された魔法式を見た。見て学ぼうと。

『ハサン』の黒ノートにあるものはもちろん、王都騒乱前後に、ここ錬金工房でケネスに教えてもらったもの、あるいはゲッコー商会などで見せてもらう錬金道具に書かれた魔法式。

だが、共通するもの、共通する部分、似たような構文……らしきものもあることはあるのだが、全く違うものも多い。

なぜ？

今こそ、聞くタイミング。

涼はコーヒーを飲み干してから、ケネスに尋ねた。

「ケネス、僕には常々疑問に思っていたことがあります」

「ん？　改まって、なんですか？」

ケネスは、まだゆっくりとコーヒーカップをくゆらせている。

「錬金道具に書かれている魔法式なのですが、なんというか……バラバラな気がするのです」

「ああ、言いたいことは分かります。それはおそらく、魔法式は、書く人によって別々の物だからです」

「はい？」

「つまり、百人いれば、百通りの魔法式が存在する、という感じです」

「なんですと……」

涼は理解が追い付いていないが、なんとなく、とんでもないことを言われたことは理解した。

「昔、ある錬金術師が言った言葉があります。曰く、魔法式を書くことは、言語を一つ作り上げることと同義である」

現代地球には、様々な言語が存在した。

この『ファイ』にもあるらしいが、中央諸国は、ほぼ同じ言語であり、西方諸国ともほぼ同じ言語体系だ。勇者ローマンたちとも、問題なく会話できた。

どうも、東方諸国は、中央諸国とは言語体系が全く違うらしいが。

言語というものは、似たものもあるが、全く違うものもある……そして、魔法式は、人によって違う……？

「それは困る」

「そう言われましても……」

涼は切実な表情で気持ちを表し、それを聞いたケネスは苦笑しながら答える。

「商会などで売っている錬金道具くらいであれば、有名な魔法式が出回っていたり、書籍に掲載してあったりするので、どれもそれほど違いはないですが……リョウさんが目指すのは、そういうところじゃないですよね？」

「うん。僕は、自分でゴーレムを作りたいからね！」

「そういえば、そう言ってましたね……」

王都騒乱の時、ケネスは涼が目指す場所を聞かされた。その、壮大な目標を聞かされても、ケネスは笑ったりはしなかった。それどころか、涼を応援したのだ。

「今回、リョウさんは、ゴーレムに関する一切の情報を閲覧(えつらん)する権限を与えられています。ですので、この工房が保管する、人工ゴーレムに関する情報全てを見ることができます」

「そ、そんなものが……」

ケネスの言葉に、目を爛々(らんらん)とさせる涼。

「以前、フランクがいた頃に残していった資料なので、それこそ、このゴーレムの基礎技術みたいなものです。王都騒乱の時は、リョウさんはその閲覧権限を持っていなかったので見せられませんでしたが、今回は大丈夫です。後で、お見せしましょう」

「おぉ、ケネス、ありがとう」

涼はそう言うと、ケネスの両手を握って、泣きださんばかりの表情になるのであった。


ひとしきり感動した後、涼は再び席に着き、ケネスの説明が再開された。

「そう、魔法式なんですが、人それぞれとは言っても、なんでもいいというわけではありません。適当に書いたって魔法現象は発現しませんからね」

「ですよね。『言語を一つ作り上げる』って言ってましたよね……なんですか、それは」

現代地球において、言語を一つ作り上げるのを想像してみると……うん、想像できない。

「まず、魔法と錬金術の違いから考えてみましょう。どちらも魔法現象、つまり土の壁を生成したり、水を生み出したりという点は同じです。そこはいいですね？」

「はい、大丈夫です」

涼は、生徒口調で、自信をもって頷いた。

気分は、得意科目の授業を受ける学生だ。

「魔法は音、錬金術は文字によって、魔法現象を生み出します。魔法は詠唱を行いますね。その音が魔法現象を引き起こしますが、錬金術の場合は、文字の並びが魔法現象を引き起こすと言われています。ですので、錬金術師は、魔法現象を引き起こす文字の並びを探し出さなければなりません」

「なんと……」

涼は絶句した。

それは普通に考えて大変な作業だ。

何千何万というトライアンドエラーを繰り返して、魔法現象を引き起こす文字の並びを見つける……？

日本という『言霊(ことだま)の国』で生まれ育った涼としては、言葉が魔法現象を引き起こすという説明そのものは、理解しやすいものだ。

音が現象を引き起こす例としては、祝詞(のりと)などがその最たる例だろう。祝詞は、読み上げる際、絶対に間違わないようにする必要がある……。

　また、文字が現象を引き起こす例としては、様々なモノを封じるお札などが分かりやすい例だろう。そこに書かれた文字列が力を持っている……。

　そういう文化がすぐ周りにあった涼にとっては、分かりやすい説明であった。

　だが……何千何万のトライアンドエラーは……。

　そこまで考えて、ふと涼の頭に、別の何かが閃く。

「すでに見つかっている文字の並びを使ったり、一部改変したりして使ってもいいんですよね？」

「ええ、もちろんです」

　涼が尋ねると、ケネスはにっこり笑って答えた。

　生徒涼は、先生ケネスが望んでいる答えを見つけたらしい。

　そう、本に載っていたり、錬金道具に使われていたり、あるいはケネスやフランクが使っている『文字の並び』を使ってもいいのだ。

　少なくとも、錬金術に著作権は無い！　本は……やろうとしたらセーラに怒られた覚えがあるけど……。

　これは、プログラミング初心者がよくやる手法だ。元々あるプログラムを流用して、必要な箇所を変える。昔、涼はそんな方法も教えてもらったことがあった……。

　何がどこで役に立つか、本当に分からないもの。

　だが、いろんな人のものを組み合わせればいい……とばかりは言えない。

　かち合って、誤作動を起こしてしまう場合もあるから。やはり、簡単にはいかなさそうではあるが、少なくとも、涼の見据える未来に小さな光が灯ったのは確かであった。

◆

涼とアベルが、王都クリスタルパレスに着いた日。

涼は、王立錬金工房に直行した。

一方のアベルは、ルン辺境伯邸でいくつかの仕事をこなした。一介の冒険者であっても、A級ともなれば、領主関係者との様々な仕事が出てくる。

　それらをこなした夜、アベルは辺境伯邸を出てしばらく歩き、ある建物に入っていった。そこは王国魔法研究所、別名イラリオン邸。

だが、いつも直行する最上階のイラリオンの執務室ではなく、進んだのは地下。研究所の地下には、イラリオン専用の実験室が並ぶ……立入禁止区域。

だが、アベルはそんなことはお構いなしに入っていき、ある部屋の前に立つと、右手を扉の前にかざした。

青白い光が扉に現れ、しばらくすると、扉が音も無く開く。

部屋の中の扉でも同じことをし、合計三つの扉を抜けて、現れた階段を下り、長い通路を歩き始めた。

二十分ほど歩いたであろうか、突きあたりには、上への螺旋階段がある。

アベルは迷いなく階段を上がり、石の扉の前に立ち、扉に手を置き何事か唱える。すると石の扉はひとりでに開いた。

さらに、五十メートルほど歩いたところに、再び石の扉があった。

アベルは、剣を半ばほど鞘から滑らせ、剣の柄で三回扉を叩く。しばらくすると、扉の向こうで、三回叩く音が聞こえる。

それを確認して、アベルは今度は七回叩く。そうしてようやく、扉の向こうで鍵と閂らしきものを外す音が聞こえ、扉が開かれた。

そこには、王太子の顔があった。

「いらっしゃい、アルバート」

「兄上……」

笑顔で迎えてくれた王太子に対して、アルバートと呼ばれたアベルは、言葉を継ぐことができなかった。

それほどに、前回会った時と比べて、やつれていたのだ。

「酷い顔だろう?」

だが王太子は、笑顔を浮かべてアベルに言う。

「いえ……」

さすがに、兄とはいえ、正直な感想は言えない。かと言って、気の利いた嘘を言えるアベルでもない。

「自分の体のことだ、自分が一番分かっているよ。はっきり言って、もう一年はもたないだろう」

「兄上！」

「そんな怖い顔をしないでくれ。どうしようもないのだから」

王太子は苦笑いしながら、怒った顔になっているアベルをなだめる。

「私が死んだら、アベルが王位継承権第一位になる。アベルの武に関する力は全く心配していない。個人の武に関しても、Ａ級冒険者にまでなったからね」

やつれた顔ではあるが、本当に嬉しそうに王太子は言った。

「ただ、冒険者をしている分、実際の国政に関わる経験が少ないのが気になっているんだ」

「はい……」

王太子の指摘に、素直に頷いて同意するアベル。

もちろん、十八歳で王城を出るまでは、王族が学ぶべき全ての内容を、アベルも学んできた。そのため、基礎的な知識に関しては問題ないのだが……現実的には、それだけでは足りない。

「そこで、これから一週間、私が王太子として経験してきた問題、経験をアベルに引き渡したいと思う」

「え……。し、しかし、それは、その……」

アベルは、王城にいた頃、第二王子として、文武両道を修めた。

とはいえ、どちらも平等に好きなわけではない……言うまでも無く、武の方が、というか剣に全てを捧げたいとすら思えるほどに、嗜好（しこう）は偏っていた。

「アルバート、この期に及んで逃げてはダメだよ。兄としての、最後の頼みだ」

いっそ清々しいほどの笑顔を浮かべて、王太子はアベルに迫る。こう言えば、アベルが逃げないことを経験から知っているのだ。

「はい……分かりました」

さしたる抵抗も無く、アベルは観念した。

「よし。で、必ず受け入れてくれると思って、資料も用意してあるんだ。さっそく今晩からやるよ」

それから一週間、アベルの勉強漬けの日々が始まった。

◆

王立錬金工房に入った翌日、今日も涼は、鹵獲したゴーレムとフランク・デ・ヴェルデが残していった資料と格闘している。

格闘していると書いたが……常に笑顔を浮かべている。本当に嬉しそうに、鼻歌でも歌い出しそうな雰囲気である。

時々、部屋の隅でデータを整理したり、何かを作ったりしているケネスの所に行って質問したりする。それも笑顔で。答えるケネスも、涼の笑顔に当てられて思わず笑みを浮かべてしまう。

王立錬金工房は、今日も平和だった。

「主任、魔法大学の見学の方々がいらっしゃいました」

「今日でしたね。ありがとう、ラデン」

副主任のラデンが、ケネスに見学者の来訪を告げる。

「魔法大学？」

もちろん涼も、魔法大学の存在は知っている。そして、目の前の人工ゴーレムを造ったフランク・デ・ヴェルデが、魔法大学からこの錬金工房に出向していたというのも、以前聞いた覚えがある。

「元々、魔法と錬金術は密接に結びついています。魔法大学の中にも、錬金術科がありまして、来年度そちらに進む予定の学生さんが見学に来るのです。私も、融合魔法関連を簡単に解説しないといけないので、少し席を外します。すいません、リョウさん」

ケネスはそう言うと、資料をまとめ始めた。解説に持っていくのだろう。

だが、涼が気になったのは別のことだ。

「融合魔法……錬金術との融合魔法……お話、聞いてみたいですけど……」

涼はそう言いながら、ゴーレムを見る。再びケネスを見る。またゴーレムを見る。再度ケネスを……。

話は聞いてみたいが、ゴーレムが気になるのが態度で分かる。

「二つ隣の『第一会議室』というところでやります。いつでも、こっそり後ろから入ってくることができますから」

ケネスは笑いながら言う。ゴーレム研究で疲れたら、気分転換にでもと言いながら出ていった。

その後、廊下をがやがやと歩いていく声が聞こえてくる。

ガラス窓を通して、涼が見ると……。

先頭を歩くのは百八十センチを超える体格のいい壮年男性。魔法大学の引率者なのだろうから、魔法使いなのだろう。だが、魔法使いというより、槍士と言われた方がしっくりくる。身長と同じほどの細身の杖を持っているのが、涼の想像力に拍車をかけたのかもしれない。

涼は、その壮年男性を、どこかで見た記憶があるのだが……ちょっと思い出せない。

だがそれ以上に、涼の意識を捉えた人物の姿が見えた。

「あれ？　どうして魔法大学に……？」

そう、涼の意識を捉えた人物は、見覚えのある人なのだ。

引率者の後をついて歩く学生約四十人。みんな二十歳前後だろうか。

しかし、最後の一人だけかなり若い。とても若い。十五歳ほどのはずだ。そう、涼の記憶が確かならば十五歳、誕生日を迎えていても十六歳。

そして、所属は魔法大学ではなくて、王立高等学院とかいうところのはずだ。そこに留学したはずなのだ。間違いない。だって、涼の弟子なのだ。

そう、ウィリー殿下は。


一行が通り過ぎても首を傾げたままの涼。

「飛び級とかそういうことでしょうか？」

可能性はある。ジュー王国第八王子ウィリー殿下は、とっても頑張り屋さんだ。師匠である涼が止めてもなんだかんだ言って、連日魔力切れになるまで魔法の練習に励んでいた。

勉学全般においてあの調子であれば、飛び級で大学に入るのもあり得る気はする。

涼はゴーレムを見る。

じっと見た後で告げた。

「君は逃げない。ちょっと気になるので、向こうを見てきます」

そう言って、部屋を出ていった。

◆

「ヘイワード男爵、この度はお忙しいところ、お時間を割いていただき感謝いたします」

「いえ、クリストファー教授。王立錬金工房が、魔法と錬金術の発展に寄与するのは当然のことです」

学生引率のクリストファー教授とケネスが挨拶をしている。

クリストファー教授は、魔法大学の主席教授であり、次期学長となることがほぼ確定している人物。以前、ルンのダンジョンに調査団の一人として来たこともある。涼がどこかで見た記憶があったのは、そこで見かけたからだ。

そんな中、静かに部屋の後ろの扉が開き、ローブを着た男性がコソコソと中に入ってきた。そしてそのまま、一番後ろの席に座る。

その様子に気付いたのは二人。ケネスとクリストファー教授。

ケネスはただ微笑むだけ。

クリストファー教授は、小さく首を傾げたが特に何も言わなかった。自分が引率してきた学生でないことはすぐに理解したが……。王立錬金工房に入ったばかりの錬金術師か、外部から研修に来ている人物だと解釈したのだろうか。


二時間後、ケネスの講義が終了した。

何人かの学生が、ケネスの元に質問に行く。それに対し、ケネスは丁寧に分かりやすく説明している。

一番後ろの席に座る涼からでも、なんとなく分かる。うんうんと頷く涼。なぜか偉そうだ。

だが、そんな涼に気付いた人物がいた。首を傾げながら、近付いてきて……確信したらしい。

「リョウ先生！」

「お久しぶりです、ウィリー殿下」

驚きの表情のウィリー殿下に、嬉しそうな涼。

ウィリー殿下は、中央諸国の東部にある小国ジュー王国の第八王子で、留学という名の人質のような形で王都に来ている。涼は、そのウィリー殿下の留学の護衛をしたのだが……途中でいろいろと大変なことが起きた。

ウィリー殿下は暗殺教団に狙われ……いろいろあって、涼がその暗殺教団の村を凍りつかせて潰し、教団首領『ハサン』を名乗る人物から勧誘されたり……最終的にはハサンは部下の裏切りで命を落とし、その際、涼に自分の錬金術ノートを引き継がせた。

いわば、涼とウィリー殿下は、共に危地を潜り抜けてきた戦友。

そんなウィリー殿下は水属性魔法の素質があるらしく、護衛の間、涼がいくつか手ほどきを行った。とても真面目で努力することを厭わない性格なのか、ウィリー殿下は水属性魔法の訓練にのめり込み、涼も驚くほどの進歩を遂げたのだ。

そんな二人の邂逅。

「リョウ先生は、ルンの街にいらっしゃったのでは……？」

「ちょっとお仕事で、王都に来ていまして。それよりウィリー殿下こそ、入学する学校は王立高等学院とかおっしゃっていませんでしたか？」

「はい。よく覚えていらっしゃいますね」

「フフフ、学園編は王道なのです」

「……はい？」

涼が頭の中に浮かべる、ラノベ王道展開『学園編』など当然知らないウィリー殿下は、首を傾げている。

そう、涼の妄想なのだから、理解できないのが当たり前だ。

「え～っと、高等学院へは、結局一度も行けませんでした」

「え？」

「以前起きた王都の騒乱、あれで王国貴族の子弟の方々もかなり……」

「ああ……」

「無事だった人たちも、領地に戻られてしばらくはそちらで生活される、という方々が多いそうで。王立高等学院は、再開される目処が立っていないのです」

「なるほど」

以前、涼が聞いた話では、王立高等学院は貴族の子弟用の学校ということであった。

先日の王都での騒乱は、現在では、一般的に『王都騒乱』と呼ばれるようになっていた。その王都騒乱は、貴族の屋敷が多く集中している王都の北側が騒乱の中心となったため、王国貴族はかなりのダメージを負ったのだ。

そうなると、貴族用の学校はいろいろと難しい状況に陥る……。

そもそも、純粋な学業面から見た場合、貴族家としては、わざわざ学校に出さずとも家庭教師をつければいいのだ。

ひとえに、学校に集まって集団生活を行うその理由の多くは人脈作り。

上流階級になればなるほど、その側面が強くなるのは、いつの時代、どんな世界でも変わらないのだろう。

「とはいえ、いちおう私は留学のために来ていますので、学校には行かなければなりません。それで身分の関係のない王都普通学院に通い始めたのですが……」

「なんというか、凄い名前ですね……」

ウィリー殿下が通う学校の名前を聞いて、涼は驚くというか呆れるというか、少し複雑な気持ちになった。

いや、だが、地球においても高校に普通科とかあったわけで、まあいいのかと勝手に納得する。

「ただ、全てジュー王国にいた時に習った内容ばかりでして……」

「本当に、普通だったのですね……」

少し寂しそうに言うウィリー殿下に、小さく首を振り嘆く涼。

「そうしたら、普通学院に籍を置きながら魔法大学に来ないかと、クリストファー教授が誘ってくださったのです」

ウィリー殿下はそう言うと、教室の前の方にいる壮年の引率者を見た。

「ああ、クリストファー教授！」

ここで、ようやく涼は思い出したのだ。ルンのダンジョンで、アベルたちを救出に行った際に見かけた人だと。

「リョウ先生は、クリストファー教授をご存じなのですか？」

「あ、いえ、ちょっと見かけたことがあるだけです」

涼が、調査団のお偉いさんの一人らしいと勝手に見かけただけなので、「ご存じ」とはさすがに言えない。言えないと思っていたのだが……。

そのクリストファー教授が二人の元に歩いてきて言った。

「ルンの冒険者、リョウ殿ですね。まさか、ウィリー殿下とリョウ殿が知り合いだとは思いませんでした」

「え？　あれ？　クリストファー教授は僕のことをご存じです？」

クリストファー教授が、自分のことを知っているのに驚く涼。紹介したことも紹介されたこともないのは確かなのだが。

「ええ、もちろんです。あのダンジョンの後、宮廷魔法団のアーサー顧問からお話を聞きました」

「ああ、アーサーさん」

宮廷魔法団の顧問アーサーは、涼がアベルと共に助け出した人物だ。助けてくれたことに、とても感謝していた。

「しかも、王立錬金工房にも出入りされているとは。活動が幅広いですな」

「け、ケネスとは仲良くさせてもらっておりまして……」

涼は、ほんの一瞬、本当に一瞬だけ、クリストファー教授の雰囲気に鋭いものを感じた。

それは、多くの場合、気のせいで済ませてしまうほどのわずかな感覚。もしこの場にアベルがいて、それは気のせいだと言えば、涼は素直に受け入れたであろう……それほどに、本当に僅かな。

「教授、午後からの計画なのですが……」

そこに、学生の一人が話しにきて、クリストファー教授は移動していった。

「クリストファー教授は、ちょっと怖い感じがあります」

素直に感想を述べる涼。

ウィリー殿下は、その感想を否定しなかった。

「そう、時々ありますね。教授は、魔法大学の次期学長を確実視されています。また、大学内での権力そのものも並ぶものがないとか。巨大な組織で上に行くというのは、ただ仕事ができるだけでは無理ですから、いろいろあるのかと」

「……十五歳でそんなことを言うウィリー殿下も凄いです」

「いえ、私は王族ですから、いろいろと見てきましたので」

素直に称賛する涼と、照れるウィリー殿下。

人の世は、いろいろと難しいものらしい。

その後、ウィリー殿下は、魔法大学に戻る途中にご飯を食べに行こうと呼びに来た、友達らしき人たちと去っていった。

涼に対して恐縮していたが、涼は笑顔で送り出したのだ。

「飛び級すると、友人関係を築くのが難しいと聞いていたのですが、ウィリー殿下はちゃんとやれているようです」

涼はそう呟いて、何度も頷いた。

え？　もちろん一人ぼっちになった涼は、ケネスが誘ってくれたから。大丈夫です！

「工房にいる間の一週間、リョウさんもこの食堂を自由に使っていいですから」

「錬金工房って食堂があるのですか！」

ケネスに連れて行かれた錬金工房付属食堂は、かなり立派なものであった。メニューも豊富で、一カ月毎日食べても飽きがくることはなさそうなほどだ。

だが、涼は気付いた。

「ケネス、それぞれのメニューのお値段が分かりません」

そう、メニューは実物付きで置かれており、凄く分かりやすいのだが、金額がついていないのだ。もしや、一律千フロリンとか？

「あ、無料ですよ」

「え？」

「この食堂は、錬金工房で働く人たちしか利用できないのですが、全て錬金工房の予算で賄(まかな)われています。ですから、リョウさんが利用できるのは特別です」

「なんてこと……」

ケネスが笑いながら説明し、涼は泣きださんばかりの表情になって感謝した。そう、会ったこともない、予算を付けてくれた偉い人に感謝した……。


二人はご飯を食べる。

涼が選んだのは、ハンブルグ定食。涼の認識では、ハンバーグ定食だ。

「王都で広がったのは、けっこう最近ですけど、王国東部では、けっこう昔からある料理らしいです。ああ、そうそう、東部だとリョウさんみたいに、ハンバーグって発音するみたいですね。王都だと、ハンブルグですけど」

涼が美味しそうに食べていると、ケネスがそんな説明をしてくれた。

この食堂は、流行りものも取り入れてくれるらしい……なんて素晴らしい！

「美味しいものを食べると、素晴らしい発想が生まれる。初代工房長でもあった、リチャード王の言葉です。ですので、この付属食堂は、無料なのだそうです」

「さすがはリチャード王！　彼は、閃きの本質を理解していたのかもしれませんね！」

リチャード王は、王国中興の祖と言われる英邁なる王だ。そして涼は、リチャード王は転生者ではないかと睨んでいる。

とはいえ、そんなことは関係なしに、食の重要性を理解しているのは素晴らしいことなので、大絶賛するのだ。

ちなみに涼自身は、閃きに関しては、欧陽脩の三上主義者である。馬上、枕上、厠上で良い考えが閃くという意見に全面的に賛同している。だが同時に、元日本人として、お風呂に入っている時にも閃きがあることを実体験として知っている。

つまり、三上だけでなく、他の時にも閃きやすいタイミングが存在する可能性はある……それは食事の時もそうなのではないかと思うのだ。

「どちらにしろ、美味しい食事は正義です」

涼が力説し、ケネスも笑顔で同意する。それを否定する人間はいないに違いない！

　しかし、ケネスが少しだけ眉根を寄せて言葉を続けた。

「この錬金工房の運営全般に関する予算は、国王陛下直轄だった時から潤沢なのです。それは、現在の内務省所管になっても変わりません。ですが……」

「ですが……？」

「ヴェイドラや、フランクのゴーレム関連のような、特別事業に関しての予算はずっと凍結されたままです」

「もしかして、フランクさんが連合に行っちゃったのも……」

「ええ、それが大きいと思いますね。フランクは、人工ゴーレムの制作に人生の全てを捧げていましたから。確かに伯爵ではあったのですが、最近の王国というか……王国政府のありように、不満を抱いていました」

　ケネスはそう言うと、小さく首を振った。

　共に机を並べて研究に勤しんだ、師とも友とも慕った人物が出奔せざるを得なかった状況は、やはり気持ちの良いものではなかったのだろう。

「難しい話ですけど……。国が違ったとしても、そう、それがたとえ敵国だったとしても、永久に敵対したままというわけではないと思うのです」

　涼は、考えながら言葉を繋ぐ。

「国同士というのは、基本的に仮想敵国ではあっても、時代によっては仲良くなることもあります。もしかしたら王国と連合もそういう関係になって、またフランクさんとも普通に会えるようになるかもしれませんよ」

「そう……ですね。そうなってくれると嬉しいですね」

　涼の言葉に、微笑むケネス。

　連合は、王国にとっては帝国と共に仮想敵国の一つだ。そこは、地政学的な理由でこの先も変わらないだろう。だから、錬金術の研究を共にできるかは正直分からないが、交流くらいはあり得ると思うのだ。

「いろいろと難しいですね。研究だけに集中できればどれほどいいか」

　なぜか、研究者でもない涼が嘆く。

　それを受けて苦笑するケネス。

「研究だけに集中といえば……リョウさんは、私がここに住んでいるというのは、ご存じでしたっけ？」

「はい?」

◆

食後、ケネスが涼を案内したのは、ケネスの寝室。

そこは仮眠室などではなく、普通にリビングと寝室が存在する、ケネス専用の部屋。実際にそこで寝起きしているようだ。

「ここで寝起きして、隣の棟で研究開発を行っている……?」

「はい。もちろん私だけではなく、所属する錬金術師全員が、部屋を持っています。これなら、いつでも研究に戻れますからね」

ケネスの説明に驚く涼。

だが気付いた。ケネスの言葉で気付いた。

今、ケネスはこう言ったのだ。「研究に戻れる」と。

そう、研究が全ての中心にある……「研究に行く」ではない。研究しているのが通常の状態で、それ以外の睡眠、休憩、おそらく食事すらも非常の状態なのだ。

そう、研究者とはそういうもの。

「王立錬金工房って、まさに、研究者のための施設なんですね」

「はい」

涼が素直に称賛し、ケネスは嬉しそうに頷いた。

「あ、そうそう、リョウさんのゲストルームも準備できましたよ。昨日の仮眠室ではなくて、そこで寝起きして、ゴーレムの研究に臨んでもらっても大丈夫ですから」

「なんですと!」

こうして、錬金術に明け暮れる、涼の夢のような一週間が過ぎていくのであった。

◆

一方、その頃、アベルは……。

「うん、少し休憩しよう」

王太子が言った瞬間、アベルは机の上に突っ伏した。

「アルバートは体力があるはずなのに、凄く疲れているように見えるね」

「凄く疲れています、兄上……」

ベッド上から、笑顔を浮かべて言う王太子。半死半生の体で、机に突っ伏したまま答えるアルバートことアベル。

「そうだ、紙には書けなかったんだけど、気にしておいてほしい情報があるんだ」

「気にしておいてほしい？」

王太子が紙に書けないとあえて言うほどの情報……それは、かなり機密性の高いもののはずだ。

「近々、帝国と王国は戦争になる」

「……はい？」

あまりの言葉に、素っ頓狂な返事をしてしまうアベル。

「まあ、小競り合い程度は、数年に一回あるんだけど、今回はそれでは済まないと思われる。王国が大敗する可能性もある」

「それは……」

王太子のあまりといえばあまりの予測に、言葉を失うアベル。

「王都騒乱で、王国騎士団は多大な損害を被ったからね。生き残った若い団員たちを中心に、かなりの速度で再建してはいるけど、帝国を相手にとなると、どうしても戦力不足は否めない」

「帝国が相手なら、王国北部貴族たちが立ち上がるのでは？」

「そうなんだけど……実は、その北部貴族が少しきな臭いんだ」

「まさか、そんな……」

「とはいえ、すぐにではないと思う。数カ月、あるいは一年以上先か。ただ、そういう状況もあり得るというのを覚えておいてほしい。そして、アルバートが王位を継ぐことになったら、情報を集め、分析し、先の予測をして手を打つ……そういうことも必要だというのを頭の片隅に置いておいてほしいんだ。今、直面する問題を解決するだけではなくてね」

「はい……」

アベルの返事は小さい。

それも当然だろう。今、王太子の言った言葉には、驚くほど重い言葉が含まれていた。『アルバートが王位を継ぐ』だ。それはつまり、父である現国王スタッフォード四世と、目の前にいる兄である王太子、二人ともが亡くなったらという意味なのだから。

　そう、目の前の王太子は、この先、自分と国王が死ぬことを既定のことと捉えている……。

「いくつか手は打ってあるし、これからも打つけど……正直、状況をひっくり返すのは難しい」

「兄上……」

「そうそう、物的証拠は全くなくて状況証拠だけなんだけど、内務省には注意しておいてほしい」

「内務省？　内務卿のハロルド・ロレンス伯爵ですか？」

「彼自身なのか、その周囲なのか……それはまだ分からない」

　内務卿ハロルド・ロレンスといえば、切れ者だとアベルも聞いたことがある。以前、国王周辺について調べた時にも、彼に関する悪い噂は一切聞こえてこなかったが……。だが、王太子がここまではっきり言うということは、根拠となるべきものを掴んでいるのであろう。

　そこで、アベルはふと思い出したことがあった。

「以前、ゴンゴラド商会の取り締まりを行った時に、エマニュエルたち第二近衛連隊を動かしたのも、内務省の王都衛兵隊を信用できなかったからですか？」

「ああ、そういえば……エマニュエルから報告を受けたね。その場に、アベルと魔法使いが居合わせたと。そう、あれはそうだ。ゴンゴラド自体、連合と帝国両方と繋がっていてね。内務省に手を伸ばしているのは帝国のようだから、第二近衛を動かした」

「帝国……」

　そこで、アベルの脳裏にある推測が閃いた。だがそれは、あまり嬉しくない閃き。

「もしや、父上……国王陛下の体を蝕んでいる何かというのも、内務省を通じて帝国が？」

「その可能性はあるよ」

　アベルの閃きを、王太子は肯定した。

　だが、小さく首を振って言葉を続ける。

「証拠を集める時間はない……間に合わないだろうね」

「兄上……」

「王国には法律がある。法律がある以上、それに則った手続きをとらねばならない。それは市井の民だろうが王族だろうが変わらない。だからこそ、手を打つのが遅れた時点で、負け自体は確定してしまっているのかもしれないね」

「……」

「アベルが国王になったら、そんな足りない法についても、現実の問題を処理するのに適した形に……時代に合わせて変化させていってほしいかな」

「……努力します」

いっそ清々しい笑顔を浮かべて王太子は要望を述べた。アベルは顔をしかめながら、頭を下げて受け入れた。

「よし、では休憩終了。続きをしよう」

「はい……」

そうやって、アベルの勉強漬けの一週間が過ぎていくのであった。

◆

使節団出発前夜、王立錬金工房前には、フラフラした足取りの剣士が立っていた。

「ごめんください……」

弱々しいその声は、普段であれば誰も反応しないであろうほどに、か細い声。だが、その夜、錬金工房の扉付近には、一人の水属性魔法使いが待機しており、そのか細い声を拾うことができた。

「アベル、遅いですよ。自分で、拾いにくるって言っておいて……。もう、勝手に辺境伯邸に行こうかと思っていたところです」

「う……すまん。勉強が長引いて……」

アベルは、かなり大きめの鞄を抱えている。

涼も、王都に来た時よりも大きめの鞄に替わっていた。

「アベル、おっきな鞄を抱えていますね」

「リョウもな」

二人とも、お互いの鞄を見て笑った。

アベルは乾いた笑いを。

涼は嬉しそうな笑いを。

その差は、鞄の中身の差だったのだろう。

アベルは、王城から王国魔法研究所を経由して錬金工房へ。そこで涼と合流して、二人はルン辺境伯邸に入った。

くたくたに疲れていたアベルはそのままベッドへ直行。

涼は優雅に風呂に入り、少しだけ、鞄に入った資料を見てから眠った。

眠りの世界は平等である。

二人は、平和な世界を、堪能した……。


翌朝、王太子による一週間の集中講義から解放されたアベルは、一晩の睡眠で完全回復していた。

さすがはA級冒険者といったところか。回復力も、人類最高峰に近いのであろう。

涼も、特に何事も無く起き出して、辺境伯邸が準備した朝食を、しっかり食べた。

これから長旅だ。しかも外国へ。何があるか分からない以上、食べられる時に食べる。普段は引き籠っているが、このあたりはさすが冒険者なのである。


二人は、今回ゲストともいえる立場であるため、馬車が用意されている。

集合場所の馬車に向かうと、そこには見知った顔があった。

「なんだ、ザックとスコッティーじゃないか。二人も使節団に入っているのか？」

そこにいたのは、王都の飲み会組織『次男坊連合』に所属し、王国騎士団員でもあるザック・クーラーとスコッティー・コブック。

「ああ、小隊長待遇でメンバー入りだ」

「希望者が多くて、けっこうな倍率を勝ち抜きましたよ」

ザックとスコッティーは、笑いながら答えた。

だが、突然ザックの笑いが凍りつく。

「あ、あんた、あの時の魔法使い……」

それは、ザックが涼の姿を捉えた時であった。

あの時というのは、もちろん、王都騒乱時のエルフ自治庁のことだ。

エルフのセーラが、アークデビルを倒した直後に涼はそこに現れ、他のデビルたちの首を〈ウォータージェット〉で刎(は)ねていった。ザック憧れのセーラを抱きしめながら。

　ザックの目には、若干の恐怖と共に、敵愾心(てきがいしん)が宿っていた。

　そんなとげとげしい雰囲気を、涼も感じ取って、隣にいるアベルに小声で尋ねる。

「僕、この人に何か悪いことしたんですかね」

　涼の記憶の中には、ザックに会った記憶はない。だが、敵対的な視線は感じている。

　もちろん、アベルは全ての事情を知っているのだが……この場で、正直に答える気にはならなかった。

「さ、さあ……何か分からんが、気にしなくていいんじゃないか」

　背中に冷や汗をかきながら、アベルは誤魔化すことにしたのだ。

　ちなみに、ザックの隣にいるスコッティーは、小さく首を振って、諦めの表情を浮かべている。最初から、何もする気が無いことを、行動で示している。

　結局、涼は何も理解できずに首を傾げながら、馬車に乗り込むのであった。

　その日、外務省交渉官を最高責任者に文官ら二十人、冒険者A級パーティー二人、騎士団二十人、従士二十人、護衛冒険者C級二十人の、総勢八十二人の使節団が王都を発った。

王国使節団

使節団のうち、文官らと涼とアベルのA級パーティーは馬車、騎士団は騎馬で、他が徒歩となる。そのため、移動速度はかなりゆっくりであった。

　王都から南部最大の街アクレを経由して、王国の西南にあるトワイライトランドまで、片道一カ月の予定。初日の宿泊予定の街デオファムから始まり、アクレまでの第三街道中は、全て街での宿泊となる。

　それ以降も、国境までは野営の予定は無い。冒険者や騎士団はともかく、交渉官を含めた文官たちに野営は厳しいからだ。

　そういう点では、比較的、楽な旅程であった。

「アベル、初日はデオファムだそうですよ。覚えていますか？　二人で、王都からルンの街を目指したあの旅で、最初に泊まったのもデオファムだったですよね。僕の左腕が斬り飛ばされた、あの旅です」

「なんで、自分の腕を斬り飛ばされた話を、そんな笑顔で語れるのか……リョウの精神力は凄いな」

　アベルは、げっそりしながら言う。

　もっとも、アベルのげっそりした表情は、必ずしも涼が話す内容が理由というだけではなかった。

「アベルが持ち込んだ資料、けっこうな量ですね」

「まあな。兄上から出された宿題が大量にある……」

　そう、アベルは、兄である王太子の集中講義からは解放されたが、旅の間に解くことを課された宿題の山と共に、馬車に乗り込んでいた。

　おそらくそれが、げっそりした理由の九割を占めていたであろう。


「……法に反したA伯爵家に関する処分の範囲……一族のどこまでを、どのような刑に処するか……。王城において、抜剣し式典担当B伯爵家当主に斬りかかった……。なんだか、細かな設定が書かれていますね。まるで、実際に起きた事件のケーススタディです」

「まあな。実際に起きた事件だからな」

「殿中でござる～とか言われて止められたのでしょうか」

　涼の頭の中に浮かんだのは、赤穂の浅野内匠頭と吉良上野介のお話、松之廊下の刃傷事件だ。

「デンチュが何か知らんが、斬りかかった側の伯爵家は取り潰されたはずだ。だが、そこに至るまでの事情も複雑でな……。はぁ……難しい問題が目白押しだ」

　アベルは深い、本当に深いため息をついて言う。

「まるで、本当に王子様みたいな勉強をさせられているんですね」

「まるで、って……未だに信じないリョウも……なんというか、頑固だな」

「当然です。だって、アベルがまかり間違って王様とかになってしまったら……」

「なってしまったら……？」

アベルは、その先の答えを少し聞いてみたくて、涼に促してみた。

「なってしまったら……気軽に、ご飯を奢ってもらえなくなるじゃないですか！」

「あ、うん、そんなことだろうと思ったよ」

アベルは馬車内のテーブルに突っ伏した。

「そういえば……」

「なんだ？」

涼はふと思い出した疑問を頭に浮かべ、アベルは顔を上げずに問いかける。

「アベルのお兄さん、王太子殿下の名前って、なんていうんですか？」

「兄上は、カインディッシュ・ベスフォード・ナイトレイだ」

「カイン……」

「ん？　確かに幼少の頃は、兄上のことをカインと呼ぶこともあったが？」


涼が頭に浮かべたのは、『カインとアベル』。

地球における、世界史上最初の殺人事件の加害者、兄のカインと、被害者、弟のアベル。旧約聖書に出てくるお話。

（まさかカイン氏は、アベルを勉強で圧殺しようと画策しているのでは……）

もちろん、そんなことはない。

◆

終始難しい顔をして、王太子より課された宿題を解くアベル。

それに比べて、常に笑顔で資料を読み込んだり、何事か傍らの紙に書きこんだりしている涼。

書類と格闘している点は同じであるが、馬車内に放たれる雰囲気は全く違うもの。それは王になるための宿題と、ゴーレム関連データや資料との違いである。

二人が乗るのは、テーブル付きの二人用馬車。他が、テーブル付き四人用馬車であるのに比べると、少しだけ小さいのだが、誰に気兼ねすることなく過ごすことができるため、二人の勉強ははかどった。

午後四時前、使節団は、一日目の宿であるデオファムに到着した。

◆

「アベル、あの時、僕たちが泊まった宿ですよ！」

涼は、見るからに上機嫌な様子で、今夜の宿を見上げている。

涼は覚えていた。この宿は、大浴場付きであると。

「まあ、デオファムでも、かなり高級な宿だからな。国が、使節団の宿に選ぶのもよく分かる。今回は、宿を丸ごと借り上げたそうだ」

アベルは、一日中勉強し続けた疲労からか、見るからに疲れた様子だ。

そんなアベルの口から、衝撃的な言葉が涼に向かって放たれた。

「リョウ、覚えているとは思うが、今夜の夕食は、交渉官の部屋に呼ばれているからな。六時に部屋に行くぞ」

「え……」

涼は、文字通り固まった。

交渉官とは、王国外務省から派遣されている、トワイライトランドとの交渉一切を取り仕切る人物だ。この使節団の最高責任者であり、当然、高級官僚でもある。

涼の右足は、前方に踏み出そうとしたところで止まり、左手も前に出ようとしたところで止まり……表情も含めて、涼の全てが停止した。

そして、ギギギという音がしそうな様子で、固まった表情のままアベルの方を見る。

「あ、アベル、僕は体調が悪いので、夕食は欠席を……」

「許されるわけないだろうが。こういうのも含めて、今回の依頼だ」

肩をすくめて、ため息をつきながらアベルが残酷な言葉を告げる。

「いや、ほら、アベルがA級冒険者なのであって、僕はただのC級……」

「リョウ、諦めろ」

「でも、きっと、交渉官の人って、高位の貴族とかで、平民の冒険者なんてゴミを見るような目で見てきて……『こんな奴と同じテーブルになんてつけるか！』とか言って、僕のこの大切なローブに、ワインをかけたりするに違いないですよ？」

涼は無表情が解けて、今度は涙目になりながら訴えかける。

「……なんというか、もの凄い偏見だな。いや、まあ、そういう貴族もいるけど……。交渉官は、西部の大貴族ホープ侯爵家の次男だ。年齢は、三十歳くらいだったはずだが……」

「大貴族……」

涼は涙目のまま、絶望的な表情を顔に浮かべた。

「まあ、諦めろ。服は、いつも通りの服でいいと言われているから。じゃあな」

そう言うと、アベルは使節団の後について、さっさと宿の中へと入っていった。

取り残された涼は、デオファムに着いた時のテンションの欠片も無いほどに、トボトボとした足取りで宿に入っていくのであった。

◆

「やあやあ、よく来てくれました。わたくしが、今回の交渉官を務めさせていただいている、イグニス・ハグリットです。よろしくお願いします」

そう言うと、交渉官イグニスは二人に握手を求めた。

涼とアベルを出迎えてくれた使節団の交渉官は、涼が拍子抜けするほど、気取らない人物であった。

「あなたが剣士のアベルさんですね。今回は、我が外務省の無理を引き受けてもらって本当に感謝しています。そして、そちらが魔法使いのリョウさんですね。イラリオン様の犠牲になって参加することになったとか……本当にご愁傷さまです」

交渉官イグニスは、ニコニコと握手をしながら、一瞬で二人の心に「善い人かも」という感情を抱かせた。

さすがに、外務省の交渉官である。

顔は、全くカッコよくはないし、逆に醜男(ぶおとこ)というわけでもない。

柔らかく、優しい印象を与える。常にニコニコとしているのが、柔らかさをさらに一層強化していた。

「さあ、そちらにお座りください。もう料理もでき上がっているそうですので、すぐに出てきます。とりあえず、食べながら話しましょう。温かい料理は温かいうちに食べる。それが料理人への礼儀ですからね」

顔合わせを兼ねた、交渉官イグニスとの初めての会食は、和やかな雰囲気のうちに終了した。

涼が、宿に入る前に抱いていた大貴族に対するイメージは、完全に粉砕され、楽しいひと時を過ごすことができた。

美味しい料理、楽しい会話……上流階級のいい点が詰まった会食だったと、涼は満足した。

「イグニスさん、善い人でした」

「ああ。彼の父上であるホープ侯爵は、王国の政治からは距離を置いている方なのだが、領地経営は卓越しているという評判だ。税も低く、商業は栄え、治安もいいと。元々、ホープ侯爵領は農業が盛んだったのだが、最近は商業面でも凄いのだそうだ。一度、行ってみたいな」

アベルは、そんな詳しい話をした。実はホープ侯爵領の情報は、王太子との集中講義の中に出てきたのだ。

「まあ、イグニス殿も、不安はあったのだろう。俺らとは、顔合わせ無しで出発したからな」

「それですよ。どうして、僕たちは、王都での使節団結成式、みたいなのに出なかったのですか？」

涼が錬金工房に籠り、アベルが集中講義を受けている間に、結成式とお披露目会があったらしいのだ。

まあ、常識的に、そういうのはあるだろう……。

「それは、俺がその場に出ると、王城にいた頃の知り合いに会ってしまう可能性があったかららしい。グランドマスターと兄上とで話し合いをしたそうだ。で、俺たちは冒険者ということで、その場には出さないということにしようと」

「また、アベルの王子さま設定ですか……。そこまでいくと、いっそ立派ですよ」

涼は肩をすくめ、ため息を吐き、やれやれといった表情をする。とってもわざとらしい。

「いや、ここまできても信じないリョウの方が、いっそあっぱれというか……」

涼とは比べ物にならないほど深いため息をついて、アベルはぼやく。

「だって、まかり間違って、アベルが王様とかになってしまったら……」

「どうせ、奢ってもらえなくなるとか言うんだろ？」

「アベルへの貸しを、王の権力で無かったことにされます」

「どんだけ鬼畜な王なんだよ！」

いつものように叫ぶアベル。

だが、一瞬後、ふとしたことに気付く。

「ていうか、俺、リョウに借りがあったっけ……」

「アベルの存在自体が、僕への借りですね」

「意味が分からん！」

「今日のアベルのキレは、今ひとつでした」

「……」


翌朝。

宿の中庭には、剣を振る騎士と冒険者たちがいた。

騎士の中で、率先して剣を振っていたのは、王国騎士団員ザック・クーラーだ。横で剣を振るアベルから見ても、以前と比べて真剣味が全然違う。

「ザック、見違えたぞ」

「セーラさんの横に立つのにふさわしい騎士になるためには、当然のことだ」

「そ、そうか……」

ザックが真面目に剣を振るい始めた動機を思い出し、思わず目を逸らすアベル。

叶わぬ恋に焦がれる飲み仲間に対して、アベルは何も言えなかった。もし言ってしまったら……ザックと涼の決闘が始まってしまう気がしたから……。

◆

「ふぅ……」

使節団一行の、ある馬車の中。

剣士風の男が、目の前の書類から顔を上げ、一つため息をついた。

「いかにも自分は頑張っています、なんて偉いんでしょうアピールですか。アベル、あざといですね！」

「いや、なんでだよ！　ため息をついただけだろうが」

今日も、剣士と魔法使いの漫才……もとい、会話が繰り広げられている。

「だいたい、勉強は楽しいじゃないですか。ため息をつくようなことではないですよ」

そんなことを言っている涼は、確かに笑顔だ。当然、好きな分野のことだからであるが。

「リョウだって……例えば、政治に関する勉強だったら、ため息の一つも吐くと思うぞ」

「ふふふ、それはアベルが無知なだけです。さあ、この政治研究家涼に、何を悩んでいるのか相談してみるがいいです！」

「政治研究家……」

また怪しげな肩書を、とか呟きながら、アベルはさっきよりも深いため息をつき、何度か首を小さく横に振った。

「別に悩んでいるわけじゃない……。ただ、なぜ王家というものがあるのか、ふと疑問に思っただけだ……」

「王子が王家の存在意義を問う……なんて哲学的な……」

「いや、哲学的じゃないと思うぞ」

アベルはそう言うと、ふと涼の手元を見やった。

何やら、右手で取っ手を掴んで、ガリガリと廻している。ガラス製に見えるが、おそらく水属性魔法による、氷製の何かなのだろうというのは理解できる。

しばらく廻すと、蓋らしきものを開けて、中で粉状になったものを、新たに作った氷製の筒に移し替えた。

「なあ、リョウ、それは何をやっているんだ……」

「コーヒーを飲もうと思いまして。家にいる時は、ゲッコー商会製のミルでコーヒー豆を磨り潰すのですけど、こういう旅には持ってこられませんからね、荷物がかさばります。ミルは、構造自体はかなり単純ですので、水属性魔法で作ってみました」

そう言うと、涼は、粉状にしたコーヒー豆を移し終わったコーヒーミルをアベルに手渡し、自分は氷製フレンチプレスにお湯を注ぐ……もちろん、水属性魔法で。

水属性魔法の、なんという万能性！

「これで、ローストした豆さえ持っていれば、旅の途中でも淹れたてコーヒーが飲めます！」

「おぉ……」

いつもは涼の行動に呆れることの多いアベルであるが、今回は素直に感動した。

フレンチプレスからは、コナコーヒーの豊かな香りが漂ってくる。机の上には、氷製フレンチプレスと氷製砂時計が置かれている……おそらく『砂』も、極小の氷なのであろう。

「創業家とは旗だ」

「え？」

涼がぼそりと呟き、アベルはそれに思わず反応した。

「あ、いえいえ、ただの独り言です。王家というのは、旗なのですよ」

「王家とは、旗……」

涼は一つ頷くと、説明を始めた。

「人という生き物は、組織や国みたいに曖昧な、形のないものに対しては忠誠心を抱きにくいものらしいです。だから、その組織を体現する、あるいは象徴する人に対して忠誠を抱かせることによって、人々をまとめることができるのです」

涼の説明を、アベルは一言も発さずに聞く。

「国というのは、国旗や国歌を制定し、曖昧なものではなく国を象徴する物を掲げて、民の忠誠を集めます。でも、やっぱりそれでは完璧ではないのです。一番確実なのは、やはり人なのですよ」

現代地球においてなら、民主主義の総本山ともいえるアメリカが、最もいい例であろう。

アメリカ大統領は、アメリカという国そのものの象徴であり、それを体現した人物である。そのため、何が起ころうとも、国の象徴たる大統領の安全が最優先となる。何十人が、あるいは何千人が死のうとも、まず大統領の安全を確保するために、国の全てが動く。

そういうシステムになっている。

アメリカのシステムを作り上げてきた人たちは知っていたのだろう。国民をまとめるには、国そのものを象徴する人を設置するのが一番効果的であると。

だからこそ、あれほどのモザイク国家、人種や宗教や様々な考え方が入り混じった国家が、一度の大規模な内戦を経験しただけで、世界の頂点に君臨し続けているのだ。

これまでにも世界の歴史上、多くのカリスマ的な指導者が存在した。

彼らの下では、人種の対立、宗教の対立は大きな問題とならず、国は回り続けた。だが、彼らが死ぬと、それらの対立は表に現れ、国を揺るがし、何よりも民を苦しめた。

だからこそ、一代限りでは困るのだ。

人がまとまるために、その象徴として……。

「つまり、王、あるいは王家とは、国や民がまとまるための象徴として、必要な存在であると。いや、もっとはっきり言うなら、最も効果的な仕組みであると？」

「まあ、そういうことです。けっこう、非人道的かなとは思うのですがね。王は、普通の人の楽しみを手に入れることはできなくなりますから」

創業家を旗だと言ったのは、涼の父だ。

社員をまとめる象徴として、会社を運営していく最も効果的な仕組みの一つとして、創業家というものを利用するのは有りだと。

実際、大企業になって、創業家を排除した会社は数十年後、どうなっていったか？

日本には数百年を超えて続く会社が何千とあるが、ほぼ全てが創業家を持っていた。

そうでなければ、もたないのだ。

歴史は証明する。

歴史は嘘をつかない。

歴史は……時に残酷なものだ。

創業家の人間が、家に囚われたままになる……可能性はもちろんある。職業選択の自由が無いなど、とても人道的とはいえないだろう。

だが、歴史は、そんなものは考慮しない。

「旗そのものが、必ずしも優秀とは限りません。まあ旗なので、周りに優秀な人材を抱えておいて、彼らがきちんと動けばそれでいい……そんな側面もあります。

実際、歴史上、暗愚な王というのは枚挙にいとまがありませんからね。旗自身が優秀であるにこしたことはないですが、そうでなかったとしても、あまり気落ちする必要はないですよ」

「何かそれは……俺が優秀ではないと言われている気が……」

アベルは、ジト目で涼を見る。

「おっと、砂時計が落ちきりました。ささ、コーヒーでも飲んで、一息つきましょう」

そう言うと、涼はプレスを下ろし、冷たくない氷製コーヒーカップにでき立てのコーヒーを注いで、アベルに渡す。

「おう、ありがとう」

アベルは受け取り、その香りに思わず微笑んだ。

「まさか、旅の馬車の中で、淹れたてのコーヒーを飲めるとはな」

「ふふふ。水属性魔法の偉大さ、とくとご覧あれ！」

涼は、大げさに口上を述べると、自分もコーヒーの香りに微笑むのであった。

◆

同時刻。王国内のある場所。

「『黒』様、全ての準備が整いました」

『黒』と呼ばれた男の前に、十人を超える男女が片膝をつき、頭を下げ、下知を待っている。新生『暗殺教団』の幹部たちだ。

「新たな契約に基づき、使節団への襲撃を許可する。ナターリア、指揮を執れ」

「ははっ」

命令を出すと、『黒』の姿は消えた。

しかし、幹部たちは、しばらくは動かない。

『黒』が消えて、たっぷり二分以上たってから、ナターリアが立ち上がる。それに呼応して、他の幹部たちも立ち上がった。

「先の首領様以上の威圧感を感じるわい」

幹部の中でも、最長老の男がぼやく。

それを、きっと睨みつけるナターリア。だが、口に出しては何も言わない。

幹部同士は同じ序列。

だが、それだけに、長く教団に属している男の立場は強い。

ナターリアが『黒』に可愛がられ、今回のように、大きな作戦の指揮を任されているとしても、幹部の一人にすぎない。

(いずれは……)

心の中でだけ、いつかこの男たちの上に立つという決意をして、ナターリアは部屋を出た。

向かうは、王国南部最大の街アクレ。

◆

使節団が王都を出発して十日目。

王国第三街道を南下し、ついに南部最大の街アクレに入った。

アクレは、ハインライン侯爵領の領都であり、ルンの街と並んで王国でも最大規模の街。領主であるハインライン侯爵は、元王国騎士団長で、ルンの街のB級冒険者フェルプスの実父でもある。


そんなアクレの街では、文官と騎士団、従士らは領主館に宿泊し、冒険者たちは、館に隣接する高級旅館に宿泊することになっていた。

表向きは、文官と騎士団たちの歓迎式典を行い、そこに冒険者が参加しても肩身が狭いだろうということで、冒険者は自由に羽を伸ばしてもらうために、館の外に宿泊することになっているのだ。

実際は、第二王子でありながらA級冒険者となったアベルのためであった。極力、王国内での式典関係には、アベルを引き出さないということが、事情を知る者たちの間での共通認識となっているようだ。

フェルプスの父でもあるハインライン侯爵アレクシスは、アベルの身分を知っているため、事情を知る者の一人である。


アベルと涼を含めた冒険者二十二人が泊まる宿は、領主館隣接の宿というだけあって、超高級旅館。普段であれば、ハインライン侯爵家お抱えの大商人であるとか、侯爵家を訪れる貴族の随行員などが泊まる宿だ。

まずロビーからして違う。

大理石を敷き詰めた広大な……そう、広いではなく、広大なロビーには、豪奢と洗練とが絶妙なバランスで存在し、広大でありながら非常に居心地のいい空間を形作っていた。

「アベル……このお宿、凄いですね……」

「ああ……。南部随一なのはもちろんだが、王国全土で見ても一、二を争う高級旅館だからな」

従業員たちの立ち居振る舞いはまさにプロであった。がさつな者も多い冒険者たちを相手にしても、常に笑顔で接客を行い、強面の冒険者たちからも笑顔が溢れ出ている。

そんな光景に見入っていた涼とアベルの元にも、二人の従業員がやってきた。

「アベル様とリョウ様ですね。お手続きの方は済んでおりますので、お部屋の方へご案内いたします」

「お荷物をお持ちします」

二人の従業員に導かれるまま、二人は二階の一番奥の部屋とその手前の部屋に案内された。


涼の入った部屋は……。

広いリビングには高級そうなソファーと、おしゃれなロッキングチェア。リビングとは別に寝室があり、そこにはふかふかのキングサイズベッド。さらに、なんと、客室露天風呂まで！

「凄い……」

思わず涼の口から漏れた感嘆の言葉に、案内した従業員はにっこり微笑んで、ありがとうございますと、お辞儀した。

大貴族が本気で運営する旅館……その凄さを、涼は初めて体験したのであった。

涼は、客室露天風呂にゆっくりと入ってから、用意されていた部屋着を着て、一階の食堂に降りた。

そこには、すでに半分でき上がった冒険者たちが……。

その中に、凶悪なA級剣士を発見したため、涼は見つからないように隅の方に移動した……いや、移動しようとしたのだが……。

「こら、リョウ、自分だけ逃げるな！」

「ヒトチガイデス」

「そんなわけあるか」

酔っ払ったアベルに捕まり、酔っ払った冒険者たちの中に放り込まれる涼。

強制的に続く、飲みと食のスパイラル。

それと、なぜか左右を女性冒険者に挟まれての「かわいい～」の合唱。涼は、女性冒険者からは可愛がられるらしい……。東方系の顔は、童顔に見えるのであろうか。

基本的に、ルンでは特定の冒険者としか絡まないため、そんな状況に陥る経験もこれまでなかったのだ……。

周りが酒に轟沈し、涼もフラフラとしながら、ほとんど無意識に肉料理を食べていた時。

窓の外に、いるはずのない人物を見つけた。しかもその人物は、涼を見て、おいでおいでをしている。

涼は周りを見回し、自分以外、全員が寝込んでいるのを確認する。起きているのが涼だけということは、涼を呼んでいるのだろう。そう判断して、宿の外に出た。


「フェルプスさん？」

「やあ、リョウ」

涼を呼んでいたのは、ルンの街のB級パーティー『白の旅団』団長のフェルプスであった。

「どうしてここに……」

「ん？　実家だから……」

「ああ、そういえば……」

フェルプス・A・ハインラインは、ハインライン侯爵家の跡継ぎだ。そしてここは、ハインライン侯爵領の領都アクレ。

「そうだ、アベルなら中にいますよ？」

「いや、今回は、リョウに伝えておこうと思って」

フェルプスはオープンテラスの椅子に座り、涼も向かいに腰掛けた。

「単刀直入に言うけど、リョウは暗殺教団を知っているよね？」

「え……」

もちろん知っているのだが……口ごもったのは、正直に答えていいものかどうか、迷ったからだ。

その挙句に……。

「な、なんのことだか……」

「うん、全然誤魔化せてないから」

フェルプスは、くっくっくと笑いながら指摘する。

「リョウが、暗殺教団の村を壊滅させたのは知っているんだ」

「あ、あれは成り行きで……」

まさか、そこまで知られていたのは、さすがに涼も想定外であったため、あたふたとしながら説明しようとする。

「いや、別にそれを責めているんじゃないよ」

「あ、そうですか?」

あからさまにほっとする涼。

「ただ、その暗殺教団がまた動き出した」

「え……。でも、首領はもう……」

そう、首領であった『ハサン』は涼の目の前で命が尽きた。そして涼は、彼の錬金術資料を引き継いだのだ。

「うん、どうも別の人物が新たな指導者になったらしいんだ。で、彼らの狙いの中に、今回の使節団が入っている可能性がある」

「な……。どうして、使節団が?」

「理由は分からない。ただ、この街で、しばらく前から、使節団に関する情報を集めている者たちがいてね。捕まえて聞いてみたら、そういう話だったんだよ」

フェルプスの表情に変化は無い。

だが、「捕まえて聞いてみた」方法は、恐ろしい方法なのだろうと涼は思う。さしたる根拠はないのだが、フェルプスはそういう方面も苦手ではない気がするのだ。

その辺りは、アベルと違うなと感じる部分でもある。

そこまで思考を進めて、可能性が閃いた。

「もしかして、アベルを狙ってとか?」

涼の言葉に、フェルプスは、涼の目をじっと見つめる。

「その感じからすると、リョウはアベルの身分を聞いているね?」

少しだけ微笑んで、フェルプスは問うた。質問の形だが、すでに確信しているようだ。

「はい、第二王子だと僭称しています」

「僭称って」

さすがに、これにはフェルプスも、声を出して笑った。

「うん、まあ、事実なんだよ」

「ああ……まあ、薄々そうじゃないかとは思っていました」

そう、思っていたのだ。

嘘じゃないよ？　ほんとだよ？

「今回の狙いがアベルかどうかはちょっと分からない……。アベルを狙うなら、わざわざこのタイミングじゃなくても、もっと周りに人がいない時が、いっぱいあるからね。ただ、可能性はゼロじゃないから……」

「分かりました、気を付けておきます」

涼は力強く頷いた。

フェルプスがわざわざ涼に会いに来たのは、暗殺教団の動き出しの件と共に、アベルの身を頼むということなのだろうと、そう解釈したのだ。

「良かった、リョウが付いていてくれれば百人力だ」

そう言うと、フェルプスはにっこりと微笑んでから、立ち上がった。

「ああ、あと、トワイライトランド自体、かなりきな臭くなりつつあるんだ。いちおう、それも頭の中に入れておいて」

そう言うと、フェルプスは隣の館の方へ歩いていった。

その後ろ姿を見送る涼。

「う～ん、貴公子っていうのは、ああいう人のことを言うんでしょうね～。アベルは……品が無いわけじゃないですけど、ちょっと……」

「リョウ、俺がいるの分かってて、わざと言ってるだろ」

物陰から出てきたのは、件の剣士アベル。

涼は、〈パッシブソナー〉で、アベルがいることは分かっていた。とはいえ、最初からいたわけではなくて、話が終わる直前に来たのだが。

「いやいや、そんなことないですよー」

「もの凄く嘘っぽいな！」

涼は一つため息をついて、アベルに言う。

「アベル、僕はアベルを誤解していたみたいです」

「なんだ、藪から棒に」

アベルは首を傾げながら問いかける。

「アベルが第二王子であることを、僕は認めます」

「リョウは……俺が言うことは信じないで、フェルプスが言ったことは信じるのか」

「仕方のないことです。詐欺師が、自分は王子ですよ～って言っても、信じられないでしょ？　でも、侯爵家の跡継ぎが、彼は王子ですよと言えば、信じられるじゃないですか」

「……それは……例えとして合っているのか？」

アベルは、小さく首を振ってから、言葉を続けた。

「まあ、いいか。そもそも、フェルプスはなんで来たんだ？」

「ほら、例の暗殺教団。あれがまた動き出して、今回の使節団を狙っているそうですよ」

「そんな重要なことを、なんでそんな軽い口調で言えるんだよ……」

涼の、カレーが無いならハンバーグを食べればいいじゃない、程度の軽い口調の説明に、ため息をつくアベル。

確かに、とても重要な内容ではあるのだが……。

「だってほら、今回は、騎士団もいれば、僕ら以外の冒険者もいるんですよ？　思いっきり手を抜け……いや、充実した支援を期待できるじゃないですか！」

「うん、手を抜けるという言葉が聞こえたな」

「ソンナワケナイデスヨー」

◆

「アクレから先は、森が多く点在するようになる」

アクレを出発した後、アベルが涼に言った。

「つまり、ここからが本番だと」

涼は悲壮な決意をした風な顔で、真剣に頷いてみせる。

「いや、そこまでは……。アクレの次、今夜の宿泊地であるバードン・ブレインを過ぎてからだな」

「なんだ……。それなら、明日言ってください」

「いや、今だって、十分本番の旅なんだが……」

やれやれと言った感じで、ため息をつきながら首を小さく横に振る涼。それを見て、つっこむアベル。

いつもの光景であった。

そうは言いながらも、昨日までの馬車内とは少し変わっている。

昨日までは、まさに、移動学習室とも言うべき光景が展開された馬車内であったが、今日は机の上に出ている書類は半分以下に減っていた。さすがに、完全な安全を確保されたアクレまでの第三街道ではなくなったという点と共に、フェルプスからの警告を考慮した結果だ。

「昨日フェルプスさんが、アクレで動いていた暗殺教団の人を捕まえて聞いてみた、って言ってたんですが……」

「あいつ、そういう方面、得意だもんな」

アベルは一つ頷きながら答える。

「そんな簡単に捕まるなんて、教団の暗殺者もたいしたことないですね」

「いや……多分、そういうことではないと思うぞ」

「どういうことですか？」

アベルが否定し、涼は首を傾げて聞き返す。

「このアクレ、というかハインライン侯爵領自体が、王国屈指の防諜機能を有しているからだ」

「フェルプスさんが、その方面に強いから？」

「それもあるが、フェルプス以上に、親父さんはその方面に強い。フェルプスの師匠だからな」

アベルは、フェルプスの父親、現ハインライン侯爵の顔を思い浮かべながら答える。

「前王国騎士団長ですよね？」

「前の前の王国騎士団長な」

前王国騎士団長バッカラーは、王都騒乱で亡くなっている。

「親父さん、つまりアレクシスは、騎士団長時代、鬼と呼ばれた人物だったが、諜報の重要性を分かっていた人物でもあった」

「騎士団長という言葉からイメージするのとは、かけ離れています……」

「まあな。だが、アレクシスが王国騎士団長であったからこそ、十年前の『大戦』で王国は大勝したんだ。アレクシス自身が言っていた。情報の力だと」

「敵を知り、己を知れば百戦危うからず」

「ん？」

涼が孫子の一説を呟き、アベルが聞き返す。

「いえ、僕の故郷に伝わる、戦争における情報の大切さを記した文章です」

「ほぉ。リョウもよく知っているじゃないか」

涼は小さい頃から、戦略ゲームの愛好家である。

「僕の故郷では常識です」

「お、おう、そうか……」

◆

ハインライン侯爵執務室。

現ハインライン侯爵アレクシスは、毎日の書類仕事をこなしていた。

今年五十歳になるのだが、未だその風貌は若々しく、体も、一片の贅肉もついておらず見事に引き締まっている。

その執務室に、一人の男性が入ってきた。

「父上、使節団一行、街を出ました」

アレクシスの長男、B級冒険者のフェルプスが報告する。

「ああ、ご苦労。それにしても驚いたな。騎士団を率いていたのがドンタンだったのには。中隊長だそうだ。あの頃は、まだガキだったのに……時代の流れを感じるな。そういえば、昨日、隣の旅館に行ったのは……」

「お気付きでしたか。例の件を警告しておきました。アベルは、半分酔いつぶれていたので、リョウに伝えました」

「例の、水属性の魔法使いか」

アレクシスはそう言うと、小さくため息をついた。

「父上は、まだリョウのことを信用できないと？」

詰問ではなく、非難でもなく、心配性の父に対する息子からの問いかけである。

「いや、信用はしている。アベルだけでなく、お前も信頼した人物だ、相当なものだろう。そこではなく、彼が持つ強すぎる力がな……」

「ああ、例の村ですね」

例の村とは、涼が〈パーマフロスト〉で凍りつかせた、暗殺教団の村のことだ。

もちろん、一般には全く流れていない情報であるし、王国貴族ですらほとんど知らない情報なのであるが、そこはハインライン侯爵家。張り巡らせた情報収集能力により、かなりの確度で何が起き、誰が関わったのかを掴んでいた。

「我々より先に、あの村の所在を知っていたのも驚きだが、たった一人で壊滅させたのはなお驚きだ。願わくは、その力が王国に向かないことを祈るばかりだな」

アレクシスは、その昔、鬼と呼ばれた人物とは思えないような、苦労性で弱気な表情で言う。

だが、息子であるフェルプスは知っている。こちらの方が、アレクシス・ハインラインの実像なのであると。

無論、敵に当たっては苛烈に仕掛け、あらゆる手段を使って壊滅に追いやる……まさに鬼の所業だ。しかしその本質は、非常に繊細で慎重な性格。だからこそ、諜報活動に秀でているともいえる。

「そういえば、トワイライトランドのきな臭い情報、やはり事実であったわ。今、届いた情報だ」

アレクシスはそういうと、一枚の紙をフェルプスに渡した。

フェルプスはそれを一読すると、ほんのわずかに眉根をひそめて呟く。

「内戦の可能性……。政府側の中心がコントレーラス伯爵、反政府側の中心がエスピエル侯爵……だが、政府本体は反政府側の動きを把握していない？　どういうことでしょう？」

「正直、全く分からん」

中央諸国一と言われる諜報網を持つハインライン侯爵家、それは、中央諸国一の情報分析能力を持つことと同義と言える。だが、そんなハインライン侯爵アレクシスですら、トワイライトランドで進行している状況については意味が分からないのだ。

「コントレーラス伯爵も、エスピエル侯爵も、どちらもランド屈指の大貴族。ランドでは、彼らのような大貴族は、中央政府の役職には就かない。地方に領地を持ち、領地と首都を行き来する。もっとも、それぞれ巨大な経済力や軍事力を持っている……ランド政府が抱えるものよりも巨大な力を持っている。どちらも、国の重鎮であり、領地が絡む何らかの衝突があったという報告も受けていない。そんな中で内戦？　あまりにも唐突過ぎる。そしてランド政府がその動きを把握していないというのも……」

「今回の、王国からの使節団の派遣と何らかの関係があるのでしょうか？」

「可能性はあるが……」

　アレクシスがそこまで言ったところで、扉がノックされ、新たな情報が届いた。

　アレクシスが一読し、すぐにフェルプスに渡す。

「可能性が高まったな」

「王国からの使節団派遣を強く後押ししたのは、コントレーラス伯爵……」

　新たに届いた情報は、今回の王国使節団の派遣が、政府側の中心人物によって推し進められたことを明らかにしていた。

「使節団、内戦の真っただ中に飛び込むことになるやもしれん」

　アレクシスは呟き、小さく首を振った。

　しばらくして、アレクシスは再び口を開く。

「インベリー公国の件といい、我が王国東部の混乱といい、中央諸国は落ち着かぬな」

　王国東部は、ロー大橋の崩落以降、様々な混乱が起き、さらにインベリー公国からの難民も入ってきたことによって、治安の悪化が深刻化していた。

　混乱を収めるべき地方領主たちも、反乱に巻き込まれて命を落としたり、突如襲ってきた魔物によって命を落としたり、あるいはなぜか起きた屋敷の火事に巻き込まれて命を落としたりしたため、混乱が拡大している。

　最初にそのきっかけとなったのは、シュールズベリー公爵コンラッドの死であった。ちょうど、アベルら『赤き剣』が依頼を請け負い、遭遇した死亡事故だ。

「コンラッドの死は、仕組まれたものだったが、結局、黒幕は分かっておらぬ」

　アレクシスが呟き、フェルプスも頷く。

　もちろん、推測はされている。ただ、物的証拠が見つかっていないだけだ。

「この、一連の東部動乱の背後にいるのは、オーブリー卿ではないと」

「違うだろうな。オーブリー卿自身が、マスター・マクグラスに言ったそうだが……。それを信じるかどうかは別としても、インベリー公国を手中にした以上、隣接する王国東部の混乱は困るであろう。手に入れるまでなら、王国の介入を妨害する意味から、破壊工作をする必要もあったであろうが……。今となっては、益などなく害ばかりであろうさ。今に至っても動乱が続き、それどころか日に日に酷くなるのを見ると、糸を引くのはもう一つの大国……」

「帝国ですか」

アレクシスもフェルプスも、顔をしかめた。

帝国が動いているのはほぼ確実。

だが、帝国が糸を引いているとして、理由が分からない。

王国東部は、そもそも帝国とは境を接していない。間には、かなりの面積を誇る王国北部がある。混乱させ、弱体化させたからといって、王国東部を手に入れることは難しい。

そんな場所を、なぜ……。

「王国北部に……まだ我々が掴めていない情報がありそうだな」

「北部には、あの御仁がいらっしゃいます」

「そう、フリットウィック公爵……王弟レイモンド殿下がな」

アベルやイラリオンが関わった、黒い粉の件に関しても、ハインライン侯爵家は正確に掴んでいる。そこに、フリットウィック公爵家が関わっていたことも。

そして、フリットウィック公爵家は、北部第二の街カーライルを領する、大貴族だ。

しかも王弟。現国王スタッフォード四世の弟。

アレクシスはそこまで言うと、フェルプスを見て告げた。

「誰か手練(てだ)れをカーライルに入れて、突っつく必要があるな」

「相手がどうでるか、反応を見るのですね」

普通の情報収集であれば、すでに多くの諜報関係者を、何年にもわたって潜入させてある。だが、それだけでは足りないために、あえて目立つ、だが強力な戦力を街に派遣し、相手の出方を見る……綻(ほころ)びを見つけるためによくやる方法ではある。

だが、非常に危険だ。だから、かなりの手練れでなければならない。

「うちの……『白の旅団』の主力メンバーを行かせましょう」

「ああ、頼んだ」

フェルプスの答えに、アレクシスは頷いてただそれだけ答えた。

◆

フェルプスとアレクシスが、様々な話し合いをしていた頃、涼とアベルは、馬車の中で食後のコーヒーブレイクを楽しんでいた。アクレの街で、フェルプスが差し入れてくれた荷物の中に、コナコーヒーのローストされた豆があったのだ。

もちろん、涼が持ち込んだ豆には、まだ十分な余裕があったのだが、多くて困ることはない。荷物を運んでくれる馬車がある限り！

それを見越して差し入れてくれたフェルプスの評価は、涼の中でうなぎのぼりだ。

そんなコーヒーを楽しむ二人の耳に、外から声が聞こえてきた。

「魔物だー！」

使節団の中にその声が届くと、馬車は集められ、盾を持った騎士団の一部が、守るように馬車を取り囲む。

その外側で、冒険者と残りの騎士たちが、魔物を打ち倒していく段取りらしい。

（ついに、魔物遭遇イベント！　これまで、ルンの街に居を移して以降、思えば一度も、こういう機会はありませんでした。それなりに、街道を移動したとは思うのですが……。しかし！　ここでついにですよ！）

涼はそんなことを考えている。横にいるアベルが、ジト目で涼を見ているのには気付かなかった。

ちなみに、涼とアベルは馬車の中に居座ったまま、窓から様子を見守っている。

「僕は、助けに行くべきじゃないかと思ったのですが、アベルが……」

「誰に対して言い訳してるんだ！　邪魔したらまずいでしょうと言ったのはリョウだぞ」

そう、二人は、どう動けばいいかの指示は、事前に誰からも受けていない。ただ、他の馬車に乗る文官たちは、馬車の中でおとなしくしているため、二人もおとなしくすべきなのかなと判断したのである。

もし、想定外のことが起きて、騎士団と冒険者たちが大変なことになったら助けに出ようかと。そんな話し合いの結果であった。

ちなみに、騎士たちのお供である従士たちは、弓を構えて馬車周りの盾の内側で待機している。かつての騎士の鎧は、一人では着ることができなかった。そのため、必ず従士が付き、鎧を着たり馬を引いたり、その他諸々のお世話が必要であった。だが、時代が進み、現在の鎧は騎士一人で着ることができるらしい。しかし伝統として、従士が付いている……見習い騎士的なポジション。

その従士たちは、基本的には戦闘には参加しない。

だが、『ファイ』においては、弓使いとして遠距離攻撃を担う場合もあるそうだ。

「来たぞ！」

右手から、魔物は迫っていた。

「狼！」

「ウォーウルフの群れだ！」

ウォーウルフは、見た目、狼を一回り大きくした魔物だ。一匹一匹は、速度があるとはいえ、このクラスの冒険者や騎士ならば後れを取ることはない。だが、群れで行動する魔物であるため、対処は簡単ではない。

アベルも涼も、そう考えたのであるが……。

冒険者の魔法使いたちが、遠距離攻撃を放つ。同時に、従士たちも弓を放つ。

弓ではほとんど倒せないが、それでも手傷を負わせることはできる。

また、C級冒険者の攻撃魔法ならば、ほぼ確実に当たる相手だ。そして、当たれば倒せる。

遠距離攻撃によってある程度の数を削った後は、近接職の出番となる。

突っ込んできたウォーウルフを騎士が盾で受け止める。あるいは下方からかちあげる。そして、動きが止まった相手に、冒険者たちが槍を突き刺していく。

騎士団と冒険者たちの見事な連携。

（騎士団と冒険者がいがみ合い……みたいな、異世界ものの定番展開を想像していたのですが……全くそんなことは無かったですね。全く、どの本も大げさに書きすぎですね！）

どれも小説です。フィクションです。

ドキュメンタリーではありません。


騎士団と冒険者たちは、危なげなく、襲ってきたウォーウルフをすべて倒した。

最後に、風属性の魔法使いが〈探査〉で周囲を探り、他の魔物が襲ってこないことを確認して、警戒が解除された。

冒険者の各パーティーリーダーたちと、騎士たちが握手をしている。

冒険者のまとめ役と、騎士団を率いる中隊長は、かなりしっかりとした握手をしていた。二人の綿密な打ち合わせが、この完勝劇を生んだのだから、満足感もひとしおであったのだろう。

「素晴らしい光景ですね」

そんな、仲間意識に溢れた光景を見ながら、涼は何度も頷いている。

「リョウのことだから、『騎士と冒険者がいがみ合って、酷い状態になるのを期待していたのに』とか言うのかと思ったが……」

「な、何を言っているのですかね。そんなことは一ミリも考えていなかったです！」

いっそ堂々と言い切る涼。

それを見るアベルの視線は、胡乱げであった。


冒険者と騎士の握手。

その素晴らしい光景は、その後も繰り返された。

毎日、午前と午後に一回ずつ。

そう、つまり、定期的に魔物の襲撃が起きるようになったのである。

◆

C級冒険者ショーケンは悩んでいた。

彼は、この使節団護衛冒険者たちのまとめ役だ。

三十三歳という、この中での最年長であり、長く深い冒険者としての経験を買われ、グランドマスター直々(じきじき)にまとめ役に任命された。

四パーティー二十人からなる護衛冒険者たち自体は、何の問題も無い。パーティー同士がいがみ合ったり、非協力的であったりということも全くない。

それどころか、普段協力することなどない王国騎士団の団員たちとも上手く連携して、護衛の任をこなしている。

では、何がショーケンを悩ませているのか。

それは、馬車の中にいる冒険者であった。

一人はA級冒険者アベル。

もちろん、人格的な問題や、能力の不足、はたまたコミュニケーションに難を抱えているなどといった、そんな問題はない。

さすがはA級という深い識見と、あらゆる人を惹きつけるカリスマ性、そして他の追随を許さない剣の腕を持っている。朝、宿の中庭で剣を振るう姿や、知り合いらしい騎士と軽い模擬戦をしている姿を見ると、その剣の技量の高さに圧倒される。

もう一人、C級冒険者の涼という魔法使い。

C級であるが、アベルの相方として選ばれただけあって、人として何ら問題は無さそうである。

見た目は十六歳や十七歳に見えるのだが、それは東方系の顔立ちによるものらしい。

アクレの宿での宴会では、女性冒険者たちに「かわいい～」を連呼され、ずっとちやほやされていた。

それはちょっと羨ましい。

アベルにしろ、涼にしろ、彼らの冒険者としての技量や、人としての性格になんらかの問題があって悩んでいるわけではない。

悩んでいるのは、彼らの立ち位置なのだ。

彼らが、今回の使節団において護衛任務に関わらないことは知っている。

あくまでゲストとして、トワイライトランドに行くことも知っている。

だからこその、馬車であることも知っている。

だが、護衛任務に関して、彼らの、特にA級冒険者アベルの意見を聞きたい状況が発生した場合、聞きに行っていいのか、いけないのか。

そこなのだ。

アクレの次の街、バードン・ブレインを過ぎてから毎日のように襲ってくる魔物。これに関しての見解を聞きたい。

もちろん、ショーケンの中にも、すでに予想はある。だが、それだけが答えとは限らない。

自分や仲間たちが気付いていない何か、あるいは思い至っていない何かがあるかもしれない。他に訊ける者がいないのであれば諦めるが、すぐそこの馬車の中にはいるのだ。

アクレの宿で一緒に飲み、知らない仲でもなくなった。聞きたい……。


バードン・ブレインを出て、六日目の昼。

この日も、いつも通り午前中の魔物襲撃を撃退し、使節団一行は昼食休憩を摂っていた。

バードン・ブレイン以降も、夜は、村や小さいながらも街に宿泊している。使節団全員が泊まれる宿はもちろんないため、一部夜営となっているが。

だが、少なくとも食料の調達は問題なく、調理は従士と一部の文官、冒険者たちが行い、昼も夜も不満の無い食事が提供されていた。

そんな昼食後。

「すいませんアベルさん、少しお時間、よろしいですか？」

馬車の外で、アベルと涼が景色を眺めながら昼食を食べ終えたところに、冒険者のまとめ役であるショーケンが話しかけてきた。

「ショーケンさん。ちょうど食べ終わったし、どうぞ」

アベルはそういうと、隣にどうぞと、地面をポンポンと叩いて示した。

反対側では、涼が食後のコーヒーのために、氷製コーヒーミルで豆を磨り潰し始めている。

「実は、連日の魔物の襲撃についてご相談したくて」

「ああ、俺で役に立つならいくらでも」

ショーケンはアベルよりも年上であるが、なんといってもアベルはA級冒険者である。丁寧な口調で話すのは当然だ。

アベルはA級冒険者であるが、やはりショーケンは年上である。丁寧な口調で話すのは当然だ。


ショーケンは、冒険者同士で話し合った内容をかいつまんで説明した。

あまりにも一定の周期で襲ってくるため、人為的になんらかの方法で魔物を操っている者がいるのではないか。彼らの狙いはこの使節団であるのは確かだが、使節団の誰か、あるいは何が狙いなのかはまだ分からない。

「そう、人為的なのは、俺も間違いないと思う。魔物を操る道具みたいなのは聞いたことがないが……錬金道具ならあり得るのか？　なあ、リョウ？」

アベルは、隣にいる涼に問いかけて、そちらを向く。

涼は、氷製の小さな机を生成し、その上にコーヒーの粉とお湯の入ったフレンチプレス、それと氷製の砂時計を置いて、時間が経つのを待っていた。

「以前、似たような質問をケネスにしたことがあります。ケネスが言うには、王国の錬金術では作れないと。理由は、魔物を操る魔法が特殊すぎるからだそうですよ」

「魔物を操る魔法……やはり、そんなものがあるのか」

涼の答えに、ショーケンが思わず反応した。

「闇属性魔法の一種だな」

アベルが答え、さらに続けた。

「闇属性魔法には、精神に干渉する魔法がある。普通は、人間の精神への干渉が想定されているが、一部の闇属性魔法使いは、魔物の精神に干渉して、操ることができたらしい。昔、本で読んだことがある。ケネスが言うのもそれのことだろう」

「なるほど……」

「現在、闇属性の魔法を操る魔法使いはいない……と言われている。錬金道具で発動できるようにするには、発動する魔法に関する深い知識を持った人物が製作に協力しなければいけない。だから、作れないということだろう」

アベルはそう言った。

（そう、いないと言われているだけで、実際には存在する）

その頭の中には、かつて『隠された神殿』で会い、最終的に悪魔レオノールに連れて行かれた闇属性の神官が思い浮かんでいた。

「もしかしたら、今回の襲撃者の中に、そんな魔法使いがいるのかもしれない。もし、そんな奴がいれば、魔物をけしかけることは可能だからな」

「確かに……」

アベルの言葉に、ショーケンは大きく頷いた。

ちょうどそのタイミングで、涼が声をかける。

「コーヒーが入りました。さあ、ショーケンさんもどうぞ」

そういうと、冷たくない氷製カップにコーヒーを淹れて、ショーケンに渡した。

「ああ、ありがとうございます。これは綺麗なカップですね。それに凄くいい香りのコーヒー……まさか護衛依頼の途中で、こんなコーヒーにありつけるとは」

そういうと、少し口に含んで、目を見開いた。

「美味すぎる！　これは最上級品でしょう？」

「アクレの街で、領主館から差し入れていただいた物です。美味しいですよね」

ショーケンの絶賛の言葉に、自分もカップを傾けながら答える涼。

二人の間で、うんうん頷きながらも、無言でコーヒーを飲み続けるアベル。

美味しいコーヒーは、人を笑顔にする。

「ふぅ。美味かった。ごちそうさまでした」

ショーケンはそう言って、カップを涼に返した。

「で、今後、起きそうなことだが……」

「ええ。アベルさんは、どう思いますか？　いずれ、疲労のピークを見計らって、本命が襲ってくるだろうというのが、護衛たちの見解ではあるのですが」

「それは間違いないだろうな。今、一定のリズムで襲って来ているが、それに慣れた頃に……ああ、またかと思って油断している中で、本命が襲う。あるいはそう思わせておいて、タイミングをずらして……いつ来るか分からないで、緊張させ続けるというのもありうる。どっちを想定しても、疲労の蓄積を加速させてしまうからな。厄介だな」

「そうなんです。困りました……」

そういうと、アベルもショーケンも、無言になって考え込んでしまった。

涼は、横で、自分の管轄ではないために口を差し挟まないようにしていたが、あまりにも悩む二人を見ているのが不憫で、口を出すことにした。

「あの……水属性魔法に、ちょうどいい魔法があります」

「え？」

「マジか」

ショーケンもアベルも、弾かれたように頭を上げて、涼を見る。


「〈ドリザリング〉……は、さすがにあれなので、普通に〈パッシブソナー〉でいいですね。半径四百メートル以内に、魔物や人の集団が入ってきたら僕が感知できます。その時、いつもと違うやつだったら、皆さんに声をかけましょうか？」

「おお！　それはいい！　リョウさんが何も言わなければいつも通りの魔物の襲撃。いつもと違うのが来たら、リョウさんが教えてくれると。それ、ぜひお願いします！」

いつもの〈パッシブソナー〉だ。何も変わらない。

これが霧雨の意味を持つ〈ドリザリング〉であれば、全く違う魔法なのだが……まだこの場で使うにはいろいろと難しい部分があることに気付いて取り下げたのだ。

ショーケンが自分のパーティーに戻った後、アベルは涼に聞いた。

「なあ、さっき言いかけた、〈ドリザリング〉ってのは、どんな魔法なんだ？」

アベルは、涼が言いかけた魔法に、何か不穏なものを感じたらしい。

「ああ……。半径四百メートル以内に、魔物や人の集団が入ってきたら、自動的に凍りつかせてしまう魔法です。入ってきたのが味方だった場合、あれかなと思いましていつもの〈パッシブソナー〉にしてみました。〈ドリザリング〉は良い魔法なのですけど、持続時間が短いんですよね。もう少し長く……機雷みたいに、事前に敷設（ふせつ）しておければもっと使い勝手が良くなるんですけど。もっと頑張って改良します」

「うん、その〈ドリザリング〉とかいうやつ、危険だから絶対やるなよ」

「やるなよ？　絶対やるなよ？　っていうのは、やれよ！　っていう、あのお約束的なものですかね」

「ちげーよ！」

そんな涼の軽口は、アベルをいつも通り不安にさせるのだった。

◆

アクレを出てから八日目の午前中。

使節団は、ついに国境に達した。

書類だけ確認されてナイトレイ王国側の国境事務所を出る。そして、百メートル先にある、トワイライトランド側の国境事務所で手続きを行う。

ランド側にも、今日、使節団が到着することは伝わっていたらしく、簡単な書類の確認だけで通過することが許された。

こうして、王都を出てから十八日、ついに使節団はトワイライトランドへと入ったのであった。

「ついにトワイライトランドですよ！　普通に太陽が出ていますね」

涼は、名前から勝手に、常に黄昏時（たそがれどき）な地に違いないというイメージを抱いていた。

だが、この『ファイ』においては、トワイライト＝黄昏という図式は成り立っていない。改めてそう考えると、トワイライトランドと命名した人物のことが気になる涼である。

「太陽が出ているのは当たり前だろ……。伝説にある、常夜の国じゃあるまいし……」

「常夜の国？　そんなものがあるのですか！」

なんというファンタジー！　まだまだ、涼の知らないことがいっぱいある。

涼の剣幕に圧されながら、アベルは答えた。

「あ、ああ……西方諸国の伝説だ。あっちで冒険者をやってたことがあるアーサー・ベラシスが、以前言っていたんだ」

アーサー・ベラシスは、宮廷魔法団顧問で、ルンの街のダンジョンでアベルと共にデビルの群れと戦ったこともある人物だ。

涼も、個人的なお願いなどをしたこともあり、知らない仲ではない。

「アーサーさんが……。今度会ったら、ぜひ聞いてみないといけません！」

涼は、何度も頷くと、心にメモを取った。

異変は、その日の午後に起きた。

涼の〈パッシブソナー〉が、これまでの魔物の襲撃とは違うものを感知したのだ。

「アベル、今までの魔物とは違う、でかいのが一体来ます」

「やはりか！　そろそろ来る頃だと思っていた。よし、ショーケンたちに連絡だ」

「いや、待ってください」

ショーケンたちに異常を知らせようとするアベルを、なぜか涼が止める。

「なんだ？」

「この反応は知った反応です。おそらく、来るのはワイバーン！」

「え……」

涼のあまりの言葉に、アベルは言葉を失った。

ワイバーンと言えば、一体狩るのに、C級冒険者が二十人以上駆り出されるほどの厄介な魔物だ。しかも、そこまでやっても人間側に犠牲が出る。

そんな魔物が使節団に近付いているとなると、かなりの犠牲が……。

「とりあえず、地面に落としますので、それを狩ってもらいましょう」

「え……あ、ああ、そう、だな……」

そう、普通に狩るとやっかいなワイバーンだが、涼とアベルの二人で、ロンドの森からの帰還途中に、数十体乱獲した経験がある。魔法が効かないと言われるワイバーンが纏う『風の防御膜』を、なぜか涼の氷の槍は貫いて、撃墜することができる。

「ショーケン！　左手からワイバーンが来る！」

アベルは、馬車の外にいるショーケンに大声で叫ぶ。

「はい？　ワイバーン？」

ショーケンは、耳から『ワイバーン』という単語は入ったが、脳の中で認識まではされていない状態で、一行の左手の方を見た。

そこでようやく、『厄介な魔物のワイバーン』であることを認識する。

「な、な、なんでこんなところに……」

もちろん今までの魔物同様に、人為的な何らかの方法によってであろう。

馬車の中から、涼も近付いてくるワイバーンを視認した。

「いきます！　〈アイシクルランス４〉」

その瞬間、ワイバーンの上空に透明で極太の氷の槍が四本生成され、ワイバーンの羽を貫き、そのまま地面にワイバーンの体を縫い付けた。

「ショーケン、落ちたワイバーンを槍隊で突け！」

「あ、はい。お前ら、いくぞ！」

アベルの指示で、ショーケンと槍を持った冒険者たちがワイバーンに近付き、その頭に突き刺そうとするが……なかなか突き刺さらない。

冒険者たちは、しばらく苦闘し……ようやくその中の一本が、目から入り脳に達する致命傷を与えることに成功して、動かなくなった。

少し手こずりつつも、本来のワイバーン討伐と比べれば犠牲も出ていないため、大成功と言えるだろう。

ちなみにその間、騎士たちは馬車の周りで見守っていた……唖然としたまま。

「反応が消えた……まさか、倒された？」

「使節団、想像以上にやるようだな。だが、ワイバーンと戦えば無傷ではあるまい。この機を逃さず襲うぞ」

黒装束の一団の中に、女性の号令が響く。暗殺教団幹部ナターリアだ。

従えるは暗殺者の手練れ三十人。条件さえ整えば、騎士百人を相手にしても完勝できる戦力。

それだけ、絶対に失敗できない作戦ということだ。もちろん、ナターリアは失敗するつもりなど微塵も無い。

「この勝利を『黒』様に捧げる」

ナターリアは、そう呟いた。

心酔する『黒』のために、戦う！

◆

使節団一行は、停止していた。

冒険者たちは、倒したワイバーンから魔石を取り出し、文官らはそのタイミングで休憩している。

騎士たちと交渉官イグニスは、遠巻きにワイバーンを見ていた。

「いやあ、ワイバーンなんて初めて見ましたけど、おっきいですね。あんなおっきなものが空を飛ぶとか、自然は凄い」

「全くです」

イグニスの隣には、なぜか水属性の魔法使い涼がいて、したり顔で頷いている。

少し離れた場所では、騎士ザックとスコッティーにアベルが質問攻めにされていた。

「アベル、一体何が起きたんだ？　ワイバーンが来たと思ったら突然墜落。まあ、冒険者たちがすぐに倒せたから良かったが、騎士団の連中はみんな混乱している。分かるように説明してくれ」

「いや、説明しろと言われても……」

ザックの追及に、しどろもどろになりながらも、言を左右に誤魔化しているアベル。

その視線は時折、さっさと逃げ出して、この中で最も高い身分の交渉官イグニスの隣という、安全な場所に逃げ込んだ涼に注がれる。

もちろん、恨みがましい視線が。

自分だけ安全域に逃げ込んだ涼を恨みがましく思うが、だからと言って、「リョウがやった」とはここでは言えない。

言えば大混乱となるであろうし、そんな情報を隠蔽(いんぺい)することは不可能だ。いずれ、王都の貴族たちにも届いてしまい、貴族たちをも巻き込んだ問題が起こるのは分かり切っているから。

そんなことになったらどうなるか。

涼が、唯々諾々(いいだくだく)として貴族のわがままにつきあうとは思えない。優しそうに見えて、涼を怒らせた時の怖さはアベルが一番知っている。

そう、ウィットナッシュでのその姿が……爆炎の魔法使いオスカーに対峙した姿が、嫌でも脳裏に焼き付いている。

であるならば、ここは自分が防波堤となって守るしかない。

そう、アベルは思っていた。


アベルは、本当に善い奴である。

どんな言い訳をしようかと、アベルが考えていた時……だが、事態は待ってはくれなかった。

イグニスの隣にいた涼が、突然叫ぶ。

「北から、三十人規模の人間が近付いてきます！　距離五百」

即座に反応したのは、冒険者と騎士。

「急いで馬車に乗れ！」

反応が鈍い文官たちを馬車に誘導する。同時に、盾を持った騎士たちが馬車の北側に壁を作り、従士たちがその中で弓を構えた。

冒険者たちも、魔法使いと神官たちは壁の後方からの砲撃の準備をし、剣士や槍士たち近接職の者は、盾壁の両端と内側に分かれて陣取る。

騎士団と冒険者たちが、対人襲撃迎撃用に編みだした陣形だ。

ほとんど訓練していないのに、スムーズに構築されるのは、騎士団、冒険者双方の技量の高さと、普段からの意思の疎通を重視した隊長、リーダーたちの努力の賜物であろう。

それを横目に見ながら、アベルが涼に走り寄る。

「人による襲撃だと？」

「ええ、魔物ではありません。襲撃だと断定はできませんが、このタイミングなら、一番その可能性が高いでしょう。なんとなくですが、走り方から教団の暗殺者たちのような気がします」

「そんなことまで分かるのかよ……」

「僕も、日々成長しているんですよ？」

以前は、さすがにそこまでは分からなかった〈パッシブソナー〉であるが、水属性魔法そのものに対する習熟度が上がったためだろうか、分かることがさらに増えた気がする。

やはり、努力は裏切らないのだ！

そして、涼は馬車に入り、窓から顔だけ出した。

「リョウ……なぜ馬車の中に？」

「え？　だって僕たち、ゲストですし……」

涼が叫んだのはあくまで、いつもの魔物以外が来たら言うと、ショーケンと約束したからであって、彼らの領分を侵そうとは考えていないのだ。

実際、これだけ見事に連携しているところに、全く話を聞いていない涼たちが入ったら……それが原因でバラバラの動きになってしまう可能性だってある。

「僕の場合は、馬車の中からでも支援はできますから。アベルは、外にいた方がいいですよ！」

「なんか、不公平感たっぷりな気がする……」

文句を言いながらも、アベルは馬車の外で見守ることにした。

実際、緊急に動く場合でも、剣士のアベルは外にいた方が動きやすいのは確かだろう。馬車の中からでも魔法を発動できる魔法使いとは、全く違う。

職業特性の違いというやつだ。

世の中は、常に不公平なのである……。


距離が二百メートルほどになったところで、襲撃者たちは一斉に矢を放った。

馬車に何本か刺さるが、人的被害は無い。他も、騎士の盾が完璧に防ぎ、ノーダメージである。

だが、狙いは矢でのダメージではなかった。

矢の先端付近についた握りこぶし半分ほどの大きさの塊から、白煙が勢いよく噴き出す。その白煙に紛れて対象に近付いて倒していく、暗殺教団お得意の戦術であった。

しかし……。

「またそれですか」

涼はそう呟くと、心の中で唱えた。

〈スコール〉〈氷結〉

唱えた瞬間、前も見えないほど濃密な驟雨が一帯を襲い、立ち込めていた白煙を洗い流す。同時に、白煙を吐き出していた矢の先は全て凍りついて、白煙の噴出は止まった。

シャーフィーの時といい、教団の村に乗り込んだ時といい、涼にとってはやられ慣れた戦術だ。むしろ、それしかないのか！　とすら感じている……。

だが実際の所、暗殺者の特性を考えると、非常に有効な戦術と言える。しかも、どんな場面でも使えて汎用性が高い。いくつもの道具を、いつも持ち歩くわけにはいかない以上、これさえ持っておけばなんとかなる、どこでも使える……それはとても素晴らしい道具と言えよう。

むしろ、雨で洗い流す涼や、風でまとめて吹き飛ばすリンのような、一流以上の魔法使いの存在が稀有なのだ。

〈スコール〉で白煙が洗い流された時、すでに襲撃者たちは百メートルを切る距離にまで近付いていた。そこで、突然白煙が無くなったのだ。混乱してもおかしくない。

だが、そこは鍛えられた暗殺者たち。ほんの一瞬だけ逡巡したが、そのまま突撃を強行した。

すでに引き返せる距離ではないことを、すぐに判断したのだ。

正面の敵を倒し、凱旋する以外にはない！

ほぼ全員がそう判断し、指揮官のナターリアもそう判断していた。

ただ一人、ナターリアの後ろをついてくる女暗殺者だけが、明らかに意思を鈍らせている。

その意思が鈍った雰囲気を、ナターリアは即座に感じとり、はっぱをかけた。

「ロザリア、今さら戻れません。突っ込みます」

「はい、ナターリア様」

返事をしつつも、ロザリアと呼ばれた女性は、不安でいっぱいであった。

ロザリアは、鍛え上げられた一流の暗殺者だ。無手で騎士二人を相手にしても、倒してしまうであろう。だが、ロザリアの最も得意とするところは、暗殺者としての近接戦闘ではない。

彼女こそが、暗殺教団ただ一人の、闇属性魔法を操る人物なのだ。

『ファイ』においては、生まれつき扱うことのできる魔法属性は決まっている。

そんな中、闇属性魔法を扱える人間は現れにくく、さらに、闇属性魔法を扱う詠唱は存在しない。それだけに、闇属性の魔法使いとして認知されるほどの者は、中央諸国においては、ほぼいない……。

詠唱も無く、周りに師と呼べる人物もおらず、試行錯誤を繰り返すことによってのみ、使えるようになる……。

そういう意味では、ワイバーンすらも従えることができるようになったロザリアは、闇属性魔法の天才といっても過言ではあるまい。

だが、そんな彼女が恐怖した。

なぜなら、彼女が使役したワイバーンすらも、さしたる抵抗なく倒されてしまったのだから。なぜ、どうやって、誰に倒されたのか分からない。

ワイバーン討伐というのは、年に数度行われるが、討伐手法として未だに確立されたものはない。毎回、多くの時間を費やし、多大な犠牲を払いながら討伐している。

それが、今回は、あまりにも早く倒された。

それが、ロザリアを恐怖させていた。

何か恐ろしいものがいる……そう確信していた。

そこに、白煙に紛れてならともかく、全くの正面から突撃する羽目になれば……それは足もすくむというものだ。

だが、もう引き返せない。倒すしかない！

A級冒険者のアベルというのは、恐ろしく厄介らしいが、他の冒険者はC級。さらに騎士も、近年緩み切ったと評判の王国騎士団の騎士二十人。

暗殺者三十人なら、倒せるはずだ。

ワイバーンの件は、あえて考えないようにして、ロザリアは自分を納得させた。どうせ、正面から突っ込んで倒す以外にはない……そう何度も心の中で繰り返して。

一帯を覆った白煙が消え去り、襲撃者たちが丸見えになると、使節団からの遠距離攻撃が開始された。従士たちによる弓、そして冒険者の魔法使いたちによる攻撃魔法。

従士たちの弓矢は、暗殺者たちに全て切り伏せられる。

弓士やエルフたちの強弓（ごうきゅう）であれば、あるいは命を、そこまでいかずとも手傷を負わせることはできたかもしれない。だが、本職ではない従士たちの弓ではそこまでは無理だ。

ダメージを与えたのは、魔法使いたちによる攻撃魔法であった。

攻撃魔法の攻撃速度は、従士たちの矢とは桁違いの速度だ。緩い弓矢攻撃の後であったために、高速の攻撃魔法を避け切れなかった襲撃者たちは少なくなかった。

三十人の襲撃者のうち、即死したものはいなかったが、五人が戦闘継続不可能なほどの傷を負い、さらに五人が足に深手の傷を負って、それ以上近付くことができなくなる。

使節団は、遠距離攻撃によって、三分の一の戦力を削ることに成功した。それは、想定以上の戦果であった。

「これは凄いな……」

完全に、見学のポジションに収まっているアベルは、その戦果をつぶさに観察することができた。

戦場における弓と魔法の有効な使い方……それは、アベルの経験に足りていない部分であり、アベル自身がそれを自覚している。

「まあ、煙が一気に消失したからな……。そういえば、宿屋でリンが同じようにやってみせたっけ。リンといいリョウといい、魔法使いってのは賢いなぁ」

アベルは、二人が煙を消し去ってみせた手際を思い出し、素直に感心していた。

そんなのんきなことを言っているアベルであるが、すぐ目の前の戦闘は、近接戦に移行している。

近付くだけで三分の一の戦力を失った暗殺者たちであるが、それでも一流の暗殺者であることに変わりはない。

盾の外側を回り込み、後背に出ようとする者。

騎士の盾を避け、その後ろにいる魔法使いと神官を狙おうとする者。

前衛を一気に飛び越え、直接馬車を狙おうとする者。

様々な者たちがいたのだが……。

「風よ　吹きすさべ　〈風圧〉」

非常に短い詠唱から繰り出される風属性魔法〈風圧〉。効果は単純に、風が吹くだけだ。

ただし、C級魔法使いの〈風圧〉であれば、かなりの勢いの風となる。しかも、風属性の魔法使い四人全員が、正面に向かって放つ。

暗殺者たちにとっては、正面からの強風。

台風の風の中では、ろくに歩くことができないように、暗殺者たちも倒れないようにするのが精一杯となる。そこに突き入れられる冒険者と騎士の槍。恐ろしいほどに効果的な攻撃となった。

〈風圧〉と槍の連携によって、次々と倒されていく暗殺者。

一分あまりの〈風圧〉の嵐の後、ついに完全な近接戦へと移行する。

ショーケンに率いられた冒険者の剣士と、中隊長ドンタンに率いられた剣に秀でた騎士たちが、暗殺者たちに襲い掛かった。

相手はいずれも手練れの暗殺者。さすがに、この場面では使節団側も無傷とはいかない。

だが、傷を負い、後退したそばから神官たちによって回復され、再び前線に出ていく剣士と騎士。かたや、回復をポーションに頼るしかない暗殺者たち。

暗殺者たち全員が討ち取られるのは時間の問題となっていた。


だが、ただ一人、攻撃に加わらず、抜け目なく使節団を観察する者がいた。

指揮官のナターリアだ。

狙いの者に一撃いれればいい。標的は魔法使い……女性……髪はブルネット……身長は小さい……いた！

その瞬間、ナターリアの表情が喜悦に歪んだ。

手に生成するのは、極めて細い、高速で動けば、まず目で捉えることは不可能なほど細い石の槍。

ナターリアは、成功を確信し、石の槍を放った。かつて自分たちの首領に向かって放ったように。

狙い違わず、標的の魔法使いの心臓に到達しようとした瞬間。

カランッ。

目に見えない壁に当たったかのように、石の槍は弾かれた。


「馬鹿な！」

「危ない危ない」

ナターリアのすぐ耳元で男の声が聞こえた。

振り向こうとしたが、振り向けない。

いつの間にか、体全体が氷に覆われているのだ。

「あの細い石の槍は見覚えがあります。『ハサン』を殺したのはあなたですね……そう、確か名前はナターリア」

声はそういうと、ナターリアの正面に移動した。

「お前は……あの時の……なぜここに……」

ナターリアは、その声の男に見覚えがあった。

かつて商人ゲッコーの傍らにあり、さらには自分たちの村をたった一人で襲撃した水属性の魔法使い……。

首領の最期を看取った男。

なぜ、そんな奴がここにいる……？

使節団随行員の名簿は全て覚えている。冒険者の名前、職、騎士たちそれぞれの特徴など、全て把握済みだ。

また、護衛以外に二人の冒険者がおり、そのうちの一人はA級の剣士で極めて高い戦闘力を持っていることも分かっている。

もう一人は、C級の冒険者でしかない。リョウという名前も分かっている。

まさか……。

「お前が……リョウ」

だが、ナターリアのその言葉は、言葉にならなかった。完全に氷漬けとなっていたから。

「顔と名前は、一致させないとダメですよ？」

涼は、でき上がった氷柱（つらら）を軽く手でぺしぺしと叩きながら、うそぶくのであった。

「とりあえず、『ハサン』の仇（かたき）はとりました」

「やはり失敗したか」

「暗殺教団と言っても、しょせんは人間。こんなもんだろうよ」

「コントレーラス伯爵が呼んだ王国使節団……途中で排除できれば、一番分かりやすかったのでしょうが」

「まあ、王国使節団がトワイライトランドで襲われた、という既成事実は作れたのだ、よかろうよ」

そこは使節団一行から、一キロ近く離れた丘の上。

その距離から、事の成り行きを見ていた。さすがに一キロ近く離れていると、涼のソナーにもひっかからない。

五人が立っているが、話した四人は男性。無言のままの一人は女性だ。

最後に話した壮年男性が、無言のままの女性の方を向いて言葉を発した。

「わざわざ裁定者たる『ダッチェス』に来ていただいたのは、今の水属性の魔法使いを見てもらうためです。それぞれの陣営が、一度だけ、裁定者にお願いができます。我が陣営の希望は、あの水属性の魔法使いを排除していただくことです」

「『ヴォートゥム（願）』を使って、あの魔法使いの排除？　それが貴殿らの希望か？」

「はい」

「ふむ……」

ダッチェスと呼ばれた女性は、手を顎に持っていって少し考える。

そして、口を開いた。

「良かろう。その願いを聞こう。あの水属性の魔法使いは、我がいただく」

「いただく?」

ダッチェスの言葉に、訝しげに問い返す壮年男性。

「問題無かろう? あれは、非常に興味深い水属性魔法使いじゃ」

「もちろん……問題ありません」

ダッチェスに対して、壮年男性を含む四人は、恭しく一礼した。

◆

暗殺者三十人のうち、捕虜六人+氷漬け一人。

捕虜となったのは、最初の遠距離攻撃で足に深手を負い、動けなくなった者たち五人と、投降した女が一人。氷漬け一人は、もちろんナターリアだ。

「一人離れた所から狙っていたとは……」

氷漬けナターリアを涼が運んでくると、冒険者のまとめ役のショーケンが感心したように言った。

「一人だけ離れた所にいたので変だなと。この女は、暗殺教団の幹部です」

涼の一言に、使節団一行は色めき立った。

「やっぱりこいつら、暗殺教団か……」

「どうりで強いと……」

「女幹部……」

最後の一言を言った冒険者は、周りの女冒険者たちから白い目で見られた。

その一言に、どんな感情が混入していたか、女性はすぐに気付くのだ。

女の勘をなめてはいけない!

(〈アイスウォールパッケージ〉)

涼は、捕虜六人を、まとめて〈アイスウォール〉で囲い込んだ。

相手は暗殺者だ。自爆などされては大変なことになる。

「アベル、いちおう、あの六人、氷の壁で囲んでおきました」

アベルに、コソコソと小さい声で囁く。

ホウ・レン・ソウ（報告・連絡・相談）は大切です。

「おう、了解だ」

アベルは頷くと、交渉官イグニスの方を見た。

「この者たち、どうしましょうか」

この場における、最上位者は、交渉官たるイグニスである。

とはいえイグニスは、自分が荒事に慣れていないうえ、この襲撃者たちに関しての情報を全く持っていないことも自覚していた。

「アベルさん、申し訳ないが、私は彼らに関しての知識が全くない。もし尋問などをするにしても、何とも判断がつかないんだ。護衛の皆が了承するなら、A級冒険者のあなたにやってほしいと思っているのだが……」

「賛成です」

真っ先に賛成したのは、冒険者のまとめ役たるショーケン。

「私も、アベルさんにお任せするのが適任だと思います」

続いて、騎士団を率いる中隊長ドンタン。

その後ろでは、ザックとスコッティーも頷いている。


こうして、中核メンバーの承認を取り付け、アベルが代表して尋問することになった。

そして、当然のように、涼はアベルの脇に控えた。

だが、尋問をする、その前に。

「リョウ、あの女幹部の名前は？」

小さな声で涼に確認する。

「ナターリアです。以前、この暗殺教団を率いていた首領と呼ばれていた人物が言っていました。で、幹部の『黒』という人物にほだされて、首領を殺したみたいです」

「マジか……」

それを聞いて、アベルは小さく首を振った。

いくつかの情報交換の後、アベルは捕虜となった六人に向き直った。

「尋問ということなんだが……お前たちが正直に答えてくれるとは思っていない。そこでだ、俺が一方的に喋るから、黙って聞いていてくれ」

使節団一行も、予想外の言葉にお互いに視線を交わし合ったが、言葉は発しない。

確かに相手は暗殺者たちだ。質問しても答えてくれるとは思えない、というのは確かにそうかもしれない。

「最初に、お前たちが、いわゆる暗殺教団と呼ばれている者たちであることは分かっている」

まずそこまで言い切った。

五人の表情は変わらない。

だが、投降した女だけは、ほんのわずかに表情が揺らいだ。

「リョウ、あの女だけ、さらに別に囲えるか？」

「ええ、できますよ」

小声で交わされた会話、そして、誰にも気付かれずに、女暗殺者はただ一人、さらに〈アイスウォール〉で囲われた。

尋問が進んでいき、その女暗殺者から情報が漏れそうだと知られれば、五人が危険を承知でも口封じをしようとする可能性があるからだ。

よくありそうな展開である。

「次に、この氷漬けの女性が、幹部のナターリアであることも分かっている」

この言葉には、男五人も無反応ではいられなかった。

なぜ、部外者である尋問者が、そんなことを知っているのか。確かにA級冒険者であることは知らされていたが、それでも、教団幹部の名前を知っているなど、明らかにおかしい。

「そうだ、王国にお前たちの村があったろう？　氷漬けになって滅んだ村だ。そこでお前たちの首領が死んだはずだが……」

先ほど以上に、六人とも顔を強張らせて聞いている。

「知っているか？　その首領を殺したのは、このナターリアだぞ？」

ついに、六人は大きく目を見開く。

無表情を装う余裕など、完全になくなった。

「嘘をつくな！」

さらに、男の一人が声を上げる。

「嘘などついていないさ。『黒』のために殺したんだ」

六人の表情は、真っ青になった。

目の前の男は、『黒』様のことすら知っている！

馬鹿な！　そんなことがありえるか！

だが、現実に起きている。

その中で、女暗殺者は、真っ青な表情を通り越して、ほとんど泣き出しそうであった。

「ああ、そういえば、お前たち、胸にタトゥーがあるだろう？　ほら、双頭の鳥を剣で突き刺しているあれだよ」

六人は、もはや完落ち寸前である。

全てのことを知られている。自分たちが隠したところで無駄なのだと。

「あのタトゥー、首領が死んだ後も機能しているのか？」

「……は？」

目の前のA級冒険者、アベルが何を言っているのか理解できなかった。

「ん？　あのタトゥー、剥ぎ取ろうとしたら、石の槍が出てきて心臓を突き刺すだろう？　その機能は、今も有効なのかと聞いているんだ」

「なんだその機能は……」

男の一人が、思わず呟く。


アベルがその機能を知っているのは、元幹部シャーフィーが言っていたからだし、実際にシャーフィーの胸から剥ぎ取る際に、槍が生じたからだ。

だが、目の前の六人は、その光景を見たことが無かったのであろう。鈍い反応である。

「知らなかったのか？　そのタトゥーにはそういう機能があるんだ。錬金術で組み込んであるらしいが……首領が死んだ今、どうなっているのかなと思ってな」

これは、ある意味決定的であった。

教団に所属する自分たちよりも、目の前の男は詳しく知っている。自分たちの体のことを。

なぜかは分からない。

だが、いやがうえにも納得させられた。これは勝てない相手だと。

「さて、お前たちの目的だが……」

「アベル」

アベルの言葉を、涼が横から遮った。

そして耳に口を寄せて、今まで以上に小さな声で言う。

「それは僕が分かっています。ですから、ここでは聞かないでください」

「ふむ……」

涼は、使節団が襲われた理由の一端が分かっていた。

それは、ナターリアの一撃を防いだからだ。

味方の攻撃全てを隠れ蓑にしてまで、ナターリアの石の槍は、ある冒険者の心臓を正確に狙っていた。つまり、その人物を殺すのが目的……目的の全てでは無いかもしれないが、目的の一つ。それも重要な目的の一つ。

そして、そのことは、ここでは公にしない方がいいと思った。

なぜなら、狙われた女性は、事ここに至っても何も言わないから。公にしたくない理由があるのだ。

ならば、後で涼が聞きに行けばいい。そして、聞いたことをアベルに伝えればいい。

わざわざ、皆に聞かせる必要はないであろうと。

「そうだ、お前たちの中に、闇属性の魔法使いがいるな？」

その言葉に対する、女暗殺者の反応は激烈だった。

誰が見ても、平静ではないことが見て取れた。

「そうか、君が闇属性の魔法使いか」

アベルは確信を持って、女暗殺者に尋ねた。

女暗殺者は力なく頷いた。

その瞬間、男たちのうち二人の手元が閃いた。そこから正確に、何かが女に向かって飛んだのだ。

だが……。

カキンッ、カキン。

男たちと女との間に張られていた〈アイスウォール〉によって、その二つの投げナイフは弾かれる。

その瞬間、アベルはニヤリと笑った。想定通りの仲間割れ。

「こわいな～。女、お前さんの仲間たちは、躊躇なく殺そうとしたぞ？」

女暗殺者は、仲間のはずの五人の男たちを見やる。

目を見開き、歯を噛みしめて。

その表情は、怒りと、怖れと、悔しさのないまぜになったような……なんとも形容しがたいものであった。

それを見てアベルは確信した。狙われた女性はこちら側につくと。

「さて、闇属性の魔法使い。名前は何という?」

「……ロザリアです」

ロザリアが、暗殺教団を離れた瞬間であった。


とりあえずの尋問が終わり、使節団の各リーダーたちが今後について話し合っている間に、涼はある女性の元に近付いて行った。

魔法使いで、女性、髪がブルネット、身長が小さい冒険者だ。ナターリアが、部下たちを犠牲にしてまでも狙った相手である。

涼が近付くと、女性の方から頭を下げてきた。

「リョウさん、先ほどはありがとうございました」

「いやいや。ミューさんでしたよね。味方を守るのは当然ですよ」

アクレでの宴会を通して、涼は護衛冒険者全員の名前を覚えていた。今回の標的となったミューのパーティーは、王都所属C級パーティー『ワルキューレ』だ。


「それで……もし可能なら、どうして狙われたのか教えてほしいなと思ったのですが……」

そんな会話をしていると、ミューの後ろに、彼女のパーティーメンバーたちが寄ってきた。

「はい……」

ミューは俯き(うつむ)ながら、ちらりと後ろのパーティーメンバーを見る。

「ここで大丈夫?」

他の人には知られたくない事情なのではないかと、涼は思ったのだ。

だが……。

「大丈夫です。パーティーの仲間は、みんな知っていることですから……」

ミューは一つ頷くと、話し始めた。

「確信はないのですが、ここで私が狙われるとしたら、理由は私の出自というか、実家というか、その辺りが理由だと思います」

涼は口を挟まないで静かに聞いている。

後ろに立ったミューの仲間たちが、そっと手をミューの肩に置いた。

そんな、たった一つの行動で、パーティー仲が良いことが分かる。

なんとなく、涼はほっこりした。

「私の祖父の名前は、サイラス・テオ・サンタヤーナ。トワイライトランドの、現大公です」

……この世界には、王子様や大公孫といった、王族が溢れているようです。

◆

「私の母がサイラスお爺様の娘なのですが、トワイライトランドは直系男子にしか公位継承権を認めていません。ですから、私に大公位の継承権はないんです」

「でもミューは、お父さんが王国侯爵だから、そっちの継承権があるんだよ」

補足したのは、ミューの肩に手を置いていたパーティーメンバーの剣士、名前はイモージェン。

（ああ……。王国侯爵家の娘であり、ランド大公の孫がランド国内で殺されれば……確かにインパクトはありますか……）

涼はそう考えたが、さすがに口には出さない。

「いちおう、今回の護衛に選ばれた際に、私の出自について、グランドマスターとイグニス交渉官には確認してあります。ですが、グランドマスターは逆に、それはリスクではなくてメリットにもなり得るから頑張ってこいと……」

ミューは、きちんとリスクの可能性を指摘して、それでも上は許可を出したのだ。

「うん、だいたい分かりました。話してくれてありがとうございました」

そう言うと、涼はミューたちの元を離れ、リーダー会議の方へと移動したのだった。


涼がリーダー会議の方へ向かうと、ちょうど会議が終わったらしく、解散していた。

「リョウ！」

アベルが、涼を見つけて呼びかける。

「会議、終わったんですね。いちおう、教団が狙った理由を確認してきましたよ」

二人は、他から少し離れた場所で情報の交換を行った。

涼からアベルには、ミューの出生。

アベルから涼には、今後の対応。

「国境を越えているために、暗殺者たちは、ランドに引き渡さざるを得ないそうだ」

「そうですか……。ロザリアでしたっけ、闇属性の魔法使い。貴重な人材ですが、やむを得ませんね」

「あ、ああ……」

涼が考えながら意見を言うと、アベルが奥歯に物が挟まったかのような顔をして同意する。

「アベル、どうしたんですか？」

「いや、リョウの口から、貴重な人材とかいう言葉が出てきたのが意外で……」

「全く、アベルは僕のことをなんだと思っているのですか！　僕だって、王国の発展のことを考えていますよ！　彼女がいれば、もの凄くレアな錬金道具を作れるんですよ？　今の僕にはまだ無理でも、ケネスの元に連れて行けば……」

「うん、そういうことか。もの凄く納得した」

涼の基準は、カッコいいか、面白いか、そして錬金術的にどうかだと。

「まあ、とにかく、今夜我々が泊まるカルナックという街で連絡を取って、彼らを護送する者に来てもらうそうだ。どれくらいで来るかは、全然分からんらしいが」

「なるほど。外国ですしね、いろいろ王国とは手続きも制度も違いそうです。でも、すぐ来る可能性もあるのなら、ちょっと氷漬けの人にも聞いておきたいことがあるんですが」

二人は、交渉官イグニスの許可を貰って、氷漬けの女性ナターリアの元に赴いた。

「何度見ても……この状態で生きているというのが信じられん」

アベルは、氷漬けになったナターリアを見て言う。

「僕も、生かしたまま氷漬けできるようになるまで、かなり練習しましたからね。数多くの、ロンドの森の魔物たちが犠牲になりました……」

涼はしみじみと言っているつもりだが、涼がなんとも思っていないことはアベルにはバレバレである。

その結果、アベルの口から出た言葉は……。

「へぇ～」

とても軽いものであった。

それを、少しだけ恨みがましい目で見てから、涼はナターリアの氷を、顔の部分だけ融かした。

「こんにちは、ナターリア。ちょっとお話をしたいのですが」

「ふざけんな！　くたばりやがれ！　お前……」

すぐに、再びの氷漬けとなる。

涼はわざとらしく右手を上げ、ちょいちょいと振った。それによって、氷は中で何か動いたように見えた……。

二分ほどそれが続いた後、涼は再び、ナターリアの顔の氷を融かした。

「綺麗な女性が、そんな汚い言葉を吐くのはもったいないですよ。今、全身が締め付けられましたね？　ちょっと氷で圧迫してみました。怖かったでしょう？　氷漬けになっているんですから、いつでも押し潰すことはできるんですよ？　覚えておいてくださいね」

「お前……」

ナターリアの顔は、恐怖と憎悪に染まっていた。

恐怖は、自分の生殺与奪を握られていることに対して。憎悪は、自分がいいようにされてしまうことに対して。

「たいした質問ではありません。ミューを狙った理由は分かっていますが、その確認と依頼主に関してです。まず、ミューの出自が理由ですよね？」

「私が、そんな質問に答えると思っているのか？　なめられたものだ」

精一杯ではあるが、ナターリアは馬鹿にした顔を作って、涼に向かって答える。

「そうそう、僕は、別に暗殺教団に対して恨みはありません。村を氷漬けにしたのも、あなたたちがウィリー殿下を攫（さら）ったからというだけです。でも、あんまり強情を張ると、今度は『黒』を殺しに行きますよ？」

涼は、笑顔いっぱいで告げた。

言われたナターリアは、絶句する。

たっぷり一分後、ナターリアはようやく口を開いた。

「そんなことが、できるわけ……」

「試してみますか？　僕の力は知っているでしょう？」

ナターリアは知っている。目の前にいるのは、正真正銘の化物であると。

たった一人で村を壊滅せしめ、一面氷漬けにし、あの首領と互角に戦ったのだ。

『黒』様のことは尊敬しているが、個人戦闘能力において、あの首領に劣るのは否めない……。

もちろん、それは『黒』様だけでなく、幹部全員……。つまり、目の前の化物に勝てる者は、現在の暗殺教団にはいないということになる。

そんなことに逡巡しているナターリアに、涼は決定的な一言を告げた。

「僕は、『黒』やこれからの教団がどうなろうと興味はありません。攻撃してこない限り、こちらから攻撃することはないと約束しましょう。ただし、それはあなたが質問に答えてくれたらです。つまりナターリア、あなたは質問に答えるだけで、『黒』と教団を救うことができるのです。こんなチャンス、この先、二度とないですよ」

自らの武力を背景にした脅し。

国同士の交渉の席ではよくあることだが、人同士の交渉の場でも有効だ。

警察のような、巨大な仲裁力が無い世界においては。

「分かった……。全てではないが、できるだけ答えよう。だが、再度約束しろ。私が答えたら、『黒』様と教団には手を出さないと」

「そちらが攻撃してこない限り、『黒』と教団には手を出さないと誓う」

涼は約束した。


倫理的には、暗殺者やテロリストのようなものと交渉したり、約束したりするのは受け入れられない、という立場の人たちがいるのは知っている。

だが、涼はその辺りは全く考慮しない人間だ。交渉して、手に入れられる情報があるのなら、暗殺者とでも交渉する。

そして、涼たちはいくつかの情報を手に入れた。

使節団襲撃を依頼したのは、トワイライトランドの反乱分子だと。ただし、市民の類ではなく、ランド貴族だと。

ランド国内で、人間による襲撃を行うこと。

ミューを殺すこと。

交渉官と文官たちは放置しても構わないが、騎士団と冒険者は壊滅させること。

襲撃は、ランドに入って三日以内に行うこと。

ナターリアが知っているのはそれだけであった。

「うん、十分な情報を得ることができました」

「約束は……」

「もちろん守ります。『黒』と教団には手を出しません」

涼が再度約束すると、ナターリアはホッとした表情になった。

実際、涼は新生暗殺教団に、全く興味はない。

涼とは関係ないところで、勝手に幸せになってくれればいい……その程度の認識だ。そのため、ナターリアとの約束を破る気もない。

後ろでずっと聞いていたアベルは、いろいろ考えることもあるのかもしれないが……今のところ黙ったままであるため、気にしないことにした。

涼は、再びナターリアを完全な氷漬けにして振り返る。

「そういうことです、アベル」

「ああ……。まあ、今後の暗殺教団については、今のところいいさ。気になるのは、ランドの反乱分子だな」

二人は、歩きながら話し合う。

「まあ気になりますね。とはいえ、情報が少なすぎて、何とも言えないというのが正直なところでしょうか」

「そうだな。……イグニス交渉官は、ミューの出自も知っているんだよな。なら、今の話も含めて彼にだけは報告しておくか」

◆

使節団は、カルナックの街に到着した。

カルナックの街は、トワイライトランドにおける王国方面の街としては最大規模で、王国との貿易の中心の街である。そのため、使節団全員がきちんと宿で宿泊できたのはありがたいことであった。

捕虜になった者たちは……明確にこちら側に付いたロザリアは、監視付きとはいえ部屋に泊まれた。残りは氷漬けにされて、宿の中庭だ。もちろん、ナターリアも。


カルナックに到着したその夜、涼は長年の夢の一つがかなった。

使節団に準備されるのは上質な宿。そのベッドで、涼は声をあげた。

「何奴(なにやつ)！」

そう、時代劇などで、お偉い人が夜中に寝所に忍び込んできた忍者に対して誰何(すいか)する、あの言葉だ。そんな、夢のような言葉を言うことができた……とても嬉しいのだが、それはこの場では表情には出さない。シリアスな場面なので。

誰にも気付かれずに忍び込んでくる……そしてそれは、味方からの文を届けに来た者だったりする。

「フェルプス・A・ハインラインよりの文をお届けに上がりました」

「ご苦労。こちらへ」

涼が言うと、忍者もどきな人物は涼に近付き、手紙を渡す。そして、何も言わずに部屋を出ていった。

渡された手紙には、フェルプスと父アレクシスの間で交わされた情報が書いてあった。

◆

「昨晩、このような書状が」

翌朝、涼はとても芝居がかった調子でアベルに手紙を渡す。

「ショジョウってなんだよ……」

涼は、アベルの疑問を無視する。

アベルは手紙を読んだ。

「内戦が起きる可能性が高い？　政府側コントレーラス伯爵、反政府側エスピエル侯爵がそれぞれの中心……ただし、政府本体は内戦の兆候に気付いていない？　貴族たちだけに動きがある？　王国使節団の呼び込みを働きかけたのは、コントレーラス伯爵？　なんだこれは……」

「ある種のクーデター、あるいは戦争ごっこかもしれません」

状況がつかめないアベルに対して、芝居がかったままの涼が、悪そうな顔に悪そうな笑みを浮かべて適当なことを言う。

「くーで……？　まあ、俺たちにできるのは気をつけることだけか。これは、他には誰か知らせたか？」

「いえ、昨晩遅く届きましたから、まだアベルだけです」

「分かった。じゃあ、見せに行こう」

その後、会議が開かれ、最終的にはこの情報は、使節団全員で共有された。


その日の夜、宿の食堂。

「アベルが反政府側なら、どこから攻めますか？」

「……は？」

目の前で、何か焼き魚の料理を食べている水属性の魔法使いから、突然の質問を浴びせられる剣士アベル。

少し考えて、このトワイライトランドで起きるかもしれない内戦についての話であることは分かった。

分かったのだが……。

「俺たちがそれを考えても意味が無いだろう？」

アベルは肩をすくめて答える。

「でもでも、僕ら使節団って、政府側のコントなんとか伯爵の謀略によって招かれたんですよ？　絶対、内戦に巻き込まれますよ？」

「謀略……まあ、可能性はあるか。確かに、俺たちは駒かもしれんな」

「ええ、絶対そうです！」

涼が顔をしかめて断言する。そして言葉を続けた。

「反乱側のエスなんとか侯爵が攻めるところに居合わせたりしたら、僕ら、守り側の盾にされる可能性があります！」

「ああ……それは分からんではないな」

外交使節を表立って攻めるのは、やはり躊躇するだろう。間違って傷つけたりすれば、使節を送り出した国を敵に回すことになりかねないからだ。

そう考えて、守る側は、外交使節を利用しようとするかもしれない……。

「ほんと、厄介なところに飛び込むことになりそうだな」

「ええ、全くです」

アベルが小さく首を振り、涼も小さく首を振った。

テーベにて

二日後、捕虜を引き渡した使節団は、カルナックを出発した。

そして、カルナックを出発して五日目、ついにトワイライトランドの首都テーベに到着。門をくぐり首都の中に入ると、大通りの両脇に、首都に住む民たちがずらりと並んでいた。

王国からの使節団を歓迎するためらしい。

手には、ランド国旗と王国旗の小さい版を両手それぞれに持ち、楽しそうに振っている。

「凄い光景です……」

「そうだな」

涼の感想と、アベルの感想は、おそらく中身は全く別物だ。

涼の場合は、「まさか地球でよくある光景が、ここで見られるとは」である。

アベルの場合は、「他国の使節団を、これほど歓迎してくれるとは」である。

ただ、どちらにしても、歓迎されて悪い気はしない……。


到着してすぐに、大公への謁見が行われた。使節団トップの交渉官イグニスを筆頭に、文官と、アベルと涼が出ることになっている。

「ぼ、僕は、冒険者なので、出る必要はないかと……」

「そんなわけあるか！　道中、ずっと馬車移動させてもらったのは、こういう仕事をするためだ。わざわざ儀礼用の服まで、王国が準備しているんだから、出ないとかありえないぞ！」

「うぅ……」

正論に正論を重ねるアベル。

全く反論できない涼。

当然だが、涼も、謁見の儀に臨むことになった。

もっとも、謁見そのものは、特に何事も無く終了した。

使節団側の、全ての受け答えはイグニスが行ったため、アベルも涼も、片膝をついて大公のお言葉を聞くだけ。

涼の感想は、「ミューのお爺さんということだけど、あんまり似てないよなぁ」であった。


その後、使節団一行は、公城の迎賓館に入った。そこが、ランドにいる間、一行に割り当てられた宿泊施設だ。

「歓迎会みたいなのがあるかと思ったのですが、ないのですね」

「四日後、公城主催の晩餐会があるだろ。文官と俺とリョウは、強制参加だからな」

「また、強制……」

「それが仕事だ」

涼がため息をつき、アベルが正論を吐いた。

元気のない涼であったが、二時間後には元気になっていた。

その理由は……。

「アベル、素晴らしい大浴場でしたね！　大浴場備えつけなんて、ランドの人も分かっていますね」

「リョウって、本当に風呂が好きだよな……」

迎賓館には、大浴場があったのだ！

「当然です！　人は風呂に生まれ、風呂に死すに違いありません！」

「そんなわけあるか……」

まさに、人の道とは、風呂に入ることと見つけたりとでも言いたげな涼の勢い。

「少なくとも僕の墓碑銘には、風呂に生き、風呂に死すと彫ってもらうつもりです」

「そ、そうか……」

どこから湧いてくるのか不明な、涼の風呂に対する情熱。

その情熱を理解できないアベル。とはいえ、元気になったからまあいいかと、苦笑しながら首を振る……。

◆

そこは、『書斎』と呼ばれていた。

この建物の主、ただ一人だけのための図書館。

広大な空間に、膨大な数の本が揃えられており、主は今日もその中の一つを読みふけっている。

そこに、一人の執事が入ってきて、恭しく頭を下げた。

「ああ、ドラブ、もうそんな時間かい？」

「はい、ご主人様。報告者がいらしております」

「そうか。お通しして」

主は一つ頷くと、報告者を通すことを許可した。

「報告は二点ございます。一点目、王国より使節団が到着いたしました。二点目、例の『シヴィルウォー』の開始は六日後、公城晩餐会の翌々日と決定いたしました」

「二点目を」

「はい。戦場は首都テーベ全域。攻め手側エスピエル侯爵ビセンテ様、守り手側コントレーラス伯爵サンダリオ様。それぞれの陣営に、数十人の貴族がついております」

「合計で百を超える貴族たち？」

「はい」

主の確認に、報告者は頷く。

「飽きるのが早すぎだ……とはいえ、そこを責めても意味はない」

主の呟きには、報告者は表情を変えず、返答もしない。自分が答えるべき立場にないと理解しているからだ。

「分かった、報告ご苦労様」

主がそう言うと、報告者は一礼して出ていこうとした。

「ああ、そうそう」

珍しいことに、そこで主が声をあげた。すぐに止まり、主の方を向く報告者。

「一点目の報告、王国の使節団だったよね」

「はい」

「使節団メンバーの詳しい情報を見てみたいね。急がないから、紙にして届けておいてくれるかな」

「承知いたしました」

◆

使節団一行が、テーベに到着した翌日。ついに、二国間交渉が開始された。

交渉官イグニスと文官たちは、迎賓館に隣接する交歓院で様々な会議を、時には同時並行でこなしていくのだ。

その間、騎士団と冒険者たちは、特に仕事はない。往きと帰りの道中こそが、彼らの本番だから。

だが、アベルと涼は、その冒険者の中には入っていない。二人には、トワイライトランド冒険者ギルド本部に招かれ、様々な会議に出席したり、時には模擬戦を観戦したりと、様々な仕事が組まれていた。

現在、トワイライトランドには現役のA級以上の冒険者は存在しない。そのために、王国のA級冒険者たるアベルに期待される役割は大きいのだ。

涼？

涼はC級であり、あくまでアベルの付属なのであるが……アベルが、涼を解放するはずなどなかった。アベルに連れて回られる役目……。

「なんて不幸な……」

涼の呟きは、誰にも届かない。


二人のお仕事、最初は、トワイライトランド冒険者ギルド本部での会合出席。会合となっているが、それは最初だけで、質疑応答を含めてそのほとんどは併設された訓練場で実戦形式で行われた。

つまり、模擬戦。

最初は、アベルもちゃんと会議室らしき場所で、講義らしきことをしていたのだ。だが、いつの間にか出席者たち同士で議論が白熱し、終いにはつかみ合いにも発展して……アベルが大声をあげて訓練場に移動。

「結局、みんな冒険者なのです。頭で考えるより体を動かす方がいい……」

「……否定しない」

涼の感想を、珍しく素直に受け入れるアベル。

実際、訓練場に移動してからの方が、出席者たちも生き生きとしていたのだから。

涼は涼で、魔法使いの冒険者たちから質問攻めにあったり、ルン所属ということで、ルン冒険者ギルドで行われている初心者講座に関していろいろ聞かれたりした。

そこには、自信満々に答える涼の姿があった。なにせ、自分が経験してきたことである。それは自信満々にもなろうというものだ。決して、アベルに連れて回られるだけの役回りではなかったのだ。

◆

「いやあ、最初はどうなることかと思いましたけど、なんとか乗り切りました」

「言うほど大変じゃなかったろう?」

冒険者ギルド本部での会合を終えて、宿泊所である迎賓館に戻る涼とアベル。その馬車の中での会話だ。

「会議室、つかみ合いの取っ組み合いになって、大変だったじゃないですか」

「まあ、そうなりそうではあったが、実際にはなってないからな。それに、冒険者ならあれくらい普通だと思うぞ」

「そ、そうなんですか？」

とてもおとなしい涼には理解できないが、冒険者は荒々しいものらしい。

「リョウ、今、自分がおとなしいとか考えただろう？」

「え？　そうですけど、何か？」

「リョウはおとなしくないからな」

「は？　僕自身がおとなしいと言ってるんですから、おとなしいんですよ？」

涼は、アベルの意味不明な意見は理解できないため、真っ向反論する。

「戦っている時、笑顔を浮かべているだろうが。特に、強い相手との時。おとなしい奴は、そんなことにならない」

「そんな馬鹿な！」

アベルの指摘に愕然とする涼。

愕然としたのは、笑顔を浮かべている点の指摘に対してだったのか、おとなしい人はそうならない点に対してだったのか……。多分、両方だろう。


そんな二人が乗る馬車が、公城の正門近くに差し掛かった時……。

「何か、正門前でもめているみたいです」

「は？」

涼が言い、アベルが首を傾げる。

首を傾げた後、アベルは馬車の窓から首を出して、前方を見た。

「確かに、もめているな。だが、公城の正門前だぞ？　普通は守備隊とかが出てきて、さっさと排除するだろう？」

「相手が、アベルのような超絶極悪残虐剣士ならともかく、一般人をそこまで強引に排除すれば、守備隊の人たちが良心の呵責を感じるに違いありません」

「うん、俺への言葉に、リョウは良心の呵責を感じてほしいな」

二人が乗った馬車が正門に近付いた時、もめている中から声が聞こえた。

「来た！　あの馬車だ！」

その声は、涼とアベルにもはっきりと聞こえた。

「狙いはこの馬車だったようです」

「そうだな」

「アベル、どうしますか？〈アイシクルランス〉の一斉射撃で、全滅させますか？」

「いや、それはやめろ」

涼の提案を退けるアベル。

「何のために俺たちを探していたのか聞きたい。敵と決まっているわけじゃないだろうし」

「甘いですね、アベル！　先手必勝という言葉があります。一度後手に回ったら、ずっと後手を引かされますよ」

「言いたいことは分かるが……あれが、さっきリョウが言った一般人だったらどうするんだ？」

「全ての罪をアベルに着せれば大丈夫です。任せてください！」

「うん、絶対、任せない」

二人の話し合いは決裂した。

「止めてくれ」

アベルが御者に言い、馬車が止まる。

すぐにアベルは馬車を降りた。そこに走ってくるもめていた一団。先頭を走るのは剣士らしき男性で、アベルのようなアスリート体型であり、剣士としては細身の部類だろう。だが、長い髪を後ろで一つ結び、無精髭もあり、荒々しい感じすらある。

「冒険者？」

馬車の中に乗ったまま、窓から顔だけ出して涼が呟く。

そう、走り寄ってきた者たちは、冒険者に見える。

五人。剣士、斥候、盾使い、魔法使い、神官に見える。

これがパーティーであるなら、とてもバランスが取れていると言えよう。

「何か用か？」

馬車から降りたアベルが、走ってきた一団に問いかける。

「あんたが、アベルさんだな？」

「ああ、そうだが？」

「頼みがある。俺と、模擬戦をしてほしい」

「……はい？」


涼とアベル、そしてもめていた一団五人は、正門前にある広場でお話をすることになった。

その広場の隅には、石造りのテーブルと、それをぐるりと取り巻く石の椅子がある。七人がそこに腰かける。

当然のように、涼がコーヒーを淹れ始めた。

それを横目にアベルは少しだけ疑問に思った。道具一式はいいだろう、涼の水属性魔法で生成したのだ。だが、コーヒー豆はいったいどこから？

「こんなこともあろうかと、鞄にはロースト済みのコーヒー豆を常備しているのです」

聞かれてもいないのに自分から説明する涼。もめていた一団のうち、剣士以外の四人の視線が、涼のコーヒーを淹れる手際に釘づけになる。

その間に、剣士とアベルの会話が始まった。

「俺らは、テーベ本部所属B級パーティー『五連山』。俺は、リーダーで剣士のセフェリノだ」

剣士セフェリノはそう切り出すと、説明を始めた。

首都テーベでも、B級パーティーは二組しかいないため、元々は、今日の会合に参加するはずだった。だが一昨日、大公直々の指名依頼が入ったためそちらを優先せざるを得ず、ようやく今、テーベに戻ってきた。

急いでギルド本部に向かったが、ほとんど入れ違いで二人の馬車が出ていった。昼間、模擬戦を行ったと聞いた。自分にも、一手指南してほしいと思い、ギルド本部から走ってきた。

「なるほど」

アベルは頷いた。

「さあ、まずはコーヒーでも飲んでって……お話、終わっちゃいました？」

涼はそう言いながらも、七つのカップにコーヒーを淹れて、全員の前に配る。

「いや、いただく」

剣士セフェリノはそう言うと、口に含んだ。他のパーティーメンバーも口に含む。

「ほぉ……」

「凄い」

「美味しい……」

そんな満足の言葉が思わず漏れる。

それを聞いて、嬉しそうに頷く涼。

「リョウが淹れるコーヒーは、いつも美味いな」

「そうでしょう、そうでしょう」

アベルの称賛に、満足そうに頷く涼。

そんなまったりとした時間が流れ……。

「俺でよければ、いつでも模擬戦の相手をしてやるぞ」

「おお、感謝する！」

アベルは宣言し、剣士セフェリノは感謝した。

こうして、公城正門前広場でA級対B級の剣士同士の模擬戦が開始された。

アベルの剣は、いつもの赤く輝く魔剣。一方のセフェリノの剣は細長く、反り（そ）の入った片刃の剣。

「日本刀？」

二人から離れて、他の『五連山』の四人と一緒に見守る涼が思わず呟いた。

涼の村雨も、日本刀の形状をとる。最も美しい日本刀とも言われる三日月宗近のように、鍔元に強い反りがあり、峰や切っ先にはそれほど大きな反りが無い形だ。

だが、セフェリノが持つ剣は、光世作と言われる大典太光世やソハヤノツルキのように、鍔元から切っ先までほぼ一定の反りが見られる形……。

もちろん、どちらが良い悪いという話ではない。

「どちらも美しいのです」

涼は勝手に頷く。

「セフェリノの剣は、代々家に伝わる剣です。彼、ああ見えて、王国から移り住んできた騎士の家系でして」

そう解説したのは、『五連山』の女魔法使いイラーナだ。

ちなみに『五連山』の五人は、全員二十五歳。その中で、剣士セフェリノと魔法使いイラーナが幼馴染ということで、セフェリノのことに関しては詳しいらしい。

「ご両親は、彼が成人する直前に亡くなって……。残された遺品があの剣だったらしく、彼、凄く気に入っているんです」

「なるほど」

イラーナの説明に頷く涼。

遠目に見ても、なかなかいい刀に見える。もちろん、本当に刀なのかどうかは知らないが。

アベルとセフェリノの剣戟は、最初から派手なものであった。

命のやり取りをする真剣勝負ではなく、模擬戦だからというのもあるだろう。とはいえ、模擬戦でも一歩間違えば命を落とすことはあるし、怪我をするのは普通だし、腕や足はともかく指の一本くらいは斬り飛ばされることも、ままある……。

カキン、カキン、カキンッ……。

連続する剣戟の音。

「一手指南を」と言っていたセフェリノであったが、アベルが一方的に指導する模擬戦にはなっていない。

攻守の入れ替わりの激しい、ほぼ同等の剣士同士の戦いと言える状態だ。

「セフェリノだったよな、強いじゃないか」

「いやアベルさん、まだまだ余裕を残しているでしょう」

模擬戦ならではの、戦いながらの会話。実際に剣を合わせながら、上手が指導を行っていくことが多いのだが……。

「俺が指導する点など、別にないぞ」

アベルは正直に言った。実際、セフェリノの剣に隙は無い。

攻撃も防御もかなりハイレベルであり、攻防の入れ替わりも驚くほどスムーズだ。

「剣に悩んでいるとかではなくて、力を試してみたかったわけだな。あるいは……あわよくば俺を倒したいと」

「望んではいますが、倒されてくれますか？」

「実力で倒してみろ！」

ニヤリと笑ってセフェリノが言い、こちらもニヤリと笑ってアベルが答える。

「セフェリノ、嬉しそう……」

「アベルも、楽しそうです」


イラーナと涼が、剣戟を見ながら感想を呟く。他の『五連山』の三人も頷いているところを見ると、セフェリノはかなり嬉しそうなようだ。

お互い、さらにギアが上がる。

打ち下ろしを、剣に角度をつけて流す。

流しておいて、袈裟懸け。それを相手がバックステップでかわす。

そのバックステップに、さらに一歩踏み込んで追撃。

追撃を呼び込んでおいて、バックステップからノーモーションで上半身を前に倒して、逆に間合いを侵略。

一気に、一足一刀の間合いよりさらに近く、超近接戦へ。

剣よりも拳の距離になる。

二人とも剣を右手に持ち、空いた左手で……。

「レバーブロー！」

「同時！」

涼とイラーナが叫ぶ。

お互いの左拳が、相手の右脇腹レバー……つまり肝臓を撃ち抜く。ここは筋肉がほとんどないため、人間の急所の一つ。

プロボクサーが完璧に決めると、一撃で足が止まる。

他のボディーへの攻撃とは即効性が違うのだ！

もちろん、剣士の二人がその辺りを理解しているのかは知らない。だが、剣から拳への移行もスムーズであることを考えると、拳での戦いも経験があるのだろう。

この辺りが、さすが冒険者だと涼は感心するのだ。

多くの修羅場をくぐってきたがゆえの、引き出しの多さ。

だが、同じレバーブローに見えても、わずかな違いがあったようだ。アベルはバックステップをして剣の間合いに戻したが、セフェリノの足は動かない。

アベルのレバーブローの方が、効果的に撃ち抜いたらしい……。

剣がセフェリノの喉元に突き付けられ……模擬戦は唐突に終了した。

膝から崩れ落ちた剣士セフェリノに、何度も〈ヒール〉をかけて回復を図る『五連山』の女神官ニエベス。

涼はアベルに特製ポーションを手渡しながら尋ねた。

「相手の剣士さん、セフェリノさんでしたっけ。強かったですね」

「ああ、最後は俺も本気になっちまった」

ポーションを飲み干してから答えるアベル。とはいえ、見たところ大きな傷はない。

しばらくすると、立ち上がった剣士セフェリノがアベルの元にやってきて頭を下げた。

「いろいろ勉強になった。感謝する」

「いや、お前さん、強いな。最後は俺も本気になっちまった、悪かったな」

アベルがそう言うと、セフェリノははにかむようにして笑った。ダメージを受けたのを怒るのではなく、アベルほどの達人に本気になったと言われて嬉しそうに。

そして、セフェリノはいろいろと逡巡した末、言いにくそうに口を開いた。

「また、明日とかに……いや、忙しいのは重々承知しているんだ、無理なら明後日とかその次とかでもいいので、模擬戦をしてもらえないだろうか……」

「あぁ……」

頬を掻きながら言葉に詰まるアベル。

そう言われることは想定していたのだろう。そして、頭の中では、明日以降の予定も浮かべていたはずだ。今回の使節団の目玉の一つである『A級冒険者』は、事前に、ほぼ毎日予定が入っておりけっこう忙しい。

そこに、横からサポートが入った。

「セフェリノは、この国の冒険者としては一番強い。そのために、全力で戦える模擬戦の相手がいないのです」

そう言ったのは、『五連山』の魔法使いイラーナ。他の三人も、うんうんと頷いている。

しばらく考えた末、アベルが出した答えは……。

「多分、明日以降も戻ってくるのはこんな時間になると思うんだが……それでよければ……」

「もちろんだ！」

一も二もなくセフェリノは頷いた。

◆

「アベルは、後輩に頼まれると断ることのできない人です」

「……認める」

『五連山』と別れ、ようやく公城内にある迎賓館に戻った涼とアベル。お風呂に入り、ご飯を食べながら、先ほどの模擬戦について話をしている。

「やる気があって、努力もちゃんとしてる奴から手伝ってほしいと言われると、断れないんだよな。リョウだって、そういうタイプだろ？」

「……認めます」

二人は、似た者同士なのだろう。

「でも詐欺師たちは、そんな善意の心につけこんでくるのです」

「詐欺師？」

「気をつけてくださいね。彼らは、仲間のふりをして近付いてきますから！」

「俺から何を騙し取るんだ？　飯を奢れとか、甘いものが食べたくなったとかそういう要求か？　そういうのなら、よく聞くぞ」

「そ、そんな分かりやすいことは、言わないかもしれません……」

アベルの追及する口調に、しどろもどろになる涼。

だが、反撃はしておかねば！

「もちろん、善意は素晴らしいものですよ。善意から、周りの人にご飯を奢ってあげるのは善いことだと思うのです」

「それは、護衛を頑張ってくれたショーケンたち冒険者や、ザックやスコッティーたち騎士団の連中に対してだな？」

「確かに、彼らは頑張ってくれたかもしれません。でも、もっと近くに、いつも頑張っている魔法使いがいるでしょう！」

「……どこに？」

わざとらしく、辺りを見回すアベル。

「ここにいるじゃないですか！」

憤慨(ふんがい)して手を挙げて自己主張する涼。

「う～ん……」

「知っていますか、アベル。僕も、アベルの後輩なんですよ？　さあ、後輩のために一肌脱いで奢ってください！」

「金持ちの後輩に奢る必要性を感じないんだが……」

「お、お金持ちとかそういうのは関係ありません」

涼の主張に根負けしたのか、アベルは頷いて言葉を続けた。

「分かった、奢ろう」

「おぉ！」

「この迎賓館の飯、好きなものを好きなだけ食べるといい。お代は全て俺が持つ」

「……そもそも、ここのご飯は無料です」

「ばれたか」

顔をしかめる涼、いたずら小僧のような表情のアベル。

二人の仲が良いということだけは、証明されたようだ……。

◆

次の日、涼とアベルの仕事は、大公騎士団での講演であった。

だがやっぱり、途中から模擬戦中心となった。本質的に、冒険者も騎士団も、座学よりも体を動かす方が向いている人たちの集まり……ということなのだろう。

夕方、前日同様に公城前広場でアベルと剣士セフェリノの模擬戦が行われた。

その間、涼は何をしていたのか？

二人の模擬戦の傍らで、セフェリノのパーティー『五連山』の残りの四人と、お茶会を開いていた。

涼がコーヒーを淹れ、四人と情報交換という名の雑談である。

四人の名は、風属性の魔法使いイラーナ、神官ニエベス、斥候プリモ、盾使いレオンシオ。イラーナとニエベスが女性で、残りが男性。全員二十五歳。

四人の自己紹介やパーティーの成り立ち、こなしてきた大きな依頼の話から、この国の事情についての話へと進んでいった。

「貴族に会ったことがない？」

「ええ。貴族はいるのよ？　けっこうな人数がいるし、B級ともなれば貴族家からの指名依頼はかなり多くなるの。でも、貴族本人はもちろん、そのご家族にも会ったことはないの。窓口になるのは、執事や家令の人たち。もちろん、それでも何の問題もないけど……」

「うちらだけじゃなくて、冒険者全てのパーティーが、誰一人、ただの一度も、貴族に会ったことはないのよ」

涼の首を傾げながらの確認に、魔法使いイラーナも神官ニエベスも、少し眉根を寄せながら説明する。絶対変でしょう、という同意を求めて。

ちなみに、盾使いのレオンシオは無言のまま何度も頷いている。『赤き剣』のウォーレンのように、やっぱり盾使いは、無口な人が多いのかもしれない。

「ランドではそういうことなんですけど、冒険者の国とも呼ばれる王国ではどうなのでしょう？」

唯一、口を開く男性、斥候プリモが問う。

「う～ん……王国ではそういうことはないと思います。そうそう、ルンの街では、侯爵家の跡取り息子さんがB級冒険者をしていますから、貴族との距離はあんまりないと思いますよ」

「侯爵家の跡取り！」

「すご！」

「さすが冒険者の国ですね」

涼がフェルプスを頭に浮かべながら答えると、イラーナもニエベスもプリモも、一様に驚きの声をあげた。盾使いレオンシオはやはり無言のままだが、目を見開いて口も〇(オー)の字に開いているので、驚いたのは確かなようだ。

「トワイライトランドだと、貴族の人が表に出てくることは、全くないんですか？　そう、たとえば政府のお仕事をしていたりとか、大臣をしていたりとかは」

「そうそう、他の国だと、貴族が大臣をしてるのが多いのよね。でもランドは全然違うの」

「貴族たちは、中央政府の役職には就かないね」

「まあ、唯一の例外が大公くらい」

　涼の問いに、三人が口々に答える。最後の大公は、トワイライトランドの国主であるため、確かに国民の前にはよく姿を現すであろうし、中央政府のトップでもある。例外というのも頷ける。

「貴族さんたちって、普段は何をしているんでしょう？」

「国のあちこちに領地があるからそこにいたり……？」

「みんな、この首都テーベにも屋敷を持ってるよ。どれも、ほんと、すっごく大きいから」

「俺ら庶民との差が凄い……」

　涼の素朴な疑問に三人が答え、最後に四人全員が頷いた。

　トワイライトランドでは、貴族とそれ以外の差が凄いらしい。

「貴族って固定ですか？」

「ん？　どういうこと？」

　涼の疑問に、魔法使いイラーナが首を傾げて問い返す。

「功績を立てて、一般人が貴族になるとかは……」

「ないよ」

「建国以来、一例もないね」

「そういう国、ですね」

　貴族とそれ以外は、明確に分かれているらしい。それも、生まれた時からずっと……。

「絶対会わないというわけではないんですよね？」

「うん。領地の人とか、お屋敷に雇われている人とかは会うそうよ」

「やっぱり綺麗とか、カッコいいとか聞くよね」

「我々庶民とは、別の生き物なのかもしれません」

三人は大きなため息をついた。ただ一人、盾使いレオンシオだけが、笑顔で無言のまま首を振っている。

もしかしたら、三人のこの手の愚痴（ぐち）の聞き役が、普段は彼なのかもしれない。


五人が、そんなことを話しているうちに、今日も模擬戦が終了したようだ。剣士セフェリノが、昨日同様に膝をついている。

それを見て、慌てて走り寄る神官ニエベス。

立っているアベルを見て、普通に歩み寄る涼。

「全然見てませんでしたけど、大丈夫なようですね」

「なんで見てないんだよ……」

「いろいろやることがありまして」

「喋ってただけだろ」

「情報交換です」

アベルの非難がましい指摘に、肩をすくめて答える涼。

そんな二人の元に、回復した剣士セフェリノが近寄ってきた。


「なんで、昨日より差が広がったんだ……」

「そんなに変わってないだろ」

「いや、アベルさんは、昨日よりも明らかに今日の方が、余裕があった」

「ああ……それは、セフェリノの剣筋が把握できたから、先読みしやすくなった……からかな」

「マジかよ……」

アベルの説明に肩を落とすセフェリノ。

だが、すぐに顔をあげた。

「それでも！　俺が歩みを止める理由にはならない。明日もお願いします！」

「お、おう。またな」

◆

「アベルの弱点は、お人好（ひとよ）しすぎることです」

「なんだそれは？」

「明日もお願いしますと言われて、断れませんでした」

「ああ……。だがな、多分あの模擬戦、俺の方にメリットが多いぞ」

「そうなんですか？」

アベルが何かを考えながら答え、涼が驚く。

「セフェリノの剣、面白くてな。受けていると、いろいろ発見があるんだ。それは、俺を成長させている」

アベルが笑いながら言う。

『五連山』と別れ、公城内にある迎賓館に戻った涼とアベルは、昨日同様にお風呂に入り、ご飯を食べながら話をしている。

「まあ、アベルが何かを掴めるのなら、それに越したことはありませんね」

「だよな」

「でも、明日はいいですけど、明後日は模擬戦できませんからね」

「ああ……明後日は晩餐会か。夕方からだったな」

「そうです。ちゃんと伝えておかないと、彼らは暗くて寒い中、ずっと来ないアベルを恨みながら、深夜まで待ち続けるかもしれません」

「いや、それはないだろう……」

涼の適当未来予想図を、首を振りながら否定するアベル。

「そして、夜になっても広場にたむろっている冒険者を、公城の守備隊が実力で排除するのです。そこで発生する守備隊対冒険者の内戦。それがきっかけになって、例の貴族の人たちの大規模内戦が引き起こされるのです」

「……」

「つまり、全てはアベルのせい……」

「うん、いつも思うんだ。リョウのその妄想力というか、想像する力を、もっと何か建設的なものに活かせないかと」

「悲しく沈んだ世界中の人たちの心に、笑いと潤いを届けています」

「そうだな。全く意味が分からんな」

魔法使いの気宇壮大な試みは、現実主義剣士（リアリスト）には理解されないらしい。

世知辛い世の中である。

そして翌日の夕方も、アベルとセフェリノは模擬戦を行った。

その終了の際に、アベルは忘れずに伝えた。晩餐会があるから、明日は無理だと。その時、セフェリノがとても悲しそうな表情をしたのが効いたのだろう。アベルは、明後日なら、またできるからと答えたのだ。

一気に明るくなるセフェリノの表情。それを受けて、笑顔を浮かべる『五連山』の面々。

彼らは、自分たちの連絡先をアベルに伝えて、帰っていった。

◆

晩餐会は、王国からの使節団を歓迎するために開かれ、ランドの政府高官、そして貴族たちが参加しているとのことであった。

そう、冒険者の前に決して姿を現さない貴族たちが、多数参加しているのだ。涼のような、一般庶民が見ても分かるほどに、貴族たちは目立っていた。他の、中央政府高官たちとは、着ているものが全然違う……。

「アベル、貴族は、一目で分かります」

「そうだな。まあ、貴族の服がというより、政府高官たちの服が質素というか……」

涼とアベルは囁くような声で会話する。

そう、政府高官たちの服は、とても落ち着いているのだ。落ち着いているというより、質素というべきか。ほぼ単色の服ばかり……。

それに比べると、貴族たちの服は色とりどり。女性はドレス、男性はプールポワンというのか何なのか涼は全然知らないが、ズボンぽいものだ。とはいえ、どちらも光を反射して鮮やかで、宝石もたくさんつけられている……。

「もしかして、王国の晩餐会でも、貴族はあんな感じですか?」

「女性はそうだな。男性は……まあ、いろいろだ」

涼の問いに、苦笑いしながら答えるアベル。

アベルは第二王子らしいが、なんとなく、こういうパーティーには慣れていない気がする。気はするのだが、どんな場面でも如才(じょさい)なく立ち回り、問題をこなしていく能力は高い。

しばらくすると、政府高官たちがアベルに寄ってきて話を始めた。

今回の晩餐会は立食形式。つまり、決まった席に座っているわけではない……いろいろな人と交わることになる。

アベルはもちろん、交渉官イグニスを筆頭に使節団の文官たちも、様々なところでランドの人間と歓談していた。彼らにとっては、この晩餐会も仕事の一環なのだ。

アベルも仕事の一環であるとの認識なのだろう、笑顔を浮かべ歓談している。

「アベル、ふぁいとです！」

涼はそう呟くと、ある場所に移動して、そこに陣取った。

そこは、食べ物が並ぶテーブルの前。

アベルを生贄に捧げ、自分は食事を楽しむことにしたのだ。

普段は、決して大食いではなく、忙しい時……たいてい、魔法や錬金術に取り組んでいる時などは、干し肉だけで過ごしてしまう涼。しかし、参加者の多くが会話にばかり興じている状況で、目の前にこれほど美味しそうな食べ物が並べられ、それらが食されるのを待っている状況であれば……大いに食べる。

そう、それは、決して卑(いや)しさからではなく、悲し気に打ち捨てられた食べ物たちを救うという義憤に駆られての行動なのだ！

もちろん、晩餐会の会場であるため、品良く、食事を進めなければならない。しかも立食で。

だが、涼は、上品な大食いという、両立するのが極めて困難なその二つの要素を、見事に両立させつつ、目の前の食べ物をたいらげ続けた。

食べる瞬間に大きく口を開けて、食べ物が唇に触れないようにする。基本的にそれだけで、下品には見えない。あとは背筋を伸ばして、おすまし顔で食べれば問題ない！

その光景に、政府高官はもちろん、ランド貴族たちも遠巻きのまま近付けず、そして涼は食べ続け……そんな情景が続いていた。

「王国の冒険者の方は、健啖家でいらっしゃいますね」

そんな涼に、楽しそうに声をかけてきた女性がいた。

涼は横を向く。

その女性は、まさに、絶世の美女……。

ランド貴族は美男美女が多いな、という印象を持っていた涼であったが、目の前の女性はその中でも群を抜いている。

そう、絶世の美女。語彙力に自信のない涼は、その言葉しか思い浮かばない。

涼が、これまで絶世の美女と思ったのは二人。セーラとエリザベス……どちらも、くしくもエルフだ。

だが、目の前の女性はエルフではない。

そして、前述の二人とも違う。

セーラが『凛とした美しさ』なら、エリザベスは『可憐な美しさ』であった。目の前の女性は、『妖艶な美しさ』という表現がぴったりであろう。

涼は、返事をしようとして、口の中に物が入っていることを思い出す。

「ああ、焦らずともいいですよ。美味しそうに食べている姿に、思わず声をかけてしまっただけですから」

女性は、ニコニコしながら、涼の姿を見ている。

「恐縮です」

ようやく、口の中の物を食べきって、涼は言葉を発することができた。

見た目二十代半ばのその美女は、少しだけ顎に手をやって何かを考えた後、口を開いた。

「魔法使いのリョウ殿でしたね。わたくしは、アグネスと申します」

「アグネス様。王国冒険者の涼です」

なんとなく、高位の貴族だと感じた涼であるが、もちろん、左手にお皿、右手にフォークを持っているため、膝をついての挨拶はできない。

頭を下げただけだ。

「リョウ殿は、パスタ系がお好きなのですか？」

アグネスは、涼のお皿に載っているパスタたちと、ちょうど涼の目の前にパスタの大皿がいくつも並んでいるのを見て、そう問うた。

「あ……パスタも好きです」

別にパスタだけを食べていたわけではなく、食べ進めていくうちに、現在はパスタの皿が多めに、涼の前に並んでいるだけなのだが。

しかし、その偶然が、涼に幸運を届ける。

「でしたら、ぜひ我が館へご招待したいわ。ラーメンの感想を、お聞きしたいので」

「今、なんと……」

◆

その後、晩餐会はつつがなく終了したのだが、涼は、自分がどうやって迎賓館まで戻ったのか、その記憶はなかった。まあ、アベルが連れて帰ったのだが。

我に返ったのは、風呂に入った後だった。

「アベル、晩餐会で驚くべきことがあったのです！」

「そのようだな。何を聞いても生返事しかしなかったもんな」

そんな二人が風呂から上がって食堂に行くと、そこには文官を中心に使節団の面々が集まり、何かに見入っていた。

「みんな、集まって何か見ていますね」

「ああ。交渉予定とかじゃないか？」

涼の疑問に、アベルは軽く答える。

そもそも、二人には関係が無いことだ。なぜなら、二人の明日以降の予定は決まっているし、なかなかにハードな日程が組まれていることは知っているから。

だが……。

集まっていた文官の一人が、涼が食堂に入ってきたのを見つけて呼びかけた。

「リョウさん！」

その瞬間、文官たちの目が一斉に涼に集まる。

「え？　僕？」

涼は思わず声に出して言ってしまう。

「リョウさん宛てに招待状が届いています。あちらの使者の方がお持ちになりました」

そういうと、文官の一人が、部屋の隅に立っている、執事風の男性を示す。

執事風の男性は、恭しく頭を下げた。

そして、文官たちが集まっていた場所に進むと、集まっていた理由である封筒を取り、涼の元に持ってきた。

「リョウ様、我が主、アルバ公爵よりの招待状をお持ちいたしました」

それを聞いて、文官たちは再びざわめいた。

だが、涼の反応は鈍い。

「アルバ公爵？」

そんな知り合いはいただろうか……どう考えても、いない。

「はい。アグネス様は、リョウ様にラーメンをふるまいたいと」

「ああ、アグネス様！　これは失礼いたしました。お恥ずかしい限りですが、不勉強ゆえ、アグネス様がアルバ公爵であることを存じ上げておりませんでした。ご招待、謹（つつし）んでお受けいたします。よろしくお伝えください」

そう言うと、涼は封筒を受け取った。

招待の日時は分からないが、万難を排してでも行くべき招待である。なんといっても、ラーメンなのだから！　『ファイ』に来て、もちろん一度も食べていない。それどころか、ラーメンのラの字も見たことがない。

そもそも、公爵からのお誘いなら、他の予定も融通をつけてくれそうであるし……ここで受けておいた方がいいに違いない。

「それは、ようございました。アグネス様にお伝えいたします」

そう言うと、執事風の男性は、再び恭しく頭を下げ、とても優雅な足取りで食堂を出ていくのであった。

その後、涼は、文官たちに取り囲まれた。

「リョウさん。どうやってアルバ公とお知り合いになられたのですか？」

「そもそも、いつからお知り合いで……」

「アルバ公爵と言えば、ランドでも一、二を争う権勢。その財力は、国主たる大公家だけでなく、中央政府そのものすら大きく上回るとか……」

「とても美しい女性だそうですが、齢（よわい）九十歳を超えていらっしゃるという噂が……」

「……美魔女」

最後のセリフだけ、涼である。

「魔女って……女魔法使いってことですか？　リョウさん、よくご存じですね。アルバ公は、強力な魔法使いですよ」

「確か、水属性……。あ、リョウさんも水ですよね？　なるほど、それでか！」

何がそれでなのか、涼は理解できていないのだが……。

文官たちは、涼が冒険者には珍しい水属性の魔法使いであり、アルバ公も強力な水属性の魔法使いであることから、繋がりができたのだろうと勝手に解釈していた。

決して、涼が晩餐会で大食いをしていて知り合ったなどとは、思わなかったのだ。

だが一人だけ、事実を知っている者が、この場にはいる。

「来賓の役目を俺に押し付けて、自分だけ美味しい料理を食べていたくせに……」

事実を知る者、A級冒険者アベルのぼやきは、誰の耳にも届かなかった。

シヴィルウォー

翌日、特に何事もなく二人はお仕事をこなし、夕方には約束通り、アベルが『五連山』のセフェリノとの模擬戦を行った。


そして、次の日。運命の日である。

その日、涼は朝から浮かれていた。

「ククク、ついにですよ！　ついに、我が野望がかなうのです！」

「なんだよ、野望って……」

アベルが朝食を食べている横で、涼が口にしたのはコーヒーだけ。「朝食はしっかり食べないと！」を、ほとんど口癖のように言っている涼が、朝食を食べないのは非常に珍しい。

「ラーメンですよ！　ついに、あのラーメンを食すことができるのです！　苦節数十年……どれほどこの日を待ちわびたことか」

「数十年って……。その、ラーメンとか言うのが、リョウの思っているラーメンと同じものだといいな」

アベルは、皮肉を言ったわけでも、特に何かを意図して言ったわけでもなく、思ったことをそのまま口にしただけだったのだが……。

その言葉が、涼に与えた衝撃は激烈なものだった。

涼は浮かれた状態のまま固まり、そして表情は凍りつき……しばらくすると、ギギギと音を立てたかのように首だけ、アベルの方を向く。

「あのラーメンではない可能性……？」

「いや、可能性な、あくまで可能性」

涼のあまりの変化に、怖くなったアベルは必死になだめようとする。

「もしそんなことになったら……ごめんなさい、ランド全域を氷漬けに……」

「おい、こら、馬鹿、やめろ！」

必死に交渉を続けている文官たちのためにも、アベルは、涼が望むラーメンが出ることを祈った。

◆

午前中、アベル自身は、ランド貴族たちの騎士団による模擬戦の見学だ。

模擬戦見学自体は、特におべっかを使ったりする必要もないため、嫌いではないのだが……問題は貴族たちの騎士団という点であった。

王国出発時から組まれていた予定ではあるので、聞いた当初はただ、貴族の相手とかめんどくさい、という感想を持っていた。だがランド内戦の可能性を聞き、その中心がランド貴族たちであり、しかも冒険者たちは誰一人貴族に会ったことがないということを聞くに及んで、多少の興味が湧いたのは事実である。

文官たちの交渉が始まり、アベルが模擬戦場に馬車で向かい、涼がアルバ公爵お迎えの馬車で迎賓館を出た後、公城内に案内される冒険者たちがいた。

案内された先は、大公応接室。案内されたのは、ミューとそのパーティー、合計五人。

今回の使節団護衛の冒険者たちは、騎士団という近接戦闘職専門の者たちとの兼ね合いから、魔法職の多いC級パーティーが選ばれている。

魔法は、男性よりも女性の方が親和性が高いと言われているため、冒険者で見た場合、男性魔法使いよりも女性魔法使いの方が多い。

そして、ミューが所属するパーティー『ワルキューレ』は、三人が魔法使い、しかも五人全員が女性という珍しいパーティー。そのためだろうか、パーティー仲は非常に良く、基本的にどこへ行くにも一緒であった。

ミューが、祖父たるランド大公に呼ばれたこの時も、当然のように後ろから付いていった。もちろん、ミューを通して、大公側から許可を取ってある。

五人が中に入ると、すでにトワイライトランド大公サイラス・テオ・サンタヤーナが待っていた。

「お爺様……」

「おお……ミューや、久しいな」

そこには、一国を治める国主ではなく、ただ孫に会えて嬉しい顔をした祖父がいた。

◆

アベルが招かれた模擬戦場は首都テーベの郊外にあり、到着した時には、すでに四つの騎士団が整列を終えていた。

「アベル殿、よく来てくださいました」

馬車を降りたアベルを、身なりの整った四人の若い男たちが出迎える。

「私が、今回の模擬戦を主宰いたしますリージョ伯ロベルトです」

「王国A級冒険者のアベルです」

そういうと、握手を交わした。

他の三人も、子爵、子爵、男爵と、全員貴族。今回の模擬戦を行う、四つの騎士団の主たちということになる。

(若い貴族たちの集まりか。それぞれ、四十人規模の騎士団……男爵でも四十人規模の戦力を抱えているというのは意外だな。うちのケネスとか、一人も抱えてい

ないんじゃないか？　血気盛んな若手集団なのかもな）

アベルは、騎士団たちを見ながら、そんな感想をもった。

「ではアベル殿、あちらの観覧席に参りましょう。模擬戦の後、ご感想やお気付きになった点を指摘していただけるとありがたい」

「かしこまりました」

リージョ伯ロベルトに促され、アベルは観覧席へと移動するのであった。

◆

アルバ公爵邸。

門から入った時、屋敷というより、郊外にある国立大学のイメージを涼は抱いた。涼自身は東京の私立大学であったが、広大な敷地に移った地元の国立大学が、そういえばこんな感じだったなと。

もちろん、アルバ公爵邸には、五階建てのビルなどはないのだが……。

瀟洒（しょうしゃ）な建物がいくつも並んでいる。きっと、あれは図書館だろうとか、あれはコンサートホールだろうとか、あれは天文台に違いないとか……。

なぜ天文台と思しきものがあるのかは不明である。

そして、馬車は、ひときわ豪奢な建物の前に停まった。

涼が馬車を降りると、レッドカーペットが敷かれ、両脇に、ずらりと並ぶ執事や侍女たち。

「いらっしゃいませ」

一ミリのずれも無く、完璧に揃ったお出迎えの声。

涼は、圧倒された。

これを見ただけで、アルバ公爵の権勢を想像できるというものだ。

部下たちがだらけて適当にやっていれば、上に立つ人間もたいしたことないだろう……どうしてもそう判断されてしまう。

であるならば、逆もまた真なり。

部下たちの所作が、気持ちいいほど揃っていれば、彼らの上に立つ人間も凄いのだろう……そう判断するのは、これまた当然ではないだろうか。

ここにいる執事、侍女たちは、自分たち一人ひとりの行動が、『アルバ公爵』というものを判断する材料にされるのだという自覚があるのだ。普段から、そうやって所作の一つ一つにまで責任を持つように鍛えられている。

それが、プロフェッショナル。

もちろん、上に立つ者は、プロフェッショナルな人材が流出するのを防ぐために、高い給料、恵まれた待遇などを提供する。

それだけの『お金』があり、そういう部分に『お金』を使う意味を理解しているからこそ、プロフェッショナルな人材が留まる。

部下がプロフェッショナルであるということは……そのプロフェッショナルな部下たちを繋いでおくためには、上に立つ者もプロフェッショナルでなければならない。

アルバ公爵は、上に立つ者としてプロフェッショナルであるということが、この場で証明されている。

執事と侍女の、たったこれだけの所作で、そのことが示されている。

涼は、いろいろと考えさせられた。

涼が通された先は、かなり広い食堂であった。

ヴェルサイユ宮殿や、赤坂迎賓館の写真で見たことがある……ただし、大きさが尋常ではない。縦横高さ、全てを拡大したような……。

中央に巨大な長机が置いてある。おそらく、食堂のテーブルなのだろうが……これも巨大だ。

そしてその奥、部屋の奥に、人がいるように見える。

そう、人がいるように見える程度にしか認識できない程に、部屋が広い。

涼はここで思い至る。

（体育館より広い……）

体育館より広い食堂……その必要性など、考えても意味がない。

涼は、執事に案内されて、その部屋の奥に歩いていった。すると、奥にいた人もこちらに歩いてくる。

「リョウ殿、よく来てくれました」

晩餐会で会った、妖艶な美女、アルバ公爵アグネスであった。

「公爵閣下、本日はお招きにあずかりまして……」

「ああ、よいよい。そのような堅苦しい言葉は不要です。ぜひ、アグネスと呼んでください。同じ水属性の魔法使いとして」

そう言うと、アグネスはにっこりとニヤリの中間と言うべきか、恐ろしく妖艶な笑みを浮かべた。

涼ですら、一瞬その笑みに見惚れる。

「あ、はい、アグネス様」

なんとか理性を保てたのは、涼が強固な理性を持っていたからではなく、食堂にまで流れてきた香りのおかげであった。

それは、懐かしい……。

「ああ、ここまで薫ってきますね。難しい話は後にして、まずは食べましょう。さあ、こちらへ」

アグネスはそういうと、涼に席を示し、自分もその隣に腰を下ろす。

二人が座ると同時に扉が開き、トレーが運ばれてきた。

涼の横に来ると、覆いが取られ、その姿が露わになる。

それは……。

「おぉ……」

それは、涼が望んだとおりの、まぎれもないとんこつラーメンであった。

そして恭しく、執事によって、とんこつラーメンが二人の前に置かれる。

その時になって、涼は初めて気付いた。ラーメンが置かれた横には、すでにセッティングされている物があったのだ。

「フォークと、お箸とレンゲ……」

そう、まさかの、箸。

ロンドの森を出て以降、王国でもランドでも、一度もお目にかかったことのなかった箸。

「ラーメンを食べるにはフォークでもいいのですが、正式には、そこの『はし』というものを使うらしいのです。元々は東方の食器で。とはいえ、初めてではなかなか使いこなせないので、フォークも準備させてあります」

「おぉ……」

この『ファイ』においても、東方にはお箸で食べる文化圏がある……。涼はこの日、そのことを初めて知った。

「さあ、温かいうちに食べましょう」

「はい。いただきます」

涼は思わず、手を合わせていただきますと言った。

アグネスはそれを見て驚いていたが、すでに全意識がラーメンに向かっている涼の目には映っていなかった。


涼の手は、右手にお箸、左手にレンゲ。すでに、完璧な布陣。

まず、スープから。

レンゲにスープをすくい、口に運ぶ。

「美味しい……」

思わず言葉が漏れる。

それを横目に見て、満足そうな表情のアグネスも、レンゲでスープをすくって飲んでいる。

涼は、スープを二杯飲むと、ついに麺に取り掛かる。

その麺は、いわゆる中太麺と呼ばれるタイプだ。

『とんこつラーメンは細麺が正義だ！』という細麺原理主義的教義は、涼の中には全くない。

美味しければいい。

料理は、味が全てであり、美味しければそれは正義なのだ。

極太のとんこつラーメンだって、美味しければ、それは正義だ！

はたして、目の前にあるとんこつラーメン……麺とスープの絡みは……。

チュルッ。

まず、一口。

さらに、一口。

もう一つ……一口。

その後は、もう止まらなかった。

涼は、決して早食いが得意ではない。

大食いなのも、時と場合による。

そして、汚く食べるのは最も嫌いである。

この時の涼は、『美しい早食い』という、ほとんど奇跡ともいえる姿を見せた。

理由はただ一つ。

ラーメンが美味しかったから。

九州出身の涼は、とんこつラーメンには、もちろんうるさい。

そんな涼だが……目の前のラーメンは、純粋に、美味しい!

涼は、あっという間に、一杯を食べきった。

「ふぅ～」

満足の吐息を吐く涼を見て、アグネスは微笑みながら、恐ろしい一言を放った。

「おかわりはどうですか?」

「はい、いただきます!」

間髪を容れずとは、まさにこのこと。

完全に条件反射で返事をした涼を見て、アグネスは嬉しそうに微笑んだ。そして、自分も食べ続ける。

ほんの少しだけ手持ち無沙汰になった涼。

ふと、横で食べるアグネスを見る。

少し首を横に傾げ、落ちてくる髪を耳にかけながらラーメンを食す美女。

それだけで、美しい一つの映像作品が作れそうな光景が、そこにはあった。

涼は、幸せだった。

◆

幸せな時は、突然破られた。

廊下から大きな音が聞こえたかと思うと、大公応接室の扉が突然開かれ、武装した兵たちがなだれ込んでくる。一見して、公城の衛兵たちでないことは分かる。

だが、ならず者や冒険者の類でもない。

それは、統一された武装と、一糸乱れぬ動きのためだ。

それらを確認すると、『ワルキューレ』の五人の動きは素早かった。

この場における最重要人物である、大公サイラスの前に立ちはだかり、身を挺(てい)して守る態勢をとる。

さすがはC級冒険者と言える反応だ。

「これはどういうことだ」

サイラスは、入ってきた兵たちに向けて……いや、

その中心にいる人物に対して声を上げる。

「もう一度問うぞ。これは、どういうことだ、マギージャ伯爵」

マギージャ伯爵は、表情を全く変えることなく、答えた。

「サイラス・テオ・サンタヤーナ、あなたを国家反逆罪の容疑で拘束します」

「なんだと……」

サイラスは目を大きく見開き呟く。

「国の宝物を、訪問中の使節団を通じてナイトレイ王国に売り渡そうとし、あまつさえ国そのものも売り渡そうとしたこと、調べはついていています。その所業、まさに売国奴と呼んでもいいでしょう。この瞬間をもって、あなたの大公としての全ての特権は凍結されます。おとなしく裁きを受けることをお勧めします」

「馬鹿な……。なぜこんなことをする？　そんな必要はない。『あなた方』が望むのであれば、私はいつだって大公の地位を降りる用意はある。それは知っているはずだ！」

大公サイラスの言葉に驚いたのは、マギージャ伯爵らではなかった。ミューをはじめとしたワルキューレの面々だ。

だが、彼女たちも口は差し挟まない。彼女たちが口を挟むべき問題でないことは、理解しているから。

そして……。

「それでは困るのですよ、サイラス」

言葉は、扉の奥、廊下から聞こえてきた。

そして、言葉の主が姿を現す。

「やはりそうでしたか、エスピエル侯爵。なぜですか、こんなことをする必要はない、それは、『あなた方』が一番分かっているはずだ！」

だが、エスピエル侯爵と呼ばれたその男は、その問いには答えずに、『ワルキューレ』たちに話しかけた。

「王国の冒険者の方々、我々は、すでに使節団二十人の身柄も拘束しています。抵抗しない方がよいでしょう」

その言葉に、五人は視線を交わす。最後に、ミューがサイラスに視線で問いかける。

「ああ、おそらく事実だろう。彼らに逆らうのは無意味だ。彼らこそが、この国の真の支配者だから」

「お爺様？」

「すまぬなミューよ、お前たちを巻き込んでしまった……」

トワイライトランド大公サイラス・テオ・サンタヤーナは、がっくりと肩を落とし、抵抗しない旨を宣言した。

◆

模擬戦場。

模擬戦は、アベルの目から見て、正直、盛り上がりの無いまま進行していた。

（これで、感想を求められても……困る）

心の中では、深いため息をつきながらも、それを表情には出せない。招かれたゲストである以上、それが礼儀だ。

困っているうちに、何やら早馬が到着し、リージョ伯ロベルトが少し離れた場所で報告を聞き始めた。

報告を聞き終わると、ロベルトは観覧席にいた兵士に頷く。次の瞬間、ラッパが鳴り兵士の声が模擬戦場に響き渡った。

「模擬戦、終了」

驚いたのはアベルだ。

（ここで終わりだと？　なんてタイミングで終わらせるんだ……感想とか、すげー困る）

心の中で、アベルの顔は苦渋に歪む。

そんなアベルのことなど頓着しないで、ロベルトが声をかけた。

「ではアベル殿、下に降りましょう」

ロベルトを先頭に、アベル、そして残りの三人の貴族が、模擬戦場に降りる。

この間も、アベルは心の中で必死に考えていた。模擬戦の感想を。

だからではなかったろうが、ロベルトにそのまま付いていったら、四騎士団の真ん中に導かれていた。

「ん？」

そこで、ようやく異変に気付く。

ちょうど、自分は、騎士団に包囲される位置におり、騎士たちは、抜剣はしていないものの、剣の柄に手を置いている。

「さてアベル殿、突然で申し訳ないのだが、抵抗せずにこのまま降伏していただきたい」

　リージョ伯ロベルトの声には、これまでに比べて、若干、嘲（あざけ）りの色が含まれていた。

「リージョ伯爵、仰（おっしゃ）っている意味が分かりませんが」

　アベルは平静を装いつつ、周囲に気を配る。すでに包囲下にあり、無傷で突破できそうな箇所は無い。

「では、意味が分かるように説明いたしましょう。先ほど、大公サイラスが国家反逆罪で逮捕されました。国の宝物をナイトレイ王国に売り、さらに国そのものを売ろうとした証拠が挙がっております。使節団の荷物から、その宝物が発見されたそうです」

　アベルは顔をしかめる。もちろん、仕組んだのであろう。考えなくとも分かる。

　問題は、使節団の安否だ。フェルプスから伝わっていた内戦の一端が、これなのだろうというのは理解できる。

だが、この内戦が、現在どれほどの規模なのかは分からない。

　つまり使節団一行が、なんとか首都を出られたとして、王国国境まで辿り着けるか？

　情報を引き出さねば。

　リージョ伯ロベルトは、都合のいいことに、その後も説明を続けた。

「そちらの使節団、文官らは全て拘束しております。また、迎賓館の騎士団と冒険者たちも、抵抗することなく我らに従ってくれました」

（文官たちを人質にすれば、そうなるだろうよ！）

　アベルは心の中で、苦々しい顔でそう叫んではいるが、表情には出さない。

「なるほど。確か今日は、大公の元を訪れている冒険者がいたはずだな。彼女たちは？」

「ああ、大公の孫娘たちですな。彼女たちは、大公の裏切りの証人です。彼女たちを通して、宝物を売り払ったのでしょうからな。ですので、彼女たちは死刑となります」

この時には、ロベルトの言葉には、はっきりと嘲りが混じっていた。

「もしかしたら、見せしめに、使節団の方々も……」

その瞬間、ロベルトの首が飛んだ。

アベルが剣を抜きざま、一足飛びにロベルトに近付き、首を刎ねたのだ。

さらにそのまま、正面の騎士たちに襲い掛かった。

あまりの速度に、警戒していたはずの騎士たちも反応が遅れる。

その間に、騎士の間に入っては、鎧や兜の隙間から剣を突き刺し、倒していく。一瞬の遅滞も無く、一秒も留まることなく、常に動き続け、倒し続ける。

さすがに二十人を倒した辺りで、騎士たちも反撃の態勢を整えた。

だが異様だったのは、誰一人声を発することなく、無言のままだった点だ。

「さっきの模擬戦では、普通に声を出していただろうが」

アベルは、そう呟きながらも、動き続けている。

一撃で致命傷を与えるのは難しくなったが、それでも、鎧の隙間に攻撃をする。

鎧の隙間というのは、基本的に関節であり、硬い骨も無く、それでいて腱がある。腱を断てば、動物は動けなくなる仕組みだ。

アベルの狙いはそれであった。

もちろん、普通の剣士であれば、こんなことは不可能であろう。

だが、そこは天才剣士アベル。

僅かずつではあっても、戦果を重ねていた。

重ねていたのだが……。

足元からの攻撃は想定していなかった。

倒した相手からの攻撃は想定していなかった。

首を刎ねた相手からの攻撃は……想定できるはずもなかった。

「くそっ」

首を刎ねられ、地面に倒れていたリージョ伯ロベルトが手に持った剣を、アベルの左足腿裏……筋肉で言うハムストリングを深く切り裂いたのだ。

一気に動けなくなるアベル。

機動力を失えば、いかなアベルと雖も、百人前後の騎士を相手に立ちまわることは不可能となる。

数カ所を刺され、剣を奪われ、地面に押さえつけられた。

「一体何が……」

アベルの言葉に反応したわけではないであろうが、ロベルトの死体が起き上がり、転がった首を拾い上げ、元あった場所に置いた。

「まさか首を刎ねられるとは……人間ごときに！」

先ほどまでの、余裕に満ちた、あるいは嘲りを含んだような口調は既にそこには無かった。ただ、ひたすら、自分の首を刎ねた目の前の剣士に対する憎悪だけが、そこにはあった。

「そうか、お前はヴァンパイアか」

アベルは、突然、一つの答えを導き出した。

アベルの愛剣は、魔剣だ。

魔剣で首を刎ねても倒せない存在というのは、そう多くはない。しかも、人と同じ外見となれば、ほぼヴァンパイアに限定される。

「そうだ、我々はヴァンパイアだ」

「我々……」

リージョ伯ロベルトを含む、四人の貴族……彼らは全員、ヴァンパイアであった。

◆

アルバ公爵邸食堂。

そこには、一戦を終え、満足した表情でコーヒーを飲む水属性の魔法使いがいた。

しかし、涼には大きな疑問が残っていた。

それは、ラーメンの麺だ。

数ある異世界転生ものの物語において、ラーメンの再現はあまりなされていない。その理由は、ひとえに、ラーメンの麺に原因がある。

ラーメンの麺の再現の難しさ、それは、『かんすい』による。ラーメンの麺は、小麦粉に『かんすい』を混ぜることでできあがる。それこそが、例えばうどんやそばといったものとは、一線を画す理由なのだ。

この『かんすい』は、合成化学品だ。それを、異世界で手に入れるのは、確かに難易度が高すぎであろう……。

そのため、異世界ものでは、カレーは出てくるが、ラーメンは……涼の知る限りは出てこない……と思う……多分……おそらく……。いや、あんまり出てこない、にしておこう……。

だが、今回、現実に、目の前に出てきた。

謎である。

「リョウ殿、どうかされましたか？」

涼がそんな思考に沈んでいると、横から声をかけられた。

同様にコーヒーを楽しんでいたアルバ公爵アグネスだ。

「あ、いえ、あのラーメンはいったい、どなたの作なのかと思いまして……」

正直に、疑問をぶつけてみることにした。

「ふふふ、気になりますか？　あれはシンソ様が手ずからレシピを作成されたお料理です」

アグネスは、問われたことが非常に嬉しいのか、今まで以上に楽しそうに答える。

「そのシンソ様という方は、天才ですね！」

「分かりますか！　さすがリョウ殿、料理一つでシンソ様の偉大さに気付かれるとは」

シンソ様を褒められて、本当にアグネスは嬉しそうだ。

涼のような朴念仁にも分かる。アグネスは、シンソ様という人に好意を抱いているのだと。

たとえその対象が自分でなかったとしても、見目麗しい女性が、誰かに恋していて楽しそうにしているのを見ると、見ている側もなんとなく嬉しくなるものだ。

もちろん、場合によっては、嫉妬してしまう場合もあるのだろうが……。

二人がそんな会話を交わしていると、執事が一枚の小さな紙をアグネスの元に持ってきた。

アグネスはそれを一読すると、ほんの少しだけ、本当に少しだけ表情を陰らせる。だが、すぐに元に戻ると、手ずからその紙を暖炉で燃やした。

そして、こう切り出した。

「リョウ殿、実はお願いがあります」

「はい、なんでしょうか？」

涼としても、これほどのラーメンを食べさせてもらったのだ。できる限り、希望に沿いたいと思うのは当然であろう。

「今しばらく、この屋敷にとどまってください」

「……はい？」

涼は首を傾げて聞き返す。

「どういう意味でしょうか？」

純粋な疑問からの問いだったのだが、問うた瞬間、突然、答えが頭に閃いた。

それは、根本に「トワイライトランドは、きな臭くなりつつある」と言ったフェルプスの言葉があり、内戦が起きる可能性があると示唆(しさ)される情報があり、そして今日、このタイミングで、涼、アベル、その他がバラバラになっている……。

他にも、無意識下で認識している様々な情報を、脳が勝手に分析したのであろう……。

「今日起きたのですね、内戦が。いや、クーデターと言うべきですか……」

クーデターという単語は、本来フランス語だ。おそらく、アグネスにはその意味は通じていないだろう。

だが、涼が何かに気付いたことを理解し、寂しげな表情になって告げた。

「外に出なければ、リョウ殿の、完全な安全を保障します。事が終われば、解放すると誓いましょう。ですが、どうしても出ていくとなれば……」

「出ていくとなれば？」

「いたし方ありません」

アグネスはそう言うと、指をぱちんと鳴らした。

その瞬間、涼を違和感が襲う。

違和感……だが、過去に経験した記憶のある違和感。

そう、最初は片目のアサシンホーク、次はベヒモスのベヒちゃん、そして暗殺者『ハサン』の村……。

「まさか、魔法無効化？」

涼のその呟きに、アグネスは傍目(はため)にも分かるほどの驚きを見せた。

「……驚きました。なぜ分かったのか疑問ですが……」

「驚いたのは僕の方です。これって錬金術ですよね……」

（まさか、『ハサン』以外に、魔法無効空間を錬金術で現出させられる者がいるとは）

「この技術には非常に興味があります。こんな時でなければ、ぜひ魔法式を見たいのですが……」

「残念ながら、この魔法式は外部からは見られません……。シンソ様が、ただ一つだけ、私のために作ってくださった特別製です」

「やはりシンソ様は天才か……」

ラーメンを作り上げ、魔法無効空間を作り上げる。

なんという才能。

「これで分かってもらえたでしょう？　確かにリョウ殿は、稀に見る魔法使いです。中央諸国では、必ず詠唱を唱えて、魔法を発動するように百年前からなっているのですが、リョウ殿はそれに当てはまりません。それでも、この魔法無効空間では……」

「アグネス様。僕が魔法を生成するのを、どこで見られたのですか？」

アグネスは、深いため息をつき、顔を上げて答えた。

「隠しても仕方ないでしょう。暗殺教団の刺客を倒す時に」

「なるほど……」

あの時、少なくとも半径五百メートル以内には、それらしい者たちはいなかった。それより外か、あるいは気付かれない方法で、見ることができるのであろう。

そして、さっきのアグネスの言葉が引っかかった。

（必ず詠唱を唱えて、魔法を発動するように百年前からなっている……確かにその通りなのだけど……以前、似たフレーズをどこかで聞いた……）

記憶から、涼は正解に辿り着く。

「ハスキル伯カリニコス」

その言葉に、アグネスは明らかに反応した。

それが最後のピースであった。

「アグネス様……ここが、ヴァンパイアの国なのですね」

さすがに、ヴァンパイアの国という指摘は、アグネスとしても想定外であったのだろう。

「なぜ……」

「様々な情報を総合的に判断した結果です。アグネス様の、その美しさも、判断材料となりました」

九十歳を超えてもこの美しさなど、少なくとも人ではない……多分。そう、それについては、涼の独断と偏見であるが。

「いちおう、誤解のないように言っておきますと、ハスキル伯カリニコスは同胞を売ったりはしませんでしたよ」

「なるほど。リョウ殿は、カリニコスが消滅した現場にいたのですね」

特にその言葉には、非難する感情も、責める調子も含まれてはいなかった。

ただ、単なる確認だ。

「はい。最後は、西方教会の聖職者の手で……」

「ええ、大司教グラハム」

その言葉には、ほんのわずかに感情の揺らぎを見ることができた。

「まあ、いいでしょう。リョウ殿が、この国の秘密に気付いてしまったのは想定外でしたが、仕方ありません。ですが、それだけに、余計に……ここから出ていかれては困ります」

「どうしても出ていくとなれば？」

「死んでいただきます」

そう言ったアグネスの表情は、本当に悲しそうであった。

「わたくしも本意ではありませんが、割り当てられた役割くらいはこなさなければ……」

「僕がとどまっている間、使節団の仲間の無事が保証されるわけではないのでしょう？　大公と一緒に、処刑される未来が見えます」

「正直に言いますと、おそらくそうなるでしょう」

アグネスは、涼にはとどまってほしいが、嘘をつく気にはならなかった。嘘をついてとどめたとして、その後事実を知ったら、関わった者たち全員が恐ろしい目に遭いそうな気がしたからだ。

「ならば、出ていくしかありませんね」

「どうしても？」

「ええ、どうしても」

涼のその言葉を聞いて、アグネスは小さく首を横に振った。

その瞬間、食堂の壁が、窓も含めて、全て石の壁に替わる。

そして、扉から、一人の男性が現れた。

「残念ですが、リョウ殿には力ずくでとどまっていただきます……場合によっては、死なせてしまうかもしれません……」

「仕方がありません」

「魔法が使えないのですよ？　リョウ殿が、たとえ剣も使えたとしても……速さでも力でも上回る我々ヴァンパイア相手に、どう戦うのですか？　いえ、何を言っても仕方ありますまい。せめて……すぐに終わらせましょう。彼は……」

そういうと、アグネスは、扉から現れた男性を指して言った。

「彼は、ヴァンパイア屈指の剣士、グリフィン卿。リョウ殿、あなたには万に一つの勝ち目もありません」

「そうかもしれません。ですが……人には、逃げてはいけない戦いがあります。僕にとっては、これがそうなのでしょう」

涼は、自覚していた。

勝ち目のない戦いであると。

それでも、戦うしかない……なんとなくだが、アベルたちが待っているような気がしていたから。

涼は、いつものように村雨を持ち、刃を生じさせる。

それを見て、アグネスは息をのんだ。

だが、目の前の剣士、グリフィン卿は全く揺るがない。

涼とグリフィン卿、それぞれ、少しずつ近付いていく。

じりじりと近付き……踏み込んだのはグリフィン卿であった。

袈裟懸けに、恐ろしい速度の打ち込み。

村雨で受けず、体捌き（たいさば）きで避け、避けざま村雨を横に薙（な）ぐ涼。

それを、尋常ではないスピードでバックステップしてかわすグリフィン卿。

ただ、一撃ずつの攻撃でありながら、尋常ではない剣戟であることは、アグネスにも分かった。


アルバ公爵アグネスは、ランドにおいて、最も有名かつ最も強力な魔法使いの一人として知られている。

同時に、剣においてもトップクラスの強さを誇る。

そのため、魔法無効化の上で、剣で涼と対峙しても良かったのであるが、もしものことを考えたのだ。

『水魔法使いとして異常ともいえる涼が、剣においても異常である可能性』をである。

そのため、ヴァンパイア屈指の剣士、グリフィン卿を呼んでおいた。

おそらく、涼は、仲間たちの元に行くと言い出すだろう……そう想定し、そうなってほしくないと思いながら……残念ながらその通りになってしまった……。

このまま殺すことになったとしても、せめて苦しまずに死なせたい……。


アグネスは、涼のことを気に入っていた。

最初は、強力な水魔法使いとして意識し、今日は、その所作を含めた全体を気に入っていた。

もちろん、女として、男として意識した、などということではない。ヴァンパイアとして、人間の中ではかなり良い部類だ、という認識だ。人が、犬や猫を気に入るのと近い認識と言えば分かるだろうか。

それでも、気に入ったのだ。

その気に入ったものを手放さねばならない……悔しいという思いと、悲しいという思いと、そして苦しまずに死なせてあげたいという思い。

それらがない交ぜになった状態で、二人の剣戟を見始めたのだが……。

最初の一撃で、自分の予測が大きく外れていたことを知った。

『涼は剣においても異常』ではなく……『涼は剣においても極めて異常』だった。

(あの剣は妖精王の剣……ローブが、妖精王のローブであることには気付いていたが、まさか剣もとは。つまり、水の妖精王が、リョウの剣術を鍛えた……？　そんな魔法使いが存在するなんて……）

アグネスは、小さく首を振って、二人の剣戟を見つめ続けた。

（これはまずい……）

グリフィン卿の袈裟懸けの一撃をかわした瞬間、涼はそう感じていた。

確かにアグネスが言う通り、速さにおいても力においても、圧倒的に向こうが上。

ならば、勇者ローマンを相手にしたアベルやヒューのように、技術で上回っているかというと……おそらくそれも上回っていない。

速さと力だけの相手ではない。

（つまり、勝てる要素が無い）

『風装』を纏ったセーラ並みに、高い壁を感じる……。

そして、風装を纏ったセーラには、涼は勝てていない。

打開策が全く思いつかないまま、剣戟が続いていく。

三人の中で、最も驚いていたのはグリフィン卿であったろう。

昨日、かの『女公爵（ダッチェス）』から、剣で、人間の魔法使いの相手をしてほしいと言われた。

その時点で、まず意味が分からなかった。

相手は、人間で、しかも魔法使いだと。

ヴァンパイアがまともに相手をする必要など、欠片もないほどに脆弱（ぜいじゃく）な存在だ。

無論、学習能力、勤勉さ、あるいは創造力など、そういう方面においては、見るべきものを持っている人間たちはいる。

そこは認める。

だが、およそ戦闘行為においては、剣であろうが魔法であろうが、相手にはならない。

もちろん、ランドにおいて、その頂点といっても過言ではないアルバ公爵の依頼であれば、どんなに無駄と思えることだろうとも、断るということはあり得ない。

しかもよく聞くと、屋敷の魔法無効化を稼働した上での剣での戦闘だという。

本当に、純粋な剣での戦闘。

やれと言われればやるが、おそらく数合ともたないであろう。噂に聞く人間の勇者や、ランドを訪れているA級冒険者の剣士ですら、十合もてばいい方であろう。

グリフィン卿は、アルバ公爵に素直にそう告げた。

その時、アルバ公爵は笑いながらこう言ったのだ。

「うん、わたくしもそう思う。そう思うのだが……何があるか分からない……そういう相手だと思う」

かのアルバ公爵に、そこまで言わせる人間の魔法使い……その言葉で、ようやくグリフィン卿は、相手に興味を持った。

そして、今日である。

すでに、二十合を越えて剣戟が続いている。

速さも力も自分が上。技術においては、お互い甲乙つけがたい。

だが、目の前の守りを破れない。

(こいつは、本当に魔法使いなのか……)

純粋な剣士以上に厄介な相手。

負けるとは思わない。

だが、簡単に決着がつくとも思えない。

果てしなく続きそうな戦いが、いつ終わるとも知れない戦いが、続いていった。

◆

左足を深く切り裂かれ、他にも何カ所も剣で斬られた状態で、アベルは地面に押さえつけられていた。

かなり血を流したが、まだ意識はしっかりしている。

「まさか、ヴァンパイアが四人もいるとはな……」

アベルは、リージョ伯ロベルトを睨みつけながら言う。

「人間にしてはいい腕であった、さすがにA級冒険者といったところか。だが、しょせんは人間。勝てない戦いを挑むのは、本当に愚かだな」

「人には、逃げてはいけない戦いというものがあるんだよ。ヴァンパイアには、それは分からんだろうさ」

ロベルトの言葉に、アベルは、ニヤリと笑いながら答える。

「この状況でもそんな減らず口を叩くか。いいだろう、貴様の首はここで刎ねてやる。公開処刑に使う者たちは、他にも大勢いるからな」

そう言うと、アベルを押さえつけている兵士たちが、アベルの上半身を引き揚げ首を刎ねやすい状態にする。

そして、ロベルトは剣を振り被った。

「本当に、その男を殺すのかい？」

その声は、涼やかに吹き抜けた。

ロベルトを含む四人のヴァンパイアの顔が強張る。

四人が一斉に、扉の方を振り返った。

一人の若い男性が、模擬戦場の中に入ってくる。

速くもなく、遅くもなく、この速さで歩くのが正解とでもいうような……長い年月を経て洗練された動き。

ただ歩いているだけなのに、彼こそが全ての正解を司(つかさど)っているかのような、そんな感覚を見る者に抱かせる……そんな存在感。

「し、真祖(しんそ)様……」

ロベルトは生唾を飲み込みながら、ようやくその言葉を吐いた。

「なぜ、ここに……」

「私は、傍観者にして観察者。だから、どこにでも現れるよ？」

真祖と呼ばれた人物は、アベルたちのそばまで来ると、確認するかのように、アベルを見た。

「ふむ……。それでロベルト、もう一度聞くけど、本当にこの男を殺すのかい？」

「い、いかな真祖様といえど、国の政(まつりごと)には口を出さぬと……」

ロベルトは、明らかに緊張しながら、それでも自分の職分を侵されたくないからか、虚勢を張っているように見える。

「もちろんさ。定められた約定通り、国の政に口を差し挟む気はないよ」

真祖がそういうと、ロベルトは明らかにホッとして、そっと息を吐き出した。

そして、一度背中をピンと張ってから、はっきりと言い切った。

「はい、殺します」

「そう……」

真祖は小さくそう答えると、アベルの方を向いてから言葉を続けた。

「冒険者アベル、リージョ伯はこう言っているのですが……それでいいのですか?」

真祖は、アベルの身分を知っているのであろう。ここで身分を明かして、外交交渉をしなくていいのか、と。

「俺は、A級冒険者、アベル。ただ、それだけだ」

「そうですか……」

ほんのわずかにため息をついて、真祖はそう言った。

ロベルトが再び剣を振り上げるのに合わせて、真祖はアベルの元を離れようとした。

その時、真祖の耳に、アベルの呟きが聞こえてきた。

「くそっ、こういう絶体絶命の時に言うんだろうな。世の中の関節は外れてしまった、ってのは」

真祖の反応は速かった。

「待てロベルト!」

カキンッ。

神速の抜刀で、ロベルトが振り下ろした剣を受け止める真祖。

「な、なにを!」

「待て、ロベルト」

ロベルトの剣を受け止めた状態で、改めて真祖はそう言った。

ロベルト並みに驚いたのは、覚悟していたのに、剣が途中で止められてしまったアベルだ。目を開けると、自分の前に体を入れてロベルトの剣を受け止めた真祖がいる。

その行動に驚くロベルトと、他のヴァンパイアたち。

「真祖様?」

「ちと、この者に聞きたいことができた」

真祖はそう言うと、アベルの方を向いて問うた。

「冒険者アベル、先ほど、なんと言うた?」

「……は?」

アベルは、真祖が何を聞いているのか理解できなかった。そのため、聞き返しただけなのだが……。

「貴様！　真祖様がお聞きになっているのだ、答えぬ……」

「よい、ロベルト。冒険者アベルよ、先ほど、なんと言うた?」

アベルは、自分が言った言葉を思い出しながら答える。

「さっきは……くそっ、こういう絶体絶命の時に言うんだろうな……？」

「うむ、その後だ」

「ああ……。世の中の関節は外れてしまった」

「ああ、なんと呪われた因果か。それをなおすために生まれついたとは」

アベルの言葉に続けて、真祖様は続きを言った。

「なぜ、続きを知って……」

愕然としたのはアベルだ。こんな変な言葉、涼以外が口にするとは思えなかったからである。

「冒険者アベルよ、なぜ、今の言葉を知っている？」

「俺は……友人に教えてもらった。今、ランドに一緒に来ているリョウという冒険者だ」

その言葉を聞くと、真祖は驚愕に目を大きく見開いた。

「ここにいるのか！　それはいい！」

何度も頷きを繰り返す真祖。

そして、後ろのリージョ伯ロベルトらに、こう言った。

「ロベルト、この者を殺すことを禁ずる」

「お、畏れながら、いかな真祖様のお言葉とはいえ……」

「ロベルト、私に二度も言わせるのか？」

特に感情がこもっていたわけではない。

ただ、言っただけなのだ。

言っただけなのだが……真祖の言葉を聞いた瞬間、ロベルトと他のヴァンパイアは、明らかに尋常な様子ではなくなった。

歯をガチガチと鳴らし、冷や汗が滝のように流れ、しまいには、持っていた剣を取り落とす。

「も、もうしわけ……ございま……せん……」

ようやくその言葉を言ったロベルトを含め、ヴァンパイア四人全員が、その場に片膝をついてこうべを垂れた。

片膝をつき首を垂れる四人の貴族と、直立不動で無表情のまま立ち続ける騎士団員。その対比は非常に際立っている。

真祖は、騎士の一人に近付くと告げた。

「ポーションを渡せ」

言われた騎士は、無表情のまま懐からポーションを出し、真祖に渡す。受け取った真祖は、傷ついて立ち上がれないままのアベルにポーションを渡した。

「まずは飲め」


アベルがポーションを飲んで回復している間に、真祖は顎に手を持っていって何かを考えていた。

しばらくして、考えがまとまったのであろう。回復したアベルに向かって口を開く。

「さてアベル、今、何が起きているか、どこまで理解している?」

「内戦が起きるとは聞いていた。いつなのかは分かっていなかったが、今日がその日なんだな」

「正解だ。さすが王国……ハインライン侯爵家の諜報網か」

頷きながら言う真祖の言葉に、アベルは内心驚いた。確かに、フェルプス・A・ハインラインからの情報だからだ。

「もしや、誰が首謀者かも知っている?」

「政府側コントレーラス伯爵、反政府側エスピエル侯爵がそれぞれの中心。だが、政府本体は内戦の兆候に気付いておらず、貴族たちだけに動きがある。王国使節団の呼び込みを働きかけたのが、コントレーラス伯爵……。これが、俺たちが知っている情報だ」

アベルは、全ての情報を開示した。

正直、目の前の『シンソ』と呼ばれる人物が味方なのかは分からない。だが少なくとも、殺されそうになったところを救われたのは事実であるし、どうも涼に興味があるようでもある。

そこで、アベルは思い出したことがあった。

「そういえば、その情報を聞いた時、リョウが言っていた。くーでたーだか、戦争ごっこだかかもしれませんと」

「いいじゃないか、リョウとやら。ますます興味が湧いたよ」

アベルの補足に、真祖は嬉しそうに頷く。

「とはいえ……いろいろと難しい状況にあるのは確か」

表情を引き締めた真祖はそう呟くと、未だ片膝をつき首を垂れたままのリージョ伯ロベルトの方を向いて問うた。

「ロベルト、攻め手側ビセンテは、大公の身柄を押さえると同時に、王国使節団も捕らえたはずだ。違うか？」

「はい真祖様、おっしゃる通りです」

真祖の問いに、未だ止まらぬ汗を流しながら答えるロベルト。

「つまり現状、王国使節団は全て、エスピエル侯爵ビセンテの手中にある」

真祖は、アベルの方を向いて言う。現状を認識させる必要があるからだ。

「いずれビセンテは、サイラス……大公を処刑するだろう。ランドへの裏切り、売国奴として処刑する以上、その原因となった孫娘ミューを含む、使節団全員も処刑すると考えられる」

「なんだと……」

真祖の言葉に、目を大きく見開くアベル。

「なぜだ？　なぜそこまでする？　使節団は関係ないだろうが！」

「ゲームだからさ」

「なに？」

「この一連の内戦は、リョウが指摘した通り、戦争ごっこ、クーデターごっこ、ゲームなんだよ。ランド貴族たちにとっては。その、勝利条件の一つに、使節団の処刑も入ったんだろう」

「ふざけるな……」

真祖の説明に、アベルの体が震える。

それは怖れゆえではない。

それは怒りゆえだ。

「そんな理由で……人の命を絶つというのか……」

「そう。そんな理由で、人の命を絶つんだ」

「なぜだ？」

「ヴァンパイアだからさ」

そう言った真祖の顔には、何の表情も浮かんでいなかった。

完全なる無表情。

たっぷり一分。

誰も喋らず、誰も動かない。

だが、小さな、本当に小さな音が聞こえてきた。

それが、アベルが歯を食いしばる音であることに、真祖は気付いた。

「認めない」

アベルの口から漏れる。

「俺は、認めない」

再び、アベルの口から漏れる。

「どうすればいい？　どうすれば助けられる？」

アベルは、真祖に問う。その表情は怒りに満ちている。

「彼らはヴァンパイアだ。そもそも、人間を同等の存在、交渉相手とみなしていない」

「なんだと？」

「人間だって、鶏を交渉相手とみなさないだろう？　彼ら鶏たちが、我々には国がある、そこと条約を結べと言っても結ばないだろう？」

「……」

「なぜなら鶏たちは、人間からすれば、ただの食材だからだ。対等の相手ではないからだ」

無表情のまま説明する真祖。

怒りの表情のまま聞くアベル。

そして、真祖は問う。

「では、どうする？　鶏たちはどうすればいい？」

「……力を示す」

「そうだ！　それしかない！」

アベルの答えに、大きく目を見開き一気に表情を変える真祖。狂気と驚喜と狂喜の表情。

「力なき者の言葉など、誰も聞かない。非道徳的か？　非倫理的か？　非人道的か？　そうだな、その通りだ。だからどうした？　生きとし生けるもの、全ての摂理は同じ、弱肉強食。人だけがその摂理から逸脱したいなど、世界の理に対する傲慢(ごうまん)。傲慢に至った者たちは必ず滅ぶ。人が滅ぶのは、我らヴァンパイアによってではない。自らの傲慢によってさ。しかも、自覚しない傲慢によってだ。度し難いであろう？」

真祖の口から紡がれる疾風怒濤(しっぷうどとう)の論理。

アベルは怒りの表情のまま聞いているが、片膝をついているロベルトら四人のヴァンパイアたちは、思わず手を上げて頭をかばっている……。

「鶏たちも生きたい？　そう思うのなら方法は一つだ。強くなれ、力を示せ。手を出せば、自らの身が滅びるのだぞと相手に分からせろ。だが、鶏のままでは力を示せない」

真祖は何度も首を振る。そして、少し口調を柔らかくして言葉を続ける。

「鶏ではなく鳳凰（ほうおう）、いやグリフォンか？　グリフォンになればどうだ？　グリフォンに対して手を出すか？　グリフォンが交渉を望めばどうだ？　相手をするだろう？　なぜなら、グリフォンは強いからだ。理由はただそれだけだ」

真祖はそう言うと、笑った。笑って、言葉を紡いだ。

「強くなければ相手にされない。いつの時代も変わらない真実だろう？」

真祖の言葉に、アベルは大きく頷いた。

「いいだろう、力を示し、仲間を取り戻す」

アベルは、はっきりと言い放つ。

それを受けて、真祖は四人のヴァンパイアを向いて告げた。

「エスピエル侯爵ビセンテ、コントレーラス伯爵サンダリオの二人に伝えよ。これより、ナイトレイ王国アベルをリーダーとした者たちが、第三勢力として参戦すると」

◆

アベルは、真祖の馬車に乗っている。

「さて、宣戦は布告したが……アベル一人では、さすがに勝てんだろう」

「あんたは？　手伝ってくれるのか？」

「いや、私は……案内人だな。ルールを知らないアベルとその陣営に、説明をする担当だ。戦力としては加わらない」

真祖はそこまで言うと、笑って言葉を続けた。

「そもそも私が手伝って勝ったとしても、人間が力を示したことにはならないだろう？」

「その言い方は、あんたもヴァンパイアということだよな」

「そう、ヴァンパイアだ。なんとなく気付いているだろうが、このランドの貴族は、全員ヴァンパイアだ。大公の一族以外はな」
「そんな気はしていた」

そんな話をしていると、馬車は大きな門をくぐり、庭に入っていって停まった。

「参戦するにしても準備が必要だ。そのための道具を持っていく」

真祖はそう言うと、馬車を降りた。そこには、いつの間にか一人の執事が。

「ドラブ、例の『シヴィルウォー』、王国使節団の参戦を補助することにした。剣に装着するスタンリングを、あるだけ持ってきてくれ」
「承知いたしました」

執事はそう言うと、屋敷の中に戻った。

「剣に装着？」

真祖の声が聞こえたのだろう、アベルも馬車を降りながら問うた。

「ヴァンパイアだからね、普通の剣では死なない。まあ、本当に死んでしまう……消滅したら困るのだけど。だから、首を斬り落とすか心臓を貫けば麻痺状態になる錬金道具がある。今回のようなゲームや、ヴァンパイア同士の模擬戦で、剣に装着して使う。指輪のようなものを、鍔元に付けるだけだ。剣を振るのに邪魔にはならんさ。それにしても……」

真祖は、アベルの剣をしげしげと見つめて言葉を続けた。

「アベルの剣は面白いな」
「ああ、魔剣だ」
「いや、うん、魔剣はそうなのだが……そういう意味ではなくて……」

その後に続いた言葉は小さく、アベルの耳にも届かなかった。

「リチャードが作りそうな剣だ」

◆

二人は、屋敷の者たちが荷物を積み込むのを見ていた。アベルの視線が、馬車の紋章に止まる。反った二本の剣が交差し、その上に青い炎の玉が描かれている。

ここに来るまでに、いくつかの騎士団らしきものや、守備隊らしき者たちとすれ違ったのだが、その全てが、この紋章を見た瞬間、直立不動になり敬礼をしていた……。

「なあ、シンソ様と言ったな」

「うん？」

「あんた、どんな地位なんだ？」

「地位？」

アベルの問いの意味が分からないのだろう。真祖は首を傾げて問い返す。

「道で、騎士団や守備隊らしき者たちとすれ違ったが、みんな敬礼をして見送っていた。そもそも、リージョ伯爵たちも、あんたには逆らえなかった。普通じゃないだろ？」

「ああ、そういうことか」

ようやく合点がいったらしく、真祖は何度か頷いてから答える。

「私は公的な地位には何も就いていないよ。貴族……みたいなものではあるけど、実は爵位も持っていない」

そう言うと、真祖は笑った。

もちろん、アベルには意味が分からない。公的地位もなく、爵位も持っていないのに、あれだけ敬意を払われ……というより恐れられている？

「そう、それは、私のヴァンパイアという種族の中での地位によるものさ」

真祖は笑いながら頷く。

「ヴァンパイアなのに、なぜ、俺に協力する？」

「一番大きな理由は、もちろんリョウだ」

「ああ……」

「大丈夫、取って食おうというのではないさ。ちょっと、話をしたいだけだ」

「そこは、あんまり心配していない」

アベルは正直に思ったことを言った。

なんとなく、目の前の真祖と涼は、話が合いそうな感じがするのだ。似たような人種、というのだろうか。もちろん、真祖はヴァンパイアで涼は人間だが……。

「あとは、君だ、アベル」

「俺？」

「君は、王国の第二王子、アルバートだろう？」

事も無げに、当然のように紡ぎ出された言葉だったからではないだろう。アベルの耳に、何の抵抗もなく入ってきた。

アベルも、自分の正体を知られている気はしていた。

「それについては答えを拒否する」

「もちろん、それで構わない」

アベルが答えを拒否し、真祖も頷く。

答えなど必要のない質問……世の中では、よくあることだ。

「一つ確認しておきたいことがある」

「うん？」

「この国……どれくらいがヴァンパイアなんだ？」

「それは……さすがに答えられないな。実際、それほど多くはないんだ。何のためにその確認を？」

「これから斬るやつらのうち、人間がどれほど混じっているのかを知っておくため」

「ああ……」


アベルの言葉に、頷く真祖。

「貴族は全員ヴァンパイアだ」

「さっき、そう言っていたな」

「ただ、貴族に仕える者の中にもヴァンパイアはいる。あるいは、貴族としての爵位を持ったまま仕える者も。ほら、私の執事ドラブ、彼もれっきとしたヴァンパイアで、しかも男爵位を持つ貴族だ」

真祖が、荷物運びを指示している執事を示す。

「男爵が執事？」

「彼がどうしてもと言うのでね。いろいろあったのさ」

アベルが首を傾げ、真祖が苦笑した。


道具を馬車に積み、アベルと真祖は出発した。

「先ほども言った通り、アベルだけでは勝てぬ。仲間が必要だぞ」

「それは、腕の立つ仲間ってことだよな」

「当然だな。力を示さねばならん」

「手伝ってくれそうな冒険者はいる。いるが……彼らはこの国の民だ。大貴族にたてついたら、今後、不利益をこうむるかもしれん」

アベルが顔をしかめながら言う。

中央政府や国主たる大公をすら捕らえる貴族たちが相手だ。アベルを手伝ってくれというのは、正直気がひける。

「ふむ。まあ、その辺りは大丈夫だ。不利益をこうむらないようにすると、私が保証しよう」

「……あんた、やっぱり本当に何者なんだ？　ヴァンパイアという種族の中の地位というだけで、そんなことは可能にならんだろう」

「そう……しいて言うなら、私立図書館の館長、かな？」

「意味が分からん」

真祖の答えに、小さく首を振るアベル。

なんとなくだが、どこかの水属性魔法使いと似た雰囲気を感じた……。

冒険者ギルド前にさしかかったところで、アベルが叫んだ。

「止めてくれ！」


馬車が停まり、アベルは扉を開けて外に出た。そこには、知った顔が……。

「アベルさん？」

驚いたように問いかけたのは、パーティー『五連山』のリーダー剣士セフェリノ。

「今、お前さんたちの家に行こうとしていたんだ」

「うちに？」

「頼みがある」

「承知した」

「いや、まだ何も言ってないだろ」

アベルが内容を言っていないのに、承知したと言うセフェリノ。さすがにアベルも呆れる。

「公城の周りが物々しい雰囲気になっていました。貴族連中の間で、何か起きているのかもしれないくらいは、俺ら冒険者でも感じ取れますよ。そんな中、アベルさんがわざわざうちに行こうとして、しかも驚くほど立派な……つまり貴族の馬車から急いで降りてきて、頼みがあると言えば……普通じゃないのは分かります。使節団が巻き込まれたのだろうと。だから、承知したと」

何も考えずに言ったわけではないらしい。実は、いろいろ考えているようだ。

「そうか、それはありがたい。だがセフェリノ、お前さんが言う通り、ランド貴族たちが関わっている。それも、侯爵や伯爵といった高位貴族だ。俺に手を貸したために、そいつらに目を付けられる可能性が……」

「そうなったら、王国に移住します」

「おい……」

間髪を容れずに言うセフェリノに、再び呆れるアベル。

だが、セフェリノの答えに、『五連山』の他の四人は苦笑しているだけだ。誰も止めない。

「パーティーメンバーが止めるのが普通じゃないか？」

「こう見えても、セフェリノはリーダーですから」

アベルが呆れたように言い、魔法使いイラーナが笑いながら答える。

それでも、アベルは逡巡した。

「アベル、一度決断したら突き進むべきだ」

それは、馬車を降りながらの真祖から放たれた言葉。

だが、アベルの耳には一瞬、涼の言葉に聞こえた。


「そう……そうだな。セフェリノ、使節団が、俺の仲間たちが捕まった。それを助けたい。しかも交渉は効かん、実力行使になる。それを手伝ってほしい」

「承知した」

アベルの言葉に、セフェリノは再び即答する。四人のパーティーメンバーも頷いた。

「確かにアベルが頼るだけあって強そうだ。だが、まだ足りない」

「あと、どれくらい必要だ？」

真祖の言葉に、アベルが問う。

「どこを攻めても、基本的には建物の中での戦いになる。だから、その突撃部隊はアベルを含めた六人でいいだろう。だが、制圧した場所の確保、助け出した者たちの保護と、協力して守り抜くのに……B級冒険者なら十人、C級冒険者なら二十人」

「承知した。ギルドで集めてくる」

真祖の説明に、またも即答するセフェリノ。

これには、真祖も驚いたようだ。

「すぐに集まるのか？」

「任せてほしい。これでも、ギルド本部では顔が利くんだ。集めてくるから、先に行っておいてくれ」

「分かった。この問題が終わった後、君たちを含め、冒険者たちには不利益がないようにすることを、ここに保証する。ああ、そうだ」

真祖はそう言うと、右手中指にはめた指輪を抜き、セフェリノに渡した。

「この指輪を、ギルドマスターのカンデラスに見せるといい。彼女とは、古くからの知り合いだ。私の言葉が確かだと証明してくれるだろう」

「ギルドマスターって……七十歳を優に超えているが……」

セフェリノはそう言うと、真祖の顔をまじまじと見る。どう見ても、二十代の顔……。

「私は、若作りなんだ」

真祖は笑いながら言うのであった。

◆

冒険者ギルド前。

「『五連山』が冒険者を集めてくるまでに、作戦を立てておいた方がいいだろう。だが、正直分からんことが多すぎる。まず、貴族の連中……エスピエル侯爵もコントレーラス伯爵も、目的はなんだ？」

「遊び」

「ああ、そうだったな……」

簡潔な真祖の答えに、呆れたように首を振るアベル。

「遊び……ゲームというのなら、勝利条件があるだろう。それを達成すれば勝ち、他がそれを潰せば負けみたいな」

「あるだろうな。だが、それは私も知らん」

真祖は首を傾げて答える。

「ただ推測するに、ビセンテ……つまり攻め手側のエスピエル侯爵らの勝利条件は、大公サイラスの身柄確保と処刑だろう。付属条件として、王国使節団の身柄確保もあるだろう」

「くそっ」

真祖の答えに、アベルが悪態をつく。だが、すぐに冷静になる。

「攻め手側は分かった。だが見えてこないのは、守り手側、コントレーラス伯爵だ。彼らは何を目指している？　何をしようとしている？」

「さて……そこは確かに分からん」

真祖は肩をすくめる。だが、言葉を続けた。

「とはいえ、この手のゲームでは、絶対に外さない勝利条件、あるいは敗北条件というのがある」

「なんだ、それは？」

「大将首と、本拠地の奪取さ」

「なるほど……」

真祖の答えに、大きく頷くアベル。

確かにそれは分かりやすい。

それぞれに中心人物が決まっているということは、その二人がそれぞれの勢力の大将だ。彼らの首をとれば、その勢力は負けとなるだろう。

もう一つの本拠地は、落とした瞬間に勝ちにはなるまい。だがプレイヤーは大貴族。どんな国においても、貴族と呼ばれる者たちにとってメンツは重要だ。そう考えると、本拠地を陥落させられたりすれば……敗北条件に入っていなかったとしても、大ダメージと言えるだろう。

こちらの力を示す形としては分かりやすい。

「大将首は簡単ではないだろう。だがもう一つの本拠地の方なら、いけるかもしれん。アベルの一番の狙いからもずれているな」

「ああ……確かに、俺の一番の狙いは仲間の救出だ。つまり、公城」

「当然、エスピエル侯爵ビセンテもそこは理解している。だから、参戦が伝われば、公城の守りを真っ先に固めるだろう。だが、資源は有限だ。戦力は、どこからか湧いてくるわけではない。どこかを固めれば、どこかが緩む。戦争とは、相手の戦力を、こちらが狙ったところに集めさせ、真の狙いの護りを薄くする。それがポイントだ」

「なんだろうな……その言葉、凄くリョウが言いそうな言葉だ」

「ハハハ、そうか。リョウとは話が合いそうだな」

アベルの感想に、笑う真祖。ここにいなくとも、涼は主人公らしい。

「となると、真っ先に敵の本陣を突く。初手から、相手が迷っている段階で突けば、より成功率は上がるか。それで、どっちの本陣を突く？」

「サンダリオだ」

「守り手側コントレーラス伯爵か。なぜだ？」

「この首都にある屋敷を比べた場合、コントレーラス伯爵の屋敷の方が落としやすい。そして、冒険者ギルドから近い」

真祖の頭の中には、二つの屋敷がほぼ正確に描かれており、比較されたうえで結論も出ているのだ。

「分かった。で、屋敷を落として……どうする？」

「燃やせばいいんじゃないか？」

「おい……」

真祖のあまりの答えに唖然とするアベル。

だが、続けての真祖の言葉で理解できるようになる。全体の構図が。

「それでメンツは丸つぶれだ。そうなると、もう一人の方、ビセンテはどう出る？」

「自分の屋敷が落とされないように……屋敷に戦力を集める」

「そう、どこから？」

「占領した公城から、だな」

そこで、二人は同時に頷いた。

戦力が減ったそのタイミングで、公城を攻める。

戦略は描けた。

◆

「なあアベル、本当にその作戦、やるのか？」

真祖は乗り気ではないようだ。

「ああ、やる。何より時間がない。あんたに迷惑をかけて申し訳ないとは思うが……仲間が処刑されたりすれば、リョウは怒りまくるぞ。あんたは話をすることもできないだろう。それじゃ困るだろ？」

「軽い脅しに聞こえる……」

「悪いな」

小さく首を振りながら呟く真祖、肩をすくめるアベル。

「さすがに、怒られそうな気がするんだが……」

真祖がぼやいている間にも、準備が進んでいく。アベルには、真祖のぼやきが聞こえているが、完全にスルーだ。

そして、真祖は心の中で決着をつけた。

「馬車は、アベルに強引に奪われたことにしよう。うん、そうしよう」

「やっぱり……リョウに似ているわ」

アベルの呟きは、誰にも届かなかった。


ギルドからほど近い場所にあるコントレーラス伯爵の屋敷。

物々しい警備が行われているその正門に、一台の馬車が到着した。

「止まれ！」

完全武装の騎士が叫ぶ。

「今日は、誰も通すことはできん！」

騎士が言い放つ。

だが、そこで言い返したのは御者席に座った男だ。

「誰の馬車に向かって言っているのか、分かっているのか？」

御者席の男は、決して声を荒げてはいない。だが、聞く者の心に、直接内包した怒りが届く……それは尋常ではない。

その言葉は声をかけた騎士だけではなく、警備をする者全員の視線を、馬車に描かれた紋章に向けさせた。

反った二本の剣が交差し、青い炎が浮かぶ……。

認識した瞬間、全員が直立不動となる。

一般人はほとんど知らない紋章。だが逆に、ランド貴族と、それに仕える者たち全員が知る紋章。しかもその紋章が表すのは、恐怖。底知れぬ恐怖。

「失礼いたしました……」

直立不動で、実は声をあげることすら困難な状態になりながら、ようやく絞り出した声……。

同時に、門が開けられる。

馬車はすぐに入っていった。

広い庭に……馬車が見えなくなるまで、警備の者は誰も動けなかった。

玄関前の馬車回(ばしゃまわし)に、躊躇なく停車した馬車。

それを見て、屋敷の奥から、慌てて召使いたちが出てくる。

だが……。

御者席から飛び降りたアベルが、すれ違いざま召使いたちを気絶させていく。その動きから、全員が人間であることを認識した上での行動だ。

「三階まで駆けあがるぞ！」

「承知！」

アベルに続くのは『五連山』の剣士セフェリノ。少し遅れて『五連山』の他のメンバーが続く。

拠点確保用に『五連山』が手配した冒険者たちは、まだここにはいない。まずは、この六人で制圧する。

力を見せつけるのだ。

正面扉の向こうにある、大階段を駆け上がる。

アベルが、慌てて駆け下りてくる騎士たちを、一合の下に倒す。同様に、セフェリノもほとんど剣を合わせることなく倒す。

制圧は時間との勝負。正門を含めた、外構周辺を警備する者たちが気付く前に、最上階を制圧したい。

二階に到達。

そこには、十人の騎士が守備隊形を組んでいた。

「ニエベス！　イラーナ！」

セフェリノが叫ぶ。言ったのはそれだけだ。だが、二人とも理解している。

「偉大なるその光を灯したまえ　〈フラッシュ〉」

神官ニエベスが唱えると、激しい光が辺りを照らした。騎士たちの目がくらみ、何も見えなくなる。

「全てを圧する風　愚かなる者たちを跪(ひざまず)かせよ　〈エアバスター〉」

風属性魔法使いイラーナが唱えると、上方から強烈な風の塊が騎士たちを打つ。

目が見えなくなったところに、不意打ちで上方からの衝撃……したたかに地面に頭を打ち付けた騎士たちは、気絶した。

「お見事」

称賛するアベル。

「あ……。アベルさん、目は、見えますか?」

「おう、大丈夫だ。目潰しの魔法は、うちの神官もやるからな。呪文は覚えちまったよ」

神官ニエベスの目潰しの魔法を、事前に伝えていなかったためにアベルが大丈夫か心配したセフェリノ。

だが、アベルが率いる『赤き剣』のリーヒャもよくやる魔法なのだ。上級の光属性魔法使いでなければ使えない魔法だが、今回のように上手く使えば、一気に勝負を決することができる。


そのまま階段を三階まで上がる一行。

「部屋は、一番右奥!」

アベルが叫び、一行が頷く。事前に情報は共有してある。

そして、当然のように、目的の部屋に続く廊下には敵がいた。

「アベルさん、行って!」

「おう、頼んだ!」


走る速度を変えることなく、敵に向かうアベル。

この段階になれば、守るのは騎士だけではなく、人数が少ないながらも魔法使いも出てくる。つまり、アベルに向かって魔法が飛んでくる。

だが……。

「剣技:絶影」

魔法を含む全ての遠距離攻撃をかわす剣技。

速度を落とすことなく攻撃をかわし、騎士が突き出す剣もかわして、アベルは正面の扉に飛び込んだ。

後ろでは、『五連山』たちと、騎士たちとの戦いの音が聞こえるが、あえてそれは気にしないことにする。

なぜなら、部屋の中には男がいたからだ。

「下郎が!」

男は苦々しく吐き捨てると、剣を抜き、アベルに打ちかかった。

剣で受けずにかわす。その剣は見るからに重く、速い。アベルの技術であっても、簡単には流せまい。バックステップして距離をとる。

「ヴァンパイアか」

そう、ついにヴァンパイアが出てきたのだ。となると、目の前の男は、目的の人物である可能性が高い。

「高貴なる者たちの戦いに、横から入ってくるだけでも苦々しいのに……しかもそれが人間だと？　下郎が！」

「さっきから下郎しか言わないな。語彙が少なすぎるんじゃないか？　長く生きても成長できていないのでは、何のための長寿なんだかな」

「貴様……」

アベルの挑発に、怒り心頭に発する男。

アベルは知っている。戦う相手の冷静さを奪う大切さを。冷静さを奪えば、相手から攻撃してくる。しかもたいてい、怒りにまかせた初手は……。

男が剣を打ち下ろす。

アベルは一歩踏み込み、剣を突き出して力が乗る前のポイントでさばく。そのまま剣に角度をつけて後方に流し……無防備になった首を、横から斬り飛ばした。

ただ一合。

ヴァンパイアを相手に、ただ一合で勝負を決した。

深い呼吸で、昂ぶった精神を落ち着けるアベル。

同時に、扉の外の音が止んでいるのにも気付いた。

扉が開き、『五連山』の五人と、もう一人、入ってくる。

「ほぉ……見事な切り口。さすがはA級剣士」

『五連山』と共に入ってきたのは真祖であった。

「他の冒険者たちは、屋敷を燃やす準備に入っているぞ」

真祖は軽い調子で報告する。いや、むしろ楽しそうだ。

「他の……屋敷を警備していた連中は？」

「ちゃんと倒して、屋敷が焼け落ちても大丈夫な場所に集めてある。心配しないでいい」

「早すぎだろ……」

アベルが小さく首を振りながら言う。

真祖は、斬り飛ばされた首を床から拾い上げた。そして、跪いたまま動かない、ヴァンパイアの胴体の上に置く。

「おい……」

「スタンリング付きの剣で首を斬り飛ばしたから、くっつけてもしばらくは動けん。まだ気絶しているが、すぐに目を覚ますだろうから、そしたら尋問するといい」

「尋問？　何をだ？」

アベルが問う。

「うん？　ああ、もしかして、今倒したのがサンダリオだと思ったのか？」

「……その言い方だと違うんだな」

「ああ、違う。コントレーラス伯サンダリオの執事長だ。まあ、サンダリオがいない時には、この屋敷の全てを取り仕切っているわけだから、サンダリオがいない理由も知っているだろう。そこは正直、私も気になる。このゲームが始まってから、ずっと姿を見せていないからな」

「……どうしても、今回のを『ゲーム』と言うのは納得がいかん」

「仕方ない。人とヴァンパイアとでは、生きる長さが違う。ただそれだけで、世界の全てが異なる様相を呈するものになる」

「そういうものか」

真祖の言葉に、首を傾げながらも受け入れようとするアベル。否定したところで意味はないのだ。人間が理解する事実だけが、この世界の真実ではないことくらいは知っている……。

「ホレイショー、この天地のあいだには、人間の学問などの夢にも思いおよばぬことが、いくらでもあるのだ！」

突然、舞台俳優のように一節を語り上げる真祖。

「なんだそれは」

当然、理解できないアベル。

「シェークスピアさ。そう、後でリョウに聞いてみるといい」

真祖は詳しい解説はせずに、いたずらっぽい笑みを浮かべるだけであった。


その時、コントレーラス伯爵サンダリオの執事長が目を覚ました。

「ようやくか」

アベルがそう言うと、執事長はアベルを睨みつける。

「コントレーラス伯爵本人かと思っていたら、ただの執事長だったとはな」

「伯爵様が、人間ごときの相手などするものか！」

アベルの呆れたような言葉に、噛みつかんばかりの表情で言う執事長。

「それで、その伯爵さまは、いったいどこで何をしているんだ？」

「私が答えると思っているのか？」

アベルの問いに、馬鹿にしたように返事をする執事長。

だが、そこに降り注いだ声を聞いた瞬間、表情はこわばった。

「執事長シリノ、いや、ポルセル男爵シリノと言うべきか。私も、サンダリオが何をしているか知りたいんだが？」

「あ……」

驚きで声にならない。当然、それが誰なのかは知っている。

「真祖様……なぜ、ここに……」

「うん、ちょっと興味があってね。それで、シリノ、サンダリオが何をしているのか教えてもらえるかな？」


「そ、それは……」

瞬く間に、執事長シリノの顔は汗まみれになる。

首を斬り飛ばしたのに汗まみれになるのはなぜだろう、などと絶対にこの場にふさわしくない思考をアベルが展開していたのは内緒である。

「まさか、私の質問に答えないつもり……」

「も、もももももちろんお答えします！　我が主は、逆転の手を放つための準備を……」

勢い込んで話したものの、最後の方で尻すぼみになる執事長シリノ。

真祖の問いに答えないという選択肢はない。ないのだが、この場で答えれば、自陣営がやろうとしていることを邪魔してしまうのではないかと考えたのだ。

だが、逡巡したのは数瞬。

秤にかけたのは、主たるコントレーラス伯爵と、目の前の真祖……。

「コントレーラス伯爵は、『ヴォートゥム（願）』で、捕らえた闇属性魔法使いの身柄を手に入れました。その魔法使いを使って、魔物に公城を襲撃させる準備をしております」

「マジかよ……」

呼び方が「我が主」から「コントレーラス伯爵」に変わる……ある意味、主を乗り換えた執事長シリノの言葉に、驚くアベル。

離れた場所で聞いている『五連山』の五人も、顔を見合わせて首を振っている。

ただ一人、少し違う態度なのは真祖だ。

「面白い手だけど……それは悪手だね」

苦笑しながら、小さく首を振るのであった。

◆

「コントレーラス伯爵邸が炎上？　なんだそれは。どういうことだ？」

ここは、大公応接室前の廊下。

報告を受けたエスピエル侯爵ビセンテが、思わず声を荒げそうになって、慌てて自制する。とはいえ、意味が分からないのは事実だ。

扉の中、大公応接室には、大公サイラス・テオ・サンタヤーナと、彼の孫娘ら王国の冒険者パーティーを軟禁している。さすがに、そこでは受けられない報告ということで、廊下に出て聞いたが……。

「おそらくは、途中より参戦したナイトレイ王国アベルらかと」

「それはそうであろうな、我々はやっていないのだから！」

報告したマギージャ伯爵エフラインに、不機嫌そうに答えるエスピエル侯爵ビセンテ。

「つまり何か？　コントレーラス伯爵邸の警備は、人間ごときに後れを取ったというのか？」

「人間とはいえ、アベルはA級冒険者です」

「関係あるか！　人間に屋敷を落とされるなど、ヴァンパイアの恥ぞ！」

エスピエル侯爵ビセンテとコントレーラス伯爵サンダリオは、戦ってはいるがあくまでヴァンパイア同士として、相手を認めてはいる。そうでなければ、わざわざ戦ったりはしないであろう。

真祖からは、遊びあるいはゲームと見られているが……。

「コントレーラス伯爵のヴァンパイアとしての面目は丸つぶれだ。人間としてはそれが狙いなのだろう」

ビセンテは考える。そして、一つ頷いた。

「やむを得ん。公城を守る戦力のうち、半分を我が侯爵邸に移して守らせろ。伯爵邸を落とせば、次に狙うのは我が侯爵邸であろう」

「承知いたしました」

マギージャ伯エフラインは頷くと、足早に去っていった。

「人間ごときが……。真祖様も真祖様だ。神聖なるヴァンパイア同士の戦いに、人間の途中参加を認めるなど。場を汚す行為に他ならん！」

吐き捨てるように言ったビセンテの表情は、怒りに満ちていた……。

◆

公城にある迎賓館地下貯蔵庫。そこに、怪しい一団がいた。

アベル、真祖、『五連山』の七人だ。

「そもそも、なんで迎賓館に地下貯蔵庫なんてもんがあるんだ？　必要ないだろう」

アベルのぼやき……。

そう、迎賓館というのは、国外からの重要な使節が宿泊したりする場所だ。トワイライトランドにおいては、迎賓館は公城内にあるため、貯蔵庫など必要ない。公城専用の巨大な貯蔵庫があるからだ。そこで、食材は一括管理されている。

「アベルは知らないのか。こういうこともあろうかと……の精神で、公城の建設時に造っておいたんだ。外から潜入、あるいは脱出路として面白いだろう？」

「うん、やっぱあんた、リョウに似てるわ」

真祖が嬉しそうに言い、アベルはため息をつきながら感想を述べる。

迎賓館地下貯蔵庫は、先述した理由でほとんど使われていない。

ただ……。

「なんか、凄い年代物のワインがある……？」

「そう、カーヴとして使われている。数十年寝かせたワインやスパークリングワインがあるんだが……ほとんど飲まれていないな？　もしかして、存在自体を忘れられている？」

『五連山』の剣士セフェリノが、保管されたワインをチラチラ見ながら言い、真祖が答える。

「アベルが勝利したら、ここにある秘蔵の酒をみんなに振る舞おう」

「おぉ！」

真祖の宣言に、小さい声ながらも嬉しそうな声をあげる『五連山』の面々。

そもそも、『五連山』は無報酬でアベルを手伝っているわけで……。報酬目当てではないとはいえ、頑張れば秘蔵の酒が飲めると言われれば、やる気も出ようというものだ。

地下貯蔵庫を出て階段を上がり、一度、頭だけ出して、一階の様子を確認する。すぐに引っ込め、アベル、剣士セフェリノ、斥候プリモ、盾使いレオンシオが頷いた。

三秒後。

躍り出た四人。

「え……」

「なん……」

守備兵六人を、ほとんど声をあげさせることなく制圧した。

エスピエル侯爵邸の防衛に人を割いたからであろうか、かなり手薄になっている印象だ。

「よし、援軍を呼び込め」

アベルが言うと、『五連山』の斥候プリモと真祖が、地下貯蔵庫の秘密の出入り口から出ていった。『五連山』が冒険者ギルドから呼んだC級冒険者二十人が外に待機しており、迎賓館の確保の協力をしてくれるのだ。

「俺たちは食堂に向かう」

アベルの言葉に、残りの四人が頷く。

バンッ！

勢いよく開かれた扉、飛び込む前衛三人。

扉近くにいた三人の守備兵を制圧する。だが、さすがに、食堂の奥にいる守備兵二人が気付く。

「貴様ら！」

さらに、食堂中央にいる指揮官らしき男が叫び、二本の剣を抜いて襲いかかった。

「双剣技：連撃十閃」

「剣技：刺突弧峰」

指揮官の双剣技と、アベルの剣技が激突する。

アベルの両肩から飛び散る血しぶき。だが、いつもの魔剣は指揮官の胸を貫いていた。

ただ一度の剣戟。

だが、双剣技と剣技の撃ちあいは、激烈な結果を生んだ。

「双剣技とか……初めて食らったぞ」

両肩から血を流しながらぼやくアベル。

その間に、食堂奥にいた守備兵二人も、剣士セフェリノと盾使いレオンシオが制圧したからこそのぼやきだ。

「アベルさん！」

「さすが！」

食堂に軟禁されていた文官、冒険者、騎士たちの声があがる。

「アベル、援軍は呼び込んだ。迎賓館はもう大丈夫だ」

そう言いながら入ってきたのは真祖。その後ろから斥候プリモも入ってくる。

「おう、感謝する」

アベルはそう言うと、ポーションを飲んだ。

両肩の怪我が治る。

「今の傷は、双剣技：連撃十閃か。さすがに指揮官の『リミッター』は外してあるのか」

「りみったー？」

真祖が、アベルの傷を見ながら言い、アベルが聞きなれない言葉に首を傾げる。

「ランド貴族が抱える兵たちは、闘技はもちろん、その上位の剣士なら剣技、双剣士なら双剣技が使える。とはいえ、普段は錬金術的に制限をかけてあって使えないし、このゲームの中でも基本は使えないようになっているはずだが……指揮官クラスは使えるようにしたようだな。やはり、私が知らされていないルールもあるみたいだ」

真祖は肩をすくめる。

だが、肩をすくめるだけですまないのはアベルだ。

「兵たち……剣技が使える？　どれくらいの割合だ？」

「ん？　全員だな」

「馬鹿な……」

真祖の答えに絶句するアベル。

横から聞いていた冒険者や王国騎士団も絶句する。

剣士の『剣技』は、C級剣士でも使えない者が多い。冒険者の国と言われる、ナイトレイ王国の冒険者でもだ。それなのに、このトワイライトランドの貴族が抱える兵たちは全員が使えるという……。

つまり、全員がC級冒険者クラス……。

アベルは小さく首を振って、食堂の中を見回した。

その視線を受けて、多くの者が頷く。大きな怪我をしている者はいない。

「アベルさん、実は『ワルキューレ』の五人が戻ってきていないんだ」

そう報告したのは、冒険者の取りまとめ役であるシヨーケンだ。

「『ワルキューレ』が？」

「ミューが大公殿下に呼ばれていって……。彼女たちは大公と共に軟禁していると言われて……それで、私たちは手が出せなかった」

「ああ、そういうことか」

守備兵は食堂の中に六人、一階に六人。双剣技を使える指揮官がいたとはいえ、これだけの冒険者と騎士団がいれば、抵抗できたはずなのに、食堂に軟禁されたままの理由はそれだったのだ。

「今、名前が出てきたミューというのは、大公の孫だ。おそらく、大公と会っている時に巻き込まれたんだろう……」

アベルは、真祖の方を向いて報告する。

真祖は少しだけ首を傾げて考えてから言った。

「サイラスの子で王国関連というと、ウエストウイング侯爵の元に嫁いだ子か。そうか、そういえば資料の中に入っていたな」

そのタイミングで、制圧された守備兵たちが目を覚ました。もちろん、胸を貫かれた指揮官以外だ。彼らは全員人間らしい。

「……え？　真祖様？」

守備兵の一人が、驚いた声を出す。そして、すぐに片膝をついて礼をとる。

同じように目を覚ました他の守備兵もそれに倣った。

全員が震え、冷や汗を流している。それも、一目で尋常ではない汗だと分かる。

その光景に、冒険者も騎士団も無言のままだ。

だが次の瞬間、外から轟音が聞こえた。

「なんだ？」

驚きの声をあげる使節団一行。

「例の、魔物の襲撃だな」

真祖は、アベルが自分の方を見ているのを受けて、一つ頷いて答えた。

「魔物？」

意味の分からない一行。

「アベルさん？　どういうことでしょうか？」

代表してアベルに尋ねたのは、交渉官イグニス。

これまで、いわゆる荒事に類する部分であったために、交渉官というこの使節団の責任者的立場ではあっても、余計な口を差し挟まないようにしていた。だがさすがに、魔物の襲撃と言われれば、知っておかねばならない。

彼は、交渉官なのだ。自国はもちろん、ランドとの関係も常に考えておくべき立場にある。

「コントレーラス伯爵サンダリオの策だ。ランドに来る途中に捕まえた、暗殺教団の闇属性魔法使い、彼女を使って魔物を使役して、この公城を攻撃するらしい」

「なんと……」

アベルの説明に絶句するイグニス。

アベルは、真祖の方を向いて問うた。

「少し前にあんた、この手は悪手だと言ったな？」

「そう、言ったね。一対一なら面白い手だったけど、アベルが参戦してしまったからね」

真祖が言ったのはそれだけだ。だが、それでアベルにも理解できた。

「なるほど。守備兵が魔物の襲撃に対処するために、正門付近に行く……公城の中、つまり大公周辺は手薄になるということだな」

「そういうこと。サイラスの孫娘たちや、大公サイラス本人の確保をしてもいいだろう。でも、多分、ビセンテ……エスピエル侯爵本人も、サイラスの所にいると思うけどね」

「なるほど。なら乗り込むか」

◆

公城正門付近での、魔物と守備兵の戦いを尻目に、アベル、真祖、『五連山』の七人は公城に乗り込んだ。

正面から。

堂々と。

「お、お待ちください」

必死に、真祖を止める騎士たち。ただし、真祖に触れずに。

触れれば、自分の腕でも溶けるかのように、一定の距離を保ちながら、真祖の歩むスピードで下がり続ける騎士たち。

アベルの目から見ても、なかなかに可哀そうな光景だ。

「いいのか？　あんたは介入しないはずだったろう？」

「介入はしていない。先頭を歩いているだけだ」

「なんという屁理屈……」

「いろいろめんどくさくなった。さっさと終わらそう」

なぜだかアベルには理解できた。その真祖の言葉の裏には、迎賓館から公城に来る途中に見た、正門で戦っている守備兵たちのことがあるのだということが。

もちろん、真祖はヴァンパイアであるし、人間である守備兵たちの命など、それほど重きは置いていないのだろう。だが、それでも……気になっているのではないかと、アベルは思ったのだ。

真祖は、ノックもせずにそのまま、大公応接室の扉を開けた。

「え……」

「アベルさん！」

部屋の奥で固まる男と大公。そして、嬉しそうな声を上げる『ワルキューレ』の面々。

入ってきた人物を見て固まっていた大公サイラスが、真っ先に動いた。すぐに椅子から立ち上がって真祖の前に来て、片膝をつく。

それを見て唖然としたのはワルキューレの五人だ。

それは当然であろう。片膝をついた人物は、このトワイライトランドの大公。つまり、この国の最高位の人物。その人物が、何の躊躇もなく、入ってきた青年に片膝をついて礼をとったのだから。

「久しいな、サイラス」

その一言は、権力者の言葉であった。

それまで真祖が纏っていた空気は、決して近寄りがたいものでも、重苦しいものでもない。言うなれば、品のいい貴族の嫡男、くらいの感じであったろうか。

だが、その一言を発した瞬間から、完全に空気が変わった。

それは、その場にいる全員が感じた。

アベルはもちろん、何の事情も知らない『ワルキューレ』の面々ですら、大公が片膝をついたその人物は、尋常ならざる者だと認識する。

「このような場所に御光臨いただき……」

「よい、気にするな」

大公サイラスの言葉を、真祖は遮る。

そして、部屋の奥を見て口を開いた。

「ビセンテ、話がある」

真祖が話しかけた相手は、エスピエル侯ビセンテ。

話しかけられたビセンテは、遠目には堂々としているように見える。

だが、近寄ってみてみれば分かったであろう。彼が、僅かに震えており、必死に虚勢を張っていることが。

「し、真祖様……真祖様といえど、国の政治には……」

「そんなことを、私は一言でも言ったか？」

その一言は、強烈な刺激をビセンテに与えた。

その言葉は、怒りを含んでいたわけでも、苛立ちを含んでいたわけでもない。

ただ、告げただけである。

ただ、告げただけであるが、ビセンテの顔面は、白を通り越して、青白くなっていく。

「い、いえ……」

ようやく口にできたのは、それだけ。

ビセンテの口の中はからからに乾き、何度も生唾を飲み込み、抑えきれない震えが体の芯から生じていた。

「エスピエル侯爵ビセンテ、迎賓館は、すでにアベルが陥落させ王国使節団が解放された。また、迎賓館は彼の手勢が管理している」

「……」

真祖の言葉を無言のまま聞くビセンテ。

「エスピエル侯爵ビセンテ、こちらの王国冒険者たちの身を、迎賓館に戻す。それについて、言いたいことはあるか」

「ございません……」

真祖は決定事項を告げるかのように、ビセンテに問い、ビセンテはただそれを受け入れる。

続けて真祖は振り返り、片膝をついたままの大公サイラスを見る。そして、ビセンテに問うた。

「ビセンテ、お前たちは、サイラスをどうするつもりだった？」

「さ、サイラスは……国家反逆罪で処刑に……」

「いやっ」

ビセンテの答えに、ミューが小さく、だが鋭く声を上げる。

「ふむ……」

真祖は、大公、ミュー、そして最後にビセンテを見てから告げる。

「だが、公城のうち、迎賓館は奪われたぞ。また正門には、サンダリオが手配した魔物が襲撃している。主力を侯爵邸の守備に回したお前たちでは、防げぬであろう？」

「……」

「アベルはサンダリオの屋敷を落とした。さらに迎賓館と使節団を奪い返し、この場にまで乗り込んできた。あらゆる面において、策で上回られたのだ。ビセンテ、負けを認めよ」

真祖の言葉は、落雷のようにエスピエル侯爵ビセンテを打った。

ビセンテの表情が、白から青、さらに赤へと変わっていく。それは、激怒の赤。

「負けなど……人間に負けなど……認めぬ。私は認めぬぞ……」

「ビセンテ……」

「たとえ、真祖様と雖も……その言葉であっても、私は認めぬ……」

ビセンテは怒りの表情のまま立ち上がり、アベルを指さした。

「人間、私は一騎打ちを挑む！」

「やめよビセンテ」

顔をしかめ、たしなめる真祖。

だが……。

「いいだろう、受けて立とう」

アベルは受けた。

「アベル……」

「力を示す。それには、これが一番いいだろう？」

真祖の言葉に、肩をすくめて答えるアベル。

しかし、その言葉が刺激したのは、当の対戦相手であった。

「力を示すだと？　人間ごときが、ヴァンパイアに……侯爵たるこの私に……ふざけるな……その傲慢さ、叩き潰してくれる！」

「そっくりそのまま返してやるよ」

そして、大将同士の一騎打ちが始まった。

「そういえば、リージョ伯は一合も合わせずに首を斬り飛ばしたな。侯爵ってことは、伯爵よりは上なのか？」

「貴様、我を愚弄するか！」

開始前から、アベルの安い挑発。だが、それに乗るビセンテ。

挑発に乗り、冷静さを失うと攻撃してくるのは、人間もヴァンパイアも変わらない。しかも怒った者の初手はやはり……。

ビセンテの打ち下ろし。

（速いが……）

想定通りの相手からの攻撃。

想定通りの初手打ち下ろし。

人外の速さと力であっても、ここまで想定通りだと、アベルの技術をもってすれば……。

カキンッ。

ビセンテの剣が吹き飛び、アベルの剣が、その喉元に突き付けられた。

「それまで！」

真祖の声が響く。

わずか一合。

「馬鹿な……」

ほとんど声にならない声が、ビセンテの口から漏れる。自分がやられたことなのだが、信じられないのだ。

「ヴァンパイアは……人間以上に激高しやすいのか？　コントレーラス伯爵の執事長も、全く同じだったぞ」

肩をすくめながらアベルが言う。

「なめ過ぎなのだ」

顔をしかめたまま、真祖が答える。

「人間を完全に格下と思っているから、つけこまれる」

そこまで言うと、真祖は、未だ自分の敗北が受け入れられないらしいビセンテの方を向いて言葉を続けた。

「我らはヴァンパイア。人間をどう見て、どう扱おうがそれは自由だ。だが、力ある人間には敬意を払え。さもなくば、再び我らは、絶滅の淵に追い詰められることになるぞ」

それは、苦渋に満ちた言葉であった。

横で聞いていたアベルにも、それが過去の経験から語られたものであることが感じ取れるほどに。

だが、エスピエル侯爵ビセンテには……。

「認めぬ……我は認めぬぞ……今のは、何かの間違いだ。そう、何かイカサマをしたのだ！　魔法か？　錬金術か？　一騎打ちに持ち込むのにふさわしくない……」

その瞬間、光が奔った。

何が起きたのか理解できた者はいない。A級冒険者であるアベルですら、認識できなかった。

真祖が剣を振るい、ビセンテの首を斬り飛ばしたと理解したのは、首が床に落ちてからだ。

無言のまま、真祖の剣がビセンテの心臓を貫く。

そして、唱えられた。

「〈灰は灰に塵は塵に〉」

一瞬だけ、真祖の剣が白く輝く。

次の瞬間、ビセンテの体が灰になり、そして消滅した。

「見苦しいものを見せたな」

真祖の声は、普段の軽い調子に戻っている。

(真祖はリョウに似ていると思っていたが、違ったわ。リョウはあんなに恐くないな)

アベルの心の声である。

だが、今のを見て、気になることがあったのは確かだ。ヴァンパイアは殺せないと聞いていたので……。

「侯爵は、死んだのか?」

「ああ……少し違う。違うが……まあ、気にするな」

「いや、気にするだろう」

「それより、いちおう、正門前も終わらせた方がいいだろう?」

「お、おう……」

真祖の提案に、納得できないままだが頷くしかないアベル。そして、周りを見回す。大公、『ワルキューレ』、『五連山』それと、ビセンテの兵士たちがいる。

「こういう場合、この兵士たちはどうなるんだ?」

「う～ん……ビセンテはいなくなったから、どうしようか」

真祖は、ビセンテの兵士たちを見る。彼らは、魂が抜けたかのように呆けている。

「そうだな、お前たち」

真祖が呼び掛けた瞬間、兵士たちが直立不動で立つ。

「追って沙汰を出すまで、サイラスの指示に従って公城を守備せよ」

「はいっ!」

数秒前まで呆けていたのが嘘であるかのような、気合の入った返事をする兵士たち。

それを受けて、大公サイラスが恭しくお辞儀した。

「よし、正門を終わらせに行くぞ」

真祖が言い、アベルと『五連山』の五人が頷いた。

◆

公城正門前では、激烈な戦闘が繰り広げられていた。

「ワイバーンまで使役しておるのに突破できんとは……」

顔をしかめ、苦々しげに吐き捨てる茶色の髪の壮年の男性が、コントレーラス伯爵サンダリオである。

「コントレーラス伯、敵の守備は少しずつ削れてはおりますが、もうしばらくは時間がかかるかと……」

「屋敷が落とされた以上、大公を奪い返し、エスピエル侯を打ち倒す、あるいは捕縛するしか逆転の目はないというに……。モレラス子爵、例の王国のアベルとかいう者どもは、まだ捕捉できぬか？」

「はい。侯爵邸に現れるかと思われたのですが、未だ……」

問うコントレーラス伯爵サンダリオも、答えるモレラス子爵も顔をしかめている。

途中参加の人間に、いいように引っ掻き回されているのだ。顔もしかめるであろう。

「伯爵、闇属性の魔法使いですが、かなり疲労が溜まってきております」

「むぅ……人間はなんと脆弱なのだ」

サンダリオが言った次の瞬間、声が響いた。

「〈光芒〉」

正門近くにいた人物から、数百を超える光の線が奔った。

その全てが、魔物を貫く。正確に、体内の魔石を。

それは同時に、全ての魔物の消滅を引き起こした。

無音のまま奔った光。

無音のまま消滅した魔物。

無音のまま……戦うべき相手がいなくなった守備兵たち。

「何が……起きた」

思わず呟くサンダリオ。

目の前で、使役していた全ての魔物たちが光に貫かれ、次の瞬間、消滅したのは見えた。見えたが、頭が理解することを拒否している。

「サンダリオ、終わりだ」

その声は、恐怖。

涼やかな響きを纏った、恐怖。

数十年ぶりに聞いた、完全なる恐怖。

「真祖様……」

声とともに現れた真祖の前に、片膝をつくコントレーラス伯爵サンダリオと、副官モレラス子爵。

「此度のゲーム、終わりだ。アベルが、汝の屋敷を落とし、すでに大公サイラスの身も手に入れておる」

「なっ……」

真祖の説明に、言葉を失うサンダリオ。

たっぷり十秒間の無言の後、口を開いた。

「真祖様……エスピエル侯爵ビセンテ殿は、敗北を受け入れたのでしょうか」

「知らん」

「え？」

「アベルと一騎打ちを行い、一合の下に叩き伏せられた」

「馬鹿な……」

真祖の答えに、再び言葉を失うサンダリオ。

つまりエスピエル侯爵は、戦で負け、戦闘でも負けたというのだ。人間に。

「敗北は仕方なかろう、強き者が勝つ、それだけのこと。だが、ビセンテは敗北を受け入れず、喚き散らしおった。サンダリオ、汝はどう思う？」

サンダリオは震えた。

真祖の言葉に、怒気が混じっていることを感じ取ったからだ。

それは恐怖ではない。

ただの恐怖ではない。

絶対的な恐怖でしかない。

「ヴァンパイアとして……侯爵としてあるまじきことかと」

「我も同感だ。それゆえ、ビセンテは消滅させた」

「……」

真祖が告げた言葉の意味は、正確な言葉の意味は、実は理解していない。それは、ランド貴族であり、その中でも屈指の権勢を誇るコントレーラス伯爵サンダリオですら、『消滅』の正確な意味を知らないからだ。

だが、真祖によって消滅させられたヴァンパイアが、その後、他の者たちの前に現れたことはない。

「さて、サンダリオ、どうする？」

「コントレーラス伯爵サンダリオ、敗北を受け入れます」

真祖の問いに、今までの恐怖にさらされていた時とは違い、サンダリオははっきりと言い切った。

もちろん、敗北は嫌だ。

しかも、人間相手であれば屈辱だ。

だが、それは、目の前の絶対的恐怖に比べればたいしたことではない。

正直、ただの遊びの延長戦……そういう感覚で始めた戦い。その結果で、消滅させられたりするのは馬鹿らしい。

目の前の絶対的恐怖に従えば、それを回避できる。それが分かっている。そうであるなら、従うのが正解であるに決まっている！

「サンダリオの負けにございます。全ての兵を引き揚げます」

これによって、トワイライトランド首都テーベで起きた騒乱は、終幕を迎えた。

……そう思われた。

◆

「してアベル、リョウはどこにいる？」

「いない、な……」

正門から、迎賓館に戻る途中、真祖が問い、アベルが答える。

そして、言葉を続けた。それは、真祖には意味の分からない問い。

「なあ、アルバ公爵って、強いのか？」

「ああ、強い。掛け値なしに強い。本人もアルバ公爵軍もな。だが……なぜそんなことを聞く？」

「実はリョウは……今日、アルバ公爵に呼ばれて屋敷に行っている」

「なんだと……」

真祖は、右手で額を押さえた。アベルが会って以来、初めて、まずいという空気を出している。

「かなりまずいという雰囲気だな？」

「そう、アルバ公爵……アグネスは……横から介入されるのを、何よりも嫌う。つまり、私を含めて手が出せない」

「なに？」

「リョウが、自力で脱出してくるのを願うしかない」

「マジか……」

真祖もアベルも、深い深いため息をついた。

◆

アルバ公爵邸食堂。

そこでは、終わりの見えない剣戟が続いていた。

スピードとパワーで涼を上回るグリフィン卿。技術は互角。

そこだけ見れば、グリフィン卿が圧倒的に有利だ。

実際に、グリフィン卿が攻め、涼が守る……その展開が続いている。

そう、続いているのだ、破綻せずに。

(なんだこいつは……なぜこれだけ攻めても破れんのだ)

さすがに、グリフィン卿も苛立ち、焦りを感じていた。

ここまで攻めても破れないのは、初めての経験……いや、ただ一人……たった一人の経験だったからだ。

しかも、その一人はヴァンパイアなのだから当然なのだが……人間相手にこれは想定外であった。


涼の心は落ち着いている。

(剣の理とは物の理です)

慣性、力、作用と反作用。

剣の動きの全ては、その結びつきから生じる。

物理を無視した動きにはならない。

単純に、剣を上段から打ち下ろすという動きで考えても、振りかぶり、起動し、勢いが付き、最後に止まる。

全ての箇所で速度が違う。

全ての箇所で破壊力が違う。

最後は、慣性で振り下ろされる剣を止めるために、逆方向への力を加えることになる。

そんな剣の動きを出すために、腕を振るう。腕を振るうために足を踏ん張る。そのバランスを、胴を含めた体全体で取る。

剣術を身に付けるということは、これら全てを無意識で行えるようになるということなのだろう。

そんな、涼の剣術のベースとなっているのは、受けだ。

受けに徹した涼は堅い。

完全に受けに徹すれば、風装を纏ったセーラでも、二時間程度では破れない。

そして、涼は、受け続けることに慣れていた。

『ファイ』に来て、最初に剣を習ったのが、デュラハンの姿をした水の妖精王であり、その後、模擬戦を重ねたのが風装を纏ったセーラである。

基本的に、常に格上とばかり剣戟を繰り返してきた。それは、嫌でも、受けが強くなろうというものだ。

受け続けるというのは、一般的に言うと、精神を蝕まれる。一手でもミスをすれば、そこで終わるから。

だが、リスクを取って攻める必要が無いと考えれば、必ずしも悪いことばかりではないのではないだろうか。

涼は、そう考えることにしている。


グリフィン卿の強烈な打ち下ろしが涼を襲う。

それを、剣を前に差し出し、力が乗り切る前でさばく。グリフィン卿の剣を、角度をつけた村雨の上を滑らせ、袈裟懸けをカウンター気味に放つ。

しかし、そこはヴァンパイア。人外の瞬発力で後方に跳んで難を逃れる。


だが、涼は焦らない。

あくまで、守りの一環としてのカウンターにすぎない。決まらなくとも問題ない。相手に、「カウンターがくるかも」と意識させるのが目的だ。

ほんの少しでも、相手に躊躇させることができればいい。

一歩でも。

半歩でも。

そのわずかな躊躇が、決定的場面で勝敗を分けることになるから。

だが、そこに至るまでは焦ってはいけない。焦る必要もない。

涼が行うのはただ一つ。守るということだけ。


果てしなく続くかと思われる剣戟。

しかし、それはあり得ない。

全ての生物が……いや、生物だけではない。ロボットや機械であっても……常に動き続けることができるわけではないのだ。

必ず、エネルギー供給という問題が立ちふさがる。

それは、バッテリー切れであり、人で言うなら、スタミナ切れである。

言うまでもなく、人だけではなく、ヴァンパイアにおいても、当然に存在する。

それは、この剣戟における何千回目かの、グリフィン卿の袈裟懸け。

わずかに踏み込みが小さい、遅い。

ヴァンパイアとはいえ、さすがにスタミナが削られてきていた。そして、涼の積み重ねてきたカウンターが、ほんの少しだが影響を与えている。

カウンターを意識して、ほんの少しだけ委縮したのだ。

袈裟懸けに振り下ろす一瞬前、涼は右足を半歩だけ深く踏み込み、グリフィン卿の力が乗り切る前の剣を弾く。

弾いたままの流れで、グリフィン卿の左肩を斬り裂く。

村雨の刃を消し、さらに半歩右足を踏み込みながら、左手一本の村雨でグリフィン卿の喉を突いた。


ナイフとしての村雨が、一度、首の奥まで突き刺さった後、グリフィン卿の体は後方に吹き飛ぶ。

そして、動かなくなった。


無論、グリフィン卿がスタミナを軽く見ていたわけではない。ただ、涼のスタミナが異常だっただけだ。

スタミナ……持久力は、誰でも努力さえすれば身につけることができるもの。

戦いとは、最後に立っていたものが勝者なのだ。

最後まで立ち続けるには、持久力は必要不可欠。

涼とグリフィン卿の勝敗を分けたのは、そんな持久力であった。

持久力の低下によって、ほんのわずかだけ、涼の技術がグリフィン卿の技術を上回った瞬間、結果が出た。

受け潰し……そう評する人もいるかもしれない。

人間離れした、そしてヴァンパイアすら超えた涼の持久力の勝利であった。


「リョウ殿の勝ちですね」

アグネスはそう言うと、指をパチリと鳴らした。

その瞬間、涼がずっと感じていた違和感が消えた。

「魔法無効化が……」

「はい、無効化を止めました」

アグネスはそう言うと、執事を呼んで、グリフィン卿の手当てと、馬車の準備を命じた。

「え～っと……？」

その意図が読めず、涼は首を傾げる。

「公都内の移動は、制限されている可能性があります。ですが、私と一緒なら、自由に移動できます。そのため、リョウ殿を迎賓館にお送りします」

「あ……はい、ありがとうございます……」

二人目の

「ふぅ、やっと帰ってこられました」

「リョウさん！」

水属性の魔法使いが、ようやく迎賓館に戻って来たのだ。

それを最初に見つけたのはショーケンで、その叫びで、食堂にいた全員が涼の方を見た。そして、涼の後ろから入ってきた、恐ろしく妖艶な美女も、同時にその視界に入った。

「アルバ公爵……」

文官のうち、その容姿を知っている者が思わず呟く。

その小さな呟きは思いのほかよく通り、使節団の者たちの耳に届いた。食堂の奥にいた、使節団に属しない者の耳にも。

「そうか、アグネスも来たのか」

「し、真祖様!?」

真祖は立ち上がって、涼とアグネスの方に近付いた。

真祖がそこにいることにアグネスは驚いて、大きく目を見開く。だが、すぐに我に返ると、スカートの裾を持ってカーテシーで礼をとった。

それを見て驚いたのは、文官たちだ。このランドにおいて、大公すら凌ぐ権勢を誇るアルバ公爵が、礼をとる相手。そんな人物の情報など、全く持っていない。

ありえるとしたら、他国の王や皇帝くらいのものなのだ……。

「なぜ真祖様が？」

「ああ、アグネス、ちょっと『シヴィルウォー』に介入してね。それと、そこのリョウに会いに」

「え？　僕ですか？」

涼は思いっきり首を傾げる。

目の前にいる、こんな超絶美男子の知り合いはいない。だが頭の中で『シンソ様』の意味がようやく理解できた。

（なるほど、シンソ様ってのは、真祖様でしたか……）

ヴァンパイア関係で真祖といえば、ヴァンパイアたちの頂点。場合によっては、全てのヴァンパイアの祖である。

目の前の超絶美男子は、二十歳程度に見えるが、当然見た目通りの年齢ではないのであろう。

真祖は涼の方を向いてにっこり微笑むと、突然、ある一節を呟いた。

「世の中の関節は外れてしまった」

「……ああ、何と呪われた因果か」

「それをなおすために生まれついたとは」

思わず、涼も続きを呟き、最後に、さらに真祖が呟く。

「なぜ、ハムレットを……」

涼は驚いたのだ。まさか、この世界にもシェークスピアがいるのではないかと。

「うん、まあ、ハムレットがあったとしても、こんな驚くべき翻訳は、野島秀勝（のじまひでかつ）先生くらいしかしないんじゃないかな？」

「……」

そう、この原文は……。

The time is out of joint, O cursed spite, That ever I was born to set it right.

これを、『世の中の関節は外れてしまった』と訳すなど……あまりにも天才的な訳だ。こんな特殊な訳を知っているということは、日本人であることの証明……。

「あなたは……」

「うん、リョウと同じだよ」

涼は、『ファイ』に来て、二人目の転生者に出会ったのだった。

◆

「そんな気はしていました」

食堂の奥、ソファー席で、真祖様とアグネス、涼とアベルの四人が座っている。

アグネスは、真祖によりかかって幸せそうにしている。会話の内容には興味がなさそうだ。

「そう?」

「はい。なにせ、あれほど完璧なラーメンを再現するのですから……とんこつラーメンを心から愛していて、何百杯、何千杯と食べた人でなければ不可能です」

「ああ……アグネスのところで食べたんだね?　あそこの料理人は、ランドでも随一の腕前だから。私のレシピを完璧に再現するんだよ、美味しかったでしょ?」

真祖はニコニコしながら、何度も頷きながら言った。

「はい、まさに、珠玉の一杯でした」

涼は二杯食べたのだが。

「それほどか……」

涼の隣で、アベルが呟く。

「ええ、あれは凄いです。ぜひ王国でもラーメンを広めたいですが……」

「それは、多分無理だよ」

涼が言うと、真祖様は悲しそうな顔で首を横に振りながら告げた。

「あの再現にはかなり苦労してね……」

「それはやはり、麺の問題ですよね?　『かんすい』が……」

涼が言うと、真祖様は大きく頷く。

「さすが、分かっているね。ラーメンの麺には、絶対に『かんすい』が必要なんだけど、それを手に入れるのが困難。そして、王国で再現できないのもそれが理由だね」

「ん?　まさか……真祖様は、『かんすい』の化学合成に成功したのかと思ったのですが、そうではないのですね」

「そう、化学合成に成功したのではなくて、天然かんすいを発見したんだよ」

元々ラーメンは、現代地球で一七〇〇年前、モンゴルの塩分を含んだ湖の水で小麦粉を練ると、弾力、舌触り共に素晴らしい麺ができることが発見されたのが原形と言われている。そういった、内陸にある塩分を含んだ湖を、鹹湖（かんこ）といい、そこから『かんすい』という言葉が生まれたと。

つまり、元々『かんすい』は天然に存在し、しかも、二十一世紀に至るまで存在し続けていた。ただし、日本では法律上、近年に至るまで天然かんすいの使用は禁止されていたわけだが。

「その天然かんすいが手に入らないから、王国での再現は不可能だよ」

真祖のその言葉に、涼は落ち込んだ。

「実は、その天然かんすいが手に入るから、ここに国を建てたんだ……」

その言葉は、涼だけでなくアグネスも驚かせた。

「アグネス、このことは、他の者たちには秘密だよ?」

「は、はい、もちろんです。わたくしと真祖様の秘密ですね!」

アグネスは、大好きな真祖様と秘密の共有ができて嬉しそうだ。

(ラーメンのために国を建てる……なんということ……。まさに、食は国家の礎（いしずえ）……)

少し偏った認識ではあるが、涼は感動していた。

だから、心の底から言った。

「真祖様……感服いたしました」

真祖は、少し照れるのであった。

「あの、他にいくつか聞きたいことがあるのですが……」

涼は、ラーメンの謎という、このランドにおける最大の謎については解くことができたが、他にも……もちろんラーメンに比べれば、取るに足らない謎がいくつかあった。

「私に答えられることならいくらでも。せっかくの同郷なのだから」

「リョウと同郷……」

アベルが呟いた。だが、本当に囁くような呟きであったし、少しだけ聞こえた涼も、あえて聞こえなかったふりをすることにする。

「まあ、ラーメンの謎に比べればたいしたことではないのですが、どうして政府の転覆が……はっきり言えば内戦が起きたのですか？」

（この二人にとっては、政府の転覆よりもラーメンの方が上なのか……）

アベルは心の中で、驚き呆れながらも、賢明にも表情に出すことは避けた。

涼にしろ真祖にしろ、怒らせてはならない相手であることは理解していたからだ。そして、なんとなくだが、ラーメンを馬鹿にしたら、二人は本気で怒りそうな気がしたから……。

「ああ、それは、暇つぶしだと思う」

「……は？」

さすがに、それは驚きの答え。確かにアベルに対して、かなり適当にそんなことを言ったが、まさか本当に？

「そうだろう？　アグネス」

真祖に話を振られたアグネスは、びくりとしてから、目を泳がせながら口を開いた。

「え、え～っと……」

「はぁ……。やっぱり、そんなことだろうと思った」

真祖は、小さくため息をついてから言葉を続ける。

「この国が建って百年。ヴァンパイアは、安寧に飽きたのだと思う。我らは悠久の時を生きる……殺されない限り、不老不死だ。数が極めて増えにくい種族なのだが、減りにくい種族でもある。長い時を生きる者たちにとっては、時間を潰すことはとても大切なことなんだ。人とは生きるスパンが違うから……なかなか理解してもらえないのだけどね」

真祖は、そう言うと、ため息をついた。

真祖自身が、同族を束ねるのに疲れたのではないかと、ふと涼は感じた。

「これまでにも、いろんな場所で国を建てたり、あるいは他の種族と争ったり、そういうことを繰り返して、この地にやって来た。私は、『かんすい』を手に入れ、安寧に飽き長年の夢であったラーメンを完成させたから、この地に満足しているんだけど……」

「不老不死というのは羨ましいです。リアルで、文明の創造ができるということですよね？」

「文明の創造？」

涼は、地球にいた時、シミュレーションゲームが大好きであった。

第六天魔王の野望だの、数国志や小戦略といったものはもちろん、某マイヤー氏の文明にもはまったものだ。数千年の時をかけて、一から文明を創造していくゲーム……。不老不死なら、それを実際に行えるのだ。

そんなことを熱く説明する涼。

すると……。

「懐かしいな……そのゲームは、私もやっていたよ」

もの凄く遠い目をして、地球時代を思い出す真祖。

真祖にとっては、数千年、あるいは数万年以上昔の記憶……。

「そうか……。確かに、そんなことをできるのは、ヴァンパイアという種族ならではだね」

真祖は、微笑みながらそんなことを呟いた。

国に関して、何かが頭の中に思い浮かんだように、涼には見えた。


その後も、いくつかの他愛もない話をしながら、涼は一つのことを思い出していた。

「真祖様、真祖様がアルバ公爵邸に造られていた魔法無効化についてなのですが……」

それを聞いて驚いたのは、アベルだ。

（まさか！　魔法無効化を人工的に実現しているだと？）

それは驚くべきことであった。ラーメンなどの話よりも……いや、もちろんアベルの中では、である。

魔法無効化が一般的になれば、社会が激変する……。

だが……。

「ん？　それは誤解だよ。あれはただの拾い物」

「拾い物？」

「アグネス、ちゃんと説明は……ああ、しなかったみたいだね、そんな顔をしている。あれは、散歩していた時に、遺跡で見つけたんだ。中央諸国に移ってくる前だったはず。私がやったのは、設置と、強すぎる威力を弱めること、あとはアグネスがコントロールできるように調整しただけ。まあ、あれでアグネスの敷地が魔法無効空間になれば……何かあったとしても、アグネスならどうとでも解決できるからね」

「真祖様！」

アグネスは、さらに強く真祖に抱きついた。

「だからはっきり言って、魔法無効化は私にもできない」

その言葉に、アベルはホッとしている。涼は少しだけ落胆している。

「でも、魔法そのものに関しては、他の人よりも深い理解があるという自信はあるんだ。なにせ、中央諸国に詠唱魔法を広めたのは私だからね」

「え？」

涼とアベルは異口同音に驚きを発した。

「この世の理に働きかける『詠唱』を発見するのは、けっこう大変だったんだよ。でも、それによって、人口の半分は、魔法を使えるようになったでしょ」

お前か〜！

と、涼は心の奥底で叫んだ。

『ファイ』への転生前、『魔法が使えるのは二割の人たち』だから、エリートだぁ、と喜んでいたのに、実際には多くの人が魔法を使えてがっかりした記憶を、涼は瞬間的に思い出していた。

とはいえ、真祖の行動は人助けのためでもあるから、必ずしも悪いわけでは……。

「周りの国の人たちは、弱い魔法だけ使えるようになってもらった方が、我々トワイライトランドにとって都合がよかったという面は確かにあった。隣国は弱い方がいい。それは、否定はしないよ」

人助けだけではなかった。

「もしや……闘技もですか」

アベルが、初めて自分から質問をした。

「うん」

真祖は、アベルの方を向いて頷く。

「ランドを守る騎士、兵士たちは人間だからね。彼らを強くするために、彼らが使える魔法的な何かはないかと思って……。あれも、中央諸国に来る前から試行錯誤していたやつなんだよ。なんとか一般的な形にできたのが、百年前なんだ」

「ということは、ランドの兵士たちは……」

「そう、ほとんどの者が『闘技』を使える。貴族の騎士団は、『剣技』や『槍技』、あるいは『双剣技』が使える」

それは衝撃的な内容であった。

一人ひとりが一騎当千……とまではいかずとも、例えば王国の騎士に比べれば、かなりの強さだと言える。

「決して大きな国ではないし、大きな国にするつもりもなかったからね。少数精鋭を地で行くんだよ」

真祖は、にっこり笑って言った。

だがアベルには、その微笑みは、不気味であった。

◆

二日後。使節団は首都テーベを発った。

王国からの研修生の受け入れ、お互いの都に大使館を設立。決まった主な内容は、そういうことだ。

さらに翌日、半年後の大公サイラスの退位と、息子である公太子ノートンの大公位継承が発表された。サイラスは、王国にほど近いカルナック周辺の領地を与えられ隠棲する。

他は、今まで通り。

内戦は、完全に隠蔽された。

関わった者たちも、今まで通り変化は無い。

ただ……アルバ公爵邸と、真祖の『書斎』との間の行き来が、今までよりも増えたそうだ。

そしてもう一つ……ランド貴族の中で噂が流れた。エスピエル侯爵ビセンテが消えた、という噂である。少なくともその後、彼の姿を見たものはいない。

ここは真祖の『書斎』がある建物の、地下深く……。真祖が手ずから造り上げた地下層であり、この場所には、アルバ公爵アグネスはもちろん、執事ドラブすらも入ってこられない。真祖だけが入ることができる空間。

生体認証で、三つの扉をくぐり目的の部屋に入る。

そこには、数十もの『箱』が並んでいた。箱の長さは、一つ三メートル近くある。鈍い光を放つ金属製。

その多くは空で、何も入っていない。

だが、いくつかは入っているようだが……まるでドライアイスでもあるかのように、常に箱の中から煙のようなものが溢れ出てきて、中は見えない。

それら稼働中の箱には、中央にあるテーブルから太い線が繋がっており、その線は、常に淡い光を放っている。涼が見れば、首を傾げながら呟いたであろう。

「錬金術の光?」と。

それら全ての線が繋がる中央のテーブルには、一振りの剣が置かれている。剣と言うよりも、その形状はまさに日本刀。真祖を良く知るものであれば、それが彼の愛刀であることに気付くはずだ。

あの時の大公執務室に居合わせた者たちがいれば、それが、エスピエル侯爵ビセンテを消滅させた刀であることに気付いたかもしれない。

テーブルの表面も淡い光を放ち、置かれた愛刀も淡い光を放っている……どちらも、錬金術の光。

真祖は、テーブル表面に表示された情報を確認して、一つ頷いて呟いた。

「ビセンテ、さすがに侯爵だ。君の『灰』から、四人の同胞を生み出せそうだよ」

◆

「平和ですね～」

馬車には、コナコーヒーの芳しい香りが漂い、そこにいる者たちの精神を落ち着かせてくれる。

手に持つ氷製の透明コーヒーカップは、中で揺蕩う悪魔の液体との驚くべき対照性から、とても幻想的な景色を現出していた。

完璧な味、魅惑的な雰囲気、そして全ての者を虜にする香り……虜にされた涼は、手元の資料をゆっくりとめくりながら、コーヒーのある風景に身をゆだねる。

これを、平和と言わずして何と言おうか。

だが、馬車の向こう側半分は……ただの戦場だった。

対戦相手は書類。

兄から出された宿題。

それと格闘するA級冒険者。

「その風景に題名をつけるなら、きっと、『夏休み最終日の小学生』が最適でしょう」

涼は、憐憫を多分に含んだ視線で、アベルを見て言った。

「何言ってるか分からんが、馬鹿にされていることだけは分かる」

アベルはそう言いながらも、問題を解く手を休めない。

そして、小さく叫んだ。

「仕方ないだろうが！　全部終わったと思っていたら、鞄の一番下に一束だけ残っていたんだ！　くそっ、なんでこんなことに……」

「日頃の行い……」

涼の呟きに、一瞬だけキッと睨みつけてから、すぐにアベルは宿題との格闘に戻った。

「世界平和のなんと難しいことか……」

涼はそう言うと、コーヒーを口に運んだ。

しばらくすると、鬼の形相だったアベルが苦渋の表情に変わり、ペンの速度も遅くなり……最後には、あろうことか、完全に動きが止まってしまった。

さすがに、涼であってもその様子は気になる。

「アベル？」

「いや、ちょっとな……」

それだけ言うと、また何か考え込んでいる……苦渋の表情のまま。

涼は、アベルの手元にある『宿題』を覗き込んだ。

「インベリー公国の滅亡について……？　凄い時事問題ですね」

「まあ、兄上が作られた問題だからな。実践的な問題しか載っていない……。インベリー公国の滅亡が、我が王国に与える影響は多方面にわたる」

そこで一呼吸おいてから、アベルは涼に問うた。

「リョウ、国は、なぜ滅亡するんだろうな」

「アベル、それは人はなぜ死ぬのか、と同じ問いですよ」

「国と人じゃ違うだろ？」

アベルは首を傾げながら反論する。

「同じです。どちらも、寿命です。とはいえ、さすがにインベリー公国の場合は、寿命というより急病って感じですが……」

「急病って……」

「まあ、普通、国の寿命は二、三百年です」

「は？　そんなに短いのか？」

「ええ。長くとも、せいぜい五百年。かつて、偉大な歴史家……政治家にして裁判官にして歴史家な人が、そう書いています。まあ、正確には国の寿命というより、政体の寿命というべきなのかな。どちらにしろ、国家の盛衰というのは、そのテーマだけで研究に数十年の時を要し、数十冊の本が書ける歴史学の深淵を覗き込むような難解なテーマです。こんな、馬車の中で軽々（けいけい）に説明できるものではないのですよ」

「そ、そういうものなのか……」

　涼が頭に描いた歴史家は、もちろんイブン・ハルドゥーンであり、国家の盛衰はエドワード・ギボンの『ローマ帝国衰亡史』だ。

　大学の西洋史学専修を休学した涼にとって、国家の盛衰は非常に興味深いテーマである。だが、それだけに、はまり込むと沼のように抜け出せないであろうことを理解している。

　それこそランドの真祖のように、永遠の命を持っている人なら、その研究に取り掛かるのも面白いのかもな～くらいに考えているのだ。

「そうそう、急病という表現をしましたが、お隣に巨大な国家が隣接している場合、小国は飲み込まれる可能性が高くなります。そんな歴史的事象を、ある数理生物学者が数式化したことすらあるんですよ」

「は？」

　アベルは全く理解していない。

　涼は一つため息をついて、その先を説明するのを諦めた。

「要は、国の興亡を式で表すことすら、もう、できているということです」

「そ、そんなわけないだろう……」

　将来的に、国王になる（かもしれない）アベルは、さすがにそんな話を信じたくなかった。

　国の滅亡が式で表される……それが本当なら、そこで一生懸命に生きる民たちの意味はいったい……滅私奉公で働く大臣や官僚、官吏たちは何のために……。

「もちろん、絶対ではないですよ。それに個人的には、大規模な内戦や、自国が戦場になった大規模な戦争を経験したら、そこでいったんリセットされると思っているんですよね。だから、あんまり気にしなくてもいいと思うんですよ」

「……ならリョウは、ある程度時間の経った国は、内戦や戦争を経験して、また最初からやり直した方がいいと？」

「いいえ、違います。内戦や戦争の後は、隣国がちょっかいを出してくるでしょう、当然。国の生存自体が保証されませんからね……内戦や戦争は、起きないのが一番です」

涼は、はっきりと言い切る。

そして、続けた。

「アベル、為政者がやるべきことは、古来より、何も変わっていないのですよ」

「なんだ？」

「民を幸せにすることです」

「ざっくりとしすぎだろう……」

アベルは、顔をしかめたままである。

「そんなことはありません。たった一つのことをやるだけで、民は幸せになります。そして、国が経験する多くの問題を、発生する前に摘み取ることができます」

涼は力強く頷きながら言った。

「たった一つのこと？」

「ええ。それは、国の景気を、良くすることです。数値的にどうこうじゃありませんよ？　『民が、景気がいいなと感じること』が大切です。そもそもが『景気』という文字自体が、空気の景色……いや、まあこれは置いておいて。景気が良くなれば、まず治安が悪くなりません。景気がいいと感じれば、反乱も起きません。さらに、婚姻率が上がり、出生率も上がります。国の人口が増えるんです、移民政策をとらずとも。民の働く意欲も上がります。未来に希望を描けるようになれば、家をはじめとした購買意欲も上がり、物がたくさん売れるようになります。それはまた、景気を良くします」

そこで涼はもう一杯コーヒーを飲んでから言い切った。

「アベル、民に景気がいいと思わせること。これこそが、歴史上、偉大な為政者たちが常に意識してきたことなのですよ」

◆

「う～ん、やっぱりアベルさんって、カッコいいよね～」

離れた場所から、唯一のA級冒険者を眺める女性剣士が一人。

「イモージェン、あなたは子爵家を継ぐんだから……いくらA級冒険者であっても、貴族じゃないと結婚できないでしょう?」

そんな親友に、現実的な提言をする女性魔法使いがいた。

「ミュー、別に結婚がどうとかじゃないわよ。ちょっとした憧れよ、あ・こ・が・れ」

そう言いながら、イモージェンの頬は少し赤く染まっている。

「お?　男たちの物色かい?」

「ちょっ、アビゲイル、声が大きい!」

二人が、それなりに小さな声でやり取りしているところにやって来たのは、同じC級パーティー『ワルキューレ』の斥候アビゲイル。その後ろから、槍士カミラと神官スカーレットもやって来た。

焦ったイモージェンの声も、けっこうな大きさになっており、カミラとスカーレットも、三人の輪に加わる。

「いったい何を……男性冒険者か。アビゲイルだけでなく、イモージェンもか。あまり軽すぎるのはどうかと……」

「いや、カミラ、私はただの憧れ……」

身長一八〇センチのモデル体型長身美人の槍士カミラが、小さく首を振りながら苦言を呈し、イモージェンがあらぬ嫌疑に対して反論する。

「男性の外見であーだこーだ言うのも、まあ分からないではないが……やはり、男は生活力だと思うぞ。安定した収入の方が……」

「そりゃあ、カミラは男爵家の三女さんだからな」

「うちは裕福ではないからな。実家からの支援は全く期待できないという事情がある」

平民出身である斥候アビゲイルの言葉に、真面目に答える男爵家三女槍士カミラ。

あまり話がかみ合っていない気もするが、よくあることである。

「いや、生活力とか……私はただの憧れの話を……」

そんな、イモージェンの呟きは、誰にも届かない。

「そうなると、カミラはやっぱり、王国騎士団とかを狙っているのか」

「いや、狙うとか……そういう目で男性を見たことはない」

斥候アビゲイルの言葉に、気色ばって反論する槍士カミラ。

「でも、騎士様だったら、ザック・クーラーさんより……」

「……ま、まあ、スコッティー・コブック殿かな」

アビゲイルが誘導し、カミラが俯きながら答える。

その答えを聞いて、アビゲイルは何度も頷く。ザックよりもスコッティーの方が、スマートでかっこいいのは確かだ。

憐れザック……。

そんな会話を聞きながら、いつも通りニコニコと微笑んでいる神官スカーレット。彼女の周りは、どんな時でも、ほんわかとした空気が流れている。

「で、スカーレットはどんなタイプがいいの？」

そんなスカーレットの方を向いて、アビゲイルは問う。

少しだけ首を傾げて考えた後、スカーレットは答えた。

「私は、魔法使いのリョウさんね」

「そっちか～」

四人全員が異口同音に答える。

なぜか涼は、使節団における『かわいい系』男子の筆頭なのであった。

◆

使節団は、特に問題も無く王都に到着した。

解団式を経て、それぞれに散っていく。王国騎士団は新築の騎士団詰め所へ。冒険者は冒険者ギルドへ。交渉官イグニスと文官たちは外務省へ。

そして、涼は錬金工房へ。

涼とアベルは、明日の朝にはギルド馬車で、王都を発ってルンの街へと出発する予定になっている。そのため、何かするなら今夜しかないのだ。だから涼は、迷わずケネスのいる王立錬金工房へ向かった。

一方アベルは……。

王国魔法研究所の地下から、王城の隠し通路を通って、王太子の石の扉を叩くアベル。

いつも通り扉は開いたが、そこにいたのは王太子ではなかった。実直そうなその男の顔には、見覚えがある。

「確か、ダニエルであったな。王太子付き侍従の」

「さようでございます、アルバート殿下。どうぞ中へ」

アベルは、扉を開ける前の合図から、扉の向こうにいる者が王太子でないことは分かっていたが、やはり心が騒ぐのを止めることはできない。

はたして、王太子はベッドにいた。

歩くことも、もうできなくなったのだ。

「ああ、アルバート、よく来てくれた」

「兄上……」

アベルは、それ以上、言葉を紡ぐことができなかった。

「アルバート、そんな顔をしないでくれ。幼少より、こうなることは分かっていたんだ。この体も、想像以上にもってくれたさ。それに、確かに歩くことはできなくなったけど、まだ頭は働くよ」

そう言うと、王太子は微笑んだ。

アベルは、生涯、その微笑みを、忘れることはなかった……。

「ところで、宿題はやってきたかい？」

「はい、全て終わらせました」

「そう、さすが。そういうところ、アルバートは昔から真面目だったたね」

王太子は一つ頷くと、提出された宿題の中から一つ取り出し、無造作にめくる。

「ふむ……なかなかに興味深い解答だね」

「ダメ……でしょうか？」

アベルは、不安な顔をして問いかける。

「ん？　いやいや、そんなことはないよ。言うまでもなく、これらの問題の多くに絶対の正解はない。基本的な法に沿ったものであれば、あとはアルバートの考え一つさ」

それはそれで難しい。アベルはそう思う。

「民あってこその国であり、王室だ。それさえ忘れなければ、いい王になれると思う」

王太子のその言葉で、兄弟の短い会合は終了した。

◆

ハインライン侯爵領の都アクレ、領主館。

「王都のグランドマスター、フィンレー・フォーサイス伯爵から？　連絡の取れなくなったA級パーティー『五竜』の捜索依頼は以前来ましたよね。それで『白の旅団』のC級冒険者たちを、王国北部の各地に派遣しました。ですがこれは……」

「冒険者ギルドではなく、家に直接届いたわ」

ハインライン侯爵家当主、アレクシス・ハインライン侯爵が苦笑しながら言う。

「最精鋭を送ってほしい？　目的地はカーライル……」

「そう、フリットウィック公爵領の都、カーライル」

アクレの街中にある、貴族の屋敷。

ここは、ルン冒険者ギルド所属B級パーティー『白の旅団』の、アクレにおける拠点である。

『白の旅団』団長フェルプスは、このアクレの街を領するハインライン侯爵家の跡取りであるため、ルン所属にもかかわらず、『白の旅団』はアクレのこの拠点をけっこう利用していた。

その団長室に、副長のシェナと、呼ばれた団員四人が入ってくる。

「団長、呼ばれたので来ました～」

背中に、二本の剣をクロスさせて背負っている男が、部屋に入る早々告げる。

双剣士のブレアだ。

「ほんっと、ブレアって、話し方講座受けた方がいいと思うんだ！」

自分の身長よりも長い杖を持った男が、ブレアに苦言を呈する。

土属性の魔法使いであるワイアットだ。

「まあまあ、二人ともそのへんで」

言い争いを始めたブレアとワイアットを仲裁した男は、神官の服を着ている。

神官のギデオンだ。

「……」

最後の男は、無言のまま、首を横に振るだけで入ってきた。

斥候のロレンツォだ。

フェルプスとシェナに、この四人を加えた六人が、ヒュー・マクグラスが言う所の『白の旅団』の『一軍』である。

「すまんが四人で、北部のフリットウィック公爵領の都、カーライルに行ってきてもらいたい」

「フリットウィックって、王弟の領地だよな？」

「ブレア、せめて王弟殿下と……」

フェルプスが言い、双剣士ブレアが誰とはなしに問い、魔法使いワイアットが言葉遣いに苦言を呈す。

「ああ、はいはい、でんかでんか」

「やりますか！　表に出……」

「はい、そこまで」

ブレアとワイアットのじゃれあいはいつものことなので、フェルプスは完全スルー。止めるのは、神官ギデオンの役割だ。

そして、ギデオンが止めたら、フェルプスがまた話を再開する。

「はっきり言うと、反乱、もしくはそれに類することが起きると思う。しかも、一年以内に」

「マジか……」

さすがに、事の重大性を理解し、ブレアすらも軽口をやめた。

王弟レイモンドが治めるフリットウィック公爵領は、北部でもかなり力のある領地と言える。北部第二の都市カーライルを公都とし、肥沃（ひよく）で広大な領地は、小麦の生産で有名だ。

そんな場所が反乱……しかも、王弟の反乱となれば、多くの貴族がその後ろに従うであろう。現国王の下では出世を望めない者たちが、一発逆転を狙って王弟レイモンドの下に参陣する可能性がある。

下手をすると王国を二分する内戦になる可能性が……。

「団長、それで、我々は具体的にはどのような行動をとればいいのでしょうか」

神官ギデオンが問う。

「可能なら反乱の証拠を持ち帰ってほしい。ただし、命を賭けてまでやる必要はない。皆の力は、その後にこそ最も必要になるからね」

「反乱を抑える必要は……」

「その必要はない。そう簡単に抑えられるとは思えないし、もしかしたら反乱を起こさせた後で処理した方がいいかもしれなくなるから」

「おお、恐い」

最後の言葉は、双剣士ブレアだ。

ブレアは、団長フェルプスが、王国屈指の正面突破力を持つことを知っている。だが、それ以上に搦め手、謀略が得意であることも知っている。そんなフェルプスが、反乱を起こさせた後にとか言っているのだから、実際に恐ろしく感じるのは当然であろう。

「まあ、とりあえず、行ってきますよ」

こうして、『白の旅団』の最精鋭は、北部に送り込まれた。

◆

ハンダルー諸国連合執政、オーブリー卿は悩んでいた。

インベリー併合後、王国に逃れた元インベリー公国民らの、公国への戻りが想定以上に低調なのがその理由であった。

その根本的原因は、王国東部の治安の悪化である。

戦争中に、公国から王国へ逃れた者たちは、いわゆる難民として王国に受け入れられた。

そのほとんどは、まず王国東部に逃れたわけだが、当時すでに、王国東部の治安は悪化しつつあった。そのため、東部に留まらず、北部、南部、あるいは王都のある中央部に、そのまま進んだ者たちがかなりいたのだ。

そんな者たちは、いざインベリーでの戦争が終結し、戻れる状態になったとしても、間に治安の悪い王国東部があるために故国に戻りにくい状況にあった。

「だいたい、当初の想定の二割といったところです」

オーブリー卿は、補佐官ランバーの報告に、小さくため息をついた。

「俺が難民だったとしても、あの王国東部を抜けてインベリーに戻ろうとは思わんな」

「ですね……」

オーブリー卿も補佐官ランバーも、頭で理解はしている。だがそれでも、想定の二割というのは少なすぎる。

「これも、全て、皇帝の掌の上か……」

「まさか、これすらも、ルパート陛下のせいだと?」

「そう考えるべきだろう。少なくとも王国東部の混乱は、後ろで帝国が糸を引いているのは確実だ。そのおかげで、難民が戻ってこられないというのであれば、そこまでが皇帝の想定内だと考える方が自然だろう?」

「しかし、なぜ皇帝は、インベリーの難民を王国内に留め置くような策を?」

「さてな……」

ランバーの疑問に、さすがのオーブリー卿も簡単には答えることができない。仮説ならいくつも思い浮かぶが、決めるには手元にある情報が少なすぎる。

こういう場合、別方向からの思考を進めてみるのも悪くない。別方向、つまり連合からではなく、インベリーの民を受け入れた王国側から。

「ランバー、難民が押し寄せてきた場合の、最大の問題はなんだ?」

「それは……やはり、治安の悪化でしょう」

難民の増加による治安の悪化。

これは、どれほど整った統治機構があっても避けられない問題だ。

「しかし、人が増えれば景気は良くなるでしょう？王国の景気が良くなって、そこに帝国のメリットがあるとはとても思えませんが」

　ランバーが、そんな質問をする。

「……我らのインベリー併合以降、王国の景気は上向いているか？」

「……いえ……確かに、その傾向は全くありません」

「そうだろう？　移民を受け入れるだけでは、国の景気は上向かん。彼らを、きちんと国の商業と、徴税機構に組み込まん限り、景気はよくならんのだ。そして、今の王国の統治能力では、難民をスムーズに国家経済に組み込むことはできなさそうだ」

　移民を受け入れさえすれば、国の景気が良くなると考えるのは、ただの愚か者である。移民としてやってきた者たちが、稼ぎ、金を使い、税金を納めて、初めて国の景気に貢献するのだ。

　その組み込みを、意図的に国が行わない限り、『移民の受け入れ』は誰も幸せにしない……。

　移民が、ただ安く使える経済的奴隷になってしまう。移民たちだって、人であり家族もある……そんな状態を、ずっと受け入れ続けるわけがない。

　そうして、リーガルな方法では状況が改善しないとなれば……イリーガルな方法をとることになる。暴動に代表される、暴力による解決。それは、治安をさらに悪化させる。

　そのことを理解している人間が、国家中枢にどれほどいるか……。

　残念ながら、王国には理解している人間が足りていなさそうだ。

「王国東部は、さらに混乱が進むな」

「はい……」

　オーブリー卿の指摘に、顔をしかめて頷くランバー。他国のことであり、しかも仮想敵国たる王国の事情であるのだが、それでも民に不幸が及ぶ事態を見ると、ランバーは良い気持ちはしない。

　それを知っているため、オーブリー卿は、苦笑しながら小さく首を振った。

「皇帝の狙いは、王国の混乱、そしてその先か……」

「混乱？　その先？」

オーブリー卿が呟き、ランバーがその呟きを拾ってさらに問う。

「素直に考えれば、帝国が王国に侵攻しようとしている」

「なっ……」

「だが、王国東部の混乱の意味は分からん」

「し、しかし、腐っても王国です。帝国が王国に侵攻するとしても……王国騎士団は、壊滅からまだ回復途上ですが、王国北部貴族は健在です」

「そう、伝統的に、王国北部の領主たちは、比較的強力な軍事力を有している」

ランバーの指摘に、オーブリー卿も頷く。帝国に接しているのだ、強力な軍事力を備えておきたいであろう。そして、何代にもわたって、そうしている。

「それに、帝国内も一枚岩ではありません」

「そうだな。かつてのウィルヘルムスタール公爵領の一部を飲み込んだモールグルント公爵は、かなり強くなった。明確な反皇帝派とすら言える。それに派閥は違うが、ミューゼル侯爵もいる。この二人を中心にした貴族たちの力は、皇帝としても侮れない。さすがの皇帝でも、この二大貴族を同時に敵に回して戦うのは難しいだろう。王国に出征した場合、その後背を二人に突かれたくはない」

「おっしゃる通りです」

オーブリー卿の解説に、大きく頷くランバー補佐官。

「まあ、今、こちらにできることは、何が起きても対応できるようにしておくことだな。相手の手が読めない以上、それ以外にない。なんたる無能の極みか」

自嘲するオーブリー卿。

「主導権を握っているのは帝国です。致し方ないかと」

ランバーが慰める。

「理想は、皇帝と帝国貴族と王国が、三つ巴で消滅してくれることだな」

「はい？」

「その状況になったら、わが連合が帝国領になだれ込む」

「……絶対にならないことを言っても無意味かと」

「やっぱりか？」

オーブリー卿は声をあげて笑った。

そして、打つ手を考える。

「斥候隊長オドアケルの軍を、西部国境に張り付かせるか。それと第三独立部隊も……」

「第三と言いますと、炎帝やファウスト殿を？」

「ああ。レッドポストに隣接する……インベリー側、レッドナルの修復はどの程度進んでいる？」

「かなり進んでいるそうです。軍の駐留には問題ないかと」

「よし。ではオドアケルと、第三独立部隊に伝達しろ。レッドナルに移動し、いつでも動けるようにしておけとな」

中央諸国全体が、動き始めようとしていた。

間章　クルコヴァ侯爵領

クルコヴァ侯爵領は、デブヒ帝国東部に位置する。大貴族の一人であるクルコヴァ侯爵夫人マリアが治める領地で、工業、農業、さらには芸術や食に至るまで、多くの分野において帝国の先進地域となっていた。帝国唯一ともいえる学術都市を抱え、帝国中どころか、中央諸国中から研究者が集まる土地なのだ。

帝室との関係も深く、帝都ではできない、多くの機密度の高い研究が進められていると噂されている。

クルコヴァ侯爵夫人と侯爵領の潤沢な資金が研究に流れ込んで、優秀な頭脳が集まり、そこに民間からも資金が流れ込んで、さらに特筆すべき人材が集まり……十数年に渡るそんな好循環が、今、一つの画期的成果となって現れようとしていたのだが、それは一般の民には知らされないものだ。

特別な情報は、特権階級が独占するものである。


「マリア様！」

「ああ、フィオナ様、ようこそおいでくださいました」

クルコヴァ侯爵領主館前で、馬車から降りたフィオナを、マリアは嬉しそうに出迎えた。

「マリア様、お招き感謝いたします」

「オスカーも、本当に立派になって」

フィオナに続いて挨拶したオスカーにも、マリアは笑顔を浮かべて出迎える。

三十代半ばのクルコヴァ侯爵夫人マリアであるが、その美しさと気品は、オスカーが初めて会った頃と、全く変わっていなかった。

二人は応接室に通され、最上級のもてなしを受けた。

「四年ぶりにお会いしますのに、マリア様は全く変わっておられません。お美しいままです」

「フィオナ様は、とても美しくおなりに。立派な淑女(しゅくじょ)になられましたね」

「いえ、お恥ずかしいです……」

マリアとフィオナのそんな会話を、笑顔を浮かべながら見るオスカー。師団員たちですら、オスカーのそんな穏やかな笑顔は見たことはないであろう。宮廷の人間であればなおさらだ。

ここにいるのが、マリア、フィオナ、そしてオスカーという旧知の三人だけだからこその笑顔。そして、フィオナがマリアのことを本当の姉、あるいは母とも慕っていることを知っているからこその穏やかさでもあった。


「今回の訪問は、父上から特別なものを見せてもらえと言われて来たのですが……」

「はい。このクルコヴァ侯爵領で開発されてはおりますが、研究主体は帝室というより、皇帝陛下直轄事業として進められてきたものです。それが、ようやく完成しましたので陛下に報告しましたところ、フィオナ様を名代(みょうだい)で送るから乗せてやれと」

「乗せる？」

マリアの言葉の中にある、キーワードに気付くオスカー。

それを見て、にっこり笑うマリア。

当然、会話を転がすテクニックとして、あえて入れたキーワードだ。そこに気付いてもらえると、入れた側も嬉しくなる。かつてマリアの護衛として、サロンに長く出ていたオスカーなら気付くであろうと……そこまで考えての言葉であった。

受け取る側にも、鋭敏な感覚や教養が必要……いつの時代、どんな世界においても変わらぬ真実がここにもある。

「マリア様、老師がお見えになられました」

「おお、来たか。お通しして」

執事長エッカルトの言葉に、笑顔で答えるマリア。

そしてマリアは、オスカーの方を向いて言った。

「オスカーに会わせたいと思ってな」

「私にですか？」

これは、とても珍しいことだ。

この場にいる三人は、ある種特別な絆で結ばれている。

オスカーは、かつてマリアの護衛として雇われていた。そのマリアは、フィオナを産んですぐに亡くなった正妃フレデリカを、姉とも慕っていた。それら全てを理解したうえで、皇帝ルパート六世がフィオナとマリアを引き合わせたのだ。そして、いくつかの偶然と必然が重なり、オスカーはフィオナの剣と魔法の師匠となった。

そんな特別な関係にある三人の空間に、あえて四人目を呼び込む？

しかもそれは、オスカーの知り合いであり『老師』と呼ばれる人物？


オスカーは、誰のことだか全く分からない。

分からないのだが……帝国で最も教養ある女性とすら言われるマリアが、無粋なことをするはずがない。

そう考えると……余計に分からなくなるのであった。


扉を開けて入ってきたのは、白髪の老人。皺などから、七十代後半あるいは八十歳を超えているように見える。しかし背筋はピンと張り、身なりもきちんとし長い髪もまとめられて背中に流している。手に持っているのは杖……だがそれは、体を支えるための物ではなく、治癒師が持つことの多い、大きすぎない杖。

そう、治癒師……。

「ギルドマスター……？」

「久しいの、オスカー」

かつて、帝都の冒険者ギルドでギルドマスターを務めていた、治癒師のモーリッツ・バッハマンであった。

オスカーは、帝都ギルドの所属となった際に、自分と復讐に関するほとんど全てのことをバッハマンには伝えていた。それが、仇であるボスコナの情報を集めるのには、最も良い方法だと判断したからだ。

当時十五歳のオスカーに対し、バッハマン自身ははっきりと不憫だと感じていた。わずか十五歳でC級に上がり、数十年に一人ともいえる魔法の才能を持ち、剣においても努力することを苦にしない……それなのに、復讐に心を囚われていたからだ。

今から五年前、モーリッツはギルドマスターを退職し、その報告のために帝城に上がった際に、オスカーを見かけたことがあった。

その時、変化に驚いたものだ。

明らかに、復讐に囚われていた以前とは違っていた。かなり望ましい方向に変化していた。

もちろん、オスカーが第十一皇女フィオナの傍に仕えていることは知っていたが、それが良い方向への変化を促したことを、その時に確信した。

確かに、まだ完全ではなかった。

完全ではなかったが、おそらく数年のうちには……。そう思えるほどに。

その後、様々なことが起き、クルコヴァ侯爵領で治癒師の学校を開きつつ、マリアの相談役のような立場にもなった。

そしたら、そのマリアが、オスカーと彼が仕えるフィオナが侯爵領に来ると言うではないか。ぜひ会ってみたいと思うのは、当然であったろう。

「マリア様に無理を言って、時間を作ってもらったのだ」

そう言うと、モーリッツは笑った。

笑いながら、オスカーとフィオナを交互に見る。そして、何度か小さく頷いている。

「どうじゃ、老師？」

主語も目的語も曖昧にして、マリアが問う。

「はい、素晴らしいですな」

モーリッツも曖昧にして答える。

だが、マリアには通じている。オスカーの変化は素晴らしい。そして、それを成したフィオナ殿下も素晴らしい。何より、二人の関係が素晴らしいと。

凍りついていたオスカーの心が、フィオナによって完全に融けたことを、モーリッツは確認できたのであった。

四人でのお茶会。

年の功というのであろうか。モーリッツは、ほとんど初めて話すフィオナとも、笑顔で会話を進めている。

その様子を、少し驚きながら見ているオスカー。

「どうしたオスカー？」

「いえ、モーリッツ殿……凄いなと思いまして」

マリアが小声で問い、オスカーは素直に答える。

「初めてお会いする皇女殿下を相手にな。我も、これほどとは思わんかったが……いや、当然なのかもしれん」

「当然？」

オスカーが首を傾げる。

「うむ。モーリッツ殿が、この侯爵領で治癒師を育てる学校を開いているのは先ほど聞いたな？」

「はい」

「その際、よく言っておるそうなのじゃ。魔法で体の傷は治るが、心の傷は治らん。心の傷を治すのは、治癒師と患者との信頼関係じゃと」

「信頼関係……」

「うむ。人と人とが、信頼関係を築くのは簡単ではない。かける言葉一つ間違っただけで、簡単に崩れてしまうものじゃからな。だからこそ、治癒師が使う言葉は慎重に選ばれねばならない……そう教えておるらしいぞ」

「なるほど。納得しました」

マリアの説明に、大きく頷くオスカー。

言葉の使い方に真摯に向き合ってきたからこそ、このような場面でもそれが活かされているのだ。

「本当に、世界には学ぶべきことがたくさんあります」

オスカーの呟きに、マリアは微笑んだ。

執事長エッカルトが部屋に入ってきて、マリアに囁いた。

「マリア様、準備ができたとのことです」

それは、本当に小さな囁きだったのだが、モーリッツの耳は捉えていた。

「おっと、話し込んでしまいましたな」

「いや、老師、構わぬ」

「いやいや、今回お二人が来訪した本来の目的があるのでしょう？　私は、それまでの間の、ちょっとした時間にお会いさせていただく約束でした。それに、十分に……いや、望外の喜びを得ました。マリア様、感謝いたしますぞ」

モーリッツはそう言うと、深々と頭を下げた。

「いや、老師、我もその喜びを共有しておるのじゃ。面を上げられよ」

マリアが笑いながら言う。

フィオナとオスカーだけは、何のことなのか理解できていない……。

「お二人は、数日滞在されると聞いている。その間に、モーリッツ殿の学校も見てはどうかな」

「はい、ぜひ！」

「伺わせていただきます」

マリアが水を向け、フィオナとオスカーが返事をする。

それを受けてモーリッツは嬉しそうに何度も頷いた。

◆

モーリッツが部屋を出た後、三人も部屋を出た。

「まず、全てを見てもらおうと思っておる」

「全て？」

マリアの言葉に、フィオナが首を傾げる。オスカーも無言のままだが、首を傾げている。

そんな状態で、三人が屋敷を出て中庭を横切っていると、騎士団が慌ただしい動きをしていた。マリアの元に、クルコヴァ侯爵領騎士団を率いる騎士団長ノルベルトが報告に来る。

「マリア様、街の一角でかなり大きめの火事が起き、別の場所では騒動が起きているとのことです。騎士団の一部を派遣いたします」

「任せる。じゃが、その二つが同時にか？」

「はい、同時にです」

マリアが意味ありげに問い、ノルベルトも意味ありげに答える。

「もしやその二つ、街の中心から見て、この屋敷の反対側ではないか？」

「はい、おっしゃる通りです」

マリアが再び意味ありげに確認し、ノルベルトも意味ありげに答える。

「なるほど。承知した」

マリアはそう言うと、再び歩きだした。

フィオナとオスカーもそれを追う。二人とも気になりはしたのだが、尋ねていいものなのかの判断ができない。そのため、無言だ。

もちろんそれを理解していたのだろう。マリアの方から口火を切った。

「先ほどのノルベルトの件は、間諜についてです」

「間諜？」

「何かの情報を得るために、この街に入り込んでいるということですね」

フィオナの疑問に、オスカーが答え、マリアは無言のまま頷く。

そして、しばらく歩いてから、説明を始めた。

「狙いは、設計図などでしょう。これまでにも、何度か狙われました。この侯爵領では、いろいろ先進的な研究や開発が盛んですので、昔からよくあるのは確かなのです」

マリアは笑いながら言う。

「ですがその中でも、今回狙われているものは、かなりしつこくやってきています。まあ、仕方ないでしょう。国の戦略を大きく変える可能性のあるものです。昔から、欲しがっていたようですしね」

「昔から？」

「最近、開発されたものでは？」

マリアのよく分からない言い回しに、フィオナとオスカーが首をひねる。

「見ていただくのが一番……」

そこまで言ったマリアの視線が、遠くを見る。オスカーとフィオナも、その視線を追った。

十人ほどが走り、それを追う者たちが……。

ピーッ。ピーッ。

甲高い笛の音が響き渡る。

「賊か！」

マリアの声だ。

「前を走る十人、うちの者たちではない」

「殿下、足を射貫きますよ」

「師匠が前の五人、私が後ろの五人」

二人は頷くと、唱えた。

「〈ピアッシングファイア〉」

合計二十本の白く細い炎の針が、十人の足、二十本を過たず射貫いた。その瞬間、転げる賊。

「二百メートル近くはあるこの距離を……お見事です」

マリアは感心した。


「盗みだされたのは、入れ替えておいた偽物です」

「うむ、ノルベルトようやった」

騎士団長ノルベルトの報告に、マリアが満足して頷く。

狙われているものが分かっている以上、そういう備えは有効だ。もしもの場合を考え、常に二重三重の備えを準備する。クルコヴァ侯爵領では、その考え方が徹底されているようであった。

「実は、捕らえた者の一人が……」

ノルベルトはそこまで言うと、チラリとオスカーを見た。

「どうした？　そこで止めては、オスカーも居心地が悪かろう」

マリアが先を促す。

「はい。私も本人を見るのは初めてなのですが、伝え聞くところの外見に当てはまっておりまして」

「外見？」

「……確かに、ボスコナです」

捕らえられた男を確認して、オスカーは言った。

マリアの目から見ても、オスカーの言葉は、しっかりしている。

強張ってはいない。

揺らいでもいない。

虚勢を張ってもいない……。

「やはりですか」

ノルベルトが一つ頷いて確認した。

彼らの前には、錬金術を施された『通し鏡』がある。その先に、捕らわれのボスコナが磔状態になっていた。ただし、右腕はない。

オスカーが武闘大会の決勝で斬り落とし、皇帝の命令によって〈エクストラヒール〉による欠損の再生を禁じられたのだ。

〈エクストラヒール〉による四肢欠損の再生制限時間は二十四時間。それまでに再生しなければ、一生欠損のままとなる。ボスコナは過去の罪によって、刑罰として再生されなかった。厳しいと言われる帝国の刑罰の中でも、かなり重い罰。

そのため、現在も右腕がない。

『通し鏡』は、こちらからは見えるが、向こうからは鏡となっているというものだ。もしここに、王国の某水属性の魔法使いがいればこう言ったであろう。「マジックミラー！」と。

磔にされているボスコナを相手に、尋問が行われている。だが、ボスコナは無言のままだ。

オスカーは、じっとボスコナを見る。

しかし、心の中に、驚くほど何の感情も湧いてこないことに気付いた。

完全に……そう、本当に完全に、オスカーの中で、復讐は過去のものになっていたのだ。それを確信した。

もちろん。オスカーは理解している。

なぜ、そうなったのかを。

なぜ、そうなれたのかを。

なぜ？　全ては彼の横に立つ、一人の皇女のおかげであることを。

心の中で頭を下げ、再び誓った。

（この忠誠の全てを、殿下に捧げます）

◆

騎士団長ノルベルトを含めた四人は、移動し始めた。

しばらくすると、騎士団の人間が、小さな紙を持ってきてノルベルトに渡す。ノルベルトは一読すると、マリアに報告した。

「ボスコナはあんな調子でしたが、他に捕らえていた者たちが吐きました。金を出して直接の指示を出したのは、ゴンゴラド商会とのことです」

「ゴンゴラドというと、連合西部を中心に大きな力を持っておったな。ん？　そういえば、帝国にも進出してきておらなんだか?」

「はい。南東部のモールグルント公爵と深い関係にあるとか」

「それは厄介じゃのぉ」

ノルベルトの説明に、ため息をつくマリア。

かつて帝国南東部には、帝室にもつながる名門ヴィルヘルムスタール公爵家があった。だが、当主シュテファンが亡くなり、それ以降、急速に力を失って、現在では取り潰されていた。シュテファンの跡を継いだジークフリートは、神殿に入ったと言われたが……。

モールグルント公爵は、そのヴィルヘルムスタール公爵領であった一部を吸収した。元々、帝国でも十指に入る力を持つ貴族であったが、現在ではミューゼル侯爵と一、二を争うほどの力を持っている。

マリアのクルコヴァ侯爵領とは境を接していないが、油断できない相手である。

「さて、ゴンゴラド商会は、もし情報を手に入れたら誰に流すつもりであったのであろうな。連合か、モールグルント公らか」

「モールグルント公爵は、父上とは距離をとっておいでですよね」

マリアの言葉に反応したのはフィオナだ。

フィオナも、帝国内の皇帝と大貴族のせめぎ合いは理解している。

もちろん、表だって宣言しているわけではないが、モールグルント公爵を中心とした派閥は、明確に反皇帝派。大貴族の三割ほどが、ここになる。

ミューゼル侯爵を中心とした派閥は、反皇帝ではないが親皇帝というわけでもない、いわば中立派。大貴族の半数が、この中立派だ。

マリアのように、大貴族でありながら親皇帝とも言える者たちは、最も少数派。一割と言ったところだろうか。

残りの者たちは、情勢によって動く……。

「モールグルント公爵は、明確に反皇帝派であり、しかもその領袖(りょうしゅう)とも言える立場です。ですが、これほどあからさまな情報収集活動を行うかと言われれば……あまりないでしょう。むしろ帝都の各省庁の行政官を懐柔して情報を手に入れる……そちらの方がありそうです」

マリアは苦笑いを浮かべながら言う。

そうなると、今回の動きの後ろにいるのは……。

「連合……なのですね」

フィオナが言い、マリアは頷き言葉を続けた。

「連合は、先のインベリー公国への侵攻で、人工ゴーレムを投入しました。開発者は、かのフランク・デ・ヴェルデ伯爵。王国の頭脳と呼ばれ、『匠』の二つ名を持つ天才錬金術師が、連合に。彼ほどの錬金術師であれば、設計図が手に入れば、あれを開発できてしまうでしょう。もしそうなれば……帝国とて危うくなります」

「マリア様……今回、この侯爵領で開発したものとは一体何なのでしょうか」

「到着しました。フィオナ様、私が説明するより、見ていただいた方がいいでしょう」

建物自体が、かなり巨大だ。マリアは、ひと際大きな扉に触れた。

扉が淡い光を放ち開く。扉そのものが、錬金道具なのだ。

一行は中に入り、階段を上りしばらく歩いた。

そして、再び大きな扉をマリアが開き、中に入る。

そこから見えたのは、一面、奥まで並ぶ……。

「……船？」

フィオナの呟きは疑問形だ。

かなり大きい。百人以上は乗れるのではないかと思われる……船。

それが、十隻。

外見は、どうみても船だ。

フィオナは、この場所の位置関係を頭に浮かべる。

確か、この先にはかなり大きな湖がある。ここで建造して、その湖に出ていく……？

だがフィオナは、自分が無意識のうちに疑問に感じた理由に思い至る。

「湖の先は、いったいどうするのでしょう」

そう、湖に浮かべる、それはいいだろう。だが、その後はどうする？　どれもかなり巨大な船だ。川を下るのは難しいだろう。

「これは川を下ることができる船ではありません。湖に浮かべる、あるいは海を行く船ですよね。ですが、帝国に海はありません」

「フィオナ様のおっしゃる通りです」

マリアは笑顔を浮かべながら答える。

「では、これは……」

「空中戦艦」

フィオナの言葉に答えたのは、オスカーであった。

「そう、新たに開発された空中戦艦です」

マリアはそこで、一度言葉を区切り、再び続けた。

「帝国には海はありません。ですが、これからは空が、帝国の海となります」

◆

フィオナとオスカーは、マリアの先導で、一度外に出た。

「マリア様、先ほどの戦艦群は、帝都にあるものとは違いますよね」

オスカーがマリアに問う。

「帝都にあるものというと、『空中戦艦ハルター』じゃな。そう、あれは誰も真似できぬ」

マリアが首を振りながら答えた。

空中戦艦ハルター。帝国が、唯一保有する空中戦艦。オスカーやフィオナが、インベリー公を迎える時に乗った船だ。

デブヒ帝国が、未だ王国であった時代から存在し、いつ造られたのか、誰が造ったのかも正確には分からない。戦艦の名前は、その艦橋に掲げられていたため、ずっと変わらずに使われているのだが……中心部分に関しては、謎に満ちた船である。

「中心部分、いわゆる『浮遊機関』に関しては、『ハルター』は誰も手を出せぬ。あれはこの数百年、もしかしたら千年以上、全く整備されていないのに動き続けている謎の機関。そのため、先ほどの戦艦群の浮遊機関は、新たに開発されたものじゃ」

「開発……」

「最高顧問ハッシュフォード伯爵を中心とした、帝国錬金協会が三十年にわたって研究し、ようやくな」

マリアは笑いながら首を振っている。

三十年もの間、一意専心、研究を続けようやく開発にこぎつけた錬金術師たちの執念は、驚くべきものであると理解している。

「三十年ということは、この学術都市が生まれる前から……」

「もちろん。そもそも、ルパート陛下がこの学術都市への援助を行ったのも、あの者たちのためでもある。研究者たちの執念は、皇帝をも動かす」

三人は、建造所を回り込んで、湖に出た。

そこには、一隻の巨大な船が浮かんでいる。岸には巨大な栈橋（さんばし）も設置され、その船は接岸していた。

「そうして、独自に開発された浮遊機関を積んだ戦艦群の一つ……マルクドルフ級三番艦クルコヴァが、フィオナ様、あれです」

「三番艦？」

フィオナが首を傾げる。

マリアは笑いながら答えた。

「本当は、一番艦マルクドルフに乗ってほしかったのですが……一番艦は、実戦投入を前提にした艤装（ぎそう）を行っておりまして、ちょうど今、兵装の調整が難しいらしいのです。三番艦は、遊覧用の艤装と言いますか、兵装はまだ積んでいないので、そちらを」

「艤装と言うと、この帆や……推進装置の設置ですか？」

「はい、フィオナ様の認識で合っております。推進装置は、錬金道具で艦の中心ですのですでに積んでおりますが、帆やマストなど……実際に動くためには、いろいろと装備しなければなりませんので」

マリアの説明を受けながら、フィオナとオスカーは栈橋から船に乗り込み、艦橋に足を踏み入れた。

艦橋、そこは船の司令部。

艦長以下数人が、ここから船を動かす。

艦全てに責任を持つ艦長、それを補佐し艦長が艦橋にいない場合の責任者となる副長、船の進路選定・提案から荷物の積み下ろし監督まで実務面も取り仕切る一等航空士、操舵輪を握り文字通り艦を動かす操舵手……。

他にも数人のクルーが、艦橋に詰めて艦を動かす。

オスカーとフィオナは、その艦橋から、試験航行の様子を見ることを許された。

「これまでの試験航行は、夜間が多かったのですが、今回は昼間での航行です」

「それは……大丈夫なのですか？　これまで夜間ばかりだったのは、艦の姿を見られないためだったのではありませんか？」

マリアの言葉に、オスカーが尋ねる。

「そう、オスカーの言う通りです。でも大丈夫。地上からは見えませんから」

「地上からは見えない？」

マリアが笑顔で答え、フィオナは首を傾げる。全長は百メートル近くあるだろうか。かなり巨大な艦だが、それが見えない？

オスカーも首を傾げる。

「クルコヴァ、発艦許可願います」

艦長が伝声管に話しかけている。

「こちら湖岸管制。湖岸用錬金装置〈スカイコントラストA〉展開完了。発艦を許可する」

伝声管からの返事を受けて、艦長は一つ頷く。

そして命令した。

「クルコヴァ発艦」

その瞬間、クルコヴァは前に進み始め……浮いた。

その感覚と、窓の外に見える景色の変化に言葉が出ないオスカーとフィオナ。それは、とても新鮮で、貴重な経験であった。

「まだ、軍事目的だけですが……いずれは、帝国の空を、船たちが繋ぐ時代が来るやもしれませぬ」

「それは、素敵な光景ですね」

マリアが楽しそうに未来を語り、フィオナも目を輝かせる。

そんな二人を、オスカーは嬉しそうに見守るのであった。

前哨戦（ぜんしょうせん）

ルン辺境伯領主館の離れには、珍しい客人がいた。

その客人は、元々はこのルン出身であるが、現在は王都暮らしであり、昔住んでいた実家には、今は別の人物が住んでいる。そのため、領主館の離れに泊っていた。もっとも、王太子とルン辺境伯両方から依頼されている仕事のためには、この離れが一番便利なのは確かなのだが。

そもそもその依頼も、王国広し、いや中央諸国全土を見渡しても、彼以外にはできないものであろう。だからこそ、彼、ケネス・ヘイワード男爵は王都からルンに来ているのだ。

だが、そんな彼の元を、荘園（しょうえん）領主代理となっている父からの使いの者が訪れ、手紙を渡していった。

「これは……」

一読して顔をしかめるケネス。

絶対に放置しておいていい内容ではない。嫌でも、そう理解できる内容。だが、実際にどう対処すればいいのかすぐには思いつかない。

「主任？」

ケネスが手紙を読んだまま顔をしかめているのを見て、彼の部下であり良き右腕でもあるラデンが問う。

「ラデン、ちょっと出かけてきます。誰か見えられたら、荘園に問題が起きたからそれを解決してくれる人の所に行ったと伝えておいてください」

そう言うと、ケネス・ヘイワード男爵は、離れを出ていった。

◆

ルンの街にある『黄金の波亭』は、一流の宿だ。

そこは、ルンの街に本拠を置くA級冒険者パーティーが定宿にしている。そのリーダーであり、A級剣士でもあるアベルは、よくそこの食堂で本を読んでいる。

今日も本を読んでいるアベルに、声をかける錬金術師がいた。その錬金術師は水属性の魔法は操らない……。

「ケネス？　どうしてここにいるんだ？　王都じゃないのか？」

「ええ、仕事で領主様の屋敷の方に来ていて。ちょっと相談したいことがあるんですが」

アベルが、突然現れたケネスに驚く。

アベルは確かにA級冒険者であり、ナイトレイ王国屈指の剣士であるが貴族ではない。

かたや声をかけたケネス・ヘイワードは、叙任されてそれほど時間も経っていないとはいえ、れっきとした男爵であり……つまり貴族だ。

そんな身分の違う二人だが、二人とも王都にある飲み会組織『次男坊連合』の会員でもある。そういう関係性もあって、ケネスはアベルの元に相談にきた。

アベルは、ケネスから差し出された手紙を読む。

「ケネスの荘園近くにワイバーンが現れた？　荘園領主代理って、ケネスの親父さんからの手紙か」

「ええ。普通の問題であれば、私に相談しないで、父と母が中心になって荘園の方で解決します。ギルドに依頼を出すにしても、私には事後報告です。でも、さすがにワイバーンは、大規模な討伐隊を編成しなければなりません。今のところはワイバーンを見ただけらしいので……どうしたものかという相談です」

アベルの確認に、ケネスが頷いて置かれた状況を説明する。

実際にワイバーンによる被害が出れば、一も二もなく討伐隊の編成を願い出ただろう。だが、まだ目に見える被害は出ていない。

王国における荘園とは、男爵位に付いてくる村と考えればいい。数十戸が暮らす村……。そんな荘園には守備隊を置くことが勧められているが、現実には誰も置かれていないことがほとんどだ。置かれていても数人、強力な魔物の退治のためというより、治安維持の側面が大きい。

現代地球で言えば、村の駐在さんだろうか。

「ワイバーンの討伐隊は、冒険者ですとC級以上の冒険者二十人以上、魔法使い多めでというのは私も知っています。荘園規模でそれを集めるのは不可能ですので、近くの大きな街のギルドに依頼を出すことになります。ですが、ギルドでの編成も時間がかかるとか」

ケネスが、顔をしかめながら言う。

C級以上の冒険者二十人以上を集めても、かなりの犠牲者が出る……それがワイバーン討伐だ。

そのため、依頼を受ける冒険者もなかなか手を挙げてくれないというのは、ケネスでも知っている。

そして、荘園領主代理を任せているケネスの父と母も、そのことは知っている。だから、ケネスの元に相談の手紙を送ってきたのだろう。

「そうだな。ん？　そういえば、少し前にも南部にワイバーンが現れたんだよな。たまたまそこにいた知り合いのパーティーたちが倒したらしいが」

「それ、実はうちの荘園の北にある、アゾーン村です」

「マジか……」

ケネスの答えに驚くアベル。

「元々、アゾーンでよく羊や牛がいなくなるという相談を両親が受けてまして。それで、うちの荘園からアクレの冒険者ギルドに探索を依頼したんです。アゾーン村の領主は、普段からなかなか連絡がつかないそうなので。最終的には、ワイバーンがその原因だったみたいですけど……」

「あいつら、腹空いてるとなんでも食うからな、凶暴だし。今回のも、人の被害が出る前になんとかした方がいいのは確かだろう」

ケネスの説明に、アベルも早めに手を打った方がいいと考える。

そして、閃いた。

「ケネス、いい方法を思いついたぞ。ちょっとこれから付き合ってくれ」


二人はルンの街の外に出て、しばらく歩いた。

二人の前には、一軒の豪農の家がある。

「あれ？　ここって……」

「おう、元のケネスの家だ」

ケネスが懐かしそうな表情になり、アベルが笑いながら頷く。

そして、正面に三つ並んだ扉のうち、一番右の扉を音高くノックした。

「どうぞ～」

中から声が聞こえる。

「邪魔するぞ」

「失礼します」

アベルとケネスは扉を開けて、中に入った。

「ああ、懐かしいですね」

ケネスが家の中を見回している。

新たな家主が購入して置いた家具も多いが、ケネスが住んでいた頃から使っていたものをそのまま使っているのもあるようだ。

「あれ？　アベルとケネス？」

家の主、涼が奥から出てきて驚きの声をあげる。

アベルは分かる。それなりの頻度で遊びに来るし。

だが、ケネスは初めてだ。

それも当然だろう。ケネス・ヘイワード男爵は、王都にある王立錬金工房の錬金術師だ。しかも、国の宝とも言えるほどの、天才錬金術師。そうそう王都を離れることはない。先日、涼はトワイライトランドに行く前に、鹵獲した連合の人工ゴーレムを王立錬金工房で見せてもらったばかりだ。

そんな彼がここに？

だが、涼にはピンとくるものがあった。

「ケネス、アベルに呼び出しをくらったのですね！　俺はA級冒険者になったんだから、菓子折りの一つくらい持って挨拶に来いよとか言われたに違いありません。なんという横暴剣士……」

「そんなわけあるか！　だいたい王都からルンに呼び出しって……非常識にもほどがあるわ」

「アベルは非常識剣士ですからね。十分にあり得ます」

「ねーよ！」

涼の断定を、言下に否定するアベル。それを聞きながら、クスクス笑うケネス。

「俺だって、ケネスがルンに来ているのは、さっき知ったばっかりだ。まあ、ケネスの相談を解決できるのが、リョウしかいないからここに連れてきた」

「え？　僕？」

「え？　リョウさんしか？」

アベルの言葉に、首を傾げる涼とケネスであった。

◆

「なるほど、ワイバーン討伐ですか。確かに、それなら僕を置いて他にはいませんね」

「そうなんですか！」

涼が偉そうに頷き、それを見て驚くケネス。

「リョウの態度はどうかと思うが……まあ、確かにリョウはワイバーン討伐が得意だ。ああ、だがケネス、このことは秘密な」

「秘密？」

アベルが軽く言い、ケネスは首を傾げる。

「そうでした！　ケネス、ケネス、この件は絶対に他の人に広めてはいけません。ケネスの胸の奥にだけしまっておいてください」

「あ、はい……」

涼は顔をずいと前に出して必死の形相で言い、ケネスはその圧力に思わず頷く。具体的にどの部分が秘密なのか、今一つ理解していないようだが、とりあえず頷いている。

そんなケネスの口止めに成功し、涼は何かを思い出したようだ。

「そう言えば、アモンが空を飛んだのも、ワイバーン討伐でしたよね」

「それがさっき話した、荘園の北にあるアゾーン村だそうだ」

「空を飛んだ？」

涼がアモンの飛翔を思い出し、アベルが説明し、ケネスが再び首を傾げる。

「知っていましたかケネス。最近の剣士は、空を飛んでワイバーンを倒すらしいですよ」

「凄いですね！　それは、風属性魔法か何かですか？　それとも私の知らない錬金道具？」

「いや、人力だ……」

涼があえて誤解を招く言い方をし、ケネスが驚き、アベルが事実を述べる。

そう、アモンは、『六華』のゴーリキーが足を持ってグルングルン回して飛ばした。確かに、人力での飛翔だ……。

「まあ、とにかく、今回のワイバーン討伐、僕とアベルが引き受けますから。ケネスは大船に乗ったつもりで待っていてください」

「はい。ありがとうございます！」

涼がはっきりと言い切り、ケネスが嬉しそうに感謝する。

だが、首を傾げる剣士が一人。

「俺も？　俺、いらなくないか……」

剣士アベルの呟きは、二人の耳には届かなかった。

◆

「僕が足止めをして、アベルがとどめを刺す。ワイバーン討伐はそうやってきたじゃないですか。もう忘れちゃったんですか？」

涼が呆れたように首を振る。

二人は、ロンドの森からルンの街に移動する途中、ワイバーンを乱獲したことがある。

「いや、確かに魔の山で狩った時はそうだったが……。どう考えても、俺がとどめを刺さなくとも、リョウが魔法でとどめを刺した方が簡単……」

「アベルはいつもそうです。ただ飯を食らうことばかり考えています。たまには、自分から率先して働く方がいいと思うんです」

「家に籠って、ギルドにすら顔を出さないリョウに言われたくない！」

涼の主張に、アベルは真っ向から反論した。

そんな二人はルンを発ってアクレを経由して、すでにケネスの荘園の北に隣接するアゾーン村に着こうとしている。

元々、アゾーン村は、南部最大都市アクレへの農産物供給の中継地点としての地位を築き、かなり大きな村であった。だが、最終的には『十号室』と『六華』が討伐したものの、ワイバーンによって村はかなり荒らされてしまったのだ。

まだ今は、そこからの回復の途上にあった。

「以前、宿泊施設が充実している村だと聞いていたんだが、ワイバーンに手酷くやられたみたいだな」

「ええ。でも……それでも……」

涼は、酷い村の状況を理解しながらも、そこで復興にあたっている人たちの顔が、決して暗くないことに気付いた。お互いに声を掛け合いながら、中には笑顔すら浮かべながら、彼らは未来に向かって進み始めている。

「きっと、この村の人たちは大丈夫です」

涼はそう言うと力強く頷いた。

アベルも、涼の言いたいことを理解して無言のまま頷く。そして、言葉を続けた。

「村自慢の宿は、まだどれも宿泊できる状態にはなっていないがな」

「……残念です」

二人は、アゾーン村での宿泊を諦めた。

◆

ケネス・ヘイワード男爵の荘園は、モッチュウモチ村という名前で、ケネスの両親が荘園領主代理として、村民と共に暮らしているらしい。

「モッチュウモチ村……美味しそうな名前です」

「なんだそれは」

涼の素直な感想に、意味が分からず首を振るアベル。

「僕の故郷に、名は体を表すということわざがあります。きっとモッチュウモチ村の食べ物は、モチモチしていて美味しいはずなのです」

「もちもちというのが、よく分からん……」

ナイトレイ王国には、餅がないのかもしれない。少なくとも、アベルは知らなさそうだ。

アゾーン村とモッチュウモチ村は、隣接した村ということではあるが、間に小さな丘と森がある。だが、歩いて一時間もすれば到着する。

二人がモッチュウモチ村の近くまで行くと、子どもたちの「来たよー」の声が聞こえてきた。二人が行くことは、領主であるケネスから先に伝えられている。

「平和な村です」

「ワイバーンが近くで見られたのは、知らされているはずだが……」

涼の感想に、アベルが首を傾げた。

アベルの疑問に答えたのは、二人を出迎えた老夫婦であった。

「ようこそおいでくださいました。荘園領主代理を務めております、ブランドン・ヘイワードです」

「妻のダリアです。お二人のことは、息子から聞いております。息子の友人で、王国でも一、二を争う冒険者の方とか。そんな凄い方に来ていただけるとは……。お父さん、相談して良かったね」

「ああ。さすが、ケネスはわしらにはできた息子だ」

ケネスのお母さんとお父さんが、二人に感謝しつつ息子を褒めている。

第三者の前で、きちんと子どもを褒めるのはとても大切なことだ。しかも第三者が子どもの友人であれば……その友人たちも嬉しくなろうというもの。

「お父さん、お母さん、お任せください。ケネスの顔を潰すようなことはしませんから!」

涼が笑顔を浮かべて請け負う。

その隣で、無言ではあるがアベルも頷いた。

「まあ、どうぞ」

「いただきます」

二人は荘園領主館に案内され、紅茶を勧められた。紅茶と共に、親指大のお団子のようなものも出されている。お茶請け的なものだろうか。

「美味しいですね！　この甘さが紅茶といい感じです」

「お口にあったようで何よりです」

涼が笑顔で称賛し、ケネスのお母さんダリアが嬉しそうに微笑む。

その横で、アベルとブランドンが実務的な会話を交わしている。

「つまり、この前のアゾーン村の奴よりも大きいと」

「はい。ケネスに手紙を出した後、アゾーン村でワイバーンを見た者が一緒に確認してくれたのですが、一回り以上大きいと」

「なるほど。アゾーン村のやつは幼竜だったらしいが、今回のは成竜か。そのワイバーンがいる場所には案内してもらえるんだよな」

「ええ。明日、守備隊長が案内する手はずになっています」

その夜は、荘園領主館に宿泊した二人。

『領主館』となってはいるが、はっきり言って少し大きめの家という程度でしかない。ルンの涼の家、つまり以前この夫婦が住んでいた豪農の家と同じほどの大きさだ。

ルン辺境伯の屋敷などとは比べものにならない。

だが、手入れの行き届いた建物、心のこもった料理、温かい心遣いによって、涼もアベルもゆっくりと休むことができた。

そして翌日の朝食後、守備隊長を紹介された。

「守備隊長のビュールーです」

二人が紹介されたビュールーは、とても若かった。おそらく二十歳前後。

アベルは表情を変えなかったが、涼の表情が変わったのに気付いたのだろう。ビュールー隊長は苦笑して言った。

「ヘイワード男爵領軍は、自分を含めて二人しかおりません。しかも、そのもう一人は、今年いっぱいで引退されます」

「なんと……」

「まあ、荘園一つしか持たない男爵は、どこもそんなものだ」

涼が驚き、アベルが補足する。

とはいえ、現代地球においても、離島の警察官とか、お医者さんとかは一人で赴任とかよくあったわけで……そう考えれば不思議ではないのだろうか。

涼は強引に、そう考えることにした。

そんな三人に、遠くから声が聞こえた。

「ビュールー！　お弁当を持っておいき」

「ああ、取りに行くから」

遠くから声が聞こえ、そこに慌てて走っていくビュールー隊長。

「男爵領軍って、地元の青年……」

「伯爵以上の上級貴族とは、何から何まで違うよな」

「たった一人の守備隊。まさに、はぐれ守備隊とはぐれワイバーンです」

「何の物語だ、それは」

涼が、なんとなく思い浮かべた小説の題名風な言葉を言うと、アベルは正確につっこんだ。

アベルは、できる男である。


ビュールー隊長のお母さんが作ってくれた弁当を持って、三人はワイバーンのいる場所に向かった。

目的地は、村から二時間ほど歩いた谷間。だが、そこに着く前に、ワイバーンが飛んでいるのが見えた。

「普通に飛んでいますね」

「発見する手間は省けたな」

「あれって、大きさは……」

「昨日聞いた通り、成竜だ」

涼の問いにアベルが答える。

「はぐれワイバーンは、ほとんど幼竜だ。だから、今回みたいに成竜のワイバーンが、こんな生息域から離れた場所にいるのは、非常に珍しい」

「ここって、ワイバーンの生息域から離れているんですか?」

「ああ、けっこう離れているな」

アベルは頭の中に王国の地図を思い浮かべて答える。アクレからほど近い場所に、ワイバーンが頻繁に出るのが、そもそも普通じゃないのだ。

「そういえば、ケネス……ヘイワード男爵からは、倒し方の指定とかは言われていないんだが……」

「え? あ、はい、そういうことは何も聞かされておりません。それに……」

アベルの確認に、ビュールー隊長は首を振って答える。そして、チラリとワイバーンを見る。

「本当に、お二人だけで、あれを?」

改めて、二人がやろうとしていることを現実的に考えたらしい。一般に、ワイバーン討伐は多くの人間を集めて行われる。犠牲も出る。それをたった二人でとは……。

「ああ、大丈夫だ。普通、討伐証明はワイバーンの右目を提出するんだが、今回のはギルドを通しての依頼じゃないから……ビュールー隊長が見届け人になってくれれば、それで大丈夫か?」

アベルの言葉に、涼は首を傾げて言った。

「よく分かりませんけど、とりあえず落としましょうか」

「お、おう」

「〈アイシクルランス4〉」

涼が唱えると、上空に生成された極太の四本の氷の槍が、ワイバーンの羽を貫き、そのまま地面に縫い付けた。

「よし！」

「相変わらず非常識な……ワイバーンの風の防御膜なんて、実は無いんじゃないかと思えるよな」

「空飛ぶ剣士よりは、普通ですよ」

「うん、それも確かに非常識だ。まず人は飛べない。剣士じゃなくてもな」

そんなことを言うアベルを、涼は横目で見る。その目が、キランと光った……ように見えた。

「アベル、それはあまりにも無知というやつです。世の中には、ブレイクダウン突貫という技があるのです」

「なんか懐かしいものを聞いたぞ。ブレイクダウン突貫って、あれだろ？　以前、リョウが言っていた、ロマン戦術」

「ロマン戦術って……なんという言い草」

涼は、理解されない苦しさを知った。世間は冷たく、世の中は世知辛いのだ。

だが、そんなことには負けない！

「いいでしょう！　そんなアベルの蒙昧（もうまい）を、僕が開いてあげましょう！　とくと見るがいいです」

涼はそう言うと、鞘から村雨を取り出し、刃を生じさせる。

そして唱えた。

「〈アバター〉」

すると、涼の左右に、さらに涼が現れた。分身である。

「なっ……」

絶句するアベル。

だが、これで終わりではない。

「〈アイシクルランスシャワー〉〈ウォータージェットスラスタ〉」

涼本体を含め、三体の涼から無数の氷の槍が地面に落ちたワイバーンに向かって撃ちだされる。同時に、三体の涼の背面から水が噴き出し、涼たちが氷の槍と同じ速度で突っ込んだ。

氷の槍の着弾、三体の涼の斬撃、それは一瞬で生じ、一気に収束した。

後に残ったのは、無数の氷の槍に貫かれ、首と両脚を斬り落とされたワイバーンの死体。

「ダブルアバターからの、〈アイシクルランスシャワー〉、そして〈ウォータージェット〉による突進……これが、水属性魔法使い版ブレイクダウン突貫です」

かなり得意そうな顔で説明をする涼。

だが、アベルはその説明が終わっても固まったままだ。

「あれ？　アベル？」

なんだそれはー！　といった感じの反応を期待していた涼は、あまりの反応の無さに問いかけ直す。

「あ、ああ、すまん、俺は夢を見ていたようだ……」

「なんですか、夢って？」

（いくらリョウが規格外な魔法使いだとしても、分身からの瞬間移動のような突撃とか……いや、ないない、何かの間違いだ。うん、見なかったことにしよう）

アベルは、自分の心とそんな密約を結んだ。

とはいえ、目の前に残ったワイバーンの残骸は、事実として認めざるを得ない。その点だけ、何か言うことにしよう。

「リョウの氷の槍は、本当に、ワイバーンの風の防御膜を無視するよな」

さっきも言った言葉だが、気にしない。

「なぜかアベルが、ブレイクダウン突貫を無視しています」

「リョウの氷の槍は、ワイバーンの風の防御膜を無視するよな」

涼がアベルの非情を嘆き、アベルが自分の心との密約に従って再び繰り返す。

仕方なく、涼はアベルの話に乗ってやることにした。こう見えても、涼は善い奴なのだ。

目の前のワイバーンは風の防御膜を展開していたが、撃墜した氷の槍も、その後の無数の氷の槍も、ワイバーンを貫いてみせた。

「多分、他の魔法使いが使う魔法に比べて、僕の氷の槍は、等加速度運動だからだと思います」

「とうか……そく、なに？」

「銃弾とミサイルの違い、と言っても通じませんね。なんというか……そう、風の防御膜って、ワイバーンの体表から、常に風が吹き出し続けているわけじゃないですか？」

「そうらしいな」

風の防御膜についての知識は、アベルも持っている。

「で、詠唱からの攻撃魔法って、多分、放った瞬間にだけ前に進む力を与えられているんですよ。弓矢みたいなものです。あれだって、弓から放たれる瞬間にだけ、前に進む力を与えられて、その後は慣性、つまり最初の力の残り分だけで飛んで行ってるでしょう？」

「まあ、そうだな」

「でもそれだと、ワイバーンの体表から吹き続ける風に、つまり向かい風に抵抗され続けて、いずれ前に進む力を失ってしまいます。でも僕の魔法は、放った後も、ずっと加速し続けているんですよ。槍を手に持って、相手に向かって走り続けるようなものです。多少の風に吹かれても、前に進み続けるでしょう？　多分、そういう違いです」

「なるほど。なんとなく分かった」

等加速度運動は、学校の理科で習ったのを覚えていた。授業をちゃんと聞いていて良かった……。

もちろん、涼が理解する詠唱での魔法については、多分そんなものなのだろうと勝手に思っただけだ。いつか機会があったら、中央諸国の詠唱魔法を作った真祖に会って、今の仮説をぶつけてみようと心に刻んだ。

（とはいえ、詠唱魔法全てを作るとか、やっぱり真祖様、凄い）

無数の氷の槍は、きちんと計算されて着弾したため、ワイバーンの魔石には当たっていなかった。しかも、魔石周辺は槍で切り裂かれ、簡単に魔石を取り出せたのだ。

魔石を鞄にしまって、涼は宣言する。

「討伐完了です！」

「おう」

「……しまった」

「なんだ、どうした？」

涼が思わず呟き、アベルが問いかける。

「今回の討伐、アベルが何も仕事をしていません……」

「あ……」

以前のワイバーン狩りは、とどめはアベルがやっていたのだが、今回はブレイクダウン突貫の犠牲となったため、アベルは……。

「C級の魔法使いに寄生するA級の剣士……」

涼がぼそりと呟く。

「お、俺のせいじゃないぞ！　だから最初に言ったろう。俺は必要ないんじゃないかと」

自分の非ではないと主張するアベル。

「アベル、仕方ありません。討伐の証拠に、ワイバーンの頭を持っていきましょう。それを、アベルに運んでもらいます」

「これをか……」

その重量は、百キロを軽く超えそうだ。

「これを運ぶのか……」

アベルの周りを、絶望という名の空気が覆った。

だが、ふとアベルは気付いた。

「なあ、リョウ。何か、甘い香りがしないか？」

「はい？　アベル、運びたくないからごまかすにしても、もっと上手にやらないと」

「いや、そういうわけじゃなくて……」

「僕は匂いませんね。ビュールー隊長は？」

涼はそこでビュールー隊長に振って、初めて気付いた。彼が、固まったままであることに。

「これは……立ったまま気絶ですかね？」

「初めて見たな」

二人の会話で起きたのではないだろうが、ビュールー隊長の意識が戻った。

「はっ、な、何が起きたのでしょうか」

固まった間の記憶は無いらしい。

「大丈夫だ。ワイバーンの討伐は完了した」

アベルは結果だけを告げた。あえて、途中経過は省いて。

「おぉ、本当だ！　切り刻まれて……。これで、村に被害が出る可能性は無くなりました。ありがとうございます！」

ビュールー隊長は思いっきり頭を下げた。

「いや、気にするな。それでビュールー隊長、この辺り、何か甘い香りがしないか？」

「甘い香りですか？　はて……。ワイバーンの血の匂いが強くて、感じ取れませんが」

「ああ……そりゃそうか」

ビュールー隊長のごく一般的な答えに、苦笑するアベル。だが、気になるらしく、何度も首を傾げている。

「アベル、何があったとしても、お仕事はやってもらいます」

涼は厳然と言い放った。

アベルのお仕事は……ワイバーンの頭を運ぶこと。

ビュールー隊長が討伐を見届けたわけだし、頭を運ぶ必要性は全くないのだが……。

その後……。

アベルは、片手でワイバーンの頭を引っ張っている。

さすがに涼も鬼ではなく、ワイバーンの頭の下に、〈アイスバーン〉を敷いてあげたのだ。これで、運ぶのも楽ちんであった。

ちなみに、体の一部も涼の〈台車〉の魔法によって運ばれる。

それを見たアベルはこう呟いたとか。

「俺に、頭だけ運ばせる意味無いだろう？」

◆

ワイバーンを討伐し、モッチュウモチ村に頭を持って帰った二人は、ケネスの両親をはじめ、村中の人に感謝された。

その夜は、ワイバーンのお肉で村をあげての大宴会であったと記録に残っている。

翌朝、二人は村の人たちに感謝されて見送られながら村を後にした。

「アベル、この方角はアクレじゃないですよね」

「ああ、ちょっと気になってな」

涼とアベルが村を出てから向かったのは、アクレでもルンでもなかった。

「昨日言っていた、甘い香りとかいうやつですか？」

「そうだ。どうしても気になる」

「何か心当たりでも？」

「実はある。あの香りは、ワイバーンが好きな……というか狂わせる香りだと思う」

「ワイバーンを狂わせる香り……」

アベルが断定し、涼が首を傾げる。

涼の頭の中には、マタタビに狂う猫の絵が思い浮かんでいた。もっとも、ワイバーンは猫に比べると少し大きくて、少しいかついが……。

「そんなのがあったら、ワイバーンが集まってきちゃうじゃないですか！　この世界から根絶しなければいけませんね。それって一体何の香りなんですか？」

「バナバナの花びらから抽出した成分を精製して、それを燃やすと香りが発生する。だから、自然にあの香りが発生してワイバーンを引き寄せるとかは無いから安心しろ」

「ああ、それなら良かったです」

アベルの説明に、胸をなでおろす涼。

だが、同時に気付いてしまった。自然に発生しないということは……。

「人為的に引き起こされた……？」

「その可能性が高い。あの香りが、バナバナの花びらからのやつなら、誰かがわざとやったということになるよな」

「その目的は……」

「この香りで引き寄せられるのは、ワイバーンだけだ」

「つまり、ワイバーンを集めるために誰かがやったと」

アベルも涼も、顔をしかめている。

そんなはた迷惑なものがあると、当然いい感情は抱けない。

「もちろん、モッチュウモチ村の人じゃないですよね」

「多分違うだろうな。バナバナからの抽出、精製方法は、非常に特殊で……そもそもバナバナの花がこの辺りには咲いていない。あれは、北の方に咲く花で、しかも中央諸国では咲く場所も限られている」

「それってどこですか？」

「帝国北部だ」

「またしても帝国！」

アベルの答えに、憤りを隠さない涼。

アベルには、何がまたしてもなのかよく分からないが……深く考えないことにした。

きっと涼の中では、何度も帝国と争っているのだろうと勝手に解釈したのだ。いや、もしかしたら、またしてもというセリフを言いたかっただけという可能性もある。どちらにしろ、気にする必要はないだろう。

だが、次に涼の口から吐き出された言葉は気にしなければならない。

「もういっそ、帝国を滅ぼした方が世界は平和になると思うんです」

「いや、やめろ。だいたい、平和のために滅ぼす……矛盾しているだろう」

「アベルのエセ哲学はいいんです！　善良な王国の人たちを危険にさらす帝国の策動、これは見過ごすことはできませんよ」

「いちおう、あの香りが本当にバナバナの花びらから抽出したやつだったら、だからな」

「アベルの勘違いだったら、アベルの首を帝国に差し出して手打ちをするしかなくなりますね」

「うん、意味が分からん」

涼はアベルを犠牲にする選択肢を示し、アベルは理解が追い付かない。

「でも、どうしてアベルはそんな花のことを詳しく知っているんですか？　まさか……かつてアベルはワイバーン使いで、その香りを使って小国を滅ぼしてきたとか」

「なんだ、その妄想は。昔、まだ王城にいた頃に習ったんだよ」

「王城？　ああ、また例の、王子様設定ですか！」

「設定って……事実なんだが」

涼が肩をすくめながら首を振り、アベルが小さくため息をつく。

涼は、アベルが第二王子であることを信じていない……というわけではない。最近は、実は信じているのだが、何かそう言いたくないだけだ。

「だいたい、兄上から出された山のような宿題、リョウも見ただろう？」

トワイライトランドに向かう際、アベルは兄であるカイン王太子から出された宿題の山に埋もれていた。それを、同じ馬車の中にいた涼は見て知っているのだ。

「あれでしょう？　転写屋のコピラスさんあたりを買収して、証拠を捏造したんでしょう？　よくある手です」

「なんでだよ！」

涼が肩をすくめて指摘し、アベルがつっこむ。

だが、涼は小さく首を振ってから言葉を続けた。

「まあ本当は、アベルが第二王子であることは信じていますよ。フェルプスさんが、そう言ったので」

「……俺の言葉よりもフェルプスの言葉を信じるんだよな」

「当然です。どこから見てもただの冒険者のアベルより、どこから見ても貴公子のフェルプスさんの方が、本当のことを言いそうじゃないですか！」

フェルプス・A・ハインラインは、アクレに領都を置くハインライン侯爵の嫡男であり、ルン所属のB級冒険者であり、四十人ものパーティー『白の旅団』の団長でもある。驚くほど女性人気の高い、イケメン貴公子でもあるのだ。

「とはいえ、アベルがフェルプスさんよりも秀でている面もあります」

「ほぉ～、例えば？」

「す、すぐには出てきませんけど、考えればきっと何かあります」

「リョウの俺に対する評価は理解した」

わざとらしく大きなため息をつくアベル。

だが、涼も何かを思いついたらしく手を打った。

「あ！　ありましたよ！」

「なんだ？」

「僕に、ご飯を奢ってくれます！」

「……それだけか」

「ご飯を奢ってくれるのはとても大切なことです！」

「そうだな……。じゃあ、もし俺が奢ってやらなくなったら……」

「アベルの存在価値がなくなります！」

「……俺の存在価値はご飯に依存しているんだな。確かに、ご飯は偉大だな」

「でしょう？」

アベルが小さく首を振り、なぜか笑顔の涼。

もちろん、二人の間に認識の相違が存在しているのだが……。

人と人が分かり合うことの難しさが、その認識の相違なのかもしれない。


そんな話をしているうちに、二人はワイバーンを倒した場所に到着した。

「やはり、甘い香りがあるな」

「う〜ん、言われてみれば匂うような匂わないような……。以前から思ってましたけど、アベルっていろいろ感覚が鋭敏ですよね」

「ん？　そうか？」

涼の言葉に適当な返事をして、アベルは鼻をスンスンしながら、香りの元を探している。だいたい、他人より感覚が鋭敏かどうかなど、本人が自覚しない場合がほとんどであろう。

「僕は敵に囲まれていたりしても、その気配を感じ取ったりはできないですもん」

「リョウは魔法で分かるから必要ないだろう？」

「そういうことではないのです。その方がカッコいいのですよ。分かりませんかね〜。そういうのを、もののあはれと言うのです」

「なんだよ、もののあはれって……」

そんな会話を交わしながらも、アベルは草をかき分けて進んでいき……。

「これだな」

「どれです？」

アベルが言い、涼は後ろから覗き込む。そこには、粉々の一歩手前ほどに割れた平皿が一枚あった。

「割れちゃってますね。狂ったワイバーンが……」

「ああ、勢い余って割ったんだろうな。バナナのやつは、この皿の上に精製した液体を垂らし、火をつける。周りの木々に、その香りが付きやすいという特徴がある。ただ香り自体は広がりやすく、風に流されてけっこう遠くまで運ばれるが、それでも……」

「ワイバーンの生息域は遠いんですよね？」

「遠い。つまり、これ一個じゃ足りない」

「こんなのをいくつも連ねて、その生息域からこの辺りまで導いた……」

非常に手間がかかっている。少なくとも、誰かがいたずらでやれるレベルではない。

涼は割れた皿に近寄り、理科の授業で習った通りに、手をヒラヒラして匂いを嗅ぐ。

「ここまで近寄れば、僕でもこの香りを認識できますね。確かに甘い香り……」

それは、地球での記憶ならバニラに近いかもしれない。だが、バニラよりももっと……ねっとりした甘さ？

「〈アクティブソナー〉」

涼の〈アクティブソナー〉の魔法は、空気中の水蒸気が対象に当たって、それによって対象の反応を分析することができる。

それを駆使すれば……。

「アベル、この香りの元、追えるかもしれません」

「マジか！」

涼の言葉に驚くアベル。

そして、呟くように言った。

「俺の感覚が鋭敏とか、リョウの魔法の前ではかすみまくりだろう……」

二人は、甘い香りをたどり始めた。

◆

「陛下の勅命(ちょくめい)であることは理解した。それでも、事前に一言あってほしかったというのが正直なところだが……」

「申し訳ありませんでした」

顔をしかめているのは、帝国第二十軍司令官ランシャス将軍。その前で頭を下げているのは、皇帝魔法師団副長付き副官ユルゲン・バルテル。

ランシャス将軍は、ユルゲンから渡された命令書をもう一度読む。

間違いなく、皇帝ルパート六世直筆の命令書。

まず、そんなこと自体がめったにない。勅命として出される場合であっても、ルパート直筆の命令書という形で出るのではなく、書くのはルパートの右腕、執政ハンス・キルヒホフ伯爵だ。もちろんそれでも、勅命であることに変わりはない。

帝国における勅命、つまり皇帝からの命令は、あらゆることに優先して達成されるべき命令である。

目の前の副官ユルゲン・バルテルが受けた勅命は、『ナイトレイ王国内での地図作成』であった。そのために、帝国錬金協会で新たに開発された錬金道具を持って、ユルゲン率いる皇帝魔法師団十人が動いていた。

その動きと、ランシャス将軍ら第二十軍の動きが、たまたまぶつかってしまった。もちろん、そうなったからといって、支障が出るものではない。また、うちの仕事だ、邪魔するな……などと狭量なことを言い合ったりもしない。

そのため、事前に一言とランシャス将軍は言ったものの、その必要性はない。ないことを、将軍自身も理解している。

それでも口から出てしまったのは……第二十軍、通称影軍のプライドであろうか。

目の前のユルゲン・バルテルは、有名な男の副官だ。それはもう、帝国中どころか、中央諸国中の人間が知っている、爆炎の魔法使いオスカー・ルスカ。彼の副官。

そんなオスカーやユルゲンが所属しているのが、皇帝魔法師団。これは、皇帝ルパート六世直下の魔法師団であり、団長は第十一皇女フィオナ・ルビーン・ボルネミッサ、名実ともに、デブヒ帝国の切札と噂されている魔法団である。

そう、表の切札。

翻って、ランシャス将軍率いる第二十軍、通称影軍も帝国の切札だ。誰も見えないところで暗躍する……。

そう、裏の切札。

ランシャス将軍は、小さくため息をついて、言葉を発した。

「いや勅命であったのだ、我らに知らせないで動くのは当然。先ほどの言葉、失言であった。忘れてくれ」

そう言うと、ランシャス将軍は頭を下げた。

これには、さすがにユルゲンも困惑する。勅命であり、できるだけ速やかな任務の完遂が求められていたのは確かだ。とはいえ、先に王国に入って活動していたランシャス将軍の立場からすれば、一言言ってほしいというその気持ちも理解できる。

実際、ユルゲンら皇帝魔法師団の十人は、すでに王国各地を回り、地図を製作するためのかなり詳細な情報を集めていた。その間も、王国各地で暗躍する第二十軍にも捕捉されずに動いていたのだ。だがさすがに、この南部アクレ周辺に移動してきていたランシャス将軍自身の目は、かいくぐれなかった……。

「敵国の地形情報、つまり地図の作製は、軍事行動の成否を決める重要なものの一つだ。それを最精鋭たる皇帝魔法師団に下命された陛下の深謀、さすがというほかない」

ランシャス将軍の言葉に、ユルゲンは無言のまま頷いた。

ランシャス将軍にしろユルゲンにしろ、帝国の軍中枢近くにいる者たちにとって、近々、大規模戦争が勃発することは常識となっている。

すなわち、デブヒ帝国によるナイトレイ王国への侵攻。ランシャス将軍ら第二十軍による破壊活動も、ユルゲンら皇帝魔法師団による地形情報の収集も、その侵攻のための準備に他ならない。

お互いがどんな動きをしているかは、同じ帝国軍内部であっても知らされない。そのために、今回のようなことが起きるが……それは情報漏洩を防ぐためには仕方のないことだ。

指揮官同士が、現場で話し合えばいい。はっきり言えば、それだけのことにすぎない。


話し合いが終わり、ユルゲンが第二十軍から離れて、再び地図製作に戻ろうとした時……。

「閣下、冒険者らしき者二人が、例の香をたどっているとの報告が」

「文字通り鼻のいい冒険者がいたか？　まだまだワイバーンを呼ばねばならん、邪魔する者は排除せよ。その冒険者は、どこまで来た？」

「もうすでに第二設置点まで」

「すぐそこではないか！　監視は何をしていた。すぐに排除せよ」

ランシャス将軍の命令に、慌てて走っていく部下。

ランシャス将軍は、ユルゲンの方を向いて言った。

「今の第二設置点というのが、ユルゲン殿らに会った場所だ。あそこの地図情報の取得は……？」

「いえ、その直前に部下の方に連れてこられましたので」

「それは失礼した。すぐに冒険者を排除するから、錬金道具で情報を取っていかれよ」

「はい……」

ランシャス将軍はそう言うと、隠れ家の扉を開いて外に出ていった。

ずっとユルゲンの後ろに控えて、黙ったままであった部下が口を開く。

「ユルゲン副官、これはあまり良くないかと……」

「ああ、クリムト、同感だ。こういうのがあるから関わりたくなかったんだが……」


クリムトの言葉に、ユルゲンは小さな声で答える。

誰にも知られずに情報を集めて帝国に持ち帰る。特に、先に王国に入っている帝国各軍との接触は回避する。それが、ユルゲンが目指していた作戦プラン。

そのために、先に第二十軍が王国各地に入っているのは知っていたが、あえて接触を避けて動いてきたのだ。だが、さすがにランシャス将軍には見つかってしまった。それでも、話を通して情報を集めたらすぐに離脱しようと考えたのだが……。

「嫌な予感がする」

それはただの勘。

だが、武人を多く輩出したバルテル家の次男として小さい頃から鍛えられ、成人前から戦場にも出てきたユルゲンは、若さに似合わぬ経験をしている。

それらが告げるのだ。気をつけろと。

だが、悲しいのは、何をどう気をつければいいのかは、誰も教えてくれないということであろうか……。

◆

「アベル、僕らを監視している人たちがいます」

「そうか、食いついたか」

「え？　まさか、僕らは囮だったんですか？」

アベルの言葉に驚く涼。

「あるいは、と思っていただけだが」

「それならそうと、最初に言っておいてください！　こっちにも心の準備というものがあるんですから」

「心の準備……」

涼の非難に、意味が分からず小さく首を振るアベル。

囮になる心の準備……それだけであれば分からないではないが、対象は涼だ。何が襲ってきても問題なく排除できるであろう涼に、心の準備……？

「魔法で迎撃するか、剣で迎え撃つかとか。接戦を演じてから倒すか、いきなり力の差を見せつけて圧倒するかとか。いろいろと心の中で準備することがあるんです」

「うん、マジでどーでもいいな」

涼が力説する内容を、言下に切って捨てるアベル。

だが、油断してはいない。


「監視してる連中、襲撃してくるか……」

「あ……増援が来ました」

「決まりだな、襲撃してくる。さて、どうするか。襲撃してくる中に、指揮官がいたら話が早いんだが」

涼が〈パッシブソナー〉で掴んだ情報から増援を報告し、アベルが希望を語る。

接触してきたのは、それから一分後であった。


「そこで止まれ！」

涼とアベルの正面に、三人の男たちが現れ、中心にいる人物が声をあげた。

「ほぉ。あの男、強いぞ」

「ええ、僕もそう思います」

アベルと涼が囁き合う。

「正面三、後方二、右二、左二、合計九人です」

「分かった」

涼が〈パッシブソナー〉で捉えた敵の数を伝え、アベルも了解した。

だが……。

「あ……。さらに援軍？　十人の集団が……少し遠い位置で止まりました」

「合計十九人か。少し厄介だな」

「あれ？　この反応……」

涼が小さく首を傾げる。そして、もう一度〈パッシブソナー〉で情報を精査する。

「間違いないですね。外の十人の中に、知った人が一人います。確実に帝国軍ですよ」

「そうか。じゃあ、こいつらも帝国軍か。それなら、心当たりがあるぞ」

「この人たちが誰か、知ってるんですか？」

「確証はないから、かまをかけてみるか」

アベルは一つ頷くと、涼との会話を打ち切った。

正面の指揮官の男が言葉を続ける。

「冒険者よ、お前たちが何をしていたかは分かっている。我々が知りたいのは、その情報をどこまで報告したか、お前たちに依頼した者が、どこまで把握しているかだ。我々の手を煩わせないで教えてくれると嬉しいんだがな」

「正直に話せば見逃してくれるのか？」

「それも考えんではない」

アベルの確認に、指揮官は頷く。

それを聞いて、アベルはニヤリと笑った。

「嘘つけ。俺たちを逃がすつもりはないだろう、影軍が」

「ほぉ……」

アベルが『影軍』と言った瞬間に、二人を囲んだ者たちの雰囲気が変わった。

それは、明確な殺意。知ってはいけない情報を持っている者を殺す、明確な意思。

「なぜ、お前たちがそれを知っているのかが気になるな」

「ホープ侯爵の襲撃に失敗しただろう？　阻止した冒険者たちの話が流れてきたぞ」

アベルはそこまで言うと、何かを思い出したように、指揮官の男をじっと見る。

そして、ゆっくりと口を開いた。

「襲撃を率いていたのは第二十軍司令官。それがあんたか、ランシャス将軍」

その瞬間、二人を明確な殺意を持って囲んでいた影軍の者たちの感情の中に、驚きが混じった。

第二十軍司令官の名など、帝国貴族ですら知らない者が多い。それを、王国の冒険者が知っているというのは異常だ。

「ただの冒険者ではなさそうだな」

「いいや、ただの冒険者さ」

指揮官ランシャス将軍が険しい表情で言い、アベルは肩をすくめて飄々（ひょうひょう）とした雰囲気のまま答える。

そんなアベルだが、頭の中では思考がフル回転している……。

（なぜ、帝国の切札がこんなところにいる？　影軍がいるだけでも普通じゃないのに、司令官がいるだと？　そもそも、アクレにちょっかいを出したい？　何のために？　そもそも、中央諸国でも最高の防諜を誇るハインライン侯爵のお膝元、影軍であっても破壊活動などできんだろう？　だから、ワイバーンを引き寄せて破壊活動？　そんな甘い狙いか？　もしかして、なんでもいいのか？　ハインライン侯と侯爵領騎士団、魔法団、あるいはアクレの冒険者たちが侯爵領に釘づけになればいい？　確かにワイバーンが大量に現れれば、その対応に追われ王国の他の場所に援軍を送るのは難しくなる。つまり、南部以外で何か起こすための下準備……）

「ただの冒険者が、その名を知るはずがない」

「知らないのか？　王国南部の冒険者はみんな知ってるぜ」

アベルがそう言った瞬間、後ろから囁きが聞こえた。

「この九人と戦う時、少しずつ倒して、焦らして外にいる十人をおびき出します」

涼の声だ。

それは分かったが、なぜそんなことをするのかはアベルには理解できない。

そもそも、この囲んでいる者たちが影軍で、正面の指揮官がランシャス将軍であるなら、かなりの強敵だ。それを、焦らして少しずつ倒していくとは……。

「あまり好きではないが、捕まえて吐かせる」

ランシャス将軍がそう言うと、囲んだ者たちが全員剣を抜いた。

「ここまでか。俺が将軍をやるから、他を全部頼む、ぞ！」

アベルはそう言うと、一気に間合いを侵略し、同時に抜剣一閃。

ランシャス将軍に斬りかかった。


「丸投げ？〈アイスバーン〉」

アベルからの丸投げに驚きながら、アベルとランシャス将軍以外の八人の足下を氷の床にして、先手を取る涼。

だが、さすがは影軍。足下の異変に気付いたのだろう。四人が大きく跳び退る。

同時に涼も動き、アベルとランシャス将軍の剣戟から、少し距離をとる。その方が、二人も戦いやすいだろうという配慮だ。

同時に、敵を引き離す狙いもある。

村雨を抜き、まずは一対四の剣戟状況にする。少しずつ倒さねばならない。外の十人が、焦れて加勢せねばならない状況を作り上げる。

「ああ……八人いた方がいいですね」


そう呟くと、転がっていた四人の氷の床が消えた。

四人も涼の囲みに加わり、一対八の剣戟へと移行する。

彼らが、アベルとランシャス将軍の方に向かわなかったのは、二人の剣戟が、あまりにも尋常でなかったからであった。

◆

「さすが音に聞く影軍の司令官。個人戦闘も強いじゃないか」

「冒険者……貴様、本当に冒険者か？」

「冒険者じゃなかったら何なんだよ」

「……王国の暗殺者？」

「なるほど、それも面白いな」

ランシャス将軍が、アベルのあまりの剣の腕に見当はずれの推測を述べる。それほどに、アベルの剣の腕は、一般的に冒険者と言った場合に思い浮かべる者たちの剣からは逸脱していた。

「正統派のヒューム流だろうが、その中でも基本に忠実な……」

「おう、師匠に叩き込まれたからな。基礎基本を疎(おろそ)かにすると、薄っぺらくなっちまうとな」

「……本当に冒険者か？」

再度呟き、ランシャス将軍は顔をしかめる。

彼が知る冒険者たちは、とかく見た目重視で表面ばかり取り繕う者が多い。特に剣においては、派手な技ばかりを追求し剣を振り回す。

一度も、彼らの口から、基礎基本などという言葉を聞いたことはなかったのだが……。

「帝国の冒険者と王国の冒険者を一緒にするなよ。王国は冒険者の国だぜ？　俺たちが本場だ」

アベルが笑いながら主張する。王国冒険者としてのプライドを滲ませながら。

「そうか。認識を改めよう」

ランシャス将軍はそう言うと、一度大きく剣を振り、後方に跳んだ。

アベルとの間に距離をとる。そして、深く息を吸い、吐き出す。

やったのはそれだけだ。それだけなのだが……。

「ほぉ……」

思わず、アベルの口から感嘆の声が漏れる。

ただ息を吸い、吐き出しただけなのだが、それで雰囲気が変わった。先ほどまでと違い、真剣みが増したと言うべきだろうか。

「影軍の司令官は、まだまだ底が深そうだな」

「試してみろ」

アベルの言葉に、挑発で返すランシャス将軍。

二人の剣戟は、さらに激しさを増していった。

そんな、アベルとランシャス将軍の剣戟とは別に、一人の魔法使いを囲んでの剣戟も行われている。

一対八の、剣での戦闘。

本来、そんなものは、すぐに勝負が決する。

一の側が、必ず障害物を背負った立ち回りをする……そういう展開なら、あるいは長引くこともあるかもしれないが、ここにはそんな障害物はない。あったとしても、八の側がそんな中での戦闘を得意としている者たちなのだ。一分ももてばいい方であろう。

だが、この剣戟は数分続いている。

それどころか、八の側が、一分ごとに一人ずつ傷を負わされ、少しずつ戦力を削られていた。

カキンッ。

カキンッ。

カキンッ。

何度も鳴り響く高い音。硬質な物どうしがぶつかり合った時に出る音だ。

片方は剣。八の側の剣。

もう片方は氷。一の側の……氷。

「氷を生やして剣を防ぐとか……」

「あり得るか、そんな近接戦が」

「なんてやりづらい……」

思わず、八の側、帝国第二十軍の八人の口から漏れる。

そう、一の側、涼は小さめの〈アイスウォール〉を細かく生成、消去を繰り返しながら、戦闘をコントロールしていた。

簡単に倒してはいけない。焦らして、外で見ている十人を引き込む……そんな、当初の作戦に拘泥（こうでい）する涼。


だが、いつまで経っても外の十人は動かない。

そのため、涼は少しずつ戦場を移動させ始めた。アベルとランシャス将軍の剣戟から離れ、〈パッシブソナー〉で把握している十人の方に、少しずつ……。

移動しながら一人ずつ倒していくことにしたため、戦闘不能になった第二十軍の兵たちが、ほぼ等間隔で一人ずつ地面に伏していく。

涼は、狙っている十人が、遠眼鏡でこの戦闘を見ているのを知っていた。だから、遠くからでは分かりにくいように〈アイスウォール〉を生成し、倒した者たちに関しても、あえて氷漬けにはしていない。

狙いは、この第二十軍の兵ではないのだから。

見ている十人の方なのだ。いや、もっと厳密に言えば、その中にいるただ一人。

涼と第二十軍兵士との剣戟は、十人の方に近付き、その距離はついに百メートルを切った。

その瞬間。

「〈氷棺3〉」

第二十軍の残っていた三人を氷漬けにすると、涼は十人の方に向かって走り出した。

同時に唱える。

「〈スコール〉〈氷棺10〉」

十人のうち、九人が氷漬けにされた。全員、驚いた表情のままだ。

十人が、魔法使いであることは分かっていたため、〈スコール〉によって涼の水で濡らした後に、それを凍らせたのだが……一人だけ逃れた。

しかも、涼が一番狙っていた人物が逃れた。

「さすが、爆炎のなんとかの部隊幹部。凄い反射神経です」

涼は称賛する。

涼が〈スコール〉を唱えた瞬間、標的が自分の服ギリギリに薄い土の膜を張り、体が濡れないようにして逃れたのを理解したのだ。

驚くほどの反射神経であり、魔法生成速度だと言える。

涼と狙っていた男は対峙した。

「少しずつ移動していたのは、私たちが狙いだったと」

その標的が呟くように言った。すでに手には、抜いた剣を持っている。その立ち姿は、魔法使いと言うより剣士の方がしっくりくる……。

「小さい頃から剣を鍛えられたがゆえの反射神経？」

涼の独白のような呟きに、驚く標的。だが、言葉は発さない。

「それでも、爆炎の何とかの部隊幹部ですから、魔法も凄いのでしょう？」

「……どこかで会いましたか？」

「気付いていなかったのですか。インベリー公国で、爆炎たちと現れてインベリー公と供周りの人たちを帝国に連れて行ったでしょう。爆炎、皇女様、あなたともう一人……四人は、とても強いと感じました」

「あの場にいた？　氷漬けということは水属性魔法？王国の水属性の魔法使い……まさか……」

「気付かれてしまいましたか。僕の名前は、水属性の魔法使い涼です。あなたのお名前はなんですか？」

「……」

涼の問いに、標的は答えない。

「どうせいずれ分かります。爆炎と皇女様の部隊の幹部なんですから。ずっと部隊幹部とか、標的とか言い続けるのもどうかと思うんですよ」

「……ユルゲン」

「なるほど、ユルゲンさんですね。僕が知りたいのは、ユルゲンさんたちが何をしていたかです。あの影軍の人たちが、ワイバーンを呼んで破壊活動をしていたのは分かっているんですけど、あなたたちもですかね？」

「そうだ」

「ああ、嘘ですね」

涼は断言する。

なぜ嘘だと断じたのかは言わない。

「彼らと違う理由だというのなら、いったい何のためにここにいるのか……教えてもらえますか？」

「ワイバーンでの破壊活動のためだ」

「やっぱり嘘ですね」

再び、涼は断言する。

「なぜ嘘だと？」

「人間の本能的な動きで分かるんです、目のね。だから、嘘をついても無駄です」

涼が自信たっぷりな表情で言う。

本当かどうかを、探るような視線で見るユルゲン。

だが、判断はつかない。

「どちらにしても、あなたをここで倒せばいい」

「できますか？」

ユルゲンがいっそ柔らかに言い放ち、涼が逆に挑発的に返す。

「魔法では無理でしょう。でも、その必要はない！」

言うと同時に、ユルゲンは一気に涼の間合いを侵略する。

カキンッ。

ユルゲンの鋭い打ち込みを、しっかりと村雨で受ける涼。

「部下さんたち、氷漬けになってますけど……」

「それも、あなたを倒せば融けるでしょう」

涼の言葉に、ユルゲンは気負いなく答える。

「副長には悪いですが、私があなたを倒します。水属性の魔法使いリョウ」

「それは困りますね」

こうして、魔法使い同士の剣戟が始まった。

◆

ユルゲン・バルテルは、皇帝魔法師団副長オスカー・ルスカ、別名、爆炎の魔法使いの副官だ。

そのため、オスカーが目の前の涼を高く評価しているのを知っている。もちろん、いつも苦々しげな口調だが、その魔法に関しては自分と同じレベル、もしかしたら自分を超えているかもしれないと認識していることも。

そんな相手に、ユルゲンが勝てるのか？

魔法戦では無理だ。

それは認める。

確かに、ユルゲンも涼も魔法使い。だからといって、魔法で戦わねばならないという法はない。

剣でもいい。

そしてユルゲンは、武人を輩出するバルテル伯爵家の次男だ。

十五歳で伯爵家剣術指南役の家庭教師を倒し、十六歳で父である当主すら敵わなくなるほどに剣に秀でていた。

今でも、純粋な剣での戦闘ならば、ユルゲンの周りで彼に勝てるのは八歳年上の兄しかいない。その兄は、皇帝十二騎士の一人……つまり、帝国最強の騎士の一人。そのレベルの者でなければ、ユルゲンを剣で倒すことは敵わない。

彼が仕えるオスカーですら、純粋な剣技ではユルゲンには及ばないであろう。

涼に対するに、自信を持っていたのは当然と言うべきかもしれない。

確かに、涼が剣でもって一対八の戦闘を切り抜けたのは見ていた。魔法使いとは思えない剣の冴えだと思った。

だが……。

決して勝てない相手だとは思わなかった。

少なくとも、魔法戦では勝ち目がない。

すでに、味方は全員氷の中。

結局のところ、剣戟で倒すしかない……。

元から、選択肢はなかったとも言えるのだ。

◆

(この剣は凄いです)

ユルゲンの剣を受けながら、涼は心の中で舌を巻いていた。

魔法使いでありながら、これほどの剣を使うというのは、正直、想定外だ。

打ち下ろし、切り上げ、袈裟懸け、逆袈裟、薙ぎからさらに突き……。

全ての動きが洗練されている。

何十回、何百回、何千回、何万回と、小さな頃から剣を振り続けてきたからこその洗練。

(アベルの剣に似ています)

そう、アベルの剣もそうだ。

能力だけに溺れず、努力し続けたがゆえに手に入れた剣……アベルもユルゲンも、その辺りは似た境遇なのかもしれない。

涼は、ユルゲンの出生などは全く知らない。だから、これまでどう生きていたかも知らない。

だが、剣は正直だ。

その剣士が、これまでどう生きてきたか。剣と、どう向き合ってきたか。

その全てを顕かにしてしまう。

そしてユルゲンの剣は、手を抜くことなく、努力し続けた剣であることを顕かにしている。

(こういう人の剣は分厚い。そして、とても厄介なのです)

涼は知っている。

小手先の技が通用する相手ではない。

急いで決着をつけられる相手ではない。

……自分よりも、強い相手である。

そう認識して戦わねばならない。

◆

(崩れない……)

ユルゲンは、剣を振るいながらそんな感想を持った。

目の前の水属性の魔法使いの剣は、堅い。どんな攻撃を加えても、全く揺るがない。

ユルゲンは知っている。

防御が堅いということは、真摯に剣と向き合ってきたということを。

（魔法の片手間に剣を握ったわけではないということ。この堅さ、特性は違うが……兄上にも匹敵する）

ユルゲンの兄ハルトムート・バルテルは、皇帝十二騎士の一人。剣において、帝国の頂に立つ者の一人だ。それに匹敵する防御というのは、尋常ではない。

（焦ったら負ける）

ユルゲンは、すでに腹をくくっていた。

元々、簡単な相手だとは思っていなかった。

だが、それでも、魔法戦よりは剣戟の方がいけるであろうと思っていたのだが……剣においても難しい相手だと理解した。

とはいえ……。

（人である限り、必ず綻びは生じる。主導権を握ったまま、それを待つ）

開始当初から、ユルゲンの攻撃、涼の防御で進行している。主導権さえ渡さなければ、負けることはない。生じる綻びにつけこめば、勝てる。

それが、ユルゲンが決めた方針であった。

◆

涼も夢想したことはある。

アベルと本気で戦ったらどうなるのかを。

一生、そんなことはないかもしれないと思ってはいるが……ユルゲンとの戦いは、その仮想戦闘になるのかもしれない。

純粋な剣術において、涼がアベルに勝つ自信はない。

ようやく最近になって、少しずつ身に付けつつある、セーラの『風装』、その水属性魔法版のような、魔法によって全ての速度を上げる技……それを自由自在に使えるようになれば、圧倒できるかもしれない。

だが、それはまだ無理だ。

完全に無我の境地、あるいはゾーンと呼ばれるような……そんな状態に入れば使えるが、まだ自由自在に、そして瞬時にその状態に自分をもっていけない。

そう考えると、やはりアベルの頂は高い。

現状で上回る可能性があるとすれば、やはり剣に魔法を絡めてとなるであろう。

しかし今のところ、具体的にどうすればいいのかは分からない。さっぱり分からない。

分からない時は……。

（基礎、基本に戻る）

全ての分野で通じる金言。

だからこそ、基礎、基本をしっかりと身に付けている者は強い。

それは同時に、涼がアベルを高く評価する理由でもある。

短く、だが深く息を吐く。そうすれば、自然と深く息を吸うことになる。

そして、正眼に構える。

準備はこれだけだ。

あとは、剣に集中して守る！

◆

（さらに堅くなった……？）

ユルゲンは、心の中で顔をしかめる。

さすがにこれだけ堅く、揺るがない剣を見せつけられるのは想像していなかった。

主導権を渡さず、生じる綻びにつけこむと決めて戦っている。だが、それでも揺るがない相手。むしろ、時間が経つごとに堅くなっていく。

味方が捕まっていなかったら……間違いなく撤退しただろう。

その一瞬、ユルゲンの思考に『味方』が入り込んだ。入り込んでしまった。

視界の端で捉える、味方たち……全員が氷漬けにされている。はたして彼らは無事なのか？　いや氷漬けになって無事だとは思えない。それは分かっている、だが、だからといって無視して自分だけ撤退するわけにはいかない。それに、ランシャス将軍は、まだ戦っているはずだし……。

思考が揺れた。

心が揺れる。

剣も揺れる。

揺るがない相手の前で、揺らいでしまった。

涼が大きく横に薙ぐ。今までであれば、受け流していたユルゲンだが、一瞬だけ反応が遅れる。足を踏ん張り、剣を立てて受ける……つもりだった。

踏ん張った足が、滑る。

その瞬間、足の下に氷が張られたことに気付いたが、もう遅い。

次の瞬間、後頭部に痛みを感じて……ユルゲンは意識を失った。

◆

一方で、魔法使い同士の剣戟が行われていた間、もう一方では、剣士同士の剣戟が行われていた。

一人は冒険者、もう一人は軍指揮官であるが。

「対峙した時から強いだろうと思っていたが、想像以上だな」

剣戟の最中、アベルが軽い口調で言う。

剣戟の相手、ランシャス将軍は無言のままだ。

その対応の差が、そのまま剣戟の内容の差でもあった。

(なんだこの冒険者は！　攻撃も防御も完璧、技術も圧倒的だと？　あり得るかそんなことが！)

心の中で苦虫を噛み潰すランシャス将軍。

想定外のアベルの強さに、正直焦っていた。

もちろん、ランシャス将軍は、剣において帝国最強などというわけではない。影軍の指揮に関しては、誰にも後れを取らない自信があるが、個人戦闘においては、上には上がいることを知っている。

たとえば、帝国十二騎士などを相手にすれば、数合ともつまい。それは理解している。

だがそれを恥じたりもしない。

実際、そんなことになれば、さっさと撤退するだろう。

そして今、同じように撤退すべきだと感じている。

感じているのだが……。

(向こうで、味方が倒されている)

ローブを着た魔法使いらしき冒険者を、部下八人が囲んでいたのだが、今では四人に打ち減らされているのがここからでも見える。

その光景も信じられない。

確かにここは、影軍が最も得意とする、街中や鬱蒼（うっそう）とした森の中ではない。森はあるがかなり開けた土地……だがそれでも、冒険者一人を相手に、影軍八人が倒せないなどあり得ない。しかも、時間を追うごとに一人ずつ倒されている？

そしてまた一人倒された。残り三人。

その瞬間、ローブの冒険者が走り出したのが見えた。

同時に、残っていた三人の部下たちが凍りつくのも見えた。

「なんだそれは！」

それは、あまりにも衝撃的な光景。

目の前で起きていたら、逆に衝撃は小さかったのかもしれない。だが、かなり離れた場所であり、そもそも意識をそちらに割いていたこともあって、ランシャス将軍は反応が遅れた。

ここは戦場なのだ。

ランシャス将軍の相手はローブの冒険者ではないのだ。

「どこを見ている」

そんな剣士の言葉を最後に、ランシャス将軍の意識は断たれた。

そして涼がユルゲンを倒し、帝国軍十九人全員が、涼とアベルの捕虜となった。

◆

「いやあ、やりましたね。大漁大漁」

涼が嬉しそうに言う。

その横には、いつものように眉間（みけん）にしわを寄せて小言を言いそうなアベルが歩いている。

だが、涼も学んでいるのだ。そうそういつも、小言を言わせたりはしない。今日は機先を制する！

「アベル、何も言わないでください」

「……俺が何か言うと分かっているんだな」

「もちろんです。どれだけの付き合いだと思っているんですか」

涼が自信満々に答え、さらに言葉を続ける。

「あれでしょ？　お腹が空いているから機嫌が悪くて小言を言うっていう……」

「違うわ！　この状況で、なんでそんなことになるんだよ！」

そう、この状況とはどんな状況かと言うと……。

涼の後ろを、氷のオブジェを載せた十九台の〈台車〉が連なっている状況だ。

いつもと違って、氷の中は見えないのだが……その光景そのものは、壮観と言ってもいいだろう。もちろんアベルも、そのオブジェに、先ほど戦った相手たちが入っているのは知っている。

「中は見えないんだな」

「ええ。彼らは王国内で破壊活動を行い、王国民を危機に陥れた悪い人たちですが、それは帝国の命令によるものでしょう。彼ら自身は、勇敢に戦いました。氷の棺に入れたのは、あくまで連れて行くためです。僕は、彼らを晒しものにしたいわけではありませんからね。武士の情けです」

「ブシノナサケとか言うのは分からんが……」

「ああ、えっと……騎士道精神？」

「キシドウ？　騎士の何かか？」

「え？　あれ？」

涼は首を傾げる。

武士の情けが通じないのは分かるが、騎士のいる王国に、騎士道がないのは、はて？

「潔さとか、騎士は主と麗しき女性のために戦うとか、そういうのは……ないのです？」

「俺は知らんな。本とか、物語の中にならあるが……」

「そうですか」

世界が変わるといろいろ変わるようだ。

「目的のためには手段を選ばない時代なのですね」

「それはそれで……あんまりじゃないか？」

「全く……ああ言えばこう言う。剣士はわがまますぎます。もう少し、魔法使いの機微を理解してほしいですね」

「うん、絶対、魔法使いとか関係なしに、リョウ自身の問題だと思うんだ」

　アベルはそう言った後、涼の後ろに連なる車列を見る。

「それにしても、帝国もなかなか大胆に動いているな」

「以前も僕ら、捕まえましたよね、悪い人たち。まさに対テロユニットです！」

「タイテロなんとかは知らんが……こういう奴らが、俺らの知らないところで、他にもたくさん動いているんだろう」

「恐ろしい世界です」

　涼は小さく首を振りながら、世界の恐怖を語るのであった。

◆

「なあ、外にいた十人の中にリョウの知ってる奴がいるって言ってたよな」

「ええ、言いましたね」

「俺も知っている奴か？」

「ユルゲンさんです」

「……誰？」

　涼が名前を言ったのに、アベルは理解できないようだ。

　涼は優しいので、きちんと補足説明をしてあげることにする。

「ほら、どっかの帝国に、爆炎のなんとかっているじゃないですか？」

「爆炎の魔法使い、オスカー・ルスカ男爵な。なんでリョウは、いつも爆炎のなんとか呼びなんだ……」

「まあ、その人の副官ですよ」

「……はい？」

　涼の完璧な説明にもかかわらず、アベルの反応は鈍い。

「ユルゲンさんは、爆炎のなんとかの副官です」

「……マジで？」

「ここで嘘をついてどうするんですか？」

「いや思わず、反射的に言ってしまっただけだ。マジか……」

　アベルが額に手をやっている。

　つまりこの車列の中に、オスカーの副官と、第二十軍司令官ランシャス将軍がいるということだ。

　間違いなく、どちらも大物。

「絶対、厄介ごとが起きるぞ」

「王国民としては、王国で破壊活動をしている人たちを見逃すわけにはいかないでしょう?」

「いや、それはそうなんだが……」

涼が当然という顔で答え、アベルも涼の言葉が正論であることは認める。

そう、それは認めるのだ。

理解しているのだ。

そうなのだが……。

ふと、別のことが頭に思い浮かんだ。

「以前、リョウが言っていたと思うんだが、この氷漬けにされた奴にも、外の音とか俺たちの声とか聞こえるんじゃなかったか?」

「ええ、よく覚えていましたね。いつもの〈氷棺〉だと聞こえるんです」

「いつもの?」

「でもこれは、いつものとは違って、極低温にしてあるので、彼らは仮死状態です。ですので、僕らの会話が聞かれることはないですよ」

「カシ……状態?」

「ああ……半分死んだ状態です」

冷凍保存の技術は、まだ王国には無いようだ。

「なんで、そんな状態にしてるんだ?」

「この、ユルゲンさんが優秀な魔法使いだからですよ。もしかしたら、口が動かなくても、心に思っただけで魔法を発動できてしまう可能性があるでしょう? たとえそうであっても、これみたいに意識を奪っておけば大丈夫かなと思いまして」

「魔法の発動が、無詠唱どころか、トリガーワードすら必要ないと?」

「ええ、そうそう、トリガーワード。引金単語」

「……もしかしてリョウって、心に思っただけで魔法の発動ができるのか?」

「ええ、できますよ。あれ? 言ってませんでしたっけ?」

「それは初めて聞いた」

今、明かされる、アベルにすら知らされていなかった涼の秘密!

アベルは、ふと、涼が手に持っているものに気付いた。

「何を手に持っているんだ？」

「これ？　ユルゲンさんが持っていた物です」

そう言って涼が見せたのは、一辺十センチほどの立方体の箱。鈍い光を放つ、何かの金属でできているようだが、何の箱なのかは分からない。

「これだけ、明らかに異質なんですよね。錬金道具であることは分かるのですけど、どんな効果があるのか、何のための道具か、そもそもどうやって使うのか……僕では全く分かりません」

涼が少し悔しそうに言う。

涼は趣味で錬金術を嗜んでいる。だが、この箱が全く理解できないのだ。もちろん、中が開いたりもないし、ボタン一つない……。

それは、涼にとって少し悔しいことであった。だが、最適な解決方法は知っている。

「ケネスに見てもらいましょう」

天才錬金術師ケネス・ヘイワード男爵であれば、これが何か分かるはずだ。


「僕らは、アクレに寄らずにルンの街に直行します」

「それは構わんが……。ケネスにその箱を見せるためか？」

「それもあります。でもそれ以上に、一刻も早くヒューさんに報告するべきだと思うのです」

「報告というか……こいつらを渡して、後のことを丸投げしようという意図だろ」

「な、何を言っているんですかね。速やかな報告は、社会人として当然のことですよ」

涼がツツーと目を逸らしながら答える。

言っている内容はもっともだが、驚くほど説得力がない。

「まあ、実際、俺らが持っててもしょうがないしな」

「でしょう？」

アベルは車列を見ながら言い、涼もその視線につられて車列を見る。

「ギルマスって、大変な仕事だよな」

「ええ、それは全く同感です」

アベルも涼も、小さく首を振って、ギルドマスター、ヒュー・マクグラスのもとに降ってくる災難に思いを馳せた……まるで完全な第三者のように。

◆

デブヒ帝国クルコヴァ侯爵領。

帝国屈指の学術都市として知られるようになったクルコヴァ侯爵領は、クルコヴァ侯爵夫人マリアによって治められている。

そのマリアは現在、旧知の人物二人をもてなしていた。

「これは……。マリア様、とても美味しいです！」

「ああ、良かった。フィオナ様にそう言っていただければ、大丈夫ですね。領内では、人気菓子として広がっているのですけど、今度、帝都に進出するらしいのです。私は進出しても大丈夫と太鼓判を押したのですけど、店主さんが慎重で。それで、今度帝都から、私よりも舌の肥えた素敵な女性が来るから、評価をしてもらいましょうと言っておいたのです」

「いえ、マリア様ほど、自分の味覚に自信はありませんん……」

マリアの絶賛に、フィオナ・ルビーン・ボルネミッサは顔を真っ赤にする。

「フィオナ様は鋭敏な感覚をお持ちです。それは、味覚においてもです。ご自信をお持ちください」

マリアは笑いながら言う。

そんな二人の会話を聞きながら、もう一人の旧知の人物は、笑顔を浮かべながら無言のまま食べている。

「オスカーは、昔から甘い物が好きでしたね」

マリアは、オスカーが手を止めずに新作タルトを食べているのを見て、これも笑いながら言う。

手を止めずに食べているオスカーであるが……言うまでもなく、テーブルマナーの観点から見れば非の打ち所がない完璧さだ。

「師匠は、相変わらず完璧なテーブルマナーです……」

「速さとマナーの両立は、凄く難しいのですけどね」

フィオナもマリアも、オスカーが仕込まれているマナーの完璧さは知っているが、それでも驚きをもって見てしまうのだ。

さすがに、女性二人にまじまじと見られると、オスカーも若干の居心地の悪さを感じる。しかもその二人が、昔から自分のことをよく知っているとなれば……。

「このタルトが、とても美味しかったもので……」

「かの爆炎の魔法使いも褒めていたと店主には伝えておきますね。自信をもって帝都に進出できるはずです」

マリアは喜んだ。

「学術都市ということですけど、食に関しても先進的なものが生まれるのですね」

「そう、そうなのですフィオナ様。街のというか、領地の気風というのでしょうか。新しいものに挑戦してみたい、そういう人が多く入ってきます」

「そういう人が、最初に困難に直面するのは資金難だと思うのですが、マリア様が立て替えているとか」

「はい。みんな、最初はできるだけお金をかけずに取り組みます。それは素晴らしいこと。最初からお金を借りてやり始めたら……だいたい失敗しますから。でも、本当に足りなくなったり、繋ぎの資金がないために、ようやく軌道に乗りかけたところでやめなければならない人たちが出るのも、また事実。そういう人に、お金を出してあげているのです」

「それは……侯爵領としてではなく、マリア様個人でですよね」

「はい。本人に直接お話を伺って、お店があればお店を訪れて、周りの評判も聞いて回って……とても楽しいです」

「凄い……」

マリアが嬉しそうに語り、フィオナが驚く。

「何をするにもお金は必要。で、私はお金は持っている。だからそれを使う。その結果、成功したり成長したり……そういうのを見るのが、凄く好きだということです」

「マリア様……憧れます」

マリアを見るフィオナの目は、輝いている。

さすがに、そんなフィオナの視線にさらされてマリアも苦笑する。

「フィオナ様は、すでに私などができない分野で、人を育てておいでです」

「それは……師団？」

フィオナは、皇帝魔法師団の団長だ。

「はい。私の侯爵領も、フィオナ様の師団も、人を育てている点に違いはございません」

マリアは優しく微笑んで言った。

そう言われたフィオナは嬉しそうに頬を染めた。

「お話し中のところ、申し訳ございません。ただいま、帝都より至急報が届きました」

そう言って一枚の紙を持ってきたのは、フィオナの副官マリーだ。マリーは、持ってきた紙をフィオナに渡す。

「まさか……」

フィオナは一読すると、思わず声が漏れた。

もう一読した後で、その紙をオスカーに渡す。

「……ユルゲンが捕縛された？　しかも影軍のランシャス将軍も？　場所は王国南部、アクレ近郊……アクレと言えばハインライン侯爵。かの御仁ならあり得ますか」

「『大戦』時の王国騎士団長ね」

オスカーの呟きに、マリアが反応する。

軍事面の知識など全くないマリアであっても、王国のハインライン侯爵の名は知っている。どんな人物で、何を為してきたかも。

「王国南部となると、行くだけでもそれなりの時間がかかりますね」

マリアが顔をしかめて言う。

確かに、帝国東部にあるこのクルコヴァ侯爵領からでも、かなりの距離がある。

だが、至急報を直接読んでいるフィオナとオスカーの頭の中には、一つの答えが浮かんでいた。

「師匠、その至急報、最後に書いてあるのは、皇帝陛下からの勅命です」

「はい。『あらゆる手段をもって、速やかに、全てを取り戻せ』……あらゆる手段というのは、文字通り、あらゆる手段でしょう」

フィオナとオスカーは、一度顔を見合わせた後、マリアを見た。

見られたマリアだけが、よく分かっていない。

「マリア様、お借りしたいものがございます」

フィオナの要望は……。

◆

ルン冒険者ギルド屋内保管庫。

そこには、十九個の氷のオブジェが並んでいる。

「……で、これは一体なんだ？」

「氷の塊だ」

ギルドマスター、ヒュー・マクグラスの問いに簡潔に答えるアベル。

だが、オブジェの制作者から指摘が入る。

「アベル、もっと正確に言ってください。これは、氷の棺です」

涼は、簡潔すぎるアベルの答えをちゃんと補足して言った。

問いかけたヒュー・マクグラスは、ため息とともに小さく首を振る。

「俺の質問が悪かったんだな。この氷の中には、何が入っている？」

「アクレの近くで破壊活動をしていた、帝国の悪い人たちです」

涼はそう答えると、手を振った。

それによって、氷の反射率が変わったからだろうか。先ほどまでは氷の中は見えない状態だったが、透明になり、入っているものが見えるようになった。

「捕まえた帝国の連中か……」

ヒューが呟く。そして、再び涼に問うた。

「リョウの氷の中にいるってことは、生きているんだよな？」

ヒューも、涼が生きたまま氷漬けにできるらしいという話は聞いている。そのために確認したのだ。

「はい、もちろんです。専門の人たちの手で、いろいろ情報を引き出すのでしょうから、生きていた方がいいかなと」

さすがに涼も、拷問という言葉は避けた。魔法や錬金術で、もっとスマートに情報を引き出す方法があるとどこかで聞いた覚えがあるし。

「拷問官か。ルンにはいないぞ、王都ならいるが」

「なんでそんな直接的な名前なんですか……」

「昔は肉体的に痛めつけて吐かせていたからな。今は、そんなことはしないが……。まあ、その頃からの名残だ」

涼が小さく首を振り、ヒューが肩をすくめて答える。

「あと、これが、この人たちが持っていた錬金道具なんですが」

涼はそう言うと、立方体の箱をヒューに見せる。

「何のための箱なんだ？」

「さあ？　僕には分かりません。多分、ケネスくらいの錬金術師じゃないと、何の箱なのかすら分からない気が……」

「ああ、ケネス・ヘイワード男爵か。そう、お前たちに依頼を出したという話は、領主様経由でヘイワード男爵からギルドの方に来ていた。ワイバーン討伐だったんだろう？　だが、ワイバーン討伐に行って、帝国の破壊工作員を捕縛してくるのは想定していなかったな」

「全ては、アベルが怪しい香りに気付いたのが悪い……」

「俺のせいかよ」

ヒューは、十九個の氷の棺を見て回った。

そして、首を傾げる。

「なあ、この十人は魔法使いだよな？」

「はい、そうです」

ヒューが、ユルゲンらを見て問い、涼が答える。

「こっちの九人も、正規軍にしては軽装だな……だが装備の質は良いから……なんかよく分からん十九人だな」

「それは、別々の隊だからだ」

ヒューの疑問にアベルが答える。

「別々の隊？」

「九人の方は影軍、つまり帝国第二十軍。十人の方は皇帝魔法師団。それぞれ、別の部隊だ」

「影軍？　皇帝魔法師団？　え？　いや、おい、それって……」

「ちなみに、影軍の方は司令官ランシャス将軍も氷漬けにされている。皇帝魔法師団は、爆炎の魔法使いオスカー・ルスカの副官ユルゲンとかいうのが、氷漬けにされている」

「……は？」

アベルの説明に、理解が追い付いていないヒュー。

当然だろう。

もちろん彼も、影軍や皇帝魔法師団の名前は知っている。どちらも、帝国の切札と言われる集団だ。一介の冒険者ならともかく、ギルドマスターともなれば、そういう情報は持っていないといろいろと困る。

だが、その司令官や有名な爆炎の副官も捕らえて、氷の中にいるとなれば……。

「影軍の司令官と、爆炎の魔法使いの副官も、この中にいると言ったな？」

「はい。こっちの人が司令官さんで、向こうの人が副官ユルゲンさんです」

涼が指をさして説明する。

ヒューは理解した。

理解した瞬間、顔色が悪くなっていく。

さすがのヒュー・マクグラスも、泰然(たいぜん)としていられない状況であることを理解した。


そして、思わず呟く。

「なんてことだ……」

その呟きに焦ったのは涼。

「で、でも、破壊活動をしていたし……」

「ああ、いや、分かっている。お前たちを責めているんじゃない。というか、良くやった。むしろ、よくやり過ぎというだけだ」

ヒューに怒られるわけではないと理解し、安堵の吐息をつく涼。

小さく首を振るアベル。

「とはいえ帝国のことだ、こいつらや、その錬金道具を奪い返しに来るだろう」

「そんなことしたら、戦争になりません？」

「かつての王国ならなるかもしれんな。だが、今の王国……政治中枢は、対帝国戦に踏み切れるかどうか……」

涼の懸念に、ヒューが顔をしかめて答える。

「襲撃されても、遺憾(いかん)の意を表明するだけということですか」

「国内のどこかが占領されれば、立ち上がるかもしれ

ん。だが、攻撃を受けたが、攻撃した者たちは去っていった……そうなると、戦争をしてまで帝国の責任を追及とはならんだろうな」

「ああ、それはなんとなく分かる気がします」

　相手よりも軍事力が劣っていれば、そうならざるを得ないだろう。

「帝国が、王国との戦争になっても仕方ないと割り切ればなんでもできる。だが王国は、帝国との戦争に踏み切る覚悟は持てん。力の差が、行動の差を生む」

　涼の言葉に、アベルが答えた。

「影軍の司令官と爆炎の副官……危険を冒してでも奪還しに……来るよな、やっぱり」

「来るだろうな」

　ヒューもアベルも、認識は一致している。

「なら、できるだけ早く手を打たないとな。ニーナ」

「はい」

　ヒューが、ずっと無言のまま立っていた受付嬢ニーナを呼ぶ。

「領主様に報告を。今聞いたこと、全てだ。あと、気絶枷を十九個、強制侵食椅子もあるだけ使いたいというのも、合わせて伝えろ」

「承知いたしました」

　ヒューの指示を受けて、ニーナが保管庫を出ていく。よく分からない単語が二つもあったため、涼は、隣のアベルに聞いた。まずは、穏便な方から。

「アベル、気絶枷ってなんですか？」

「凶悪な犯罪者を、気絶させたままにしておくために、首に着ける枷だ。犯罪者を運ぶために、何人か人が必要になるから面倒ではあるが、逃げられるよりはましだろ？　強力な物理職だろうが魔法職だろうが、気絶していれば逃げられんからな」

「凄いですね。それ、絶対錬金術使ってるでしょ」

「ああ。リチャード王の御代（みよ）に原形が開発され、魔法式は門外不出じゃなかったか？　悪用されるとマズいから、王国全体でもそんなに大量には無いはずなんだが……。ルンには十九個もあるのか」

「辺境だからな。王都を除けば一番多く保管されているぞ」

アベルの疑問に、ヒューがニヤリと笑って答える。

それなりに見慣れた涼からしても、とっても怖い笑みだ。だが、涼は少し安心した。

「〈氷棺〉のままで、ずっと僕が付いているのかと思っていました」

「それでもいいが、さすがに大変だろう？」

ヒューは常識のあるギルドマスターなのだ。

そして、涼は、もう一つの知らない単語、しかも響きからして不穏なものについても聞くことにした。ある種の、怖いもの知りたさで。

「あと、強制侵食椅子って……」

「文字通り。強制的に頭の中に侵食して、情報を引き出す椅子だ」

「え……」

「俺も見たことはないんだが……。時間はかかるが、いちいち質問に答えさせるよりも、はるかに多くの情報が手に入るらしい。それ専用の錬金道具に情報を落としておいて、後から確認することができるから重宝されるんだが……」

「されるんだが？」

「現代の錬金術では作れんそうだ」

「それも、リチャード王の時代の？」

「そういうことだ」

「良かったです、ちょっと安心しました」

涼は素直な感想を述べた。

確かに、拷問にかけて口を割らせるよりはスマートかもしれないが、やっぱり意思に反して強制的に情報を吐き出させるのは、なんか好きではない。もちろん、時に国の命運や、多くの人の命が懸かっている場合もあるだろうから、一概に否定はできないのだろうが。

「リョウの気持ちは分かるが……」

「いえ、アベル、何も言わないでください。意思に反してというのは、どうも好きになれません」

「まあ、リョウらしいな」

「ケーキは食べたい時に食べる。食べたいだけ食べる。それこそが人の正しい姿だと思うのです」

「うん、やっぱりリョウらしいな……」

涼が自分に置き換えて考えを述べ、アベルが呆れる。

やはり二人には、シリアスよりもこっちの方が似合うのかもしれない。

十九人全員を、〈氷棺〉から気絶枷に付け替えて、ようやく涼は解放された。

「この人たち、王都に送らないんですよね」

「ああ、王都に送ったら、その日のうちに逃亡されそうだからな」

「それは、裏切り者が手引きをするからですね！」

アベルの説明に、涼が少し嬉しそうに乗っかる。

『裏切り者』とか『手引き』とか、現実にはなかなか遭遇しない事態だから、ワクワクしてしまうのだ。

そう、それは仕方ない。

人の根源にある、最も深い感情の一つなのだ。

意識してどうこうできることではない！

「……なんで嬉しそうなんだよ」

「人として、仕方のないことなのです」

「うん、意味が分からん」

二人が話している前を、十九人の目を閉じた捕虜たちが運ばれていく。

運んでいる中には、涼が見覚えのある人もいる。ということは、ルン辺境伯領騎士団の人たちだ。もし帝国が、十九人の捕虜を奪い返しに来た場合、最前線に立って戦うのは彼らになるだろう。

「本当に……奪い返しに来ますかね？　このルンって王国南部ですよ。帝国からだと、かなり遠いでしょう？」

「ああ、遠いな。王都に送らないのも、このルンの方が帝国から離れているから、という判断もあるのかもしれん。ギルマスがフィンレー・フォーサイス殿に報告したら、ルンで情報を引き出した方がいいと同意したそうだしな」

「フィンレー・フォーサイスさんって、王都のグランドマスターですよね。ヒューさんが振った女性のお父さん」

「いや、その言い方はどうかと思うんだが……」

三年前、ヒュー・マクグラスは、フィンレー・フォーサイスの娘エルシーとの結婚の話を断った。

しかも聞けば、ヒューもエルシーも、お互いに憎からず思っていたようなのだ。

なんて、もったいない。

「人と人との関係は、いろいろあるからな」

アベルが呟く。

それを横目に見て、驚いた表情の涼。

「なんだ？」

アベルが、驚いた表情で自分を見る涼に問う。

「いえ、アベルって、時々まともなことを言いますよね」

「リョウよりは、まともなことを言う回数は多いと思うぞ」

「その一言で台無しです」

「なんでだよ！」

どっちもどっち……。

◆

「帝国の襲撃部隊、国境からこれだけ離れていると、大規模なものは送ってこられないですよね」

「まあ、そうだろうな。理想は、王国の誰にも気付かれずに、いきなりこのルンを強襲、なんだが……」

「大規模だと気付かれやすい。つまり、少数精鋭でと」

「そうなるよな」

涼もアベルも、導き出した答えは一致している。だが、具体的ではない。

「帝国には、領主館とか騎士団詰所とかを襲撃できるような少数精鋭の部隊がいるんですか？」

「それこそ、ランシャス将軍が率いる影軍、帝国第二十軍がそれだ」

「なるほど」

アベルの明快な答えに、涼は頷いた。

アベルは王国の第二王子だ。それこそ、小さい頃から周辺諸国の戦力に関しても学んできた。

結局のところ、諸外国との政治的命題を解決する方法は二つしかない。外交か軍事か。しかもこの二つは密接に結びついている。どちらか片方だけ、あるいは別々に存在、ということはありえない。

しかも残念ながら、どちらかと言えばベースにあるのは軍事だ。

軍事力を背景にした外交……よく聞くパターンだ。

外交力を背景にした軍事……歴史的にも聞いたことがない。

もしもの時の軍事力があるからこそ、外交交渉で強く出ることができる。帝国は、驚くほどそれを理解している。

アベルは王城にいた頃、そう学んできた。

「もちろん、俺たちが知らない戦力を隠し持っている可能性はある」

「ルンは……守り切れるのでしょうか」

アベルの言葉に、涼が少し心配そうな表情で呟く。

「王国騎士団が壊滅している王都よりは、ましじゃないか？　騎士団も、セーラとかが鍛えているんだろう？」

「確かにそうですけど……。でも、僕が戦ったユルゲンさんとか、とんでもない剣士でしたよ？　多分、この騎士団では勝てないくらいの」

「爆炎の魔法使いの副官だからな。強いだろうさ」

涼の言葉に、肩をすくめて答えるアベル。

二人が話している間に、十九人の捕虜は、全員運び出された。

「あの人たち、どこに行くんですかね？」

「強制侵食椅子の所だろ」

「でも、起動できるのは一脚しかないって……」

「そんな報告を受けてたな。ランシャス将軍かユルゲン副官か……どっちかをかけるだろう。他は……地下牢か？」

「地下牢！　やっぱりあるんですか！」

涼の声のトーンが上がる。先ほどの心配そうな表情など、完全に消えて。

裏切り者や手引き同様に、現実ではなかなか見ることのないものがあるらしいと知って、一気に興奮したようだ。

「なんだ知らないのか？　いずれリョウが入れられる場所だろ。一度見せてもらうか？」

「僕が入れられる時は、アベルも道連れにしてやります！」

「俺を巻き込んで……」

「死なばもろともです」

相互確証破壊で、手を出してくるのを抑止するのだ！

◆

二人は馬車に揺られている。

十九体の、物言わぬ者たちを運ぶ四台の馬車の一つ。

涼が領主館まで乗せていってくれないかと頼んだら、騎士団の人が許可してくれたのだ。もちろん、涼が毎日のように、騎士団詰所でセーラと模擬戦を行っているからに他ならない。

「感謝してくださいね、アベル」

「ああ、感謝している」

素直に感謝を表すアベル。

それを受けて、涼は笑顔で頷いている。

もちろん、馬車に乗らずに歩いたとしても、たいした距離ではない。この二人なら疲れることもないだろう。

それでも、少しずつ恩に着せておくことが大切なのだ。

どこかで、それが、役に立つかもしれない！

「そもそも、なんで影軍の人たちは、ワイバーンを呼んでの破壊工作なんて手間のかかる方法をとったのでしょう」

「さあ？　最初は違ったんだろう。多分、普通に破壊工作をしようとしたんじゃないか？」

「普通に破壊工作って……なんですか？」

「よくあるのは、領主の暗殺とかだな」

「よくあるんですか……」

アベルが表情も変えずに言い、涼が驚いた表情になって見る。

「たった一人を殺すだけで大きなダメージになる。最も効果的だろう？」

「なんでそれをしなかったんでしょう」

「できなかったんだろう。アクレを治めるのはアレクシス・ハインライン侯爵だ。まず本人が、元王国騎士団長だから厄介というのはある。だがそれ以上に……」

「それ以上に……？」

アベルがわざとらしく言葉を切り、それに引き込まれる涼。

「防諜に秀でている」

「そういえば、そんなことを言ってましたね」

「アクレでは、他国の諜報員は二十四時間で捕まるそうだ」

「なんですと……」

あまりの取り締まり力に驚く涼。

スパイが二十四時間もいられない街なんて……監視カメラがあちこちにある二十一世紀の地球であっても、ちょっと想像できない状況だ。

「一体どんな方法で……」

「詳しいことは俺も知らん。以前、フェルプスが言っていたが、錬金術も使っているらしいぞ」

「錬金術！　そこに目を付けているのは、さすがはハインライン侯爵です」

なぜか威張る涼。

フェルプスというのは、フェルプス・A・ハインライン、ルン所属のB級冒険者にして、アレクシス・ハインライン侯爵の息子。次期当主でもある。

「あ、着きましたね」

二人が乗った馬車が領主館に到着した。

乗せてくれた騎士団にお礼を言って馬車を降りる。

「では、その錬金術の頂点に立つ人に会いに行きましょう」

二人は、ケネス・ヘイワード男爵の元に向かうのであった。

領主館の戦い

クルコヴァ侯爵の屋敷の前に、一台の馬車が停まった。

降りてきたのは一人の男性。

白地に、十二本の黄金の剣が描かれたマントを羽織っている。

そのまま、皇帝魔法師団の臨時会議室となっている部屋に案内された。

「フィオナ殿下、オスカー殿、なんとか間に合いましたね。同乗させていただきます、よろしくお願いします」

「ハルトムート卿、お待ちしておりました」

ハルトムートと呼ばれた男性が朗らかに挨拶し、フィオナが一つ頷いて答える。オスカーは無言のまま、深々と頭を下げた。

　男の名はハルトムート・バルテル。帝国の剣の頂に立つ、皇帝十二騎士の一人。バルテル伯爵家次期当主であり、オスカーの副官ユルゲン・バルテルの兄でもある。

　そのユルゲンは現在捕らわれの身となっており……。

「皇帝陛下に無理を言って割り込ませていただきました。お二人の指示に、絶対服従を約束しておりますので、この身、好きに使ってください」

　ハルトムートはそう言うと、優雅に一礼した。

「感謝いたします、ハルトムート卿。現状、分かっていることを説明させていただきます」

　オスカーはそう言うと、机の上に並べられた書類を説明していく。

「捕縛されたのは十九人。ランシャス将軍以下、帝国第二十軍九人、ユルゲン以下、皇帝魔法師団十人。勅命では、この十九人の奪還が最優先です」

「承知した。あと、何か箱があるとか？」

「はい。土属性魔法使いの魔力を流すことによって、地形を記録し、地図に起こすことができる錬金道具です。ユルゲンが持っていました」

「それが、皇帝陛下がユルゲンに命令したやつですね。第一奪還目標が十九人、第二奪還目標がその箱ということでよいかな」

「はい、そのように」

　ハルトムートの確認に、オスカーが頷く。

「ハルトムート卿には、本隊を率いて殿下と共に十九人の奪還の指揮をお願いしようと思います。私は箱の方に向かいます」

「ほぉ……。私が十九人の方でいいのか？　いや、箱の方に何か追加の指示があったか？」

「ご賢察恐れ入ります。実は現在、王都からルンの街に、ケネス・ヘイワード男爵が来ているそうです」

「ケネス・ヘイワード男爵というと、希代の天才錬金術師だな。なら、その者の下に箱は届くでしょうな」

「はい。箱の奪還と同時に、ケネス・ヘイワード男爵を拉致(らち)してこいとの命令です」

◆

「艤装ならびに荷物の積み込み、三十分後に完了いたします」

「ご苦労、ノルベルト」

領騎士団長ノルベルトの報告に、頷くマリア。

そして、マリアは三人の方を向いた。

「聞いての通りです。お待たせしました。『港』に向かいましょう」

マリアはそう言うと、先に立って歩く。それに付いていくフィオナ、ハルトムート、そしてオスカー。

四人が進む道は、地下道。だがその地下道は、かなり幅も広く、天井も高い。地面も、石畳の立派なものだ。

しばらく歩くと、四人は広い空間に出た。そこが『港』。そこには、一隻の巨大な『船』が係留されていた。

だが、その『港』は海ではない、湖でもない。水の無い地中の港。

「さすがに急でしたから、一隻分の艤装しか間に合っていません。申し訳ありません、フィオナ様」

「いえ、マリア様。感謝しております。この空中戦艦なら、王国南部まで侵入できます」

捕虜救出のために準備されたのは、クルコヴァ侯爵領で研究開発された、新型の空中戦艦であった。

マルクドルフ級一番艦マルクドルフ。

勅命に『あらゆる手段をもって』とあったため、この船を使うことにしたのだ。戦場にも投入できる専用艤装を、試験段階とはいえ施されている唯一の艦。

帝都に連絡し、皇帝ルパート六世にも再度の使用許可を貰ってある。

もちろんこの新型空中戦艦は、帝国の秘密兵器だ。

だが、その秘密兵器を王国に知られてでも、捕虜の奪還は優先されるということだ。

「団長、皇帝魔法師団四十名、帝国第五軍第一連隊百名、揃いました」

フィオナの副官マリーが報告する。

マリーの後ろには、今回の任務に参加する者たちが整列していた。彼らが、ルンを襲撃し、十九人の捕虜を奪還する。

◆

「高度一万まで上昇せよ。気密隔壁閉鎖」

「右舷隔壁閉鎖完了」

「左舷隔壁閉鎖完了」

「〈スライド〉展開。風の抵抗、十分の一に低下！」

「〈スカイコントラスト〉展開。地上からは見えなくなります」

「全機能、正常に稼働中」

艦橋では、指示と報告が飛び交う。

フィオナ、オスカー、マリーはもちろん、ハルトムートにも何がなんだか分からない。

この空中戦艦を操っているのは、クルコヴァ侯爵領で、長い間、開発陣と寝食を共にしてきた『空の船乗り』たちだ。その前には、昔から帝国が保有する唯一の空中戦艦で、訓練を積んできたとマリアからは説明された。

そもそも、帝国に海はない。

だが、空中戦艦によって、空が……どこまでも果てしなく続く空が、帝国の海になろうとしていた。

その先陣を切るのが、今、操艦している者たちである。

者たちであるのだが……。

「ん？」

オスカーが首をひねる。

長い付き合いのあるフィオナであるが、オスカーのそういう光景は珍しい。

「しょ……いえ、副長？」

師団員ではないハルトムートがいることを思い出し、呼び方を変えるフィオナ。

「いえ……操艦している人たちが……」

そう言うと、オスカーは艦橋内を見回す。

艦橋内で、操艦に携わっている者たちは、全員同じ服を着ている。制服のようなものだ。

それはいいだろう。

オスカーが奇妙に思ったのは、全員、フードをかぶっている点であった。艦橋は寒いわけではない。むしろ、フードを被っていると周囲が見えにくくなる……それほど深くかぶっているのだ。

とても深くかぶっているのは、艦長以下六人。フードのせいで、顔はよく分からない。

分からないのだが……。オスカーの声が響いた。

「エルマー、この船は凄いな」

「分かるかオスカー！　そう、この船は……あっ……」

艦長は、自分がミスをしたことに気付いた。同時に、深くフードを被った他の五人が、首を振っている。

「まさか、『乱射乱撃』が操艦しているとはな……」

オスカーは首を振りながら言う。

そう、空中戦艦マルクドルフは、かつてのオスカー旧知のパーティー『乱射乱撃』のメンバーを中心に、操艦されているのであった。


高度一万メートルに達し、一直線に南下し始めてから、ようやく説明が行われた。

B級パーティー『乱射乱撃』は、六人の帝国冒険者たちで構成されるパーティーだ。オスカーとは、浅からぬ因縁がある。

『乱射乱撃』に関して特筆すべきは、六年前に行われた帝国における武闘大会、それも第五十回記念大会において、三位とベスト八という、上位に二人ものパーティーメンバーを輩出した点であろう。それによって『乱射乱撃』の六人は、一躍時の人となった。

だがその後、時を経ずして冒険者としての第一線を退いたという噂が流れていたのだが……。

「まさか空中戦艦に乗っていたとは」

「あはははは……」

オスカーが小さく首を振りながら呟くように言う。

リーダー剣士エルマーが苦笑し、他の五人も頬を掻いたり、微妙な笑みを浮かべたりしている。

「いやあ、記念大会の後、帝室とクルコヴァ侯爵夫人、両方からお誘いがあってな。俺とザシャだけではなく、パーティーメンバー全員で来ないかと。しかもよく聞いてみたら空中戦艦だぜ？　数百年ぶりに新たに研究しているそんな船の、乗員となることを前提に開発に協力してみないかと。これは冒険者としてうずくだろう？」

「侯爵領内に屋敷も貰えるし、給金もスゲー良かったしな」

エルマーの説明に、乗っかる双剣士ザシャ。

「人なら空を飛びたいよね」

「人だし空を飛びたいよね」

双子の弓士姉妹ユッシとラッシも乗っかる。

治癒師ミサルトはいつも通り笑顔を浮かべて頷き、斥候アンも小さく肩をすくめる。

苦楽を共にしてきたパーティーは、六年経っても仲は良いようだ。


ちなみに、オスカーと『乱射乱撃』の会話を、少し離れた場所からフィオナ、マリーそしてハルトムートが見ている。会話の内容は、三人にまで聞こえてきていた。

「なるほど、あの『乱射乱撃』の者たちでしたか」

「私も、あの大会は見に行った。双剣士が三位、剣士が準々決勝まで進んでいたはずだ」

ハルトムートが思い出しながら言い、フィオナも光景を頭に浮かべて答えた。

「オスカー殿が優勝されましたね。あの準決勝と決勝は、私も見ました。鳥肌が立ちましたよ」

「皇帝十二騎士が鳥肌を立てましたか」

「ええ。特にあの準決勝……オスカー殿とエルフとの戦いは……」

フィオナの言葉に、ハルトムートが答える。うっすらと笑みを浮かべながら。

その笑みは、優しさ以外のものが含まれている……フィオナにもはっきりと感じ取れるほどに。

「……戦いたいと思われましたか」

「ええ。両方とね」

それは、本当に一瞬だけであった。

傍らで見ていたマリーが、見間違いかと思ったほどにほんの一瞬。だが、フィオナははっきりと見て取った一瞬。

ハルトムートの口元に浮かんだ戦闘狂の笑み。

皇帝十二騎士の一人なのだ。戦いに、心の一部が捕らわれているのは当たり前……。

フィオナは小さくため息をついた。

◆

涼とアベルは、離れで待たされていた。

ケネスは、別の場所で仕事をしており、もうすぐ戻ってくるらしい。

「優秀な人は忙しいものです」

「みんな、優秀な奴に仕事を頼みたいからな」

涼の言葉に、アベルも同意する。

「どこかの剣士のように、行けばいつも食堂で本を読んでいる人は、はたして優秀なのか……」

「さてな……仕事をこなすのが早いんじゃないか？」

涼が、よく『黄金の波亭』の食堂で本を読んでいるアベルのことをあげつらう。当然、アベルはその程度のことに痛痒を感じたりはせずに、軽やかにかわす。

「ああ言えばこう言う……理屈の多い人には、仕事を頼みたくないです」

「リョウからの仕事の依頼は、高い金額を吹っかけて断るから大丈夫だ」

「いたいけな後輩をいじめるなんて、酷い先輩です」

「こういう時だけ、先輩扱いするな！」

もちろん喧嘩しているのではない。じゃれ合っているだけだ。

そんな離れに、ケネスが戻ってきた。

「お待たせしたようで」

「大丈夫です、ケネス。アベルはいつでも暇ですから」

「問題ないぞ、ケネス。リョウは俺以上に暇だからな」

涼とアベルの反応に、苦笑するしかないケネス。この中で、一番大変なのはケネスであろう。

「ケネスが反応に困っています。アベル、少しは考えてください」

「気にするなケネス。リョウのたわ言はいつものことだ」

「たわ言とは失敬な！　まあ、アベルは放っておいて、見てほしいのはこの錬金道具です」

涼はそう言うと、いつもの鞄から、一辺十センチほどの金属の箱を取り出して、ケネスに渡した。

「これは……」

ケネスは受け取ると、いろいろ見たり、手触りを確認したりしている。

「スイッチ一つなくて……。まず、それって、錬金道具ですよね？」

「ええ。かなり高度な錬金道具です」

涼の問いに、大きく頷いて答えるケネス。

「かなり高度ですって、アベル」

「ああ。で、それを俺に振ってどうしたいんだ？」

「かなり高度なやつなので、僕が手を焼いたのは仕方のないことなのです」

「……それを主張したいがために俺に振ったのかよ。どうだケネス、なんとかなりそうか？」

「アベル失礼ですよ！　ケネスはアベルなんかとは違って、立派な錬金術師なのです。なんとかしてしまうのです」

「なんでリョウが威張って言うんだよ……」

なぜか涼が胸を張って答え、アベルが小さく首を振る。

「この手のやつは、決められた言葉を唱えながら魔力を流すことによって、初めて起動します。ですので、盗まれたり拾われたりしても、中の情報はもちろん、そもそもなんのための錬金道具なのかも知られません」

「パスワード認証……」

ケネスの説明に、思わず現代用語を呟く涼。

つまり、それだけ厳重な管理をされるべき錬金道具なのだろう。

「その、決められた言葉とかいうのが分からない限り無理か……」

アベルが顔をしかめて言う。

「そうですね。捕虜の人たちから、その言葉を取り出してからの話になるのですね」

涼も顔をしかめて言う。

「私もさっき聞いたのですけど、強制侵食椅子を使うのですね。あれは、確かに頭の中の情報を引き出せるのですが……。そもそも、人の頭の中に入っている情報って、もの凄い量なのです。それを分析する錬金道具もありますけど、それを使っても精査するのに何カ月もかかりますし、分析をする人は、膨大な情報に目を通さなければいけないので……」

「それは、凄く大変そうです」

「同感だ」

ケネスの説明に、涼もアベルもため息をついた。

頭の中から吸い出した膨大な情報の中から、欲しい情報を探し出すのは、確かに大変そうだ。

ケネスは説明をした後、部屋の隅に置いてある鞄を開いた。涼のような肩掛け鞄ではなく、旅行に持っていくようなかなり大きめの旅行鞄だ。紙を綴じ込んだフォルダーのようなものが、大量に入っている。

ケネスはその中の一つのフォルダーを引っ張り出すと、作業机の上に置いた。さらにフォルダーを開き、一枚の紙を取り出す。

「運が良ければ、これが使えます」

その紙はＡ３用紙ほどの大きさだろうか。かなり精緻な……。

「魔法陣？」

「ええ。リョウさん、見てみますか？」

ケネスは、嬉しそうな表情で涼に見せる。

涼はテーブルの上に広げて、食い入るように見入った。

「なんですかこれ……。複雑すぎる……。これはループ機構？　いや、一つずつずらしながらループ？　同時にグループ組み合わせみたいな……。ん？　この外部読み込みみたいなのは何？　指を置いてそこから魔力を流し込み？」

涼が魔法陣を見ながら、呟く。

いろいろ頭の中で考えているらしく、その思考が口から漏れている。

その間に、ケネスは別の旅行鞄から、下敷きのような折り畳み式の薄い板を取り出してきた。今の魔法陣の下に敷いて使う道具のようだ。

「ケネス……僕にはよく分かりませんでした。ただ、なんとなくの機構と、現在の状況を鑑みた場合に、もしかしてさっきの箱の、『決められた言葉』を強制的に探り出すやつとかですか？」

「ああ、さすがリョウさん。正解ですよ」

涼が、テストがもうすぐ終わるけど解答が分からない、けど何か埋めなきゃの精神で言った言葉を、正解だと褒めるケネス。

だが涼は嬉しいというより、恥ずかしそうだ。

「当たりましたけど、ちゃんと魔法陣を読み解けたわけではないので……」

「少しずつ経験を積んでいけば、いずれ完璧に読み解けるようになりますよ。大丈夫です」

褒めて伸ばす。ケネスはそういうタイプらしい。

そんな二人のやりとりを、無言のまま見ていたアベル。本当に小さな声で呟いた。

「うん、俺には綺麗な落書きにしか見えなかった……」

ケネスは、折り畳み式の板を広げて置き、その上に魔法陣の書かれた紙を置く。さらに、魔法陣の上に例の箱を置いた。

そして、魔法陣の隅に二カ所ある意味ありげな渦巻き模様に、両手の親指をそれぞれ置いてから、唱えた。

「〈読み取り開始〉」

その瞬間、魔法陣から淡い光が立ち上る。

錬金術発動時の光だ。よく見ると、その光はわずかに色調を変えながら、かなりの速さで明滅している。

「明滅する錬金術の光とか、初めて見ました」

「色も変わって綺麗だな」

涼とアベルが、その光景を見ての感想を述べる。

無音のまま、光だけが変化する光景は、かなり幻想的だ。今はまだ昼間なのだが、夜だったらさらに綺麗だろう。

時間にすれば一分ほどであったろうか。

突然、下に敷かれた板に文字が描かれた。

「『皇帝陛下万歳　世界の全てを帝国の旗の下に』が、起動用の言葉ですね」

ケネスが、描かれた文字を読み上げる。

「なんて思いあがった言葉！」

「まあ、帝国だしな」

涼が憤慨し、アベルが苦笑する。

世界の全ては分からないが、中央諸国において、帝国の国力は圧倒的だ。経済力にしろ軍事力にしろ、三大国と呼ばれる王国や連合と比べても、頭一つ抜け出ている。それは、国の中枢にいる者だけでなく、一般の各国国民すらもそう認識している。

「帝国は、錬金術においても進んだ国です。公表されることがほとんどないために、なかなか知られないのですが、帝国錬金協会で開発される錬金道具は独創的なものが多いです。おそらくは、この箱もそういう物でしょう」

ケネスはそう言いながら下敷きと魔法陣の紙を片付け、テーブルの上に箱を置いた。

「とりあえず、さっきの言葉で起動してみましょうか」

「だ、大丈夫なのか？　突然弾けたりとかは……」

「大丈夫ですよ」

アベルの懸念を、笑顔で打ち消すケネス。

涼は無言だが、生唾を飲み込んだ。心配しているというより、何のための道具なのかが気になっているのだ。

「『皇帝陛下万歳　世界の全てを帝国の旗の下に』」

ケネスが魔力を流しながら唱えた。

箱は開いたりはせずに、箱の表面に文字が描かれる。

「ふむ……」

それを読みながら、あるいは魔力を適時流して、ケネスが操作する。

しばらくすると、一つ頷いて言った。

「これは、土属性魔法使いの魔力を流すことによって、周辺の地形情報を収集する錬金道具です」

「周辺の地形情報？」

「そんなものを収集してどうするんだ？」

ケネスの答えに、涼が首をひねり、アベルも意味が分からず問う。

「多分、受け取って解析する大きな錬金道具が別にあるのでしょう。例えば帝都とかに。この箱の中に集積した地形情報を基に、その道具で、地図を作ることができます」

「地図……」

「なるほどな。そういうことか」

ケネスの説明に、涼がやはり首を傾げる。だが、アベルには思い当たるものがあるようだ。

「アベル、何か思いついたんですか？」

「ああ。軍事作戦を遂行する場合、無いと困るものがいくつかある。その中でも、敵国に侵攻する際、事前に手に入れておきたいもの、その一つが相手国の地図だ」

「それってつまり……」

「帝国は、王国への侵攻を考えているということだな」

沈黙が離れを支配した。

帝国による王国への侵攻……もちろん、それがいつ行われるのか分からない。一年後か、五年後か、あるいは十年後か。

その時までに情勢が変わり、侵攻が行われなくなる可能性もある。

歴史的に見ても、複数の国が絡む政治情勢というのは、変わりやすい。

国主が没したり、王子王女が結婚して新たな結びつきができたり……天変地異や大災害によって戦う力が失われたり、あるいはその必要がなくなったり……。

「ちょっと帝都に行って、皇帝さんを殺してきますか?」

「うん、そういうのはやめろ。そもそも、まだ侵攻が行われたわけでもないんだからな。こちら側から戦争の火種を撒くな」

涼の提案は、アベルによって却下された。

「いろいろと急がなければなりませんね」

ケネスはそう言うと、一つ大きく頷いた。

だがすぐに、手に持っている箱を思い出す。

「でもとりあえずは、この中に入っている情報を〈転写〉しておきましょう。王国内の地図は、それなりにはありますけど、この中にあるのと組み合わせれば、もっと詳細なものになるでしょうから」

「なるほど。さすがはケネスです」

ケネスの提案を、手放しで称賛する涼。

「聞きましたかアベル。これこそが、建設的な意見というものなのです」

「おう、確かに建設的だが……なぜ、俺に振る?」

「アベルがいつも、破壊的な行動ばかりする剣士だからに決まっています」

「リョウの方が、破壊的な行動ばかりする魔法使いだろうが」

「無知蒙昧なりアベル! これを見るがいいです!」

涼はそう言うと、氷でケーキを作り出した。

高さ一メートルのモンブランケーキを。

「破壊の反対は創造。まさに僕は、創造的な魔法使いなのです」

「凄いですね、これは」

胸を張る涼。精緻にして美麗、氷の造形としては、確かに素晴らしいケーキを褒めるケネス。歩いて、ケーキをじっくりと見て回り始めた。

「ああ……驚くほど創造的だな、それは認める。だが……」

アベルはそこで一度言葉を区切ってから、再び続ける。

「役に立たないという意味で、建設的ではない」

「ぐぬぬ……」

アベルの断定に、悔しそうな涼。

建設的ではなくとも、『帝国の侵攻』という沈黙に支配された離れの空気は、完全に破壊されたのであった。

「では、箱の中身の転写をしてきます。さすがにここでは無理なので、錬金実験室の方でしてきますね」

「おぉ！」

ケネスが言うと、涼が嬉しそうな声をあげる。

「知っていますかアベル。この領主館の錬金実験室は、凄くいろんな錬金道具が置いてあるんですよ」

「なんでリョウがそんなことを知っているんだ？」

「以前、セーラに案内されて見せてもらったのです」

涼は、その時に見た錬金道具を思い浮かべているのだろう。にやけている。

そんな涼を見て、笑いながらケネスは離れを出ていった。

「リョウ、ケネスは行ったぞ。俺らはどうする？　その実験室とやらに付いていくか？」

「いや、アベル。あそこは、基本的に我々部外者は入っちゃいけないのです。セーラが連れて行ってくれた時も、事前に僕を連れて行くという申請をしてくれたから入れたのですよ」

「ほぉ。さすがに厳重なんだな」

アベルは大きく頷いた。

アベルは第二王子という立場上、昔からこのルン辺境伯が『あるもの』を造っているのを知っている。それは何十年にもわたっており、錬金術を駆使し、機械工学の粋を集め、冶金(やきん)技術の極致でもあることを知っている……そのために、多くの人材を在野から常に集め続けていることも。

今回の、ケネス・ヘイワードを王都から招聘したのも、それに関連したものであることは確信している。

おそらく、錬金術面で、最終調整に近い状態にまで来ているのだろうと。

だが、目の前にいる錬金術を趣味とする水属性の魔法使いにはそれは言えない。だが、いつかは知るだろう。そして知った時、喜ぶであろうその顔も想像できる。

「まあ、いずれな」

「え？　アベル、何か言いました？」

「いや、なんでもない。そうだな、いずれリョウが入るはずの地下牢に行ってみるか。捕まった連中もいるだろ。ちょっと、強制侵食椅子とかいうやつ、見てみたいしな」

「アベルも見たことないんですよね」

「ああ、ない。聞いたことはあったんだが……なんか、な」

「分かります。なんか、怖いですよね」

「ああ、なんか、怖いよな」

そうして、二人は離れを出て、地下牢のある領主館第二別館に向かうのであった。

◆

マルクドルフ艦橋では、奪還作戦の最終確認が行われていた。

その途中で、ハルトムートが質問をする。

「捕らわれているのがルンの街であるというのは分かったが、細かな場所というのはまだ不明ということですよね。それは、いつ確定するのでしょうか？」

「近付けば分かります」

フィオナが答える。

「近付けば？」

ハルトムートが首を傾げる。

「フィオナ殿下は、ある程度の距離まで近付けば、魔法師団員の場所を把握することができます。ですので、ハルトムート卿率いる十九人の奪還側に加わっていただくのです」

オスカーが答える。

「……それは魔法的に把握できると理解してよろしいので？」

「ええ、構いません。ですがハルトムート卿、このことをご存じなのは、師団員を除けば皇帝陛下と執政キルヒホフ伯爵のみです。ですので、どうかご内密に」

「はい、承知いたしました」

笑顔を浮かべてのフィオナの答えに、何度も頷くハルトムート。

ハルトムートも、把握している人間の顔ぶれから、帝国の最高機密であることを理解したのだ。

最高機密に関しては、たとえ帝国における剣の頂点である皇帝十二騎士であっても、取り扱いは慎重に行うことが求められている。つい外に漏らしてしまえば……比喩でなく首が飛ぶ。

だが、ふと疑問に思う。

把握する系統の魔法のほとんどは、風属性の魔法だ。〈探査〉の魔法が有名だろうか。だが、フィオナが操るのは火属性と光属性。二属性を操るだけでも非常に稀有だが、その二つに関しては帝国全土でも頂点に近いと言われている。だが、どちらも、〈把握〉や〈探査〉からは遠い系統の魔法……。

それなのに、魔法師団員の場所が分かる？

そう考えていると、ふとハルトムートの視界に、フィオナが常に腰に下げている剣が入った。

宝剣レイヴン。

代々、帝室に伝わる、中央諸国で最も有名な魔剣の一つ。ほとんどの場合、時の皇帝が佩いていたが、現在は第十一皇女フィオナの愛剣となっている。レイヴンの特性として、二属性の魔法をその身に宿している。火属性と風属性。

そこまで考えて、ハルトムートの頭の中に閃いた。

（まさか、宝剣レイヴンの特性？　あるいはそれによる何かか？）

だが、閃きはしたが口には出さない。

先ほど、内密にと言われたばかりだ。思ったことを、すぐ口に出していては命がいくつあっても足りない。それは皇帝十二騎士とて同じ。いやむしろ、帝国中枢近くにいる分、市井の民に比べて、口にする言葉に関しては、はるかに慎重でなければならないだろう。

ハルトムートは小さく首を振ると、目の前の最終確認に集中した。


「魔法あるいは錬金術によって、十九人から貴重な情報を引き出される可能性がある。そのため、夜を待つ余裕はない。到着次第、奪還作戦を行う。エルマー、今の速度だと、ルン上空に到達するのは？」

「一時間後、午後四時だ」

オスカーの問いに、艦長のエルマーが答える。

このマルクドルフで侵入し、このマルクドルフで撤収する以上、艦長エルマーも作戦の詳細を知っておく必要がある。

「突入、奪還、撤収までを三十分以内で。その間、マルクドルフは空中からの支援をお願いする。師団員を二十人残していく。彼らが、艦から地上に向けて魔法砲撃を行うから、上手く使って、落とされないようにしてほしい」

「任せろ」

「突入時、空からの魔法斉射で、上陸地点を確保する。いろいろ、船の機動が難しいかもしれんがそこは頼む」

「おう、承知した。無事に仲間を連れて戻ってこいよ」

◆

第二別館に向かう途中の涼とアベルは、知り合いに会った。正確には、涼の知り合いだ。

「こんにちは、アブラアム・ルイさん」

「リョウさん、珍しいところでお会いしますね」

それは、ルンの街に武器屋を開いているアブラアム・ルイ。元々の出会いは、ウィットナッシュでエト用の弩(いしゆみ)を買い求めたのが最初だ。

その後、アブラアム・ルイはウィットナッシュの店を閉め、ルンの街に店を出した。さらには、セーラ行きつけの武器屋ドラン親方の店でも会い、ようやく涼は自分の名前を伝えることができたのだ。

「こちらはアブラアム・ルイさん。凄い連射式弩を製作し、さらに天才時計師でもあるのです」

涼はアベルに紹介する。

涼の中では、アブラアム・ルイは天才時計師なのだ。名前的に、地球の歴史上、最も有名な時計師アブラアム・ルイ・ブレゲが頭に浮かぶから。

アベルとアブラアム・ルイが挨拶し合う。

「アベルさんと言えば、先日A級に昇級された？」

「ええ、そうです。こう見えても、実は凄い剣士なのです」

「どう見えてるんだよ……」

アブラアム・ルイが驚き、涼が微妙に褒めながら言い、アベルが不満顔になる。

「そういえば、アブラアム・ルイさんは、領主館の開発工房にも協力しているんでしたね。ドラン親方の所で、そんな話を聞きました」

「はい。ここ数週間は、こちらにずっと詰めております」

「僕も、ほぼ毎日領主館には来るんですが、お会いしたのは初めてです」

「リョウの場合は、騎士団詰所だからだろ」

アベルが小さく首を振りながら言う。

「騎士団詰所？」

「指南役と模擬戦をしているそうだ」

「指南役？　ああ！　セーラ様と毎日模擬戦をしている冒険者というのは、リョウさんでしたか。私でも聞いたことあります、凄い戦いなのだとか」

「いやあ、それほどでも」

褒められて照れる涼。

涼とセーラの模擬戦は、館の中にいる多くの人間が知っているらしい。

彼のような基本工房通いの人間まで……。


二人はアブラアム・ルイと別れ、再び第二別館に向かって歩き出した。

だがすぐに、また知り合いに会う。

今度は二人とも知っている人物。そもそも、一時間ほど前まで会っていた……。

「ギルマス？」

二人が会ったのは、ギルドマスター、ヒュー・マクグラスであった。

「ん？　アベルとリョウか？　さっきぶりだな。ああ、リョウはセーラと模擬戦か……いや、あれは騎士団詰所の演習場だろ。こっちじゃないよな」

「はい、今日は模擬戦ではなくて、さっきの捕虜の人たちの……」

涼は何というべきか迷い、言葉を濁して、隣のアベルを見る。

「例の、強制侵食椅子というのを見てみたいと思ってな」

アベルは言葉を飾ることなくはっきりと言った。

「アベル、そんなにはっきり言ったらダメですよ。ちょっとお手伝いをしようと思ってとか、見張りの方々に食べ物をお持ちしようと思ってとか、そういうごまかしをしないと……」

「いや、ごまかしって言ってるだろ」

「しまった！」

アベルが呆れたように首を振り、涼がミスを指摘されて大きく目を見開く。

そんな二人の会話を聞いて、ヒューは小さくため息をついた。

「強制侵食椅子を見たいんだな……まあ、普通のまともな人間は、一生見ることもないやつだからな」

「普通のまともな人間は、ということは、リョウはこの先はあるかもな」

「僕は、普通でまともですからありませんよ。むしろ、アベルの方があり得ますね。普通じゃないし、まともでもないですから！」

「なんというか、リョウにだけは言われたくないな」

「失敬な！　アベルにだけは言われたくないです」

「心配せんでも、二人とも、普通でもまともでもないだろうが」

「えぇ……」

ヒューの断罪に、涼もアベルも言葉を失った。

◆

仲良く三人で第二別館を目指して歩く。

だがその中で、衝撃の事実がヒューから伝えられた。

「地下牢には無いぞ」

「え？」

「今回のような場合でもない限り、滅多に使うもんじゃないからな。普段は、第二別館大倉庫とかに置いてあるそうだ。そもそも現代の錬金術師でも作れない道具だ、地下牢とか湿気の多い場所には置いておけんだろ」

「まあ、確かにな」

ヒューの言葉に頷くアベル。

だが、なぜか涼が悔しそうな表情だ。

「なぜ、リョウがそんな表情をしているんだ?」

「現代の錬金術師……ケネスなら作れると思うのです!」

勝手に師と仰いでいる天才錬金術師ケネス・ヘイワード男爵なら、作れるに違いないと主張する涼。

「いや……俺にそう言われても……」

涼の剣幕に押されるヒュー。

「時間さえあれば、ケネスならやってくれるはずです。全ては、忙しすぎるのがいけないのです。次から次へと仕事を持ち込む周りの人たちが……」

「箱の分析を頼んだリョウもな」

ボソリと呟くように言うアベル。

「ぼ、僕のは仕方ありません。国の命運がかかった分析です!」

涼は一瞬たじろいだが、主語を大きくしてごまかした。


三人は第二別館大倉庫前に到着した。

扉の前では、当然のようにルン騎士団が守っている。

「騎士団長に呼ばれて来たんだが」

「伺っております、マクグラス殿」

ヒューが言い、騎士団員が敬礼して答える。

「アベル、ヒューさんが大物感を出しています」

「大物感というか、実際、大物だろ。ギルドマスターってやつは」

「僕もちょっと試したいです」

「は?」

涼の言葉の意味が分からないアベル。

「誰にも呼ばれていないけど来たんですが」

「え、あ、伺っておりませんが、どうぞ、リョウ殿……」

突然の涼のアドリブに、驚きながらも通る許可を出す騎士団員。

「やりましたよ、アベル。顔パスってやつですね。セーラが時々やってて、カッコいいなと思っていたんですが、僕でもできました」

「おぅ……なぜ、わざわざ混乱させるのか……いや、カッコいいからか。うん、やっぱり俺にはリョウは理解不能だ」

「アベルは入らないんですか？　きっと僕についてくれば入れますよ」

「そうなのか？」

アベルはチラリと騎士団員を見る。

「どうぞ」

騎士団員はそう言って通してくれた。


第二別館大倉庫。

確かに、大の文字が付くとおり、広い。

地球におけるドーム球場くらいだろうか。奥行きは二百メートル近くあるかもしれない。

そんな広大な空間だが、置かれている物は極めて少ない。倉庫ではあるのだが、広大な空間の片隅に、ちょこんと置かれているだけ。

だが、入室した涼とアベルの目が釘付けになったのはそこではなく……。

「床に並べられていますね……」

「けっこう異様な光景だよな」

気絶枷を付けられた十八人の捕虜たちが、綺麗に等間隔で、床に寝かせられているのだ。そして、一番奥には一脚の椅子と、そこに座らされた男性が一人。

椅子は、やけに背もたれが大きい。そこに、錬金道具としての機能が詰め込まれているのだろう。背もたれの後ろに回って、一人の錬金術師が何やら操作をしていた。

もちろん、椅子の周りにも騎士団員がおり、倉庫の壁際にもけっこうな数の騎士団員が配置されている。

先に入ったヒューが、その一人の元に歩いていった。

「おう、ヒュー、来たか」

「ネヴィル、これが強制侵食椅子とかいうやつか。かなりでかいな」

迎え入れたのは騎士団長ネヴィル・ブラック。ヒューは、強制侵食椅子の背もたれの大きさに驚く。

「あの背もたれに、いろいろ仕込まれているそうだからな。まあ、俺も詳しくは知らん」

「あの、後ろに回って操っているのは……」

「ヘイワード男爵の部下だな。ラデン殿だったか」

「ああ、王立錬金工房の……」

ネヴィルとヒューの会話は、涼とアベルにも聞こえてくる。

「すでに椅子は動いているみたいです」

「ああ、少しだけ音が聞こえるな」

耳を澄ますと、ブーンという低音がかすかに聞き取れる。

「座らされているのって、将軍さんですよね」

「ランシャス将軍な」

「椅子から伸びた何かが、耳とか頭に穴を空けて侵入していくのかと思っていたのですけど、違うみたいですね。目を瞑って……頭は椅子に固定されていますけど、痛くはなさそうです」

「拷問器具じゃないからな」

涼の言葉に、アベルは肩をすくめて答える。

涼は、想像していたのだ。座らされ、グアアアアみたいな悲鳴を上げながら、頭から情報を引き抜かれる光景を。正直、拷問は好きではないので、そんな光景は見たくないと思っていたが……そんなことがなくてホッとしていた。

「むしろ、将軍さんの表情が穏やかに見えます」

「リョウもそう思ったか？　多分、気持ちいいんじゃないか？」

強制侵食椅子に座らされているランシャス将軍の表情が、進むにしたがってだんだんと穏やかになっていくのだ。

それは、さすがに想定外であった。

「アベル、これが終わったら……」

「嫌だ！」

「え？　僕が何を言おうとしたか分かったんですか？」

「ああ。これを試せというんだろう？　もう一度言う、嫌だ」

「剣士たるもの、先陣を切って突っ込む……」

「嫌だ！」

涼の提案を、頑なに拒むアベル。

「リョウが行けばいいだろう」

「ダメです、僕は魔法使いですからね」

「関係ない！」

「いいえ。魔法使いというのは、安全、安心な後方でぬくぬくと指示を出す立場なのです」

なぜか威張って言う涼。

アベルは、小さく首を振ってため息をつくのであった。

領主館では、そんな平和（？）な時間が流れていたのだが……。

突然、ルンの街に鳴り響いた鐘の音によって、平和は、破られた。

◆

その瞬間、領主館の屋上や見張り台にいた守備兵たちは、何が起きたのか理解できなかったろう。


太陽を背にして突入してくる船を認識できる者は、ほとんどいないから。

いや、そもそも、空から船が突っ込んでくるということ自体が、想像の外であろうか。


「よし、始めるぞ」

艦橋で、艦長エルマーが宣言する。

それを受けて、多くの者が無言のまま頷く。手順は完璧に理解している。

エルマーが一度深く息を吸う。

そして、傍らの伝声管に怒鳴った。

「これより急降下を行う！　総員、何かに掴まれ！」

一息だけ呼吸をし、いつもの声で命令を出した。

「マルクドルフ、突入」

それに応じて、艦橋内を声が飛び交う。

「俯角、十秒で最大戦速に到達します」

「〈スライド〉甲板上にも展開」

「〈障壁〉、前面に最大展開します」

ルンの街から遠く離れた場所であれば、空から、一直線にルンの街に向かって突っ込む船が見えたであろう。それは、鷹が急降下する姿に見えたかもしれない。大きさは全然違うが。

「何度やってもきついよ」

「何度やっても慣れないよ」

艦橋で、ぼやく双子姉妹。

だが、喋れているだけましだろう。

操舵手であるザシャは、慣性で椅子に押し付けられながら、操舵輪を握りしめている。この急降下の成否は、彼の操舵いかんにかかっているのだ。

「対象との距離、千を切ります」

冷静に報告するのは、元斥候の、一等航空士兼哨戒員アンだ。

その声を元にして、艦長エルマーは指示を出さねばならない。その指示が、急降下の成否を決めるもう一つの要素。

「距離、五百……四百……三百！」

「オスカー、撃て！」

エルマーが伝声管に怒鳴る。

その瞬間、船首甲板から百を超える炎が放たれた。

対象は、ルン辺境伯の領主館。

命中した炎が、屋上や見張り台にいた守備兵たちを打ち倒す。

炎が放たれると同時にザシャが操舵輪を引き起こす。同時に踏まれる逆推進装置。急ブレーキの衝撃が、総員に襲いかかる。

だが、事態は待ってはくれない。そして、上司も待ってはくれない。

領主館第二別館屋上にホバリングしたマルクドルフの船腹が開く。同時に、捕虜奪還襲撃隊を率いる皇帝十二騎士の一人、ハルトムート・バルテルの声が響いた。

「突撃！」

命令と同時に、真っ先に駆けだすハルトムート。そのすぐ後に続くフィオナとマリー。さらに続く皇帝魔法師団十人と、帝国第八軍百人。

借り受けた第八軍は、全員、捕虜奪還の側に入れられていた。

そのすぐ後に、船腹からさらに十人の魔法使いが出てくる。そこに、甲板から飛び降りて合流するオスカー。

「箱とケネス・ヘイワード男爵の確保に向かうぞ」

そう言うと、オスカーらは走り出した。街中に鳴り響き始めた鐘の音を聞きながら。

◆

街中に鳴り響く鐘の音は、第二別館大倉庫の中にも聞こえていた。

「襲撃だな」

「帝国め、早いな。いったいどうやって、これほど早く……。今はいいか。狙いはここだろう」

ヒューが断定し、ネヴィルが顔をしかめる。

「う～ん……」

「どうした、リョウ」

涼が呻き、アベルが問う。

「この部屋の中からだと、外の状況が分かりにくいのです」

涼のソナーの魔法は、空気中の水蒸気を伝う情報を拾い、分析するものだ。そのため、この大倉庫のように機密性が高く、窓も扉も開いていない場合、とても情報を拾いにくくなる。

だが、それでも……。

「百人ほどの人たちが、一直線にここに向かってきます！」

拾った情報を大声で報告する。

「おう！　帝国の魔法か錬金術かで、この連中の場所が分かるんだろうよ」

「さすがは帝国といったところか」

ヒューが推測し、ネヴィルが顔をしかめながら称賛した。


三十秒後。

正面の扉が開いた。

その瞬間、飛び込んでくる者たちがいる。

同時に、倉庫の中からも三条の影が奔った。

交差した瞬間、くぐもった声があがる。

奔った三条の影は、さらに剣を合わせて戦闘不能者を作り出した後、元の位置に戻った。

アベル、ヒュー、ネヴィルの三人だ。

涼は、一人首を傾げている。

(皇女様と、もう一人の幹部がいる。ユルゲンさんの奪還に来たのだから当然なのでしょう。でも、肝心のあいつがいない……)

「一人足りません」

涼の言葉は、それほど大きくない。だが、アベルには聞こえた。

「爆炎の魔法使いか。皇女様がいるってことは、来てないはずないよな、別の狙いか?」

「別の? 他にあいつが行くほどのもの……?」

「……箱か!」

「箱は、ケネスが!」

涼は言うが早いか、一気に駆けた。

駆けた、という表現は正しいのか……。その動きを認識し、動けたのはただ一人。

正面の帝国騎士だけ。

カキンッ。

交差しざまの帝国騎士の一撃を、村雨で受け流し、そのまま部屋を駆け抜けた涼。

通った後には、細かな水の粒子が揺蕩っている。

「ほぉ、とんでもないのがいたな。あれは、向こうに行ったが?」

帝国騎士、すなわちハルトムートがニヤリと笑い、フィオナの方を向く。

それを受けて、フィオナは小さく首を振った。放っておこう、向こうに任せようと。

「承知した。では、我々は、不肖(ふしょう)の弟を回収させてもらう」

「弟?」

ハルトムートの言葉に、ヒューが訝しげに呟く。

「皇帝陛下は、笑いながら、襲撃の時に名乗ってもいいとおっしゃったからな。名乗るとしよう。私は、皇帝十二騎士の一人、ハルトムート・バルテル。そこに気絶させられているユルゲン・バルテルの兄だ」

名乗りが与えた衝撃は、かなりのものであった。

「皇帝十二騎士、だと……」

その呟きは、ネヴィルだ。

「領主館を襲撃しておいてわざわざその名乗りを上げるというのは、戦争になっても構わんということか」

ヒューが問う。

「さて……。十年前の王国なら戦争になったかもしれんな。だが、今の王国政府が、その判断を下せるとは思えんが。どうかな？」

ハルトムートは笑顔を浮かべてはっきりと言い切る。

その言葉に、反論できないヒュー。表情こそ変えないが、心の中で苦々しく吐き捨てた。

（全くその通りだよ！）

そして、敵も味方も含めて、一度周りを見回す。

その上で、口を開く。

「はっきり言って、皇帝十二騎士の相手は、俺では無理だ」

誰に対して言ったのかは明らかだった。

言われた本人も、理解して答える。

「つまり、俺に相手をしろということか」

アベルが小さくため息をつく。

「俺が皇女殿下の相手をする。ネヴィル、騎士団を率いて、他を何とかしてくれ」

「承知した」

ヒューが割り振り、ネヴィルが頷く。

こうして、大倉庫戦闘は、次の局面へと移っていった。

◆

「私の相手をしてくれるのは、貴公か。魔剣持ちとは……相手にとって不足はない」

「いや、油断して手を抜いてくれた方がいいんだが」

ハルトムートの言葉に、軽口を返すアベル。

だが、アベルの心の中は叫び出したい気分だった。

（なんだこいつ、相対しただけでヤバさが伝わってくるぞ！）

ガキンッ。

何の前触れもなく間合いを侵略し、打ち下ろされたハルトムートの剣。

それを受け止めるアベル。

「ほぉ。見た目は冒険者だが、その辺の者たちとは違うな」

そう言うと、ハルトムートは笑う。

それは今までとは違う、禍々しい……まさに、戦闘狂の笑い。

対するアベルは、笑みなど浮かべる余裕はない。

一合で分かってしまった。

（やばいやばいやばいやばい！　あり得ないくらい強い！　炎帝なんて話にならないくらい……これほどの強剣士、記憶にない……いや、違う、師匠か。師匠並みか。師匠って、仮にも剣聖だぞ？　それと同等の強さって、なんだそれ！）

千々に乱れるアベルの心。

だが、今、強敵との剣戟が始まったのだ。なんとかして乱れを消し去らねばならない。

どうする？

自分よりも絶対的に強い相手に対して、どう戦う？

受けに回ればジリ貧だ。

ならば？

（攻める！）

アベルは、一瞬で腹をくくった。

それによって、心の乱れが消える。

心の乱れが消えれば、剣筋の乱れも消える。

「ほぉ」

その剣を受け、思わず声を漏らすハルトムート。

「王国の冒険者、貴公の名前をぜひ聞きたい」

問いかける声には、敬意すら感じられた。

「A級冒険者、アベルだ」

「なるほど。さすが、A級にまで上がる冒険者は違うということか」

アベルの答えに、小さく頷くハルトムート。

そして、はっきりと言い切った。

「全力で倒させてもらおう」

アベルも言い返す。

「やってみろ」

ここに、中央諸国、最高峰の剣戟が始まった。

攻めと守り……攻守の入れ替わりの激しい戦い。

アベルは王国王家、ハルトムートは帝国伯爵家の出身だ。

小さな頃から、アベルは王国騎士団を率いる予定であったし、ハルトムートは武門の誉れ高いバルテル家の次期当主であるため、どちらも剣で身を立てるつもりで成長してきた。そして、少なくとも半生を剣に捧げてきたと言っても過言ではない。

剣に関する背景は、ある種、似ていると言えるだろうか。

アベルは、中央諸国で正統派と言われるヒューム流。ハルトムートは、ヒューム流から派生した帝国正伝流。剣の流派としても、親戚のようなものと言っていいだろう。

「基本を完璧に習得しているな。貴公、本当に冒険者か？」

「どっかの影軍司令官も同じことを言ったが、冒険者をなめ過ぎだぞ」

「それは失礼した。だが、そうか。ユルゲンやランシャスを倒したのは貴公か」

「それは半分違う。ランシャス将軍は俺だが、あんたの弟を倒したのは俺じゃない」

「……さっき飛び出していった男か？」

「よく分かったな」

ハルトムートの、いきなりの正解に驚くアベル。

「あれは、正直……何か異質なものに感じた」

「なるほど。その感覚は合ってるかもな」

アベルは小さく頷く。

誰よりも涼のことを信頼している。それは揺るがない。

だが、涼は本当に人間か？　そう感じることがある。何か、自分たちとは違う、別の存在……あるいは、この世界そのものの中で異質な何か……。

とはいえ……。

(だからどうだというわけではない。リョウはリョウだ)

アベルとハルトムートの剣戟は、まだまだ深まっていく……。

すぐ隣では、別の戦いが起きている。

デブヒ帝国第十一皇女にして皇帝魔法師団長フィオナと、ルン冒険者ギルドマスターにして元Ａ級冒険者ヒュー・マクグラスの戦いだ。

剣と剣を合わせているが、純粋な剣戟ではない。

カンッカンッ……。

剣どうしがぶつかり合う音の合間に、もう少し軽い音が響く。それは、小質量のものが金属物に当たる音。

よく見ると、剣戟の合間に、何かがフィオナから発しヒューが避けるあるいは剣で受けている……軽い音は、その音のようだ。

「剣戟の合間に、魔法を放つだと……」

ヒューの呟きは、苦々し気だ。

致命打は受けていないが、手数で後手に回っている……いい傾向ではない。

「だが防いでいる……師匠以外では、勇者くらいでしたか、これが当たらないのは」

「勇者……ローマンとも戦ってるのかよ」

フィオナの言葉に、顔をしかめるヒュー。

「勇者ローマンを知り、聖剣を振る？　ああ、ここはルンの街でしたね。ということは、ギルドマスター……」

「これが聖剣だと分かったのは……『火花』か」

本物の火花ではない。

だが、火花と形容されるような、激しい光が、剣と剣がぶつかる時に発生しているのだ。

「聖剣と魔剣がぶつかると出るらしいな。俺も、久しぶりの経験だが」

長らくトップ冒険者を張り、戦場でも活躍したヒューですら、聖剣と魔剣での剣戟の経験は、数えるほどしかない。

それほどに、聖剣も魔剣も数が少ない。

「ルン冒険者ギルドマスター、ヒュー・マクグラス……剣を極めし者（マスター）。振るのは、剣聖ジュリアンより引き継がれし聖剣ガラハット」

「フィオナ・ルビーン・ボルネミッサ……皇帝の切札。振るうは、代々の皇帝が佩いた宝剣、風と火の二属性を宿す魔剣レイヴン」

フィオナもヒューも、相手とその剣に関しては理解している。

理解しているがゆえに……ヒューは自分の不利も分かっていた。

（レイヴンは、主と認めた使い手の剣速はもちろん、体の動きすら、その身に宿す風属性の魔法で底上げする。先ほどからの剣の重さも、それだろう。しかも、火属性もある。皇女様自身が、火属性魔法を使うから、厄介なことに……)

打ち下ろし、横薙ぎ、切り上げ、突き……同時に、火属性の攻撃魔法。

近接戦に魔法を交ぜるのは不可能。

それは、中央諸国での常識。

それなのに、フィオナは剣戟の合間に〈ファイアージャベリン〉や〈ピアッシングファイア〉を放っているのだ。

ヒューは、元A級剣士の反射神経と、超人的な読みで、その全てをかわし剣で弾き……未だダメージは負っていない。

負ってはいないが……。

(現役を退いているのに、最近、強者との戦闘が多すぎないか?)

心の中で愚痴っていた。

実際、困るのだ。

強い相手との戦いは、簡単に決着がつかない。力、速さ、技、その全てを高い次元で持ち合わせることを求められるのは当然なのだが、それらを長く維持しなければならない。決着がつくまでずっと。

そう、持久力を求められる。

力と速さは、技で補える。だが、持久力は補えない。

歳をとり、毎日の修練も昔ほどはできない……そうなると、当然、持久力は落ちてしまうのだ。

それは仕方のないこと。

そもそも、現場に出て戦うことが少なくなった現在、持久力の無さを痛感させられること自体が少なくなったのだが……。

(こういう相手だと、嫌でも認識させられる)

目の前のフィオナは、全力全開だ。

剣筋が素直であるため、まだ経験でなんとかなっている。だが、それはいずれ破綻する。時折織り込まれる攻撃魔法によって、微妙にリズムが変わるから。

おそらくそこまで考えての、剣と魔法の融合なのだろう。

（確か十八歳だよな、この皇女様。それでこれって……とんでもないだろ）

（さすが噂に違わぬマスター（剣を極めし者）・マクグラス。第一線を退いて何年も経つはずですが、衰えを全く感じさせない。それは経験？　全ての動きを読まれている感じすら受けますけど……いいえ、それはない）

　フィオナは確信している。

（師匠と共に磨き上げた剣と魔法の融合。そう簡単に読み切れはしません！）

　一度、短く、だが深く息を吸う。

　その瞬間、宝剣レイヴンが緑の光を纏った。

　本来のレイヴンは、漆黒の剣。

　だが、レイヴンにはいくつもの伝説がある。

　曰く、主と認めた者の全ての速度が上がる。

　曰く、無意識に火属性の攻撃魔法が放てる。

　曰く……緑の光を纏いし時、無敵となる。

　カシュッ。

「なに？」

　思わず、ヒューの口から言葉が漏れる。

　今、確かに、フィオナの腕を斬りつけたはずなのだ。

　確かに、深くはなかった。皮膚をわずかに斬る程度だったろう。

　だが、確かに……斬ったはずなのだ、剣士としての感覚で確信できた。

　だが、なぜか……何かに弾かれて、その表面を刃が滑った。

　フィオナが、うっすら笑っている。

　つまり偶然の何かではなく、意図的に起きた、あるいは意図的に起こされた何か。

　ヒューの心の中に湧く疑問。

　それは、自らの剣に対する疑問。

　斬っても斬れない……それは、無視できない疑問。

　なぜなら、剣は斬るものだから。

　しかし、斬れないとなると、別のアプローチを考える必要が出てくる。

（確かめる必要があるか）

　そう、確かめる必要がある。それは分かる。それは分かるのだが……。

目の前にいるのは、有象無象の輩ではない。まだ若いが、恐ろしい剣の使い手であり、恐ろしい魔法使い。

しかも振るうは、伝説の剣。

（無理をする！）

ヒューは歯を食いしばって、左腕を突き出す。

フィオナの剣はヒューの左腕の手甲を滑る……だが、レイヴンを受けた左腕が無傷で済むわけがない。

手甲を切り裂き、激しく血が飛び散る。

それでも、ヒューの意識はそこには無い。

右腕一本で操る自らの聖剣ガラハットが、フィオナの左腕を襲う……そこに意識を集中する。

カシュッ。

先ほど同様に、腕の表面で弾かれ剣が滑った。

フィオナの腕は無傷。

だが、ヒューは理解した。

「風の防御膜か！」

「はい」

にっこりと笑うフィオナ。

そう、『風の防御膜』……ワイバーンの体表上に、常に発生し、あらゆる遠距離攻撃からその身を守ると言われる風属性魔法。

まさか、宝剣レイヴンにその能力があったとは。

「曰く……緑の光を纏いし時、無敵となるとは、風の防御膜で主を守るということか」

「はい」

「反則だろう」

ヒューは思わず口にする。

だが、口にしてから気付いた。

伝説として残ってはいても、風の防御膜で守られた人物の話は聞いたことがない。つまり、その力を引き出せるほどに、レイヴンに認められた主は、これまでほとんどいなかったということだ。

目の前の皇女様は、レイヴンが認めるほどに剣を鍛え、魔法を鍛え、そしてここに立っている。

「そう……そうだな。皇女殿下が、そのレイヴンを佩いてきた歴代の皇帝たちの誰よりも、剣と魔法の研鑽に励み、レイヴンを使いこなすことができるようになった、その証拠か」

ヒューはそう言うと、一度大きく後方に跳んだ。

そして、三度、深い呼吸をする。

やったのはそれだけだ。

それだけだが……。

「雰囲気が変わりましたね」

フィオナが言うように、雰囲気が一変した。

「挑戦者として挑ませてもらう」

ヒューはそう言うと、一気に間合いを詰め、打ち下ろした。


古今東西、全ての分野で変わらぬ真実がある。

それは……。

挑戦者が攻める。

がむしゃらに。

ヒューの頭の中から、持久力が消えた。

全力で挑む。

今できる、全力で挑む。

先のことなど考えない……全力で挑む。


そこでは、むしろ派手な技は繰り出さない。余計なことは考えずに振られる剣。繰り返し、繰り返し……。

長く現場を離れていた間に、ほんのわずかな記憶が……少しずつ、少しずつ欠けていった。それが積み重なって、大きな欠けとなっていた。

その欠けが、今、少しずつ埋まっていく。

体が忘れていた記憶が、再生されていく。

一つ一つ。

細胞の一つ一つが、思い出す。

少しずつ、少しずつ。

やることは単純。思い出すことも単純。

剣を振る。

ただ、それだけ。

誰が振ろうが、剣の軌道は九つ。

直上からの打ち下ろし、右上からの袈裟懸け、右からの横薙ぎ、右下からの逆袈裟、真下からの切り上げ、左下からの逆袈裟、左からの横薙ぎ、左上からの袈裟懸け、そして突き。

これだけ。

全ての剣は、この組み合わせ。

その全てが、小さい頃から何十万回、何百万回と振ってきた軌道。体が覚えている軌道。

軌道をなぞり、欠けていたものを埋める。

ヒューは、余計なことは考えない。剣を振る、ただそれだけ。

一心不乱に。

それは、全盛期の剣閃を蘇らせようとしていた。


カシュッ。

ヒューの剣が、フィオナの風の防御膜で滑らされる音。

だが、その音にも変化が生じ始めていた。

少しずつ、音が大きくなっている。

かする程度だった剣が、深めに当たり始めた変化。

だがそれは、フィオナの体にだけ生じ始めた変化ではない。

同じほど、いや、それ以上に、ヒューの体に、レイヴンは切傷を付けている。

二人の変化を注意深く見ているものがいれば、たとえ剣の心得が無かったとしても、破局がすぐ近くまで来ていることを感じ取れたに違いない。

かつての剣閃を取り戻しつつあるヒュー……だが同時に、それが不可能であることも認識してしまった。

(持久力がもたん……)

こればかりは、その場の対応でどうにかできることではない。

同時に、剣の思考全てで占められていた頭の中に、そんな思考が入ってくること自体、終わりが近いことを認識させられる……。

(勝ちは諦める！　だが、なんとしても皇女様も戦線から離脱させる)

切り替えることができるのは、多くの経験をしてきたから。

自分一人での戦いではない。

左右では、まだ戦いが続いている。

そして、この大倉庫の戦場は、帝国軍の襲撃という領主館全体に広がっている戦場の一部だ。自分が勝てないとしても、最後までもたないとしても、やれることをやらねば……。

ヒューは一介の剣士ではない。ギルドマスターなのだから。

（ワイバーンの風の防御膜は、あくまで矢での攻撃や遠距離攻撃魔法を弾くものだ。剣や槍での直接攻撃を完全に弾ききるわけではない。ならば！）

ヒューは腹をくくった。

その変化を、対するフィオナが感じ取った次の瞬間。

今まで以上に、ヒューが大きく踏み込む。

自分から、左手をレイヴンにぶつけ……一瞬だけ、レイヴンの動きを止める。一瞬後には、ヒューの左腕が斬り飛ばされる。

仕方ない。想定内。

斬り飛ばされると同時に、右手に持った聖剣ガラハットが、フィオナの右肘を斬り落とす。レイヴンを掴んだまま床に落ちるフィオナの右腕。

しかし……。

「〈ピアッシングファイア〉」

「うぐっ……」

ゼロ距離からの、いつもとは違う極太の〈ピアッシングファイア〉が、ヒューの腹に突き刺さった。

崩れ落ちるヒュー・マクグラス。

皇女対ギルドマスターの戦いは、こうして幕を閉じた。

当然、その様子は、隣で戦っていた者たちの目にも入った。

「さすがフィオナ殿下、腕を斬り飛ばされた直後に魔法を唱えることができるとは。何という集中力」

感心したのはハルトムート。

「だがギルマスが体を張ったおかげで、右腕はないぜ。もう戦えんだろ」

肩で息をしながら指摘するアベル。

「ああ、アベル。貴公は忘れていないか、フィオナ殿下が操る魔法を」

「なに？」

「殿下は火属性だけでなく、光属性の魔法も操る」

「まさか……」

その時、フィオナの声が聞こえた。

「〈エクストラヒール〉」

ゆっくりと、肘から先の右腕が、生えた。

「マジか……」

アベルの声がかすれる。

「魔法使いとは、かくも恐ろしいものよ」

ハルトムートは、口角を上げて小さく首を振りながら言った。それは言外に、味方で良かったという意味なのだろう。

アベルは、大きく息を吐き、息を吸う。

隣は隣。動揺している余裕はない。

呼吸が整う。

姿勢が整う。

戦う準備が整う……。

剣を上げる。上段に構えた。

「凄いな、冒険者アベル」

称賛したのはハルトムート。それは嫉みではない。

心からの敬意を表した言葉。

圧倒的な相手に対峙し、追い詰められ、しかも味方は倒れていく。そんな状況の中で、なお立ち続け戦い続けることの難しさは、ハルトムートも知っている。

彼とて、ことの最初から強かったわけではないからだ。

目の前の相手がやっていることの難しさを理解する……それは誰にでもできることではない。それと同じような、あるいは近い経験をしたか、もしくはよほどの想像力を持っているか……そうでなければ理解することなどできない。

上段に構えた剣。

その理由は、一撃。

ただ一撃に全てを懸ける。

相討ちですら構わないという割り切り。

全てを理解したうえで、ハルトムートは左足を前に出して半身になり、剣を右腰に構える。日本刀であれば、脇構えや陽の構えというのだろうか。

こちらも、ただ一撃に懸ける。

じりじりと摺(す)り足で近付く両者。

そして……。

飛び込んだのは同時。

打ち下ろし。

横薙ぎ。

交差する剣閃。

ハルトムートの右肩から血しぶきがあがる。

だが……。

崩れ落ちたのは、アベルであった。

ハルトムートの剣に、腹を斬り裂かれて……。

「ふぅ……ふぅ……」

激しく呼吸をしながら、自らを落ち着けようとするハルトムート。

勝った彼にしても、ギリギリの勝負。

決して、余裕をもっての一撃ではなかった。

だが、結果は歴然。

そして、ハルトムートはゆっくりとアベルに近付きながら、剣を振り上げる。

「冒険者アベル、貴公を生かしておくと、帝国の災いとなりそうだ。それゆえ、その命、貰い受ける」

「くっ……」

未だ眼光は鋭いが、アベルの口から漏れる声は弱々しい。腹を斬り裂かれているのだ、当然と言えば当然か。

「さらばだ」

振り下ろされるハルトムートの剣。

その瞬間、銀色の光が奔った。

カキンッ。

ハルトムートの剣を受け止めた銀色の光は……。

「領主館を襲撃するとは、いい度胸だな、帝国軍」

「……セーラ」

アベルへのとどめを防いだのは、ルン辺境伯領騎士団剣術指南役、セーラであった。


ハルトムートは、剣を引いて、大きく後方に跳ぶ。

片手で剣をハルトムートに向けたまま、セーラはポーションをアベルに渡した。気力を振り絞って、ポーションを半分腹に振りかけ、残りを飲み干すアベル。

ようやく、まともにしゃべることができるようになった。

「新人たちを率いて、城外演習に行っておってな。遅れた」

「お、おう……」

セーラの説明に、何と答えればいいか分からないアベル。

「しかし、これほど強力な帝国騎士がいるということは、これが敵の主力であろう？　リョウはどうした？」

「ケネスを助けにいった」

「ケネス？　ケネス・ヘイワード男爵か。錬金術の師匠と言っていたな。向こうにも、これほど強力な帝国騎士が？」

「おそらく、爆炎の魔法使いが向こうに」

「なるほど、オスカー・ルスカか。確かにあれは厄介だが……」

セーラは、何かを思い出すかのように首を傾げてから、一度頷いて言い切った。

「リョウなら負けまい」

「なぜ、言い切れる？」

「ケネス・ヘイワード男爵を守るために行ったのであろう？　リョウは、そういう時、本気になるからな。どれほど強い相手であっても、負けたりはせぬよ」

セーラは晴れやかな笑顔を浮かべて、はっきりと言い切った。

そこで、正面を向く。

「そちらの帝国騎士もかなり強そうだ。皇帝十二騎士あたりか？」

「皇帝十二騎士第三席、ハルトムート・バルテルです。風のセーラと相(あい)まみえることができるとは、この上ない喜び」

「はて、どこかでお会いしたかな？」

セーラは首を傾げる。これほどの強者であれば、忘れるはずがないのだが、記憶にはない。

「一方的に知っているだけです。六年前の、帝国での武闘大会を観戦しましたので」

「ああ、あれか」

セーラが、一つ頷いてから、言葉を続けた。

「あの大会は散々であった」

「え？　あれほどの戦いを演じながら？」

「森のおババ様に、ちょっと出てこいと言われて出たが……相手はさして強くないし、剣は折れるし。まあ、剣を折ってしまった時点で、力不足と言われればその通りか。あの後、鍛冶師に怒られたな」

そう言うと、セーラは笑った。

だが、そんなセーラを睨みつける視線に気付く。

それは、女性。おそらくは成人したばかりの……。

「怖い目で見ておるが……その剣はレイヴンか？　宝剣レイヴンを佩く若い女性となればただ一人、帝国の第十一皇女、フィオナ殿下じゃな。そうか、オスカーを弱いと言ったために怒ったか？」

「はい」

「それは悪かったの。とはいえ、あの時、弱かったのは事実。今は強くなったであろうか？」

「師匠は強いです」

セーラの言葉に物おじせずにはっきりと言い切るフィオナ。オスカーを侮辱するものは、誰であろうと許さない。

「そうか。それは、いつか戦ってみたいのぉ」

セーラが笑う。

「とはいえ、今はお主らが相手だ」

その瞬間、空気が変わる。


「アベル、皇女殿下をやれるか？　無理ならそこで寝ころんでおればよい。私が二人同時に相手をするぞ」

セーラの言葉は、アベルに向けて言ったはずなのだが……帝国側から、二人ほど怒りの波動が放たれたようだ。

「なぜ煽る……」

それを感じ取って呆れるアベル。

「リョウが言っていた。相手の冷静さを奪うのは、対人戦の初歩の初歩と」

「うん、お前たちはお似合いだよ」

「ふふふ、アベルも分かっているじゃないか」

アベルが呆れて言った言葉だったのだが、セーラはとても嬉しそうな表情になる。

ただし、空気は変わっていない。

凍てついたままだ。

「フィオナ皇女には俺が当たる」

「そこで気絶しているマスター・マクグラスはどけておけ。踏んだら、さすがに死ぬかもしれん」

アベルが宣言し、セーラは倒れたままのヒューに言及した。

「では帝国騎士、ハルトムート卿であったか、参ろうか」

大倉庫において、第二ラウンドが開始された。

だが……。


「馬鹿な、ありえん」

わずか一合。

剣を飛ばされて呆然とするハルトムート・バルテル。

「強いのは分かっていたからな。『風装』全開で行かせてもらった。リョウとの模擬戦で、私も少しは強くなったようだ」

うっすら笑いながら言うセーラ。

「強いのは分かっていた。速いのも分かっていた。だが、それでも……」

自分の負けが理解できないハルトムート。

「おそらく、私とハルトムート卿との間に、本来それほど力の差はない」

セーラが説明する。

「では、なぜ！」

「ハルトムート卿が、手負いであったからさ」

「手負い？」

「その右肩の傷。お主が思っている以上に影響があったということだ」

「まさか……」

思わず、左手で右肩を押さえるハルトムート。ポーションを飲んで回復したはずだが、完全ではなかったということだろう。もちろん、その傷をつけたのは……。

「アベルのおかげで勝てたが……」

セーラは言いながら、隣で戦うアベルとフィオナを見る。

まだもっているが、宝剣レイヴンで力と速さを底上げされたフィオナに、アベルは押されている。

さらにその先では、ネヴィル・ブラック率いるルン騎士団が、マリー率いる襲撃隊と戦っている。そちらも、ギリギリでもっているが、おそらくあと五分もすれば、戦線は崩壊するだろう。

人数差が倍ほどある。それを、隊全体の効率的な動きでカバーしているが、それは相手以上の持久力の消耗となる。

「介入すべきだが、さて……」

セーラは悩む。

確かに、目の前のハルトムートの剣は飛ばし、倒した。ハルトムート自身も敗北を受け入れたようだが、それでもセーラが別の戦闘に介入すれば、剣を拾って参戦してくるだろう。

今度は、右肩の負傷度を理解したうえでの戦闘であろうから、先ほどのように、いきなり剣を吹き飛ばされるようなことはないはずだ。つまり、厄介な相手となる。

正直、どう動くのが最も良いのか、判断がつかないセーラ。

そんな時だった。

ブオォォー。ブオォォー。ブオォォー。

外から、低い、だが遠くまで響く音が三回聞こえた。

その音に反応したのは、帝国側。

音が聞こえた瞬間……。

「〈ファイアージャベリン〉」

皇帝魔法師団が、間髪を容れずに唱える。

同時に、何人かが物入れから取り出した、拳大の何かを床にたたきつける。

広がる煙。

その時には、床に寝せられた十八人の元に、人が付いている。

「撤収」

フィオナの声が、セーラにもはっきりと聞こえた。

さらに、セーラは、自分たちの背後でも動く敵を認識していた。大きな椅子に座らされている、帝国の人間を回収しているのだろう。

だが、全てを理解しながら、セーラは動かなかった。

それは、自軍の損耗具合が、見込み以上に酷いことを理解していたから。

煙が広がると同時に、片膝をつくルン騎士団。敵が離れたことを理解した途端、体がついてこなくなったのだ。

それは、ネヴィルとアベルもあまり変わらない。膝こそついていないが、剣を支えに立っている。これでは、下手に追撃して反撃を食らえば厄介なことになる。

捕虜を奪い返されるが味方の損害をここで止めるか、捕虜を奪われるのを邪魔し味方の損害を増やすか、その二つを比較した場合……当然、前者をとるべきだろう。

だから、セーラは動かなかった。

◆

第二別館大倉庫で、激しい戦いが繰り広げられている間、他の場所でも戦闘は行われていた。

大倉庫を飛び出した涼が向かったのは、錬金実験室。そこで、ケネス・ヘイワードが、箱の分析をしているはずだ。

襲撃した者たちの中には、フィオナ皇女がいた。

彼女は、第十一皇女ではあるが、同時に皇帝魔法師団の団長でもある。当然、捕まったユルゲンを取り戻しに来たのだろう。皇女様でありながら、その身を危険にさらして先陣を切って奪い返しに来るのは、とてもしっくりくる。

涼は、フィオナのことを高く評価しているのだ。


だが、そんな襲撃者の中に、ユルゲンが副官として仕える人物がいなかった。

怖気づいたか？

そんなわけがない。オスカー・ルスカという男はそんな軟（やわ）な人物ではない。

涼は、オスカー・ルスカのことは嫌いだ。

ウィットナッシュで、エトが傷ついた姿を見た時から……その原因が、オスカーにあると認識した時から、大嫌いだ。

だが、部隊を指揮するものとしての評価は決して低くない。いや、むしろ高い。なんだかんだ言っても、部下を危地において、自分だけが安全圏に逃げるタイプではない、そう思っている。

であるならば、この襲撃隊にも加わっているだろう。

だが、自らの副官の奪還には加わっていない。

なぜ？

当然、それ以上の役割を上位者から与えられているからだ。

それは何か？

まずは箱であろう。あの箱があれば、今後の対王国戦が有利に運べる。

だが、それだけだろうか？

それだけなら、まだいい。

……箱と共にいるのは、ケネスだ。希代の天才錬金術師、王国の宝。

そんな人物がルンにいると知っていれば？

もし涼が皇帝であれば、当然こう言うだろう。「一緒に攫ってこい」と。

だから……。

涼が錬金実験室に飛び込む。

気を失ってぐったりとしたケネスを、オスカーが両手で持ち上げているのを見た瞬間、涼はキレた。

その光景は、かつての血を吐いていたエトの姿をも思い出させる。

「ケネスを返せ！」

〈ウォータージェットスラスタ〉で、ほとんど瞬間移動の涼。

言葉と共にその右拳が、オスカーの左頬に入る。

吹き飛ぶオスカー。

落ちてくるケネスを涼がキャッチした。

その光景を前に、誰も動けない。

人は、理解できない光景を前にした時、動けなくなる……。

「うぅ……」

ケネスの呻き声で、無事であることが分かった。見たところ、大きな傷はない。

涼は、ケネスを部屋の隅に運び、床に寝かせて氷で覆った。

辺りには、打ち倒されたらしいルンの守備兵や騎士団がいる。体を張って、ケネスが連れ去られるのを防ごうとしたのだろう。

「感謝します」

涼は小さく呟いた。

彼らが守ってくれたからこそ、涼は間に合ったのだから。

そして、敵に向き直った。

吹き飛ばされた敵も起き上がる。

「水属性の魔法使い……リョウ……」

「ケネスに手を出して、無事に済むとは思っていないでしょうね？」

オスカーも涼も、完全に臨戦態勢。

「全員、自分の身を守ることに専念しろ」

だがオスカーは冷静だ。

隊を率いる指揮官として、我を忘れたりはしない。

オスカーの言葉に、十人の魔法師団員が頷いた。

涼としては気に入らない。

王国対帝国で見た場合、今までのところやられっぱなしである。先手を取られ、引っ掻き回され、しかも相手が冷静なままでは勝ち目が薄くなる。

そんな時にやるべき手は決まっている。

「皇女様も来ていましたね。後で捕まえて氷漬けにして、ルンの城門に飾っておきましょう」

「貴様！」

相手の冷静さを奪うのは、対人戦の初歩の初歩。

しかも、オスカーだけではなく、他の十人の冷静さも奪ったらしい。


「〈パーマフロスト〉」

「〈障壁〉」

永久凍土と名付けられた涼の広域凍結魔法を、〈障壁〉を展開してしのぐ皇帝魔法師団。

冷静さを失っても、瞬時に必要な魔法を唱えることができるのは鍛えられている証拠。

すぐに、攻守所を変えて。

「〈炎槍連弾X〉」

「〈アイシクルランス100〉」

百本の炎の槍を、百本の氷の槍で迎撃する。

戦いは、熾烈（しれつ）な魔法戦で始まった。

だが、オスカーはすぐに理解した。

「らちが明かん！」

もちろん、涼もすぐに理解した。

「しゃらくさいっ！」

カキンッ。

交わる二本の剣。魔法使い同士の剣戟。

二人とも、魔法の撃ち合いでは時間がかかると判断したのだ。だから、近接戦へ移行。

しかし、剣戟ではあるが、二人は魔法使いでもある。

しかも、超一流の魔法使い。

剣と剣が交わる距離で、魔法も飛び交う。

双方ともに強力な攻撃魔法。他の者なら、一撃で絶命するような……。

だが……。

「〈アイスウォール〉」

「〈障壁〉」

互いに、異常に固い防御を纏っている。

ならばどうする？

一撃で潰せる強力な攻撃が必要だ。しかも、剣戟の最中でも繰り出せるやつが！

「〈ピアッシングファイア　拡散〉」

「〈ドリザリング〉」

相手を飲み込まんと広がる太陽、後方に大きく跳び退りながら展開する霧雨。

大技の撃ちあい。

接触し、対消滅の光が乱舞する。

それは、目くらましとなる。


しかし、オスカーも当然のように読んでいる。

「こい！」

小さく、だが鋭く呟く。上段のその構えは、一撃で決するため。

対消滅の光を斬り裂いて、剣を構えた男が突っ込んできた。

合わせる。

完璧な一撃。……なのだが。

「なに？」

手ごたえが違う。消滅する。

そして……。

ズブリ。

「アバターです」

斬られ、消滅したはずの水属性の魔法使いが、笑みを浮かべてオスカーの腹に剣を突き立てた……。

その笑みは……。

無邪気さと禍々しさのない交ぜになった笑み。

欺瞞(ぎまん)と狂喜のない交ぜになった笑み。

なぜか、優しさと慈愛に満ちた……笑み。

「くっ。〈ピアッシングファイア　拡散〉」

　オスカーは再び広がる太陽を唱え、今度は自ら後方に跳ぶ。

「〈アイスゲート〉」

　逃がすつもりなどない涼は、強引に、太陽の中を氷のトンネルで貫く。

　その中を通って追いすがる。

　カキンッ、カキンッ、カキンッ……。

　袈裟懸け、逆袈裟、横薙ぎ、さらに横に薙いでからの、突き……。

　目にもとまらぬ涼の連撃。

　だが、その全てを防ぐオスカー。

　腹に剣を突き立てられ、大穴が開いているはずなのに剣閃が衰えないオスカー……さすがに涼も訝しく思う。

　何かが匂う。いや、臭う。

「肉の焼ける臭い。しかも、嫌な肉の……」

　先ほど、村雨が貫いたオスカーの腹……血が止まっている。

「自分の体を焼いて、血を止めた？」

「くそ……嫌なことを思い出させやがって」

　涼が驚き、オスカーが悪態をつく。

　過去に、似たような状況で自らの体を焼いて出血を止めたことがあるようだ。おそらく相手は、どこかのエルフ……。

「前に貫いたその人も、ちゃんとあなたにとどめを刺しておけば、世界は平和だったのですけどね」

「貴様がいる限り、世界は平和になどならん」

「あなたの世界は、平和にならないでしょうね、爆炎」

　言い切ると同時に、一気に間合いを侵略する涼。

　だが、オスカーも踏み込む。

　間合いがずれる。

　剣と剣の間合いではなくなり、もっと近い……拳と拳！

　涼は左手を村雨から離す。

　同時に、左足を踏み込む。

　左足、腰、左肩、そして左腕に回転運動が伝わり、オスカーの右脇腹に炸裂するレバーブロー。

　完璧に入った……はずだった。

オスカーも同じように、左拳を打ち込もうとしているのは視界の端に捉えていた……だが、あえて無視した。

自分の左拳が、先に入る確信があったからだ。

実際に、入ったのだ。

だが、ほぼ同時に、自分の右脇腹が焼けて消失したのを感じた。

だから、左拳は振り切らず、全力で左に跳んだ。

跳んでいる中で見えた。

オスカーの左拳が光り輝いているのが。その光は、〈ピアッシングファイア〉と同じ光。

プラズマの光。

〈アイスアーマー〉ごと、超高温で消滅させた光……。

涼は大きく跳び、一回転して片膝立ち。

そっと、右脇腹に触れる。

「ッ……」

抉(えぐ)られている。

当然だろう、場合によっては一億度にも達するプラズマだ。

とりあえず、氷でカバーする。

フックではなくストレート気味に放たれた拳が、ローブの隙間から涼の右脇腹に届いたのだろう。直線のストレートだった分、距離が短く早かった。

だが、恐るべきはプラズマ……。

「なんで、あんなものが使えるの」

涼は顔をしかめて、もう一度オスカーを見る。左腕の肘から先が消失していた。

「自爆技ですか！」

プラズマを纏った腕が、無事なわけないのだ。それくらい分かっているだろうに……あの火属性の魔法使いは技を放った。

「〈焼灼〉で貫く前に、自ら跳んだか」

オスカーの呟きが聞こえる。

「そのど根性だけは評価します。ですが……」

涼は一度、そこで言葉を区切った後で、続けた。

「その左腕と腹で戦えますか？」

「なんだ、王国の水属性魔法使いは、左腕が無くなった程度で戦えなくなるほど甘ちゃんなのか？」

「この状況で挑発できるのは凄いですね。明らかにお馬鹿さんです」

「喋っていないでかかってきたらどうだ？　脇腹が壊れた貴様に、剣を振ることができるとは思えんがな」

「あなたに言われたくない！」

涼は一気に飛び込もうとした……だが、その目が、一瞬だけ笑ったオスカーを……本当に禍々しく笑ったオスカーを捉えた。

急停止。

〈ウォータージェットスラスタ〉を全力前面展開しての急停止。

その目の前で、空気が弾けた。

目の前だけが、弾けた。

空間はごくわずか。

直径一ミリ程度。

そんな、空気が弾けた。

もし、涼がそこに突っ込んでいれば、眉間から後頭部まで、直径一ミリの穴が空いていただろう。

自らを囮にした、オスカーの罠。

「危なかった……冷静さを欠いていた」

涼は素直に認める。

戦いは、最後の最後まで分からない……冷静さを失えば負ける。

その視線の先に、苦々しげな表情のオスカーが映る。

罠にかけられなかった悔しさだ。

ブォォー。ブォォー。ブォォー。

外から、汽笛のような音が三回聞こえた。

「副長！」

「くそっ。時間切れか」

皇帝魔法師団がオスカーに告げる。

撤収のタイミングになったのだ。

「爆炎、逃げるのか！」

この期に及んでも煽る涼。だが、涼とて分かっている。撤退命令は絶対だ。

「いずれ近いうちに決着をつけてやる、水属性の魔法使い、リョウ」

オスカーはそう言うと、部下十人と共に撤収した。

涼は追えなかった。

〈焼灼〉をくらった右脇腹は、思った以上に重傷だったようだ。

氷を貼って出血を止めたつもりだったが、戦闘中でもありその止血は甘かった……。

そもそも脇腹を抉られたのだ、立っていられただけでも奇跡的……。

「ああ……血が、足りない……」

そう言って、涼は気を失った。

◆

「十九人、全員意識を取り戻しました。また、副長が持ち帰った『箱』も、問題なく使用できそうだということです」

「そうか」

マリーの報告に頷くオスカー。

そして、オスカーは、フィオナの方を向いて改めて頭を下げた。

「殿下、〈エクストラヒール〉での回復、感謝いたします」

「師匠……」

フィオナが、不安そうな目でオスカーを見ている。

腕が消失したのは二度目だからだ。

あの時は、エルフが相手だった。今回は、そのエルフと関係の深い……。

「やはり、あの水属性の魔法使いは厄介でした」

オスカーは、一度目を閉じる。

そして、目を見開いた時、その目は決意に満ちていた。

「今回は負けました……ですが、次に戦う時には、完膚なきまでに倒します」

◆

「う～ん……」

涼は、ベッドの上で目を覚ました。

「リョウ！」

「ぐへ」

目を覚ました涼に抱きつくセーラ。抱きしめられて、情けない声をあげる涼。

だが、すぐに状況を理解した。

「セーラ？　ああ、助けに来てくれたんだ。ありがとう」

涼は微笑みながら感謝するのだが、セーラは何度も首を振っている。

「うん？」

意味が分からずに涼は首を傾げる。

「大倉庫の方に行った……」

「うん、ありがとう。あっちが主戦場だったから」

「違う。アベルなんて放っておいて、リョウの所に行くべきだった。こんな大怪我をしていたなんて」

「おい……」

涼は感謝するが、セーラは判断を誤ったと謝り、アベルは小さく首を振る。

「確かに、俺はセーラのおかげで、ギリギリ命を助けられた」

「ああ、さすがセーラ。いい判断ですよ、ありがとう」

泣きそうになっているセーラの頬を、やさしくなでる涼。

「でも、リョウが……」

「僕は大丈夫」

涼はそう言うと、右脇腹にちょっと触れてみる。どうも治っているようだ。寝ている間に、〈エクストラヒール〉をかけてもらえたらしい。

「少し血を流し過ぎましたからね。元気になったら、飽食亭にカレーを食べに行きましょう」

「うん！」

涼の提案に、嬉しそうに答えるセーラ。

だが、そこで、涼の表情が変わった。アベルの方を向いて尋ねる。

「そういえば、ケネスは？」

「無事だ。無事だが……実験室で、リョウの氷の中だ。目を覚ましてはいるが、出てこれないらしい」

「しまった……」

その後、ケネス・ヘイワード男爵が氷の中から出てきて、皆が無事を祝うことができたのであった。

◆

「アベル、僕たちは負けました」

「言いにくいことをサラッと言うな……」

涼とアベルは、領主館の中を歩きながら話している。

「敗北を受け入れてこそ、更なる飛躍があるのです」

「確かに俺は十二騎士に負けたが……リョウは、爆炎の魔法使いを撃退しただろ？　実際、ケネスの身を守ったし」

「ケネスを守れたのは良かったですが、箱は奪われました。そして、脇腹も抉られました……」

アベルの言葉に、顔をしかめながら答える涼。

ケネスを奪われなかったのは良かった、それは確かだ。だが、その功績の多くは、涼が到着するまで身を挺してケネスを守り抜いた、守備隊とルン騎士団に帰すると思っている。

そして涼とオスカーの戦いは、時間切れの決着……脇腹が抉られ、戦闘後に気を失ったことを考えると、少なくとも勝ったとは言えない。良く言って判定負け……。

「大原則に背けば負けるということです」

「大原則？」

「相手の冷静さを奪うのは、対人戦の初歩の初歩」

「ああ、リョウはよく言うよな、それ」

涼が半ば口癖のように言う言葉を、アベルも覚えてしまった。

「部屋に入った瞬間に、爆炎がケネスを抱えていたんです。それで、僕は冷静さを失ってしまったみたいですね」

涼は小さく首を振りながら言った。

「珍しいな」

「どうも爆炎のなんとかかと対峙すると、冷静さを維持できなくなることが多い気がします」

「そういえば、ウィットナッシュの時はエトが血を流していたんだったか」

「ええ。それで頭に血が上ってしまいましたね。今回も似たような感じでした。途中で落ち着いたと思っていましたけど、まだまだだったのです。これは要チェックです。試験に出ますよ！」

「なんだよ試験て……」

涼が、試験のポイントを教えてくれる先生のようなセリフを言い、だが、意味が分からずに首を振るアベル。

二人は、敗戦について話し合いながら歩いているが、決して雰囲気は暗くない。

「負けたのは仕方がないです。生きながらえたのですから、次に勝てばいいのです」

「そう言い切れるのはすげーよ」

涼が頷きながら言い、それを見ながら感心したように言うアベル。

本当にアベルは感心しているのだ。

負けを受け入れるというのは簡単なことではない。多かれ少なかれ理由をつけて、敗北から目を逸らす者がほとんどだ。それは、どんな世界でも変わらない。

だが、アベルは知っている。敗北から目を逸らさず、その敗北を乗り越えていく者こそが、更なる高みへと上ることができるということを。

「基本的に、僕はいつも負けてばかりですからね」

涼は肩をすくめる。

ロンドの森にいた頃は、毎晩、剣の師匠たるデュラハンに打ち倒され……。

このルンの街でも、毎日のように、風装を纏ったセーラに打ち倒され……。

だが、決して、負けてもいい、負けても仕方ないと思って戦ってはいない。いつか必ず超える……それは、今回かもしれない、あるいは次かもしれない、そう思って戦っている。

「爆炎の何とか、次は倒します！　アベルも、皇帝十二騎士なんてけちょんけちょんにやっちゃってください！」

「お、おう……頑張る……」

涼が拳を突き上げて宣言し、アベルも頑張ることを約束した。約束したが……正直、勝てる気は全くしない。

だが、そこに福音が！

「アベル、僕たちが次に勝つために必要なもの、何か知っていますか？」

「いや？　リョウは知っているのか」

「当然です」

なぜか自信満々の涼。

経験から、アベルは、こういう時の涼が期待に応えないことを知っているはずなのだが……それでも今回は、藁にもすがる思いだったのだろう。先を聞いてみたい気になっていた。

「僕らに必要なもの、それは、新必殺技です！」

「……はい？」

まさにドヤ顔とはこのこと……そんな表情で言い切る涼。全く理解できないアベル。

「次に彼らと戦うまでに、新たな必殺技を身に付けなければなりません。いや、生み出さなければなりません！　これはなかなか大変ですよ」

大変と言いながら、なぜか嬉しそうな表情になる涼。涼の気持ち的には、嬉しくなるのは当然なのだ。なぜなら、そんな新必殺技を開発すれば、確実に今よりも強くなるのだから。今よりも強くなるのが分かっていれば、嬉しくなるのも道理であろう？

もちろん、理解できない剣士が一人……。彼は、小さく首を振っている。

だが、そんな剣士アベルを無視して、涼は話を進めていく。

「やはり、必殺技ですからね。カッコいい名前じゃないといけません。そして、聞いた人が、なんだそれは！　と言うような技名がいいですよね。今考えているのは、『叢雲（むらくも）』とか『朧（おぼろ）』とかですね。下手に横文字にするより、こういう方が、意味深な感じがします。強者の技って感じですよね」

涼は悦に入っているのか、笑みを浮かべながらそんな言葉を発し、何度も頷いている。

仕方が無いので、アベルもちょっと乗ってやることにした。

「その……ムラクモとか言うのは、どんな技なんだ？」

「え？　いや、まだどんな技なのかは決まってないですよ。名前だけです」

「名前だけ？」

「ええ。そんな簡単に、必殺技が生み出せるわけないじゃないですか。アベルも、もう少し現実を理解すべきです」

「……うん、そうだな」

アベルは盛大なため息をついた。それは、自分の常識で涼を測ろうとしたミスに気付いたため息だった。

「ああ、でも……条件がそろわないと使えない必殺技とかだと困りますね」

「条件?」

「こう……追い詰められないと発動できない必殺技とか、確かにヒーローっぽくてカッコいいのは確かなんですけど……。実際のところ、自分が使う立場として考えると、凄く使い勝手が悪いと思うんですよ」

「まあ、そうだろうな」

「あるいは自爆技とかも。爆炎のなんとかは、自分の左腕を超高温に熱して僕の脇腹を抉ったんですけど、当然、左腕を消失していましたからね。ああいうのは、著(いちじる)しく継戦能力を落としてしまいます」

「……なんか、とんでもないな、魔法使いの戦いって」

涼の説明に、アベルは素直な感想を述べる。剣士同士の戦いは、確かに五感を研ぎ澄ましての剣戟ではあるが、自分の腕を消失させてまでの技の発動はない。

「でも剣士同士だって、肉を切らせて骨を断つ、みたいなのはあるでしょう?」

「なるほど。言われてみればそうだな」

「強い相手を、無傷で倒すことはできません。どうしても、何かと引き換えに勝利する……そんな形になってしまうと思うんです」

「どこまでの犠牲を許容できるかというのは、個人戦闘だけではなく、どんな場合でも突きつけられるものかもしれんな」

涼もアベルも理解している。

勝利は簡単には手に入らないということを。

だからこそ、普段からの準備が大切になるということも。


二人は、目的地に到着した。

「ああ、リョウさん、もう起きても大丈夫なんですか?」

「もちろんですケネス。本当は、あの日のうちに起きても大丈夫だったのですけど、周りが止めただけですよ」

「主にセーラがな」

ケネスが涼の体を心配し、涼が笑顔を浮かべ、付き添いのアベルが情報を補足する。

ここは、錬金実験室。

騒動の跡は綺麗に補修され、すでに再スタートを切っているようだ。

「王国内で、最も安全と思われたこのルンでも襲われたのにはびっくりしました」

ケネスが苦笑しながら言う。

「全く……。アベルは何をしていたんでしょうね？」

「なんで俺なんだよ」

「国の宝たる優秀な頭脳を守るのは剣士の務めです」

「捕虜を奪われないようにするのも剣士の務めだ」

「でも、結局……」

「ああ、奪われた……」

「僕も、箱を奪われました……」

なぜか自分たちで展開した会話で、落ち込むアベルと涼。

「箱の中の情報自体は〈転写〉してありますから。今まで以上に、詳細な国内地図が作れるみたいですよ」

「おぉ！　さすがはケネスです」

ケネスの手際を称賛する涼。

だが、再び顔をしかめる。

「でも、帝国に情報が渡りました……。いや、それ以上に、なんですか、あれ……」

「あれ？」

「空中戦艦……？」

「ああ……」

「ソナーで視ただけなので、正確には分からないのですけど。帝国に昔からあるらしい空中戦艦は知っていますが、それとは別物だったでしょう？　つまり新たに造ったと。帝国ですら、新たな空中戦艦は造れないと聞いていたのに……」

悔しそうに言う涼。

だが、そんな涼の様子を見て、ケネスは優しく微笑んで言葉を続けた。

「大丈夫ですよ、リョウさん。まだ詳しくは言えませんけど、王国だって負けていません」

「え？」

「もうすぐです。もうすぐ……」

ケネスはそう言うと、力強く頷くのであった。

エピローグ

そこは、白い世界。

ミカエル（仮名）は、今日もいくつかの世界の管理を行っている。

手元には、いつもの石板（タブレット）。

「三原涼さん、無事にヴァンパイアたちとも渡り合えたようですね。あの国でヴァンパイアを率いる者は転生者ですが……はて……ここには、彼の記録が残っていません。そんなことがあり得るのでしょうか。あるとしたら……あの『大混乱』が起きた時？　あの時に転生した者がいた？」

ミカエル（仮名）は、何度か首を傾げながら、手元の石板を動かす。だが、やはり求める情報は出てこない。

「まあ、いいでしょう。そういうこともあります」

追求を諦めたらしい。世界は、人が思うよりも曖昧なものなのかもしれない。


「それよりも、三原涼さんの進む未来……王国と帝国の全面戦争ですか。なんとも、破滅的な戦争ですね、これは。人はなぜ、争うことをやめられないのでしょうか」

だが、そこで、ミカエル（仮名）は小さく首を振って言葉を続けた。

「いえ、争うのは人だけではありませんね。生きとし生けるもの……存在するもの全てが争いますね。同じ種同士、あるいは異種間でも。生き残らねば餌となる……それが世界の摂理である以上、争いから自由となれる存在はいない」

小さくため息のようなものを吐いてから、呟くように言った。

「あの『大混乱』もそうですね。争い……それこそが、世界の理、全てを読み解くキーワードなのかもしれません。とても悲しいことですけどね」

あとがき

お久しぶりです。久宝　忠です。

「水属性の魔法使い　第一部　中央諸国編Ⅵ」をお手に取っていただき、ありがとうございます。

この『水属性の魔法使い』という作品は、元々『小説家になろう』というサイトで公開されたものを書籍化しています。書籍化の際に、『小説家になろう』で一度読んだ読者の皆様にも楽しんでいただけるように加筆しているのですが、この第六巻は十二万字超の加筆を行いました。これは多分、過去最大……。

なぜ、そんなことになったのか？

皆様、今一度表紙を、あるいは背表紙など、タイトルを見てください。『水属性の魔法使い　第一部　中央諸国編』となっていますね？　次の第七巻で、この『第一部』が完結するのです。そのバランスをとるために、この第六巻は『小説家になろう』からの収録は「トワイライトランド」だけになりました。

この「トワイライトランド」は約十万字。

毎巻二十二万字以上の文字数を誇る『水属性の魔法使い』としては、十万字で一冊、というわけにはいきません。

ええ、担当編集さんが許しても筆者が許しません！

もちろん今回は担当編集さんからも、「足りないので、かなりの加筆を……」と言われましたけどね！

それで十二万字もの加筆がされました。それは、新章という形で。「前哨戦」という形で。第七巻で語られるエピソードの前哨戦です。

前哨戦ですので、いろいろバチバチやりあっています。

第五巻まで連載された『外伝　火属性の魔法使い』に出てきた帝国関連の人たちも、この第六巻からついに本編に登場しております。その辺りも、楽しく読んでいただければ嬉しいなと……。

さて、新章は新章で楽しく書いたのですが、『小説家になろう』から収録された「トワイライトランド」の方もけっこう加筆修正されて、原形をとどめていない……気がします。まあ、以前よりもっと面白くなったはずので、筆者としては満足してはいるのです。ですので、問題ないでしょう……多分。

この第六巻も、編集部含めた出版社ＴＯブックス様、イラストレーターのめばる先生、装丁のベイブリッジスタジオ様、印刷所の皆様など、多くの方々に支えられて刊行していただきました。この場を借りて御礼申し上げます。

そして読者の皆様……皆様の応援が、筆者の最も大きな支えとなっております。どうかこれからも、応援よろしくお願いいたします。

帝国軍の侵攻
北部貴族の裏切り
謎の空中艦隊
国編最終章
王国解放戦」
小説
10万字超の完全書き下ろし
「ウィリー殿下の冒険」
付き限定版
発売決定!!
続報は公式HPへ!

王都陥落
決戦・ビシー平野の戦いへ――
第一部 中央諸
「ナイトレイ
VII
著:久宝忠
水属性の魔法使い
第一部 中央諸国編
2023年夏発売決定!!!
第二部
「西方諸国編」
制作決定
!!!

クセスはこちら!
https://to-corona-ex.com/
魔法使い」の最新話が
早く読める!!

アベルさんの服は
そこに干してあります
たぶん
もう乾いていると
思いますよ
……
……だが
イメージとして
描くことは可能だ
その知識さえあれば！
内容は割愛するが
いわゆる
水素結合と呼ばれる現象を
イメージする
原作:久宝 忠
漫画:墨天業
CORONA EX
コロナEX
TObooks
なら
「水属性の
どこよりも

[著]イスラーフィール
[絵]碧風羽
みどりふう
京に迫る
戦乱を
最新第四巻
2023年夏発売予定!

回避せよ!
六角・畠山陣営と三好は
一触即発の事態へ!
京を戦乱から
守り抜けるのか!?
異伝 淡海乃海
羽林、乱世を翔る
いてん あふみのうみ
うりん、らんせをかける

小説
第⑬巻
2023年
4月10日
発売!
シリーズ累計
100万部
突破!
(紙+電子)
ニメ化決定!
帝国物語
餅月 望——著
Gilse——イラスト
式HPへ!
原作HP
TVアニメHP

Comics
ティアムーン帝国物語
コミックス
第6巻
2023年
4月15日
発売!
漫画：杜乃ミズ
2023年TVア
ティアムーン
断頭台から始まる、
姫の転生逆転ストーリー
詳しくは公

広がる
コミックス 第二部
本のためなら
巫女になる! Ⅷ
漫画:鈴華
好評
発売中!
新刊、続々発売決定!
コミックス 第四部
貴族院の図書館を
救いたい! Ⅴ
漫画:勝木光
好評
発売中!
好評
発売中!
コミックス 第三部
領地に本を広げよう! Ⅵ
漫画:波野涼

剣と魔法で
タイマン!?
生きて帰ったら
結婚して
ください!
第2巻2023年春
発売予定!

宇宙なのに
ええ!?
結城忍 ill. オウカ
魔王と勇者が時代遅れになりましたII
MAOU TO YUSHA GA
JIDAI-OKURE NI NARIMASHITA

水属性の魔法使い　第一部　中央諸国編Ⅵ

2023年3月1日　第1刷発行

著　者　久宝 忠

発行者　本田武市

発行所　TOブックス
〒150-0002
東京都渋谷区渋谷三丁目1番1号　PMO渋谷Ⅱ　11階
TEL 0120-933-772（営業フリーダイヤル）
FAX 050-3156-0508

印刷・製本　中央精版印刷株式会社

ISBN978-4-86699-773-5